Wolfgang Hohlbein

Das tote Land

Enwor 3

BLANVALET

Umwelthinweis:
Alle bedruckten Materialien dieses Taschenbuches
sind chlorfrei und umweltschonend.
Das Papier enthält Recycling-Anteile.

Blanvalet Taschenbücher erscheinen im Goldmann Verlag,
einem Unternehmen der Verlagsgruppe Random House GmbH.

3. Auflage
Neuveröffentlichung 6/2001

Karte und Innenillustrationen wurden gezeichnet
von Wilhelm Schaberich, Herne
Umschlaggestaltung: Design Team München
Umschlagillustration: Agt. Schlück/Berni
Druck: GGP Media, Pößneck
Titelnummer: 24949
V. B. · Herstellung: Heidrun Nawrot
Printed in Germany
ISBN 3-442-24949-X
www.blanvalet-verlag.de

Buch

Skar hat Unsägliches auf sich genommen, um den Stein der Macht aus der brennenden Stadt Combat zu holen, doch alle Mühen waren umsonst: In einem Handstreich entreißt ihm Vela, die Hexe und Ehrwürdige Frau, den Stein wieder. Mit den Gefährten nimmt Skar die Verfolgung auf. So ziehen sie über die gläsernen Ebenen von Tuan – das tote Land. Als sie Vela schließlich treffen, scheint die letzte Schlacht unmittelbar bevorzustehen. Da greift der Wächter des Steins aus Combat, der steinerne Wolf, in das Geschehen ein.

Autor

Wolfgang Hohlbein, geboren 1955 in Weimar, ist der beliebteste deutsche Autor auf dem Gebiet der Fantasy. Seit er 1982 mit dem ersten Enwor-Roman »Der wandernde Wald« bekannt wurde, hat er schnell ein Millionenpublikum gewonnen. Er lebt bei Neuss.

Die Enwor-Saga bei Blanvalet:

ENWOR: 1. Der wandernde Wald (24947), 2. Die brennende Stadt [= Stein der Macht I] (24948), 3. Das tote Land [= Stein der Macht II] (24949), 4. Der steinerne Wolf [= Stein der Macht III] (24950), 5. Das schwarze Schiff (24951), 6. Die Rückkehr der Götter (24952), 7. Das schweigende Netz (24953), 8. Der flüsternde Turm (24954), 9. Das vergessene Heer (24955), 10. Die verbotenen Inseln (24956), 11. Das elfte Buch (24957)

Von Wolfgang Hohlbein außerdem lieferbar:

GARTH UND TORIAN: Die Saga von Garth und Torian, Band I. Drei Romane in einem Band (23682), Die Saga von Garth und Torian, Band II. Drei Romane in einem Band (24702)

DAS HERZ DES WALDES: Gwenderon. Cavin. Megidda. Drei Romane in einem Band (24592)

Magog. Roman (9724)

Weitere Bände sind in Vorbereitung

WOLFGANG HOHLBEIN
Enwor 3

NACH EINER SKIZZE VON W. HOHLBEIN / SCHODERER 6/88

Gegen Morgen kam das Fieber, kamen das Fieber und die Träume. Skar hatte den größten Teil der Nacht neben Gowennas Lager zugebracht, stumm wie sie und von Schmerzen und Schwäche, am meisten aber von dem Gefühl der Hilflosigkeit gepeinigt, das von ihm Besitz ergriffen hatte. Es war eine sinnlose Wache, denn er konnte ihr nicht helfen, nicht einmal Trost zusprechen. Er wollte es auch nicht. Jedes Wort, das er hätte sagen können, wäre ihm in ihrer Situation wie grausamer Spott vorgekommen. Sie hatten nicht mehr miteinander geredet; die wenigen Worte, die sie zu ihm gesprochen hatte, schienen ihre gesamten Kraftreserven aufgebraucht zu haben, und sie war in einen unruhigen, von Krämpfen und Schüttelfrost heimgesuchten Zustand irgendwo zwischen Bewußtlosigkeit und Schlaf verfallen. Die Nacht breitete einen barmherzigen Schleier aus Dunkelheit über ihr zerstörtes Gesicht, und erst gegen Morgen wurde ihr Schlaf ein wenig ruhiger, keine Agonie mehr, sondern das tiefe, erschöpfte Ruhen eines Körpers, der bis über die Grenzen des Erträglichen hinaus belastet worden war. Dafür begann Skars Krise, als hätte das Schicksal nur gewartet, um ihm einen kurzen Blick in seine eigene Zukunft zu gewähren. Zu Anfang war es lediglich ein dumpfer, kaum wahrnehmbarer Druck hinter seiner Stirn, nur ein Schmerz unter unzähligen anderen, die seinen zerschundenen Körper quälten, der jedoch rasch stärker und nach einer Weile zur Qual wurde; ein Schmerz aber, der sich mehr auf geistiger als auf körperlicher Ebene auszubreiten begann und dem er sich nicht wie gewohnt entgegenzustellen und ihn zu bekämpfen vermochte. Er hatte gewußt, daß er kommen würde, so wie in den Nächten zuvor, und doch war es anders. Seine Hand glitt in einer Bewegung, die schon zum Reflex geworden war und die er wie das Luftholen oder Blinzeln schon nicht mehr bewußt wahrnahm, an seinen Hals und suchte den kleinen Lederbeutel, aber diesmal war nichts mehr da, sein Vorrat an Leben und geliehener Stärke war verschwunden, und das Brennen in ihm wurde stärker. Er stand auf und ging mühsam und schleppend und mit hängenden Schultern wie ein alter Mann zum entgegengesetzten Rand des Kraters hinüber, wie ein Tier, das das nahende Ende spürt und sich von der Herde absondert, um in Ruhe zu sterben. Es war seltsam - jetzt, wo er wußte, daß ihn die Droge nicht töten würde, schämte er sich vor den anderen. Er wollte nicht, daß sie sahen, wie er litt, wie er sich herumwerfen und nach dem Gift schreien würde, das in seinen Adern pulsierte.

Er war noch immer stark genug, trotzdem einzuschlafen, einfach, weil er es wollte, aber er wachte immer wieder auf, schweratmend und in Schweiß gebadet und mit klopfendem Herzen, bitteren Blutgeschmack im Mund und mit der Erinnerung an die Bilder, die irgendwo hinter seinen Gedanken lauerten, ohne sich zu zeigen. Er konnte sich - anders als zuvor - nicht an die Träume erinnern, aber irgendwie erschien es ihm, als ob sie immer gleich wären, gleich und doch verschieden: so, als sähe er jedesmal eine neue Version ein und derselben Szene. Die Sonne ging auf und ließ den brodelnden Feuerbaldachin Combats verblassen, und es wurde wärmer, zumindest hier, am Grunde des Kraters, dessen steil aufragende Wände sie vor dem eisigen Wind schützten. Skars Bewußtsein begann sich zu verschleiern, zuerst nur zum Teil, als wären seine Gedanken entlang einer gezackten Rißlinie gespalten, aber die Grenze, hinter der er noch klar denken konnte, verschob sich, wurde mit jeder Handbreit, die die Sonne am Himmel emporstieg, kleiner, bis er schließlich ganz in einem Sumpf aus Fieberphantasien und Qual versank.

Als er erwachte, war wieder Nacht.

Es war ein Erwachen, ganz anders als sonst; nicht das plötzliche, abrupte Heraufsteigen aus einem langen, stärkenden Schlaf, sondern ein bizarrer, in Etappen stattfindender, furchteinflößender Prozeß: langsam und mühevoll, als wäre sein Geist in einen tiefen, unendlich tiefen Abgrund in seiner eigenen Seele gestürzt, aus dem er sich nur mit äußerster Mühe emporarbeiten konnte. Das erste, was er spürte, war Kälte. Er lag nicht mehr auf dem nackten Boden, auf den er sich gelegt hatte, sondern auf einem

Lager aus Kleidern und Stoffetzen, und jemand hatte ihn mit einem Mantel zugedeckt. Seine Hände und Ellbogen waren zerschrammt und bluteten; wahrscheinlich hatte er um sich geschlagen und sich die Haut an scharfkantigem Lavagestein aufgeschürft. Seine gebrochenen Rippen schmerzten unerträglich, aber der Druck hinter seiner Stirn war verschwunden.

War es so leicht? dachte er erschrocken. Hatte er deshalb all die Tage und Wochen der Angst durchgestanden - wegen einer Nacht Fieber und Alpträume? Aber noch während er diesen Gedanken dachte, spürte er bereits, wie das Gift schon wieder mit dünnen, knochigen Fingern bei ihm anklopfte. Es war noch lange nicht vorbei, hatte vielleicht noch nicht einmal richtig begonnen. Alles, was er gewonnen hatte, war eine kurze Erholungspause, ein Moment der Ruhe, nach dem das Gift neu und vielleicht stärker zuschlagen würde.

Er setzte sich auf, sah sich um und stemmte sich umständlich auf Hände und Knie hoch. Der Schlaf hatte ihn nicht erfrischt, sondern ihn im Gegenteil Kraft gekostet; er spürte es, als er vollends aufstand. Seine Hände zitterten, und seine Beine schienen das Gewicht seines Körpers kaum tragen zu können. Sekundenlang blieb er reglos stehen, hielt sich mit beiden Händen am rissigen schwarzen Glas der Kraterwand fest und wartete, bis das Schwindelgefühl schwächer wurde.

Trotzdem liefen seine Gedanken mit seltener Klarheit ab. Er sah alles um sich herum wie auf einem Bild, auf dem ein geschickter Maler die wichtigen Details hervorgehoben und alles andere nur mit knappen Strichen angedeutet hatte, ohne daß der Unterschied bewußt ins Auge fiel. Der Krater war von flachen schwarzen Schatten erfüllt, dazwischen Grau und glänzendes schwarzes Glas in allen nur denkbaren Schattierungen, durchwoben mit dem flackernden blutigen Feuerschein der brennenden Stadt. Er fuhr sich mit der Hand über die Augen, verzog das Gesicht, als er mit einer ungeschickten Bewegung sein gebrochenes Nasenbein berührte und ein scharfer Schmerz wie die Klinge eines schmalen Silberdolches zwischen seine Augen fuhr, und ging unsicher zu den beiden Sumpfmännern hinüber. Sie hatten sich nicht gerührt, die ganze Zeit nicht, seit er aufgewacht war, und vielleicht standen sie schon seit Stunden so da: reglos, zwei kleine, graugekleidete Statuen, die Schattengesichter einander zugewandt, als würden sie miteinander reden. Irgendwo wieherte ein Pferd, es war ein Laut, der seltsam verloren klang und die Leblosigkeit der Ebene, die sie umgab, betonte, und für einen kurzen Moment drang der Geruch von gebratenem Fleisch durch den Nebel aus Schwäche und Übelkeit, der Skars Sinne umgab.

Einer der beiden El-tra wandte den Kopf, als Skar näher kam. »Du bist wach.« Frage, Feststellung, aber auch Ausdruck von Besorgnis, alles schien in diesen drei Worten enthalten zu sein. Die Schattenmänner sprachen selten, und wenn, dann drückten sie selbst dieses wenige mit sparsamen, knappen Worten aus. Und doch vermochten sie mit einem Satz mehr zu sagen, als so mancher, den Skar kannte, in einer stundenlangen Rede.

Er nickte, blieb eine Armlänge vor den beiden Sumpfbewohnern stehen und hob erneut die Hand an den Kopf. »Wie lange ... habe ich geschlafen?« fragte er stockend. Der Klang seiner eigenen Stimme versetzte ihn in Schrecken. Er war heiser, und das Sprechen bereitete ihm Mühe. Er mußte geschrien haben.

»Den ganzen Tag und die halbe Nacht«, antwortete El-tra, einer der beiden El-tra, ohne daß Skar – obgleich er kaum einen Meter vor ihnen stand – feststellen konnte, welcher.

»Was ist mit Gowenna?« fragte er. Sein Blick glitt an den beiden Schattenmännern vorbei dorthin, wo Gowenna lag, aber er konnte nicht mehr als einen dunklen Umriß vor dem schimmernden Lavaglas der Wand erkennen.

El-tra hob hastig den Arm und hielt ihn zurück, als er zu ihr hinübergehen wollte. Skar konnte die winzigen feuchten Schuppen seiner Haut fühlen, obwohl die Hand nicht mehr als ein wirbelnder Schatten war. Ein Gefühl nach Feuchtigkeit und Sumpf durchströmte ihn.

»Laß sie«, bat El-tra. »Sie ist wach, aber sie ...« Zum ersten Mal, seit Skar die Sumpfmänner kennengelernt hatte, erlebte er, daß einer von ihnen spürbar nach den richtigen Worten suchte, und die Erkenntnis erschreckte ihn mehr als alles andere. »Sie will dich nicht sehen«, sagte der Sumpfmann schließlich. »Weder dich noch einen von uns. Bist du hungrig?«

»Ja.«

»Dann komm. Wir haben Fleisch und Früchte.«

Einer der Schattenmänner geleitete ihn zum westlichen Ende des Kraters, während der andere stumm und ohne die geringste Regung dort stehenblieb, wo er war. Skar spürte wieder die Kälte. Der Sturm raste heulend über den steinernen Krater hinweg, aber die Windböen schickten einen eisigen Hauch in den glasierten Kessel hinunter. Skar fröstelte. Die Kälte schien nicht nur seinen Körper, sondern auch seine Seele zu berühren.

Dicht vor der Felswand brannte ein Feuer. El-tra hatte die Flammen so geschickt mit Steinen und Teilen ihrer Ausrüstung abgeschirmt, daß ihr Schein selbst aus zwei Schritten Entfernung nicht zu erkennen war. Skar ließ sich mit einem dankbaren Nicken neben der Feuerstelle nieder, hielt die Finger über die Flammen und genoß das Prickeln, mit dem sich die Kälte Stück für Stück aus seinen Händen entfernte. Wärme ... Er wußte schon gar nicht mehr, was Wärme war. Selbst das Feuer wärmte nicht wirklich, sondern milderte nur die Kälte.

El-tra ließ sich auf der anderen Seite des Feuers nieder, griff unter seinen Mantel und reichte Skar stumm eine lederne Feldflasche. Skar trank. Das Wasser schmeckte seltsam, und es dauerte eine Weile, bis Skar begriff, daß es kein Quellwasser, sondern geschmolzener Schnee war. Nach den ersten Schlucken spürte er, wie durstig er wirklich war. Zwanzig Stunden Fieber hatten seinem Körper mehr Flüssigkeit entzogen, als er geglaubt hatte. Er leerte die Flasche bis zur Hälfte, setzte sie ab und trank nach einem aufmunternden Nicken des Sumpfmannes auch den Rest. Hinterher war sein Mund so trocken wie zuvor, und als er sich mit der Zunge über die Lippen fuhr, spürte er, daß sie aufgesprungen und vereitert waren.

Er gab El-tra die leere Flasche zurück, griff nach dem Braten, der in dünnen Streifen an einem Stock über dem Feuer hing, und begann vorsichtig zu essen. Sein Magen revoltierte schon nach dem ersten Bissen; Übelkeit stieg in dünnen, salzigen Linien in ihm auf, aber er zwang sich, weiterzuessen.

»Tantor?« fragte er mit einer Kopfbewegung auf das Fleisch.

Eltra verneinte. »Mein Bruder war in den Bergen«, sagte er, »an der Stelle, die Tantor dir bezeichnet hat. Wir fanden einen Beutel voller Salben und Medizin und etwas Feuerholz. Keine Pferde.«

Skar sah verwirrt auf. Er hatte das Wiehern eines Pferdes gehört, und selbst jetzt glaubte er von Zeit zu Zeit trotz des monotonen Heulens des Sturmes ein leises Schnauben und Schaben zu hören; Pferdehufe, die über Gestein schrammten.

»Vela hat sie zurückgelassen«, sagte El-tra, als hätte er seine Gedanken gelesen. »Die Pferde ihrer Krieger. Sie hat sie auseinandergetrieben, aber wir konnten sie wieder einfangen.«

Vela. Der Klang dieses Namens löste irgend etwas in ihm aus, aber er wußte nicht, was.

»Wir haben eines der Tiere geschlachtet«, fuhr El-tra fort. »Sein Fleisch wird reichen, bis wir bewohntes Gebiet finden.«

Skar beugte sich vor, griff nach einer weiteren Bratenscheibe und biß hinein. Allmählich begann er den Geschmack zu spüren. Seine Sinne erwachten nach und nach, aber ein Teil seines Denkens war noch immer verschleiert. Vielleicht nahm er deshalb alles so ruhig hin – er erinnerte sich an jede Einzelheit, die geschehen war, aber es war, als wären es nicht *seine* Erinnerungen, sondern die eines Fremden; Bilder, die irgendwo in seinem Gedächtnis waren, ohne daß er wußte, wie sie dorthin gekommen waren, und die ihn nichts angingen.

»Wie geht es Gowenna?« fragte er noch einmal. Auch seine Stimme begann sich zu normalisieren, wenngleich sie ihm noch immer fremd erschien: heiser und zusätzlich verzerrt durch die hallenden Echos von den mit Glas überzogenen Kraterwänden.

»Sie wird leben«, antwortete El-tra. »Aber sie wird nicht mehr die gleiche sein, die sie war.«

El-tras Worte hätten Skar erschrecken müssen, aber sie taten es nicht. Noch immer erschien ihm alles unwirklich. Szenen eines Traumes. Doch er war nicht mehr der, der er gewesen war.

El-tra stand auf, verschwand lautlos in der Dunkelheit und kam nach wenigen Augenblicken zurück. In seiner Hand blitzte ein schlankes, silbernes Schwert. Er setzte sich, beugte sich vor, ohne auf die züngelnden Flammen zu achten, die an seinem Mantel leckten, und reichte Skar das *Tschekal.* Skar nahm die Waffe mit gemischten Gefühlen entgegen.

Es war *sein* Schwert, und obwohl es das zweite Mal war, daß er diesen Gedanken dachte, traf ihn die Erkenntnis mit der gleichen grausamen Wucht wie beim ersten Mal. Es war seine Waffe, nicht irgendein Schwert, sondern ein Einzelstück, zu dem es auf ganz Enwor keinen passenden Gegenpart gab, so unverwechselbar wie er selbst. Der Rat der Dreizehn hatte es für ihn gefertigt und ihm gegeben, das Zeichen seiner Würde als Satai, verliehen in einer Zeremonie, die zu lange zurücklag, als daß die Zeit, die seither vergangen war, noch mehr als ein abstrakter Begriff hätte sein können. Es war kein Stück toten, gehämmerten Metalls, wie die Waffen, die Gowenna und die Sumpfmänner an ihren Seiten trugen, sondern ein Ding mit einer Persönlichkeit und einem Charakter. Er dachte an das, was Gowenna über das Schwert gesagt hatte, daß es nichts als ein Ausdruck übersteigerter Männlichkeit, eine Art Ersatzgott sein sollte, aber das stimmte nicht. Die Waffe gehörte zu ihm, und die dünnen, silbernen Linien der Gravur auf ihrer Klinge waren ihm so vertraut wie die Linien in seinem Gesicht, der verschlungene fünfzackige Stern auf ihrem Griff war so wenig von ihm wegzudenken wie die Narbe auf seiner Wange.

»Warum wehrst du dich dagegen?« fragte El-tra plötzlich.

Skar sah auf. Der Sturm trug Schnee in dünnen, wirbelnden Schleiern über den Krater, und eine einzelne Flocke löste sich aus seinem brüllenden Griff und sank lautlos auf die Klinge des *Tschekal* herab, als hätte sie im letzten Moment ihren Kurs gewechselt, um den züngelnden Flammen, die darunter auf sie warteten, zu entgehen. Skar hob die Hand, um sie fortzuwischen, führte die Bewegung aber nicht zu Ende, sondern legte die Klinge behutsam neben sich auf den Boden, weit genug vom Feuer entfernt, daß seine Hitze die Schneeflocke nicht erreichen konnte.

»Wogegen?« fragte er nach einer Weile. Unnötig, ein dummes Spiel mit Worten, um das, was er im Grunde längst wußte, noch einmal hinauszuzögern, und sei es nur um wenige Sekunden.

El-tra lächelte. Er sah es nicht, aber er spürte es durch die wirbelnden Schleier unter seiner Kapuze hindurch.

»Gegen das, was diese Klinge bedeutet«, sagte der Sumpfmann geduldig. »Del.«

Skar zuckte beim Klang des Namens sichtlich zusammen. Für

einen winzigen Moment erschien das Bild des hünenhaften, dunkelhaarigen Satai vor seinen Augen, aber nur, um sofort von einer anderen, schrecklicheren Vision abgelöst zu werden. Del mit einem scharzen Visier, gepanzert von schwarzem Leder und an dünnen, unsichtbaren Fäden hängend, deren Bewegungen ein graues Gespenst bestimmte.

Natürlich *war* Del der schwarze Satai. Er hatte es sofort gewußt, im allerersten Moment, in dem sie sich gegenüberstanden, aber etwas in ihm hatte sich geweigert, dieses Wissen als Wahrheit anzuerkennen. Er hatte den Gedanken von sich geschoben, ihn irgendwo tief in sich vergraben, aber jetzt, als die unmittelbare Gefahr vorüber war, kam er mit Macht zurück.

»Warum wehrt ihr euch gegen das Wissen, betrogen worden zu sein?« gab er statt einer direkten Antwort zurück.

»Wir wurden nicht betrogen, Satai«, antwortete El-tra. »Wir dienen Gowenna, doch wir sind nicht mehr als Werkzeuge. Kannst du dein Schwert betrügen?«

Skar schüttelte den Kopf und griff wieder nach einem Stück Fleisch, diesmal jedoch nicht aus Hunger, sondern allein, um seine Hände zu beschäftigen. »Eine seltsame Philosophie«, murmelte er.

»Nicht seltsamer als die deine, Satai. Versuche nicht, uns zu verstehen. Wir sind hier. Das genügt.«

Skar seufzte. Vielleicht sollte er wirklich nicht versuchen, diese beiden Wesen, die nicht einmal Menschen waren, zu verstehen, aber es irritierte ihn, in Begleitung zweier Männer zu sein, deren Reaktionen er noch nicht einmal zu erraten vermochte.

»Erzähl mir von Gowenna«, bat er nach einer Weile.

El-tra sah auf und blickte an ihm vorbei dorthin, wo Gowenna in der Dunkelheit lag, als müsse er erst mit einem stummen Blick um Erlaubnis fragen. »Es gibt nichts, was du wissen müßtest und nicht bereits weißt«, sagte er schließlich. »Wir sind hier, wir dienen ihr, das ist alles.«

»Und Vela?«

»Sie ist eine Fremde für uns, wie du es warst und wie Del es noch ist.«

Skar entging die Einschränkung in El-tras Worten keineswegs, aber er fragte nicht, was sie zu bedeuten hatte. El-tra würde sowieso – wenn überhaupt – nur mit einem neuen Rätsel antworten. Das kurze Gespräch, das Skar am Vorabend des Kampfes mit ihm – oder seinem Bruder – geführt hatte, war das einzige Zeichen von Vertrauen gewesen, das ihm die Sumpfmänner entgegengebracht hatten, und er spürte, daß der nächste Schritt von ihm ausgehen mußte. Aber er wußte nicht einmal, wie er auszusehen hatte.

Schließlich stand er auf und ging – eigentlich ziellos – ein paar Schritte. Die Kälte griff mit dünnen, klammen Fingern nach ihm. Er ging zu der Stelle unter der Felswand zurück, an der er gelegen hatte, hob seinen Mantel auf und schlug ihn sich um die Schultern, aber der Stoff war feucht und atmete selbst Kälte aus. Er sah in dem Himmel, doch der brodelnde Feuerteppich Combats und die Schneewirbel, die der Sturm vor sich her peitschte, machten es ihm unmöglich, die Zeit zu schätzen, die bis zum Sonnenaufgang noch vergehen würde.

Nahe der Stelle, an der der Kampf stattgefunden hatte, gewahrte Skar eine Anzahl flacher länglicher Erhebungen. Die Gräber von Gowennas Kriegern, die hier so sinnlos gestorben waren.

Unter einem dieser flachen Hügel lag Arsan, aber Skar konnte nicht erkennen, unter welchem. Nicht, daß es eine Rolle gespielt hätte – Arsans Tod war so überflüssig und grausam gewesen wie der der neun Krieger; nur eine weitere Szene in dem brutalen Spiel, das die *Errish* mit ihnen spielte. So überflüssig wie der Kampf zwischen Del und ihm.

Skar versuchte vergeblich, sich Klarheit über seine eigenen Gefühle zu verschaffen. Es war nicht das erste Mal, daß er auf einem Schlachtfeld erwachte, aber diesmal verspürte er weder Triumph noch die Resignation, die sich nach Sieg oder Niederlage einstellten. Es war noch nicht vorbei. Sie hatten eine Schlacht verloren, aber das bedeutete nichts. Gar nichts.

»Wann brechen wir auf?« fragte er El-tra. Der Schattenmann war ihm gefolgt, ein dunkler Doppelgänger, der immer einen Schritt hinter und neben ihm blieb.

»Das liegt bei dir, Satai.«

»Bei mir?« Skar sah den Sumpfmann einen Herzschlag lang überrascht an und lachte dann. Doch es klang bitter. »Vielen

Dank, daß du mich wieder zum Anführer ernannt hast, El-tra, aber die Frage ist wohl weniger, was ich will, sondern was Gowenna zuzumuten ist.«

El-tra winkte ab. »Sie ist stärker, als du glaubst, Skar«, sagte er.

»Und ich schwächer, als ich glaube, ich weiß«, knurrte Skar übellaunig. Seine Unsicherheit machte sich schlagartig in Zorn und Mißmut Luft. »Aber ich kann auch mit Fieber reiten.«

»Es geht nicht darum, was Gowenna kann, Skar«, sagte El-tra. Er sprach leise, wohl, damit Gowenna, deren Lager kaum zehn Meter entfernt war, seine Worte nicht verstand. Skar trat deshalb einen Schritt näher. »Sie ist schwerverletzt, das stimmt. Aber wenn wir warten wollen, bis sie sich wirklich erholt hat, müssen wir eine Woche hierbleiben, wenn nicht noch länger. Und das können wir nicht.«

Skar sah nach Westen. Die schneegekrönten Gipfel der Schattenberge hoben sich wie die Zinnen einer meilenholen Festungsmauer über den Horizont: weiße Giganten mit glitzernden eisigen Diademen, deren Flanken im Widerschein der brennenden Stadt rot und orange loderten, als glühten sie unter einem unseligen inneren Feuer. Der Gedanke, daß sie selbst vor wenigen Tagen erst diese Berge überstiegen haben sollten, erschien ihm mit einem Male lächerlich.

»Vielleicht finden wir irgendwo dort oben eine Höhle oder eine Schlucht, in der wir so lange warten können«, murmelte er.

Eltra schüttelte erneut den Kopf. »Wir werden nicht durch die Berge ziehen, Skar. Gowenna ist nicht in der Lage, den Rückweg dort entlang durchzustehen. Und du auch nicht«, fügte er nach einer kaum merklichen Pause hinzu. »Ihr habt den Weg hierher kaum geschafft, und da wart ihr ausgeruht und im Vollbesitz eurer Kräfte. Außerdem ist der Winter dort oben bereits hereingebrochen. Es wird jeden Tag kälter.«

Skar schwieg. El-tra war kein Mann, mit dem man reden konnte, nur um des Redens willen, und es gab nicht viel Sachliches, was Skar gegen seine Argumentation hätte vorbringen können. Es gab nur eine einzige Alternative – aber allein der Gedanke daran ließ Skar frösteln.

»Die Ebenen«, sagte er leise.

El-tra nickte. »Wir wissen nicht, welche Gefahren auf uns warten«, sagte er. »Aber wir wissen, welche Gefahren uns in den Bergen erwarten würden. Keine, mit denen wir fertig werden könnten. Es sind zehn Tagesmärsche bis über den Paß, vielleicht fünfzehn.«

»Und« – Skar deutete mit einer Kopfbewegung nach Süden – »dort entlang?«

El-tra überlegte einen Moment. »Zwei Wochen, vielleicht drei«, antwortete er. »Vielleicht mehr, vielleicht weniger – es hat nicht viel Sinn, Vermutungen anzustellen, wenn wir nicht wissen, was hinter der nächsten Erhebung auf uns wartet.«

Skar sah den Sumpfmann scharf an. »Weißt du es wirklich nicht?« fragte er. »Oder willst du es nicht sagen? Dein Volk lebt seit Jahrtausenden am Rand der Ebenen – ihr müßt mehr darüber wissen.«

Der Sumpfmann gab ein leises, glucksendes Lachen von sich, es war ein Geräusch, das Skar an platzende Gasblasen und brodelnden Sumpf erinnerte und Bilder in ihm aufsteigen ließ, die er nie selbst gesehen hatte. Irgend etwas, dachte er bestürzt, ist im Inneren des Tempels in Combat mit mir geschehen.

Er hatte nicht nur gegeben, sondern auch empfangen. Vielleicht mehr, als er jetzt schon zu begreifen imstande war.

»Wir wissen ein wenig über die Ebenen«, gestand El-tra schließlich. Sein Umhang bewegte sich raschelnd, als er mit dem Arm eine weit ausholende und doch knappe Geste nach Süden machte, und die Schatten unter seiner Kapuze schienen für einen Atemzug zu selbständigem huschendem Leben zu erwachen. »Sicher mehr als ihr«, fuhr er fort, »doch nicht soviel, wie du glaubst.«

»Aber die Sümpfe von Cosh grenzen an die Ebenen«, widersprach Skar.

»Und? Welchen Grund sollte es für uns geben, sie zu erforschen? Es gibt nichts Lebendes auf den Ebenen, nichts, was uns gefährlich werden oder von Vorteil sein könnte. Und der südliche Rand Tuans mag anders sein als dieser Teil hier oder sein Inneres. Wir werden es herausfinden. Fühlst du dich stark genug, bei Morgengrauen loszureiten?«

Skar lauschte einen Moment in sich hinein. Sein Herz schlug

schnell und hart. Er fühlte sich schwach und müde, und in jeder einzelnen Zelle seines Körpers schien ein winziges, verzehrendes Feuer zu brennen. Aber was El-tra über Gowenna gesagt hatte, traf auch auf ihn zu, vielleicht sogar in noch stärkerem Maße. Das Gift war noch lange nicht aus seinem Körper heraus; wollte er warten, bis er die Wirkung des Rauschmittels vollends überstanden hatte, würden sie eine Woche oder länger hierbleiben müssen.

Er antwortete nicht, aber El-tra deutete sein Schweigen als Zustimmung und wies mit einer Kopfbewegung zum Kraterrand, dorthin, wo sie diesen winzigen künstlichen Talkessel vor zwei Tagen betreten hatten. »Mein Bruder und ich werden die Pferde satteln und alles zusammensuchen, was wir an Vorräten mitnehmen.« Er ging, und Skar blieb für einen Moment allein zurück und sah ihm nach, bis er mit der Nacht verschmolzen war und nur noch die leisen Geräusche seines Hantierens davon kündeten, daß es ihn überhaupt gab. Zögernd drehte er sich herum, sah – wieder – in die Richtung, in der sich der brodelnde Feuerpilz Combats über der Ebene erhob, und senkte schließlich den Blick. Alles kam ihm mit einem Male unwirklich vor: diese Stadt dort drüben, die tote, verbrannte Ebene, die ich wie ein zerschrundetes Leichentuch rings um sie ausbreitete, der Himmel, in den Flammen ein zuckendes Muster gruben, ihre Lage. Er bewegte sich unschlüssig und ging dann zögernd zu Gowenna hinüber. Einer der Schatten neben ihr bewegte sich, als er näher kam, stand auf und wandte ihm für Sekunden ein nebelverhangenes Gesicht zu, ehe er ging. Diesmal schien er nichts dagegen zu haben, daß Skar mit Gowennna sprach.

Skar blieb für die Dauer von zwei, drei Atemzügen reglos stehen und sah auf Gowenna hinunter. Sie lag – Zufall oder Absicht – so, daß ihr Gesicht im schwarzen Schlagschatten der Kraterwand verborgen war, aber er fühlte, daß sie ihn ansah, irgend etwas, eine bestimmte Reaktion, ein Wort, von ihm erwartete. Vielleicht wäre dies der Moment gewesen, ihr zu verzeihen, ihr zu sagen, wie dumm und albern sein und ihr kleines Ringen um Vorherrschaft und Anerkennung gewesen war.

Aber er tat es nicht. Statt dessen hockte er sich mit angezogenen Knien neben sie, zog den Mantel enger um die Schultern und sah dorthin, wo er ihr Gesicht vermutete. Ein verirrter Lichtstrahl schimmerte auf dem frischen Narbengewebe auf ihren Zügen, und für einen Moment glaubte er einen schwachen Geruch wie von fauligem, verbranntem Fleisch wahrzunehmen.

»El-tra hat dir gesagt, daß wir bei Tagesanbruch aufbrechen?« meinte Gowenna plötzlich.

Skar mußte sich mit aller Macht beherrschen, um seinen Schrecken nicht zu zeigen, als er ihre Stimme hörte. Sie klang kaum mehr menschlich: ein schrilles, häßliches Krächzen, aus dem er die Worte nur mit Mühe heraushören konnte.

»Ja«, sagte er hastig. »Fühlst du dich kräftig genug dazu?«

Statt einer Antwort zog Gowenna eine Hand unter den Decken, in die sie eingehüllt war, hervor und deutete zum anderen Ende des Kraters. »Bring mir ... einen Span aus dem Feuer, Skar«, bat sie. Skar zögerte einen Moment, stand aber dann auf und kam mit einem brennenden Zweig zurück. Gowenna stemmte sich mühsam hoch, nahm ihm die improvisierte Fackel aus der Hand und hielt sie dicht vor ihr Gesicht. Die winzige gelbe Flamme warf zukkende Lichtreflexe über die Felswand und ihr Haar und das geronnene Etwas, das einmal ihr Antlitz gewesen war. Skar fuhr zusammen, aber diesmal zwang er sich, sie anzusehen, wortlos und mit steinernem Gesicht, so lange, bis sie selbst den Zweig senkte und die Dunkelheit wie eine schwarze Welle wieder über ihren Oberkörper flutete.

»Soviel, um deine Frage zu beantworten«, sagte sie. »Wenn man damit reiten kann, so kann ich es.«

Er wollte etwas darauf erwidern, aber seine Kehle war wie zugeschnürt. Jetzt, zwei Tage alt, sah die Wunde auf ihrem Gesicht beinahe schlimmer aus als in dem Moment, in dem er sie das erste Mal gesehen hatte - eine schwarzbraune, pockennarbige Maske aus geronnenem Blut und verbranntem Fleisch, die sich wie ein bizarrer Aussatz auf ihr Antlitz gelegt hatte. Skar empfand es als eine grausame Ironie des Schicksals, daß sie jetzt, vielleicht zum ersten Mal in ihrem Leben, in dem sie bereit war, etwas für sich selbst zu tun und ihr wahres Gesicht zu zeigen, nicht mehr dazu fähig sein würde. Gowenna war nie wirklich sie selbst gewesen. Sie hatte immer nur Rollen gespielt, war von einer Maske in die andere geschlüpft und hatte vielleicht nicht einmal wirklich gelebt. Jetzt, wo sie es zum ersten Mal wollte, konnte sie es nicht mehr. Ihr zerstörtes Gesicht würde sie nun dazu zwingen, das zu sein, was sie bisher freiwillig gewesen war: eine Außenseiterin. Sie war - nun auch sichtbar - anders, ausgestoßen, eine Aussätzige, der man allenfalls Mitleid und versteckte, schuldbewußte Ablehnung entgegenbringen würde, nur nicht das, was sie gerade jetzt am dringendsten brauchte - Vertrauen. Vertrauen und, wenn schon nicht Liebe, so doch Freundschaft und Offenheit.

Und dennoch - in dem winzigen Moment, in dem er ihr Gesicht im Schein der Flammen gesehen hatte, hatte ihr Anblick etwas seltsam Warmes, Vertrautes gehabt. Für einen kurzen, ganz kurzen Augenblick hatte er in ihren Zügen eine Schönheit entdeckt, die vorher nicht dagewesen war, etwas Sanftes und Weiches und Mädchenhaftes, das vielleicht jahrelang tief in ihr geschlummert hatte und erst jetzt hervorbrach.

Aber dann hob sie den brennenden Zweig erneut in die Höhe, und Skar blickte wieder in die zerstörte Kraterlandschaft, die früher einmal das Gesicht einer schöner Frau gewesen war. Die Illusion zerplatzte. Er begriff, daß es nur Mitleid gewesen war.

»Du ... hast meine Frage noch nicht beantwortet«, sagte sie stockend.

»Was für eine Frage?«

»Die Frage, ob du in meine Dienste trittst, Skar. Du hattest einen Tag und zwei Nächte Zeit, darüber nachzudenken.«

Skar lächelte. »Ich dachte, du hättest es vergessen«, sagte er.

»Vergessen?« Gowenna lachte; ein Laut, der grausam und eher wie ein Schmerzensschrei klang. »Es war mein Ernst, Skar. Ich brauche dich.«

»*Du* brauchst *mich*?« wiederholte Skar ungläubig. »Wozu? Als Schwertführer? Als Werkzeug, um deine Rache an Gowenna zu vollziehen? Kaum.« Er schüttelte den Kopf, seufzte und schwieg sekundenlang. Es war zu früh, dachte er. Sie waren beide mehr tot als lebendig und hatten, was geschehen war, noch lange nicht verarbeitet.

»Vielleicht hast du recht«, sagte er plötzlich zu seiner eigenen Überraschung. »Vielleicht suche ich Vela so wie du, und vielleicht werde ich den Rest meines Lebens damit zubringen, sie zu verfolgen. Doch wenn, dann aus anderen Gründen als du.«

»Sei kein Narr, Skar. Glaubst du wirklich, du würdest sie ohne meine Hilfe auch nur finden? Und was deine Gründe angeht – sie hat dich erniedrigt, aber du bist nicht der Mann, der sein Leben aufs Spiel setzt, um eine Schmach zu rächen. Du willst Del befreien. Du weißt jetzt, daß er noch lebt.«

Wieder spürte Skar einen schmerzhaften, raschen Stich, als Gowenna Dels Namen erwähnte, aber diesmal gelang es ihm nicht, den Gedanken zu verdrängen. Es war zu lange her, daß er an den jungen Satai gedacht hatte, und das Wissen, ihm vor nicht einmal achtundvierzig Stunden im Kampf gegenübergestanden zu haben – das Wissen, daß er ihn *hatte töten wollen* – saß wie ein bohrender Parasit in seiner Seele. Gowenna hatte unrecht. Vela hatte ihn nicht erniedrigt; das konnte sie nicht. Niemand konnte einen Mann, der wußte, wie wenig Worte wie Ehre und Ansehen in einer Welt wie Enwor galten, erniedrigen. Sie hatte etwas anderes getan, etwas, das schlimmer war. Sie hatte ihn verkrüppelt, ihm den Glauben an das letzte Ideal, das ihm das Leben gelassen hatte, genommen, hatte ihn dazu gebracht, das Ungeheuer, das in ihm schlummerte, gegen den einzigen Menschen zu hetzen, der ihm jemals wirklich etwas bedeutet hatte.

»Ich glaube nicht, daß du meinen Preis bezahlen kannst«, sagte er schließlich. »Wir Satai sind teuer, weißt du?«

»Dann schließen wir einen Handel – du bringst mich zu ihr, und ich helfe dir, Del zu befreien.«

Skar schüttelte den Kopf. »Es geht nicht mehr darum, Gowenna«, sagte er sanft. »Vertrauen. Das Wort heißt Vertrauen.«

Gowenna ließ den brennenden Zweig sinken. Die Flamme erlosch mit leisem Zischen, und für einen Moment wurde es still, ganz still, als hätte selbst der unermüdlich tobende Sturm für einen Augenblick innegehalten. Die Dunkelheit schien sich um sie herum zu verdichten; ein Mantel aus Schweigen und Schwärze, der sie zu ersticken drohte. Skar spürte, daß seine Worte sie getroffen, schmerzhaft getroffen hatten, härter und vielleicht brutaler als die Schläge, die er ihr versetzt hatte. Sie hatte all das, was er mit diesen fünf Worten ausgedrückt hatte, bereits selbst begriffen.

Sie hatte zwei Tage Zeit gehabt, zu überlegen, und was immer er zu ihr sagen würde – sie war intelligent genug, es schon im voraus zu wissen. Er hatte nur das Messer in der Wunde herumgedreht.

»Gut«, murmelte sie nach einer Weile. »Was willst du wissen?«

Skar schüttelte erneut den Kopf. »Eine Menge, Gowenna, aber nicht auf diesem Weg. Ich will dir nicht weh tun, aber –«

»Du brauchst keine Rücksicht auf mich zu nehmen, Satai«, unterbrach ihn Gowenna. Ihre Stimme klang plötzlich verändert: ruhiger, noch immer schrill und mühsam, aber auch gleichzeitig von einer Entschlossenheit erfüllt, die ihn aufhorchen ließ. »Ich weiß, was du sagen willst. Ich habe dich belogen und getäuscht, so wie es Vela mit mir getan hat, und ich habe so wenig Recht, Vertrauen von dir zu verlangen, wie sie es umgekehrt von mir hätte. Ich kann dich nur bitten. Frage mich, und ich werde dir antworten.«

»Du begreifst noch immer nicht, Gowenna«, erwiderte Skar. »Was du mir anbietest, ist kein Vertrauen. Du vertraust mir, solange du es mußt, nicht? Im Moment brauchst du mich, vielleicht auch nur mein Schwert.«

Gowenna sog scharf die Luft ein und setzte dazu an, etwas zu erwidern, aber Skar sprach schnell und mit erhobener Stimme weiter: »Ich weiß nichts von dir, Gowenna, gar nichts. Ich weiß nicht, wer du bist und wo du herkommst, ich weiß nichts über deine beiden Begleiter, ich weiß nichts über Vela. Ich weiß nicht einmal, was dieser verdammte Stein in Wirklichkeit ist.«

»Aber ich bin bereit, dir diese Fragen zu beantworten!«

»Jetzt, ja. Jetzt, wo du mich brauchst. Aber das ist es nicht, was ich wollte. Du hast mich nicht verstanden, Gowenna. Der Preis eines Satai ist hoch, doch er ist nicht unbedingt in Gold zu messen. Was ich verlange, ist Ehrlichkeit.«

»Und wie hoch«, fragte Gowenna nach einer Weile, »ist der Preis einer *Errish,* Skar?«

Skar war für einen Moment verwirrt. »Wie . . . meinst du das?«

»So wie ich es sage, Satai. Wie hoch ist der Preis einer *Errish?* Du hast mich einmal als schwertschwingende Amazone bezeichnet, und ich habe dich in dem Glauben gelassen, wirklich nicht mehr zu sein, aber das stimmt nicht.«

»Du –«

»Ich habe niemals die Ehrenweihe aus der Hand der Großen Mutter empfangen, wenn es das ist, was du wissen willst«, fuhr Gowenna fort. »Aber das macht keinen Unterschied. Nicht wirklich. Ich weiß alles, was auch Vela weiß, alles, was eine *Errish* weiß, und vielleicht mehr. Wie würdest du einen Mann bezeichnen, der zehn Jahre an deiner Seite geritten ist und dem du alles beigebracht hast, was du weißt, Skar? Wie würdest du«, fügte sie hinzu, als sie Skars Zögern bemerkte, »*Del* bezeichnen, wäre er, wie er ist, ohne jemals der Kaste der Satai beigetreten zu sein? Er wäre noch immer Satai.«

»Nun«, sagte Skar unsicher, »äußerlich sicher nicht, aber –«

»Ich rede nicht von *Äußerlichkeiten,* Skar«, fiel ihm Gowenna ins Wort. »Sieh mich an. Sieh dir mein Gesicht an. Es ist zerstört, und es wird nie wieder so werden, wie es war. Bin ich deshalb weniger Frau als zuvor?«

Skar schwieg betroffen. Die Art, in der Gowenna sprach, war unfair, aber vielleicht hatte sie keine andere Wahl mehr, als mit allen Waffen zu kämpfen, die ihr geblieben waren. Er fühlte sich in immer stärkerem Maße in die Enge getrieben, verunsichert. Er begann zu begreifen, worauf Gowenna hinauswollte, aber es war so wie bei seinem ersten Gespräch mit Vela, damals in Ikne. Er wußte genau, was Gowenna sagen würde, ahnte jedes Wort im voraus, aber er war trotzdem wehrlos dagegen. Es war ein Kampf mit Waffen, die er nicht beherrschte. Ein schwaches Gefühl von Zorn glomm in ihm auf, erlosch aber sofort wieder.

»Ich verlange kein *Vertrauen* von dir, Skar«, fuhr Gowenna fort. »Ich bin nicht in der Lage, überhaupt etwas zu verlangen. Ich werde dir alles sagen, was du wissen willst, und du selbst kannst entscheiden, was du mit diesem Wissen anfängst.«

Wäre er nicht so erschöpft gewesen, hätte er gelacht. Es war ein so billiger psychologischer Trick, und doch ein wirkungsvoller. Sie bot ihm nichts anderes an, als sich völlig in seine Hand zu geben – und setzte ihn dadurch in ihre Schuld. Er hätte aufstehen und weggehen können, aber selbst dann wäre ihr Angebot bestehen geblieben, und sie hätte – auch ohne Gegenleistung – erreicht, was sie wollte.

»Dann erzähl mir von dir«, sagte er leise. »Oder von Vela.« Er rutschte in eine bequemere Stellung und sah dorthin zurück, wo die beiden El-tra verschwunden waren. Von den Sumpfleuten war keine Spur mehr zu sehen, aber er war sicher, daß zumindest einer von ihnen in seiner unmittelbaren Nähe war und über Gowenna wachte.

»Ihre und meine Geschichte sind gleich«, murmelte Gowenna. »Gleich und doch verschieden. Sie sind lang, Skar, aber das, was dich interessiert, ist rasch erzählt.« Sie bewegte sich leise, versuchte in eine halb sitzende Position zu gelangen und sank mit einem unterdrückten Schmerzenslaut wieder zurück. Skar beugte sich hastig vor und half ihr, sich so zu setzen, daß ihr Oberkörper wie auf einem steinernen Kissen gegen die Felswand gelehnt war. Seine Finger berührten dabei das verätzte Gewebe an ihrem Hals. Gowenna zuckte unter der Berührung schmerzhaft zusammen, und Skar unterdrückte im letzten Moment den Impuls, die Hand angeekelt zurückzuziehen, als er das feuchte, zu einer hornigen, harten Masse zusammengebrannte Fleisch fühlte. Wieder spürte er Mitleid, und er begriff, daß er den Kampf eigentlich jetzt schon verloren hatte.

»Danke, Satai«, murmelte Gowenna. Einen Moment lang blieb sie reglos sitzen, wohl, um sich von der Anstrengung zu erholen und neue Kräfte zu sammeln, dann begann sie mit leiser Stimme und immer wieder von großen Pausen, in denen sie neue Energie schöpfte, unterbrochen, zu erzählen.

»Vela und ich sind seit mehr als elf Jahren zusammen, so dicht, wie du und Del es gewesen sein müssen.«

»Ihr stammt aus dem gleichen Kloster?«

Gowenna verneinte. »Ich war nie in Elay, Skar«, sagte sie. »Die wenigen Male, die Vela dort war, ließ sie mich bei den Sumpfleuten in Cosh zurück. Ich habe niemals ein *Errish*-Kloster von innen gesehen. Ich lebte in einem Bergdorf im Norden, bis ich vierzehn war, ein Bauernmädchen unter vielen, ohne Zukunft und mit einer Menge Träume, von denen ich genau wußte, daß sie niemals in Erfüllung gehen würden.« Wieder schwieg sie, lange, drei, vier, vielleicht fünf Minuten, aber es war ein Schweigen ganz besonderer Art, und Skar spürte, wie ihre Gedanken, ihren Worten erst in einigem Abstand folgend, zurück in die Vergangenheit glitten, in eine Zeit, die längst vergangen war und vielleicht in der Form, in der sie in ihrer Erinnerung weiterlebte, niemals stattgefunden hatte. Und so klang ihre Stimme auch verändert, als sie nach einer Weile weitersprach, verändert auf schwer zu beschreibende Art; die Stimme klang wie die eines Menschen, der über die Jugend erzählt, die er sich im nachhinein erträumte.

»Wir waren arm, Skar. Bitter arm.« Sie wandte den Kopf und sah zu den zehn Gräbern hinüber, die nebeneinander an der Südwand des Kraters lagen. »Du hast mich gefragt, warum ich Arsan mitgenommen habe, Skar. Die Antwort ist einfach, aber du hättest sie damals nicht verstanden. Er hatte keine besonderen Talente, nichts, was wir wirklich gebraucht hätten, aber er war arm. Ich konnte ihn verstehen. Ich weiß, was es heißt, zu hungern, nicht für einen Tag oder zwei, sondern wochen-, monate-, jahrelang. Ich habe ihn mitgenommen, weil er mir leid tat. Und weil er mich an mich selbst erinnerte. An mich und die Menschen, bei denen ich aufgewachsen bin.«

»Und weil ihr ein Opfer brauchtet«, sagte Skar hart.

Gowenna nickte. »Ich glaube, ja. Sie muß gewußt haben, daß Combat seinen Preis fordern würde. Vielleicht sind er und Beral und Nol nur mitgekommen, um zu sterben. Aber das habe ich damals noch nicht gewußt. Vielleicht sind wir alle nur aus diesem Grund mitgekommen. Ich glaube fast, du hättest den Stein auch allein holen können. Aber ich wollte von Vela erzählen.« Sie beugte sich zur Seite, hantierte ungeschickt an ihrer Wasserflasche und versuchte zu trinken. Skar half ihr.

»Es war während der großen Dürre vor elf Jahren«, fuhr sie dann fort. »Der ersten großen Dürre. Erinnerst du dich?«

Skar nickte. Die Trockenheit, unter der Enwor seit Jahren litt, war nur eine unter zahllosen Hitzewellen, die in immer kürzeren Abständen über die ausgelaugte Welt herfielen. Nicht alles, was Vela ihm erzählt hatte, war gelogen gewesen.

»Die Menschen, bei denen ich lebte, waren einfache Menschen, Bauern, die noch an die Macht der Götter glaubten und daran, daß man sie mit einem Gebet wohlgesonnen stimmen könne. Und wir haben gebetet – immer und immer wieder; gebetet und geopfert, von dem wenigen, das wir hatten, noch einen Teil den Göttern gegeben. Aber es nutzte nichts – das Land verdorrte weiter, und die Ernte verbrannte vor unseren Augen auf den Feldern. Eines Tages erreichte uns die Kunde von einer *Errish,* die in den Bergen in der Nähe unseres Dorfes gesehen worden war. Mein Vater rief sie um Hilfe, und sie kam.«

»Vela.«

»Das war ihr Name, ja. Sie kam mit ihren beiden Drachen in unser Dorf, und sie erbot sich, uns zu helfen.«

Skar runzelte zweifelnd die Stirn. »Eine *Errish,* die Regen macht?« fragte er ungläubig.

Gowenna lächelte. »Heute würde ich dieselbe Frage stellen, Skar, aber ich war ein Kind, damals, vergiß das nicht. Und die Menschen, bei denen ich lebte, waren einfache Menschen. Sie fürchteten die Macht der *Errish,* aber sie hatten auch großen Respekt davor. Sie glaubten an sie. Wenn du in einer verzweifelten Lage bist, dann tust du alles. Aber der Preis, den sie verlangte, war hoch. Sie verlangte die Tochter des Stammesführers.«

Wieder schwieg sie für einen Moment, diesmal nicht, um neue Kraft zu sammeln, sondern um ihm Gelegenheit zu geben, ihre Worte richtig zu verarbeiten, und Skar spürte, wie das Schweigen für einen Moment fast greifbar wurde. Nie war ihm die Kluft, die zwischen ihnen lag, deutlicher zu Bewußtsein gekommen als jetzt. Eigentlich war es das erste Mal, daß er wirklich begriff, daß Gowenna ein lebender, fühlender Mensch war, keine gesichtslose Figur in einem Spiel.

»Dieses Kind warst du«, sagte er.

Gowenna nickte.

»Und seither wart ihr zusammen?«

»Sie brachte mich aus dem Dorf, aber wir kamen nie nach Elay«, fuhr Gowenna fort. Ihre Stimme wurde jetzt zunehmend leiser, und Skar mußte sich anstrengen, um ihre Worte überhaupt noch zu verstehen. »Schon in der ersten Nacht stießen wir auf eine Horde Quorrl-Banditen. Natürlich griffen sie uns nicht an – nicht einmal die Quorrl würden es wagen, Hand an eine *Errish* zu legen.«

Skar schwieg dazu, aber Gowanna mußte den stummen Zweifel in seinem Blick bemerkt haben.

»Vielleicht war es auch nur die Furcht vor ihren Drachen und den Waffen einer *Errish,* die sie vor einem Angriff zurückschrekken ließen«, schränkte sie ein. »Jedenfalls ließen sie uns ziehen – Vela, mich und einen Mann namens Gord, den sie als Gehilfen bei sich hatte. Aber Vela ahnte, daß die Quorrl unser Dorf entdecken und angreifen würden. Sie schickte Gord, mich und einen ihrer beiden Drachen allein auf den Weg und ritt zurück, um die Dorfbewohner zu warnen.«*

»Und was geschah dann?« fragte Skar, als Gowenna nicht weitersprach.

»Ich weiß es nicht«, murmelte sie. »Das heißt – es ist nicht schwer, sich zusammenzureimen, was passierte, aber was wirklich geschah – *warum* sie es getan hat –, weiß ich bis heute nicht. Sie hat niemals darüber gesprochen. Gord und ich ritten einen halben Tag weiter nach Norden, doch dann kehrten wir um und kamen gegen ihren Befehl zurück zum Dorf. Wir fanden es zerstört vor. Niedergebrannt und geschleift. Die meisten Bewohner waren tot, und die, die den Angriff überlebt hatten, waren geflohen.«

»Und Vela?«

»Sie lag schwer verwundet neben ihrem Drachen. Sie hat sich geopfert, Skar, sich und ihre Feuerechse. Den Spuren des Kampfes nach zu schließen, muß sie die Quorrl praktisch allein vertrieben haben. Aber sie zahlte einen hohen Preis dafür. Ihr Drache starb, und sie selbst lag wochenlang auf Leben und Tod darnieder. Es gelang Gord, sie zu retten, aber er konnte nur die Wunden in ihrem Körper heilen.« Ihre Stimme bebte. Sie sprach jetzt immer schneller, als fühle sie, daß ihre Kräfte sie in wenigen Augenblikken verlassen und sie nicht mehr die Zeit haben würde, ihre Geschichte zu Ende zu bringen, aber Skar hörte den Vorwurf, die unausgesprochene Anklage in ihren Worten, trotzdem. Die Leute, für die Vela gekämpft hatte, hatten sie zum Dank sterbend und allein zurückgelassen; sie hatten nicht einmal den Versuch unternommen, ihr zu helfen.

»Es wurde Frühjahr, ehe sie wieder so weit bei Kräften war, daß

*Eine ausführliche Fassung dieses Geschehens findet sich in der Erzählung »Vela, die Hexe« in der Anthologie »Goldmann Fantasy Foliant 2« (Goldmann Taschenbuch 23823), herausgegeben von Thomas Le Blanc.

wir den Rückweg nach Elay antreten konnten«, fuhr Gowenna fort. »Ich blieb zusammen mit Gord bei den Sumpfleuten in Cosh zurück, und es verging ein weiteres halbes Jahr, ehe Vela wiederkam. Allein. Ohne ihren Drachen. Weißt du, was mit einer *Errish* geschieht, die ihr Tier verliert?«

»Sie wird ausgestoßen«, murmelte Skar.

Gowenna lachte, aber vielleicht war es auch ein unterdrückter Aufschrei der Qual. *»Ausgestoßen!«* Sie spie das Wort regelrecht aus. »Ausgestoßen – wie leicht sich das spricht! Aber es bedeutet mehr, als aus einer Kaste verstoßen zu werden, Skar. Mehr als du oder ich oder irgendein anderer jemals verstehen kann. Es ist schlimmer als der Tod. Aber sie gab nicht auf. Sie ist stark, Skar. Sie ist es heute, und sie war es damals schon. Sie blieb ein Jahr in Cosh, lernte von den Sumpfleuten und unterrichtete mich. Dann ging sie wieder, und diesmal blieb sie ein Jahr. Als sie zurückkam, hatte sie einen Staubdrachen gezähmt – etwas, das noch keinem vor ihr gelungen war. Einen *wilden* Staubdrachen, begreifst du?«

Skar nickte, aber er begriff nicht wirklich. Er konnte es nicht, und wahrscheinlich konnte es niemand. Bis vor wenigen Tagen hatte er nicht einmal gewußt, daß es so etwas wie einen Staubdrachen wirklich gab.

»Sie brachte das Tier nach Elay«, berichtete Gowenna mit letzter Kraft. »Sie bot es der Großen Mutter als Geschenk an. Nicht als Preis, um wieder in den Orden aufgenommen zu werden, sondern lediglich als Geschenk, ohne auch nur im geheimen auf eine Gegenleistung zu hoffen. Alles, was sie wollte, war Anerkennung und vielleicht Vergebung. Weißt du, was sie getan haben, diese ach so *ehrwürdigen* Frauen? Sie haben sie verjagt, zum zweiten Mal. Sie hatte eine Bestie gezähmt, vor der sich selbst die Zuchtmeister der *Errish* fürchten, und sie bot dieses Tier und das Wissen, wie man es beherrscht, den *Errish* als Geschenk an, und sie verjagten sie. So kehrte sie zum zweiten Mal als Ausgestoßene nach Cosh zurück. Diesmal ging ich mit ihr. Ich und die drei Geistbrüder.«

Erneut brach sie ab, und jetzt spürte Skar, daß sie nicht weiterreden würde, daß sie zu erschöpft dazu war, aber auch alles gesagt hatte, was es im Moment zu sagen gab. Ihre Geschichte war noch nicht zu Ende, noch lange nicht, und er hatte längst nicht alles erfahren. Und doch hatte sie ihm mehr, viel mehr erzählt, als er hatte wissen wollen. Einiges, was er geahnt, und vieles, was ihn überrascht hatte. Nichts davon war wirklich wichtig gewesen. Wichtig war das, was sie *nicht* ausgesprochen, dafür aber um so deutlicher gesagt hatte.

Sie glaubte, Vela zu hassen, aber das stimmte nicht. Im Gegenteil, sie liebte sie noch immer, vielleicht jetzt mehr als zuvor.

Nach einer Weile stand er auf und ging, ziellos und nur von dem Wunsch erfüllt, allein zu sein, zu der niedergebrannten Feuerstelle am anderen Ende des Kraters hinüber. Die Flammen waren zu einem Häufchen schwach glimmender Glut geworden und wärmten nicht mehr, und die beiden Bratenscheiben, die noch immer an einem Stock über der Feuerstelle hingen, waren schwarz und verkohlt. Erst jetzt kam ihm richtig zu Bewußtsein, wie lange er neben Gowennas Lager gesessen und ihr zugehört hatte; eine Stunde, vielleicht mehr. Sie hatte sehr langsam gesprochen, aber ihr Bericht hatte ihn so in seinen Bann geschlagen, daß er das Verstreichen der Zeit kaum mehr bemerkt hatte.

Skar kauerte sich im Schutz der Felswand zusammen, zog den Mantel enger um die Schultern und sah nach Osten. Es dämmerte, und am Horizont, weit hinter dem wabernden Feuerpilz Combats, begann sich das erste zaghafte Grau zu zeigen: ein dünner, verlorener Streifen, der von dem brüllenden Feuergiganten davor zur Lächerlichkeit degradiert wurde. Der Wind wurde kälter und verspottete die lodernde Glut, und der Schnee fiel jetzt dichter, selbst hier unten, im Schutz der Felswände. Sicher wäre es vernünftiger gewesen, die wenigen kostbaren Minuten, die ihm noch blieben, zu nutzen, um zu schlafen oder wenigstens auszuruhen, aber Skar wußte, daß dann die Alpträume wiederkommen würden, und er hatte Angst davor. So stand er nach wenigen Augenblicken wieder auf und ging zu den beiden Sumpfleuten.

Der Wind traf ihn mit voller Wucht, als er aus dem Schutz des Kraterwalles heraustrat, aber nicht nur der Wind traf ihn, sondern auch der Gluthauch Combats, der selbst über die große Entfernung hinweg noch deutlich zu spüren war. Hastig vergrub er die Hände unter seinem Mantel und ging mit schnellen Schritten auf die El-tra zu. Sie standen, zusammen mit den Pferden, im Windschutz eines zusammengefallenen Mauerrestes, aber es gab hier nur die Wahl zwischen der klirrenden Kälte des Eissturmes, der vom Gebirge herabfauchte, auf der einen und dem Glutatem der brennenden Stadt auf der anderen Seite. Es gab kein Dazwischen, keinen noch so winzigen Fleck des Ausgleichs, sondern nur Extreme, so wie alles in diesem Teil der Welt extrem zu sein schien, und die eher an Wärme als an Kälte gewöhnten Sumpfmänner hatten sich – wie nicht anders zu erwarten – auf der windabgewandten Seite des Mauerstückes postiert. Skar konnte im unsicheren Licht der heraufziehenden Dämmerung nicht erkennen, was sie taten. Ihre Bewegungen, ohnehin nur schwer zu bestimmen, wurden zu einem huschenden Hin und Her zwischen tanzenden Lichtflecken und flackernden grauen Schatten. Die Pferde waren unruhig. Die Hitze mußte ihrer empfindlichen Haut Schmerzen bereiten, und das unablässige Heulen des Sturmes, für Skar und die anderen schon so zur Gewohnheit geworden, daß sie es kaum mehr bewußt wahrnahmen, schien sie allmählich zur Raserei zu treiben. Die Schattenmänner hatten die schweren Leder- und Stahlpanzer entfernt, in die die Tiere gehüllt gewesen waren, und aus den schwarzen Ungeheuern, denen sie sich vor zwei Tagen gegenübergesehen hatten, waren wieder Pferde geworden. Aber unter den wuchtigen Rüstungen war noch mehr zum Vorschein gekommen: Skar sah mit Schrecken die unzähligen wunden Stellen, die trüb entzündeten Augen und die schnellen, mühsamen Stöße, mit denen der Atem der Tiere ging. Für einen Moment fragte er sich ernsthaft, ob diese Pferde überhaupt noch die Kraft hatten, ein Kind zu tragen, geschweige denn einen ausgewachsenen Mann. Ihre Chancen standen schlechter, als er geglaubt hatte.

Er bückte sich, hob einen der massigen schweren Brocken auf, die den Boden so weit er sehen konnte wie scharfkantiger schwarzer Schnee bedeckten, und drehte ihn unschlüssig in den Händen. Der Brocken war heiß, heiß und schwerer, als er hätte sein dürfen, und Skar erkannte, daß es sich nicht, wie er bisher angenommen hatte, um Lava handelte, sondern um geschmolzenes und zu einer krumigen schwarzen Masse zusammengefallenes Metall.

»Du solltest das nicht anfassen«, sagte eine Stimme hinter ihm.

Skar schrak so heftig zusammen, daß ihm der Brocken entglitt und auf den Boden zurückfiel. Das Heulen des Sturmes hatte die ohnehin leisen Schritte El-tras verschluckt, und Skar hatte dadurch nicht gemerkt, daß der Sumpfmann hinter ihn getreten war.

»Man sagt, dieses Land atme den Tod aus«, fuhr El-tra fort. »Berühre nicht mehr davon, als nötig ist.«

»Was meinst du damit?«

El-tra deutete ein Schulterzucken an; eine Geste, die Skar noch nie an ihm oder einem seiner Brüder beobachtet hatte und die er sich vielleicht nur zulegte, um in Skars Augen menschlicher zu erscheinen – seltsamerweise schien sie den Unterschied eher zu betonen, statt ihn zu verwischen. »Man nennt die Ebenen von Tuan auch das Tote Land«, sagte er. »Doch was tot ist, muß auch einmal gelebt haben.« Damit wandte er sich um und ging wieder zu den Pferden hinüber, ohne mehr Zeit mit weiteren Erklärungen zu verschwenden.

Skar sah ihm mit einer Mischung aus Ärger und Erheiterung hinterher. Er hatte sich daran gewöhnt, von den El-tra selten eine klare Antwort auf eine klare Frage zu bekommen. Aber er wußte auch, daß sie niemals etwas Überflüssiges oder Dummes sagen würden. Reden nur um den Redens willen schien den Sumpfmännern unbekannt zu sein.

»Was tot ist, muß auch einmal gelebt haben . . .«, wiederholte er El-tras Worte, und plötzlich, als er sie zum zweiten Mal und mit seiner eigenen Stimme gesprochen hörte, spürte er den dunklen, unheilschwangeren Unterton, der darin mitschwang.

Vielleicht, dachte er, lebte es *noch,* nur auf eine Weise, die sie niemals begreifen würden. Vielleicht waren *sie* die Toten.

Die Ebene war endlos. Sie waren kurz nach Sonnenaufgang losgeritten, aber Skar wußte längst nicht mehr, wieviel Zeit seither vergangen war. Es wurde nicht hell; nicht wirklich. Der Schneesturm hatte noch an Kraft zugenommen, und wenn er auch, durch eine gnädige Laune der Natur, erst in hundert oder mehr Manneslängen Höhe seine volle Wucht entfaltete und sie hier am Boden nichts als einen schwachen Hauch seiner wirklichen Macht spürten, so war der Himmel doch hinter einer grauweißen, wirbelnden Decke verborgen, unter der sie wie unter der Kuppel eines gewaltigen natürlichen Gewölbes nach Süden krochen, und der Tag schien nichts als eine Fortsetzung der Dämmerung zu sein, so wie die Landschaft, durch die sie ritten, eine getreuliche Wiederholung jener Gegend war, durch die sie auf dem Weg vom Gebirge nach Combat und zurück gekommen waren. Skar hatte es längst aufgegeben, nach irgendwelchen Zeichen oder besonderen Landmarken Ausschau zu halten. Sie ritten durch eine Apokalypse, eine bizarre Vision des Weltuntergangs, schlimmer, als sie sich jede Phantasie hätte ausmalen können. Der Boden bestand aus schwarzgeschmolzenem Glas, und jeder einzelne Hufschlag ihrer Pferde erzeugte einen hellen, harten Ton, als würde ein Spiegel zerschlagen. Die schwarzen Lavabrocken lagen auch hier noch in großer Zahl, wenn auch nicht mehr ganz so zahlreich wie in der unmittelbaren Nähe Combats, und sie passierten immer wieder die zerfallenen Überreste einstiger Gebäude; Opfer der Zeit und des beständig heulenden Windes, der seit Urzeiten mit ungebändigter Kraft von den Bergen herunterraste; manchmal aber auch zermalmt, zerschmolzen von den Urgewalten, die dieses Land verbrannt und verstümmelt hatten.

Skar bildete zusammen mit einem El-tra die Spitze der kleinen Kolonne. Er hockte vornrüber gebeugt im Sattel, den Blick starr nach Süden gerichtet, und es fiel ihm zunehmend schwerer, sich noch auf dem Rücken des Pferdes zu halten. Der Schmerz in seinen gebrochenen Rippen war zu einem dumpfen, qualvollen Pochen geworden, und er hatte das Gefühl, langsam von innen heraus zu verbrennen. Es war Stunden her, seit er sich das letzte Mal im Sattel umgedreht und den Weg zurückgeblickt hatte, den sie gekommen waren. Sie mußten, obwohl sie nur langsam vorankamen und immer wieder Umwege zu machen hatten, schon mehr als zwanzig Meilen zurückgelegt haben, aber das lodernde Fanal am Horizont war bisher nicht sichtbar kleiner geworden. Der Anblick des brennenden Giganten gab ihm das Gefühl, zur Größe eines Insekts zusammenzuschrumpfen, und er hatte beschlossen, nicht mehr hinzusehen. Er hatte nicht mehr die Kraft, sich irgendeinem Kampf zu stellen. Nicht einmal diesem.

Sein Pferd strauchelte, als seine Hufe auf dem glatten Boden plötzlich keinen Halt mehr fanden. Es fing sich sofort wieder, aber die abrupte Bewegung riß Skar schmerzhaft aus der Lethargie, in die er im Laufe der vergangenen Stunden versunken war. Er fuhr auf, tätschelte ihm mit einer unbewußten, zärtlichen Geste den Hals und legte die linke Hand mit sanftem Druck zwischen seine Ohren. Das Tier schnaubte, beruhigte sich aber beinahe augenblicklich wieder und fiel in normale Gangart zurück.

Skar sah besorgt nach rechts. Auch das Tier des Sumpfmannes lief lange nicht mehr so elegant und ruhig wie am Morgen. Es setzte zwar noch immer gehorsam einen Fuß vor den anderen, aber es schien vor jedem Schritt unmerklich zu zögern, und der Ausdruck in seinen dunklen Augen kündete eindeutig von Schmerz. Das Laufen auf dem Boden Tuans, der härter war als Stein, mußte den Tieren unsägliche Qualen bereiten. Ihre empfindlichen Fesseln waren für federnden Prärieboden, allenfalls für eine kurze Strecke über Felsen oder Sand, geschaffen. Die Tiere werden keine zwei Wochen durchhalten, dachte Skar. Nicht einmal zwei Tage.

El-tra sah seinen Blick, und er mußte auch spüren, was hinter seiner Stirn vorging. Aber er schüttelte nur stumm den Kopf und deutete nach Süden. Sie konnten keine Rast einlegen, weder jetzt noch in den nächsten Stunden, und Skar fügte sich stumm. Wäre es nur um ihn und die beiden Männer aus Cosh gegangen, wäre er trotz seiner Schwäche aus dem Sattel gestiegen und neben dem Pferd hergegangen. Aber es ging nicht nur um sie.

Er drehte sich halb im Sattel um, hob die Hand vor das Gesicht, als der Wind wie ein schneidendes Messer in seine Augen stach, und ließ sein Pferd ein wenig langsamer gehen, um an Gowennas Seite zu gelangen. Ihre Gestalt schien vor dem brennenden Hintergrund Combats zu flackern, und die Flammen versahen ihr Haar mit einem dünnen lodernden Kranz. Ihr linker Arm hing schlaff herunter, und als sie näher kam, drehte sie den Kopf ein wenig, um die verbrannte Hälfte ihres Gesichts abzuwenden. Ihre Miene war starr und ausdruckslos, aber es war jene Art von Ausdruckslosigkeit, hinter der sich Schmerz und ein fast übermenschliches Maß an Selbstbeherrschung verbargen. Um ihre Hüfte und ihren Oberkörper schlang sich ein Geflecht von dünnen ledernen Riemen; die Sumpfmänner hatten sie auf dem Rücken des Pferdes festgebunden, um zu verhindern, daß sie bei einem plötzlichen Schwächeanfall aus dem Sattel stürzte. Sie hatten bei den Medikamenten, die Tantor ihnen zurückgelassen hatte, auch einen Beutel mit einem schmerzstillenden Pulver gefunden, einem Mittel, das einen Menschen in die Lage versetzte, weißglühendes Eisen zu berühren und dabei zu lächeln, das aber auch die Gedanken vernebelte und die Sinne abstumpfte. Gowenna hatte sich geweigert, es zu nehmen.

»Wie fühlst du dich?« fragte er. Es war eine dumme und überflüssige Frage, doch der Anblick ihres zerstörten Gesichts lähmte ihn und ließ ihn Zuflucht zu einem Gemeinplatz suchen, um nicht nur wortlos neben ihr herzureiten und sie anzustarren.

Gowenna versuchte zu lächeln, aber ihre Lippen, zur Hälfte gelähmt und starr, ließen eine Grimasse daraus werden. Eine plötzliche Windbö griff nach ihrem Haar und warf es nach vorne, so daß es wie ein dichter schwarzer Schleier vor ihrem Gesicht wehte. Sie hob die Hand, um es zurückzustreifen, führte die Bewegung aber nicht zu Ende.

»Ich glaube, ich fühle mich ungefähr so, wie du aussiehst, Skar«, antwortete sie mit einiger Verspätung auf seine Frage. Die gezwungene Fröhlichkeit in ihrer Stimme versetzte Skar einen schmerzhaften Stich.

»Wenn du willst, rasten wir eine Weile«, erwiderte Skar. »Den Pferden würde eine Pause auch guttun.«

Gowenna schüttelte den Kopf. »Nein. Wir müssen weiter. Wenn wir überhaupt eine Chance haben, lebend hier herauszukommen, dann nur, wenn wir keine Zeit verschwenden.«

Skar wollte widersprechen, aber Gowenna hatte recht – sie hatten genug Fleisch, und er war sicher, daß sie auch Wasser finden würden; das war nicht das Problem. Aber es war – und jetzt, als ihm dieser Vergleich einfiel, wunderte er sich fast, daß er ihm nicht schon viel früher eingefallen war - wie in Combat: Auch dort hatte es Plätze gegeben, an denen sie sicher und von keiner Gefahr bedroht gewesen waren, aber es reichte, dort zu sein. Ihre bloße Anwesenheit hier war ein Frevel, der nicht ungesühnt bleiben würde. Er war nie abergläubisch gewesen, und noch vor wenigen Tagen hätte er über diesen Gedanken gelacht, aber Tuan hatte mit der Welt, die er kannte, nichts gemein. Es war mehr als ein *totes* Land - es war *fremd.* Es würde seinen Preis fordern, wie Combat ihn gefordert hatte.

Er deutete mit einer Kopfbewegung nach Süden. »Was weißt du über dieses Land?«

»Nichts. Nichts jedenfalls, was uns weiterhelfen würde. Es ... gibt eine Menge Legenden, die sich um Tuan und seine Geister ranken, aber Enwor hat mehr Legenden als Menschen, und ich weiß sowenig wie du, was uns erwartet.«

»Aber du warst schon einmal hier.«

Gowenna schüttelte den Kopf. »Nicht hier, Skar. Ich war in Combat, aber ich nahm den gleichen Weg, den wir genommen haben - über die Berge. Auch zurück. Doch ich glaube nicht, daß wir etwas anderes finden als das, was wir bereits gefunden haben.«

Skars Blick glitt eine Weile unsicher über die zerrissene, von Kratern und Ruinen und jäh aufklaffenden Spalten verstümmelte Landschaft. »Was mag hier geschehen sein?« murmelte er.

Seine Worte waren nicht als Frage gedacht gewesen, aber Gowenna antwortete trotzdem darauf. »Der Atem der Götter, Skar. Die gleiche Macht, die Combat in Brand setzte.«

»Götter ...« Skar lächelte dünn. »Ich glaube nicht an Götter, Gowenna. Ich habe Enwor von einem Ende zum anderen durchstreift, aber ich habe nirgends einen getroffen. Vielleicht«, fügte er nach kurzem Zögern hinzu, obwohl ihn der Gedanke fast selbst erschreckte, »war es eine Waffe.«

»Eine Waffe, die Stein zu Glas zerschmilzt und ein ganzes Land verbrennt?« fragte Gowenna zweifelnd.

»Was ist daran absurder als an der Vorstellung einer Stadt, die groß wie ein Land ist, absurder als an der Vorstellung einer Stadt, die brennt, ohne jemals zu verbrennen, oder eines Kristalls, der tötet, wenn man ihn berührt?« gab Skar zurück. »Diese Ruinen begleiten uns, seit wir die Berge verlassen haben, Gowenna. Diese Stadt muß mehr Einwohner gehabt haben als Besh-Ikne, Malab und Endor zusammengenommen.«

»Das hat sie sicher«, nickte Gowenna. »Combat war nur ihr Zentrum, das Herz Tuans, das Stadt und Land in einem war. Eine Festung. Weißt du, daß Combat in der Sprache der Alten nichts anderes als *Kampf* bedeutet?«

»Ich dachte, du weißt nichts über dieses Land«, erwiderte Skar überrascht.

»Ich weiß auch nichts darüber«, antwortete Gowenna ruhig. »Eine Legende, mehr nicht. Das Praktische an Legenden ist, daß man sich immer die für wahr heraussuchen kann, die einem am dienlichsten erscheint.« Sie lachte, stockte für die Dauer eines Atemzugs und begann dann plötzlich und scheinbar ohne jeden Grund zuerst zu schluchzen, dann zu weinen. Ihre Schultern bebten.

Skar lenkte sein Tier näher an das Gowennas heran, streckte die Hand aus und berührte sie flüchtig an der Schulter. Gowenna fuhr auf, schlug seinen Arm beiseite und wandte sich mit einem Ruck ab.

»Laß mich, Satai!« stieß sie hervor. »Ich brauche dein Mitleid nicht! Deines am allerwenigsten!«

Skar erstarrte. »Das glaube ich dir gerne, Gowenna«, sagte er gepreßt. »Du hast genug davon in dir. Wer so viel Selbstmitleid hat wie du, braucht das anderer nicht mehr. Er hat auch kein Anrecht mehr darauf.«

Seine Worte trafen sie wie ein Schlag ins Gesicht. Sie fuhr herum, öffnete den Mund, um etwas zu sagen, brachte aber nur ein schmerzhaftes Krächzen zustande. Ihr unverletzt gebliebenes Auge sprühte vor Zorn.

»Satai!« zischte sie, und diesmal klang es, wie es gemeint war: als Beschimpfung. »Ihr versteht nichts. *Nichts.* Ihr wißt ein Schwert zu führen, aber was wißt Ihr von einem Menschen?«

»Genug«, antwortete Skar so ruhig, wie er konnte. Die Kluft zwischen ihnen war wieder da, unüberbrückbar wie zuvor, und Skar begriff plötzlich, daß alles, was er bisher gefühlt – nicht einmal *wirklich* gefühlt, sondern nur zu fühlen geglaubt hatte - nur eine barmherzige Lüge gewesen war. Sie waren von einem Moment zum anderen von Feinden zu Verbündeten geworden, aber es war nur ein Burgfrieden, eine aus Not geschmiedete Gemeinschaft, und die alte Feindschaft war noch da und würde immer da sein, ganz egal, wie lange sie zusammen blieben. »Genug jedenfalls«, fuhr er fort, »um zu wissen, daß weder Selbstmitleid noch blinder Haß eine Lösung sind. Wenn du ein Ziel erreichen willst, dann nur durch Härte. Ich weiß, daß du stark wie ein Mann und stolz darauf bist, aber das ist es nicht, was ich meine.« Die Flamme brannte höher, griff gierig nach der Nahrung, die er ihr so lange vorenthalten hatte.

Er hatte Gowenna vom ersten Tag an zur Zielscheibe des Hasses gemacht, der Vela gebührt hätte. Ohne daß er sagen konnte warum, hatte es ihm stets ein Gefühl der Befriedigung bereitet, sie zu quälen, zu schlagen, wenn schon nicht mit Fäusten, so mit Worten, und trotz allem, was geschehen war, bereitete es ihm noch immer dasselbe boshafte Vergnügen, zu sehen, wie sie unter seinen Worten zusammenzuckte, obwohl auch jetzt in seinem Inneren eine Stimme war, die ihn anschrie, aufzuhören, sie nicht weiter zu peinigen.

»Du glaubst, Vela zu hassen«, fuhr er fort, »und nicht einmal das ist wahr. Der einzige Mensch auf der Welt, den du haßt, bist du selbst. Du haßt dich, weil du weißt, daß du nie wieder unter Menschen treten kannst, ohne daß man dir Blicke nachwirft und dir entweder Ekel oder Furcht entgegenbringen wird. Du haßt dich, weil du es nie wieder wagen wirst, in einen Spiegel zu schauen. Und du haßt dich, weil du versagt hast.«

»Ich habe -«

»Du *hast* versagt, Gowenna. Ich rede nicht von Combat. Du wußtest vorher, daß ich es sein würde, der den Stein holt. Ich rede davon, daß Vela dich betrogen hat. Dafür haßt du dich. Nicht sie. Was sie getan hat, ist ihre Sache, aber du wirst dir - dir selbst, Gowenna - niemals verzeihen, *daß* sie es tat. *Deshalb* habe ich dein Angebot abgelehnt, in deine Dienste zu treten. Du verachtest uns *Satai«* - er betonte das Wort auf die gleiche Weise wie sie zuvor, aber er sah an der Reaktion auf ihrem Gesicht, daß sie den Unterschied genau spürte – »aber du hast immer noch nicht begriffen, was wir wirklich sind. Sowenig«, fügte er, leiser und nach einer genau bemessenen Pause hinzu, »wie du jemals begreifen wirst, was eine *Errish* ist. Es gehört mehr dazu, eine Ehrwürdige Frau zu werden, als Krankheiten zu heilen und ein wenig Hokuspokus aufführen zu können, so wie mehr dazu gehört, als ein Schwert zu führen, um ein Satai zu sein. Härte, Gowenna. Vela konnte dich schlagen, weil sie *hart* ist, und ich werde sie besiegen, weil ich ebenso hart bin. Nicht Härte anderen gegenüber, sondern dir selbst gegenüber. Erst, wenn du begriffen hast, daß dein eigenes Leben nichts, absolut nichts wert ist, erst dann kannst du wirklich stark werden.«

»Und das bist du, ja?« fragte Gowenna spöttisch. Er hatte sie in die Enge getrieben, und sie flüchtete sich in Sarkasmus und Hohn. »Der große, tapfere Satai. Der Supermann. Warum hast du sie nicht getötet, Satai, wenn du so verdammt stark bist? Warum hast du sie nicht erschlagen? Du hast mehr Grund als ich, sie zu hassen, und einer dieser Gründe heißt Del. Sie hat dich dazu gebracht, einem Mann, den du als deinen Freund bezeichnest, in einem Kampf auf Leben und Tod gegenüberzutreten. Warum hast du sie nicht getötet, wenn dir dein eigenes Leben so wenig gilt? *Du kannst es nicht, Skar. Ein kleiner Liebeszauber, von dem du nichts gemerkt hast – ich hoffe, du verzeihst mir diesen kleinen Kunstgriff«,* versuchte sie Velas Worte nachzuäffen. »Aber sag mir, Satai, wie kann man einen Mann behexen, der keine Gefühle kennt? Man kann es – jedenfalls bei dir. Sie hat es bei eurem zweiten Treffen in Ikne getan, und du hast es nicht einmal gespürt. Ich hätte es auch tun können, Skar. Ich kann alles, was sie kann. Hätte ich gewollt, würdest du mich abgöttisch lieben und im Staub kriechen, wenn ich nur mit den Fingern schnippe. Aber ich wollte, daß du mir freiwillig hilfst. Ich wollte keine Marionette, sondern einen *Freund.«*

Plötzlich kam Skar ihre Unterhaltung absurd vor, absurd und lächerlich. Sie waren beide mehr tot als lebendig, Gowenna verbrannt vom Säureatem des Drachen, er noch immer verseucht von dem Gift, das in seinen Adern pulsierte, und sie hatten nichts Besseres zu tun, als sich zu streiten. Er lachte.

Gowenna preßte die Lippen zusammen. »Verzeih mir, wenn ich etwas Dummes gesagt habe, Satai«, sagte sie. »Aber ich bin nur ein naives Mädchen, vergiß das nicht.«

Skar schüttelte den Kopf. »Das war es nicht, Gowenna. Ich habe mich nur für einen Moment gefragt, warum wir nicht aus den Sätteln steigen und uns mit Sand bewerfen.«

Gowenna starrte ihn verständnislos an, und sein Lächeln erlosch schlagartig. »Verzeih«, murmelte er. »Das war unfair. Ich ... ich wollte dir nicht weh tun.«

»Doch, Skar, das wolltest du. Und du hast es erreicht. Du wolltest mich verletzen, so wie ich dich vom ersten Tage an verletzen wollte.«

»Und jetzt?« fragte Skar. »Willst du es nicht mehr?«

Gowenna schüttelte verwirrt den Kopf. »Ich ... versuche es nicht mehr zu wollen«, sagte sie stockend. »So, wie –«

»So, wie du versuchst, Vela zu hassen«, vollendete Skar den Satz. »Und du kannst beides nicht. Und das ist auch der Grund, aus dem du sie niemals besiegen wirst, Gowenna. Vielleicht wirst du deine Worte wahr machen und sie bis ans Ende der Welt jagen und töten. Aber *besiegen* wirst du sie nie.«

Er sah an ihrem Blick, daß sie etwas darauf erwidern wollte, aber bevor sie Gelegenheit dazu bekam, zwang er sein Pferd herum und ritt schnell zu El-tra an die Spitze der Kolonne vor.

Wieder träumte er, aber diesmal konnte er sich hinterher an den Traum erinnern. Er lief über eine gewaltige schwarze Ebene, die mit Trümmern und formlosen, brennenden Dingen übersät war. Tuan und nicht Tuan, oder wenn doch, dann ein Tuan, das er niemals wirklich gesehen hatte, ein Totes Land, wie es vielleicht ausgesehen hatte, als es noch nicht tot oder gerade im Sterben begriffen war. Feuer fiel vom Himmel, und im ersten Moment glaubte er, wieder in Combat zu sein, aber alles um ihn herum war schwarz und geduckt, und der

Boden zuckte und bebte unter seinen Füßen wie ein gewaltiges lebendes Wesen, das sich in Krämpfen wand. Vor ihm war etwas Schwarzes und Monströses, das sich seinen Blicken beständig entzog, aber trotzdem auch immer da war, egal, wohin er sah. Er hätte Angst davor haben müssen, aber er empfand im Grunde gar nichts. Plötzlich war er wirklich in Combat, wieder in dem kleinen Raum unter der Kuppel des Tempels, aber er wußte mit einem Mal, daß es kein Tempel war, sondern das Zentrum eines unsagbar fremden Etwas, das er niemals begreifen würde, Herz einer . . . Magie (?), die vor hunderttausend Jahren untergegangen war, zusammen mit den Wesen, die sie geschaffen hatten, und vor ihm stand der weiße, aus schimmerndem Glas gewachsene Gral des Steines, bewacht von einem gewaltigen schwarzen Granitwolf. Aber als er danach greifen wollte, schmolz er zusammen und wurde zum höhnisch grinsenden Kopf des Staubdrachen, und aus dem Wolf wurde ein hühnenhafter schwarz gepanzerter Krieger. Die dunklen Augen hinter dem geschlitzten Visier erschienen ihm seltsam vertraut, aber er wußte nicht, wem er gerade gegenüberstand, Del oder seinem Dunklen Bruder, vielleicht auch beiden. Der Traum endete an dieser Stelle, aber Skar wachte nicht auf, sondern trieb noch eine Weile haltlos durch den grauen Nebel, der zwischen Schlaf und Erwachen liegt. Das Geräusch des Windes drang schwach an sein Bewußtsein, doch der Laut erschien ihm plötzlich wie ein langgezogenes, klagendes Heulen, das Heulen des steinernen Wolfes von Combat, der den Verlust seines Schatzes beklagte. Noch einmal glitt er – für Sekunden, wie es ihm schien – hinüber in den Schlaf, und als wäre sein Traum noch nicht zu Ende gewesen, setzte er sich fort. Plötzlich war er nicht mehr in Combat, sondern in Urcòun, der Stadt am Rand der Nonakesh-Würste. Wieder sah er den schwarzen Riesen, aber dann wuchsen aus seinem Kopf und seinen Schultern lange, dornige Stacheln, und als er die Hand hob und das Gesichtsvisier zur Seite schob, da war es nicht Dels Gesicht oder sein eigenes, sondern eine schwarze, brodelnde, formlose Masse.

Diesmal erwachte er endgültig.

Er fuhr so abrupt hoch, daß El-tra, der auf einem Mauerrest über dem provisorischen Lager saß und Wache hielt, erschrocken herumguckte und die Hand auf das Schwert legte. Skar schüttelte hastig den Kopf, gab dem Sumpfmann mit einer stummen Geste zu verstehen, daß alles in Ordnung sei, und setzte sich – leiser, um Gowenna und den anderen El-tra, die rechts und links von ihm lagen und schliefen, nicht zu wecken – vollends auf. Seine Stirn war heiß, und das Brennen auf seinen Handflächen und der trockene, üble Geschmack im Mund sagten ihm deutlich, daß er in den letzten Stunden erneut Fieber gehabt und sein Körper den Kampf gegen die Rauschdroge noch lange nicht gewonnen hatte.

Aber es gelang ihm nicht, den Traum als Fieberphantasie abzutun. Er war zu klar gewesen, und er verblaßte nicht in der Art normaler Alpträume bald nach dem Erwachen, sondern schien im Gegenteil erst jetzt, in Skars Erinnerung, an Klarheit zu gewinnen. Es war fast, als wäre es kein Traum, sondern eine Botschaft gewesen, etwas, das von außen an ihn herangekommen und sich in seine Träume geschlichen hatte, um sie als Vehikel zu benutzen, als wolle ihm irgend jemand oder etwas – vielleicht sein eigenes Unterbewußtsein – auf diesem Wege etwas mitteilen.

Aber wenn es eine Botschaft war, dann verstand er sie nicht.

Er blieb eine Weile reglos sitzen und wartete darauf, daß die Müdigkeit zurückkam, aber sie kam nicht. Sein Körper und vielmehr noch sein Geist befanden sich in Aufruhr; er würde in dieser Nacht keinen Schlaf mehr finden. Leise beugte er sich zu Gowenna hinüber und betrachtete sie sekundenlang. Sie lag auf dem Rücken und schlief; ihre Hand hatte die Decke, in die sie sich gewickelt hatte, bis zur Stirn hochgezogen, so daß der Stoff wie ein grober Schleier die geschändete Seite ihres Gesichtes verbarg. Ihre Hand hatte sich selbst im Schlaf noch so fest in das Gewebe gekrallt, daß ihre Knöchel weiß und deutlich hervortraten.

Plötzlich machte sich ein widersinniges Gefühl von Verlangen in Skar breit. Es war wie beim ersten Mal, als er sie schlafend gesehen hatte – jetzt, wo er nur ihren Körper sah, sah er auch nicht mehr als die Frau in ihr, die sie war. Er empfand nichts von dem Haß und dem Zorn, den er der wachen Gowenna entgegenbrachte, sondern fühlte nur noch Zärtlichkeit, ein Empfinden, das er zu lange entbehrt hatte, und – ja, und Vertrauen. Als hätten dieses schlafende Mädchen neben ihm und die Frau, zu der sie wurde, wenn er sie jetzt an der Schulter berühren und wecken sollte, nichts, aber auch gar nichts miteinander gemein.

Er merkte es nicht einmal, aber seine Hand machte sich plötzlich selbständig, glitt in einer unendlich behutsamen Bewegung über die Decke und suchte ihre Hand. Und als hätte Gowena – die *schlafende* Gowenna – nur darauf gewartet, schlossen sich ihre Finger um seine, preßte sich ihre Haut gegen die seine, die eine so heiß und trocken und rissig und vom Fieber ausgedörrt wie die andere, und für einen kurzen, ganz kurzen Moment spürte er Lust – nicht Lust auf irgendeine Frau, nicht das Verlangen nach reinem Sex, der ihm nicht mehr bedeutete als ein natürliches Bedürfnis seines Körpers und den er beherrschen und nach Belieben unterdrücken konnte wie Hunger oder Durst, sondern ein heißes, drängendes Verlangen nach ihr, eine morbide Lust, sie an sich zu reißen, sie in die Arme zu schließen und die Lippen auf ihr verbranntes Gesicht zu pressen, sie zu streicheln . . .

Skar riß seine Hand so abrupt zurück, daß Gowenna beinahe erwachte und sich stöhnend herumwarf. Er schloß die Augen, ballte die Fäuste und versuchte seine Gedanken dorthin zurückzujagen, wo sie hergekommen waren.

Für einen Moment dachte er an gar nichts, schuf bewußt eine schwarze, endlose Leere in seinem Geist und öffnete nur zaghaft wieder die Augen.

Er stand auf, legte sich seinen Mantel um die Schultern und nahm nach kurzem Zögern auch die Decke auf, um sie wie einen zweiten Umhang über den ersten zu werfen. Es waren noch Stunden bis zum Sonnenaufgang, und wenn auch der Wind sie in der halboffenen Ruine, in der sie Zuflucht gesucht hatten, nicht erreichen konnte, so kroch doch die Kälte wie ein glitzerndes eisiges Tier durch die Wände und den Boden und nagte beharrlich an seinen Kräften. Er bückte sich noch einmal, hob seine Waffe auf und schob sie lautlos in den Gürtel. Das Gewicht des *Tschekal* an seiner Seite gab ihm ein Gefühl der Sicherheit, obwohl er wußte, daß die Gefahren, die hier auf sie lauern mochten, sicher nicht mit herkömmlichen Waffen zu bekämpfen waren.

Das schwarze Glas Tuans knirschte unter seinen Stiefeln, als er zu El-tra hinüberging. Sie waren trotz ihrer Erschöpfung bis weit in die Nacht hinein geritten und hatten an die fünfzig Meilen zwischen sich und Combat gebracht, und die Landschaft begann sich hier langsam, aber doch spürbar zu verändern. Der Boden war nicht mehr ganz so glatt und hart, und an manchen Stellen war das Glas wie unter einer Folge ungeheurer Hammerschläge geborsten und zu einer zersplitterten, krumigen Masse zersprungen, und der Wind trug nicht nur Schnee und Kälte, sondern auch Schleier schwarzen, staubfeinen Glases mit sich. Skar senkte den Blick, drehte den Kopf, um dem Bombardement winziger schneidender Partikel zu entgehen, und arbeitete sich gebückt zu El-tra durch. Der Sumpfmann hockte reglos auf einem Mauerstück, als gäbe es weder den Wind noch die schneidende Kälte. Hätte er nicht bei Skars Näherkommen den Kopf gedreht und genickt, hätte man ihn für eine leblose Statue halten können; ein Teil dieses Landes, trotz seiner Menschenähnlichkeit so bizarr und fremdartig wie die Welt, in die sie eingedrungen waren.

Er deutete auf die Mauer neben sich und machte eine einladende Handbewegung, aber Skar blieb stehen. Er versuchte mehr von ihrer Umgebung zu erkennen. Am Abend, als sie aus den Sätteln gestiegen und hinter der zerfallenen Mauer Zuflucht gesucht hatten, war er zu müde gewesen, um mehr als Schatten wahrzunehmen, aber die wenigen Stunden Schlaf hatten ihn – trotz der Alpträume und des Fiebers – in überraschendem Maße gestärkt. Es war nicht wirklich dunkel: Combats Feuer leuchtete selbst hier noch hell genug, um die Landschaft in flackerndes rotes Dämmerlicht zu tauchen. Trotzdem schien alles, was weiter als zehn, fünfzehn Fuß entfernt war, hinter einen unsichtbaren kochenden Schleier verborgen zu sein, den sein Blick wohl durchdringen konnte, der es aber trotzdem unmöglich machte, irgendwelche Einzelheiten zu erkennen. Er sah Schatten und Konturen und seltsame, fremdartige Dinge, ohne wirklich sagen zu können, was er sah.

»Warum schläfst du nicht?« fragte El-tra nach einer Weile. »Es ist noch Zeit. Du wirst deine Kraft brauchen.«

Skar schüttelte unwillig den Kopf. »Ich kann nicht«, antwortete er. »Aber du solltest dich hinlegen. Es reicht, wenn einer von uns wacht.« Er hätte gerne hinzugefügt, daß es im Grunde nicht einmal nötig war, Wachen aufzustellen, aber er tat es nicht. Wenn El-tra es für nötig hielt zu wachen, so würde er seine Gründe haben.

»Ich bin nicht müde, Skar«, antwortete El-tra. »Mein Bruder schläft. Das reicht.«

Skar blinzelte verwirrt. »Soll das heißen, ihr ruht beide, wenn einer von euch ruht?« fragte er ungeschickt.

El-tra antwortete nicht. Er stand auf, mit einer raschen, fließenden Bewegung, wie es die Art seiner Rasse war, packte sein Schwert mit beiden Händen und deutete nach Süden. Skar sah die Waffe des Schattenmannes jetzt zum ersten Mal bewußt an – es war kein Schwert wie das, das er oder Gowenna trugen, sondern ein wuchtiges, mörderisches Ding mit zwei Schneiden und zahlreichen, reißenden Spitzen; keine Waffe für einen ehrenvollen Kampf, sondern ein brutales Mordinsturment, ein Ding zum Schlachten und Verstümmeln. Er schauderte.

»Vielleicht ist es gut, daß du kommst«, fuhr El-tra nach sekundenlangem Schweigen fort. »Ich bin mir nicht sicher, . . . aber . . .« Er sprach den Satz nicht zu Ende, doch seine Worte ließen Skar aufhorchen. Er fragte sich, wie El-tra in dem brodelnden Nichts dort vor ihnen überhaupt etwas wahrnehmen konnte.

»Komm.«

Sie gingen los, nebeneinander und mit gezogenen Waffen. Das Gebäude, in dem sie Schutz gesucht hatten, war das erste in einer vielleicht dreihundert Fuß langen, geometrisch exakten Linie abgeschmirgelter Ruinen, die sich in südlicher Richtung dahinzogen. Was dahinter lag, war nicht mehr zu erkennen. El-tra ging vielleicht zwanzig Schritte weit, blieb dann stehen und deutete wortlos nach links. Skar sah konzentriert in die angegebene Richtung. Er erkannte eine Mauer, etwas höher als die, hinter der ihr Nachtlager war, und an einer Stelle von einem breiten, halbkreisförmigen Durchgang unterbrochen, dessen oberes Drittel fehlte.

Nebeneinander traten sie hindurch und blieben abermals stehen. Es fiel Skar nicht schwer, sich vorzustellen, wie dieses Gebäude einmal ausgesehen haben mußte. Von seinem Inneren war nichts erhalten, der Boden war geschmolzen und zu Glas erstarrt wie das gesamte Antlitz Tuans – aber es mußte annähernd rechtekkig gewesen sein, und dicht neben dem Eingang führte ein schwarzer, lichtloser Schacht, an dessen oberen Ende die ersten Stufen einer Treppe zu erkennen waren, in die Tiefe. Skar ließ sich daneben auf die Knie sinken, legte sein Schwert neben sich auf den Boden und beugte sich vor, so weit es ging. Aber er erkannte nichts. Die Finsternis unter ihm war total, und selbst die flackernden dunkelroten Lichtblitze Combats, die wie eine stumme Drohung über dem Land lagen und ihre Umgebung in das Szenario eines Alptraumes verwandelten, schienen eine knappe Handbreit unter dem Beginn der Treppe aufgesogen und verschluckt zu werden.

Aber dafür fühlte er um so deutlicher, was El-tra gemeint hatte. Sie waren nicht allein. Es war keine bewußte Wahrnehmung, nichts, was er normalerweise mit seinen Sinnen aufnehmen oder erklären konnte, sondern nur ein Gefühl, weniger sogar noch, etwas wie die Stimme in dem Traum, aus dem er aufgeschreckt war – leise, nicht greifbar, aber doch deutlich, ein Empfinden, als hätte er zu seinen normalen Sinnen plötzlich einen weiteren, neuen hinzubekommen. Er war irritiert.

Er sah sich einen Moment suchend um und riß, als er nichts anderes fand, einen Streifen von der Decke, die er über seinen Mantel geworfen hatte. Rasch wickelte er ihn um das obere Drittel seines Schwertes und knotete ihn fest. El-tra ließ sich neben ihn auf ein Knie sinken und griff unter seinen Umhang. Tantor hatte ihnen nicht nur Heilkräuter und Fleisch, sondern auch einen kleinen Vorrat des Brandpulvers zurückgelassen, mit dessen Hilfe er auf dem Weg durch die Berge selbst aus tropfnassem Holz Feuer entzündet hatte, und die Chemikalie wirkte auch jetzt noch – El-tra tupfte eine Fingerspitze davon auf den Stoffstreifen, und schon nach wenigen Sekunden begann sich der erste Rauchfaden emporzukräuseln.

Skar wartete nicht, bis seine improvisierte Fackel vollends Feuer gefangen hatte. Der zundertrockene Stoff würde nur wenige Augenblicke brennen, ehe er zu Asche zerfiel. Vorsichtig, beide Arme ausgestreckt, um nicht im Dunkeln gegen ein Hindernis zu stoßen, und mit den Fußspitzen über die steinernen Stufen tastend, stieg Skar in die Tiefe. Der Stoffstreifen begann zu glimmen, dann in wachsenden, rauchenden Flammen zu brennen, trotzdem wurde es nicht hell. Das Licht wurde eine knappe Armlänge unter ihm aufgesogen; er bewegte sich im Inneren einer unregelmäßigen, blakenden Kugel aus flackernder Helligkeit, an deren Rändern ein beständiger verzweifelter Kampf zwischen Licht und Finsternis zu toben schien.

Als er das Ende der Treppe erreichte, war seine provisorische Fackel zur Hälfte heruntergebrannt. Der Griff des *Tschekal* begann sich bereits spürbar zu erwärmen. In wenigen Augenblicken würde er so heiß sein, daß Skar ihn nicht mehr halten konnte. Skar zögerte einen Moment, riß einen weiteren Streifen von seiner Decke und setzte auch ihn in Brand.

Skar schloß geblendet die Augen, als der Stoff hell aufloderte, hob instinktiv die Hand vor das Gesicht und ließ den Streifen fallen, der wie ein glühender Feuerschmetterling zu Boden flatterte und dort weiterbrannte.

Im ersten Moment hatte Skar das Gefühl, sich im Inneren eines gewaltigen, in Millionen und Abermillionen verschiedenförmiger Facetten geschliffenen Kristalls zu befinden. Die Wände des Kellerraums bestanden aus Glas, wie der Boden über ihm, aber anders als er waren sie von kristallener Klarheit; blitzendes Eis und Kaskaden von sprühendem, mitten in der Bewegung erstarrtem Wasser, in denen sich das Licht der Flammen millionenfach brach und spiegelte.

Für einen Moment hatte er das Gefühl, als ob der Boden unter seinen Füßen bebte, aber dann merkte er, daß er es war, der wankte, unter dem plötzlichen Ansturm von Licht und Helligkeit zurücktaumelte wie unter einem Schlag. Er blinzelte, schloß die Augen und öffnete sie erst nach Sekunden vorsichtig wieder. Der Anblick war bizarr, erschreckend und faszinierend zugleich.

Sie standen am Eingang einer niedrigen, aber weitläufigen Kuppelhalle. Der Boden war eben, oder war einmal eben gewesen, bevor er sich wie ein gewaltiges Tier in zuckenden Krämpfen gewunden hatte und dann wieder erstarrt war. Eine der Seitenwände war geborsten, die Steine in einer gefrorenen, zeitlosen Explosion in den milchigweißen Schwaden gefangen. Gläserne Stalaktiten wuchsen von der Decke herab, und da und dort spannten sich dünne, durchbrochene Netze wie verwunschene Spinnweben durch den Raum. Skar glaubte für einen kurzen Moment im Widerschein des Feuers die ungeheure Glut zu spüren, die diesen Raum einmal erfüllt haben mußte, Hitze, die Sand zu Dampf und dann zu Glas werden ließ, ein Höllenfeuer, das auf geheimnisvolle Weise noch immer da zu sein schien, als wäre es nie erloschen, sondern gefangen in den weißen, durchsichtigen Schleiern, schlafend, aber noch da.

Skar versuchte sich vorzustellen, wie es gewesen sein mußte: Irgendwann einmal hatten hier Menschen – Menschen oder Götter, aber auf jeden Fall *lebende* Wesen – gelebt. Sie hatten Städte gebaut, Festungen, Burgen, hatten vielleicht Kriege gegeneinander geführt, waren glücklich oder unglücklich gewesen. Und dann war das Ende gekommen; schnell, wahrscheinlich zu schnell, als daß noch irgendeiner überhaupt etwas von dem Unheil spürte, das plötzlich über sie hereinbrach, war die Sonne mit einem einzigen brüllenden Schlag vom Himmel gestürzt, hatte Combat in Brand gesetzt und dieses Land getötet ...

Das Geräusch leiser Schritte riß ihn aus seinen Gedanken. Er sah auf, drehte sich um und sah El-tra nachdenklich an. Das Licht wurde schwächer. Skar streifte den verkohlten Stoff von seinem Schwert, riß wieder ein Stück von seiner Decke und entzündete es. Diesmal war er auf den Ansturm von Licht vorbereitet, aber es schien ihm auch weniger schlimm, zwar noch immer schmerzhaft intensiv, aber nicht mehr so voller Wut wie beim ersten Mal.

El-tra ging stumm an ihm vorbei. Skar konnte die Anspannung, unter der der Sumpfmann stand, spüren. Das Gefühl, beobachtet, belauert zu werden, war hier stärker. Aber er war auch plötzlich sicher, daß sie allein waren. Was sie fühlten, war nichts als ein schwacher Hauch der Vergangenheit. Die Spuren, die die Jahrtausende, ohne auch nur die mindeste Veränderung im Fluß der Zeit zu bewirken, hinterlassen hatten. Sie standen in einem Grab. Und sie fühlten es.

El-tra deutete auf den Boden neben sich und ließ sich auf die Knie nieder. Skar trat neben ihn. Er sah die obersten Stufen einer Treppe, die weiter in die Tiefe führte, hinab in einen Schacht, der von gesprungenem Glas wie von einem gewaltigen Pfropfen ausgefüllt war. Das Gebäude mußte sich auch unter diesem Keller noch fortsetzen, vielleicht Teil eines gewaltigen, Stockwerk um Stockwerk in die Tiefe reichenden Labyrinthes, das noch intakt sein mochte, unversehrt und geschützt durch den Panzer aus Glas und geschmolzenem Stein, der über ihm lag.

»Gehen wir«, murmelte er. »Hier ist nichts.« Er sprach leise, und doch erfüllten seine Worte den Raum mit bizarrem kicherndem Leben. Dies war kein Ort, an dem Menschen sein sollten.

El-tra stand auf und drehte sich um, blieb aber noch einmal stehen und sah zu einer Stelle neben der zerborstenen Seitenwand. Etwas Dunkles, ungeheuer Massiges und Großes ragte halb aus dem erstarrten Glas.

Skar trat zögernd näher. Es war schwer zu erkennen, *was* sie eigentlich vor sich hatten; sein Blick schweifte immer wieder ab, und er mußte seine Augen bewußt zwingen, hinzusehen.

Das Ding hatte entfernte Ähnlichkeit mit einem Menschen. Es war größer, sehr viel größer, und auf schwer zu beschreibende Art massig, von der Wucht und Unaufhaltsamkeit einer Naturgewalt. Es mußte eine Statue sein, irgendein blasphemischer Gott, den die Menschen, die hier gelebt hatten, angebetet und in Stein oder Eisen geschaffen hatten. Es war schwarz, eine Farbe wie uraltes, glänzendes Horn, und obwohl es in einer halb kauernden, aufspringenden Haltung in die Wand eingebettet war, sah Skar, daß es aufgerichtet weit über drei Meter messen mußte. Sein Körper war vollkommen in eine glatte Rüstung gehüllt, aus deren Schultern, Knien und Ellbogen fingerlange, reißende Dornen wuchsen. Seine Pranken waren groß wie Skars Kopf; fürchterliche Klauen mit fünf Fingern und zwei gegeneinander gerichteten, kräftigen Daumen. Das Gesicht war abgewendet; Skar konnte es nicht erkennen.

»Was ... was ist das?« flüsterte er. Seine Stimme bebte, erschüttert von einer Furcht, gegen die er hilflos war. »Ein Lebewesen?«

El-tra schüttelte den Kopf; eine rasche, abgehackte Bewegung, die zu rasch kam, um wirklich eine Antwort auf Skars Frage sein zu können. Der Sumpfmann wußte sowenig wie er, ob dieses Ungeheuer jemals gelebt hatte oder nicht. Er wollte es nicht. Ein Ding wie dieses *durfte* niemals gelebt haben.

Skar streckte zögernd die Hand aus und berührte die vorgestreckte Klaue des Ungeheuers mit den Fingern. Die Bewegung kostete ihn unglaubliche Überwindung; in ihm blitzte plötzlich die Vision auf, daß dieses Ding im gleichen Moment, in dem er es berührte, wieder zum Leben erwachen, sich mit einem brüllenden Schrei aus seinem gläsernen Gefängnis befreien und über ihn und den Sumpfmann herfallen würde. Und doch, obwohl es seiner ganzen Kraft bedurfte, die Bewegung zu Ende zu führen, war da noch etwas anderes in ihm, etwas, das ihn zwang, die Statue anzustarren, sie zu berühren.

Sein dunkler Bruder ... Es war das erste Mal seit dem Kampf mit Del und der *Errish,* daß sich die unsichtbare Stimme in ihm wieder meldete, nicht mit Worten oder Gefühlen diesmal, sondern als sanfter, auf morbide Weise beinahe wohltuender Druck, körperlos und nur als das Wissen, da zu sein.

Skars Finger glitten über die Krallenhand der Statue, glitten an ihrem Arm hinauf und verharrten, als er gegen die wasserklare Wand aus Glas stieß, in die das Ungeheuer zum Großteil eingebettet war.

»Was ist es?« fragte El-tra. »Eisen?«

Skar schüttelte den Kopf. Er war sich nicht sicher – vielleicht lag es an den verzerrten Echos, die die glitzernden Wände zurückwarfen, vielleicht an seiner eigenen Nervosität –, aber er glaubte fast so etwas wie Furcht in der Stimme des Sumpfmannes zu verspüren; ein Gefühl, von dem er bisher nicht einmal gewußt hatte, daß die Schattenmänner es kannten.

»Nein«, antwortete er nach einer Weile. El-tra schien eine weitere Erklärung zu erwarten, aber Skar schwieg. Es war kein Eisen, weder Eisen noch Stein – das Material sah aus wie Horn, und es fühlte sich an wie Horn, Horn oder vielleicht Knochen. Nichts an der Rüstung, die der Gigant trug, schien geschmiedet oder auf andere Weise bearbeitet worden zu sein. Seine Formen wirkten, obwohl gewaltig und fremder als alles, was er jemals zu Gesicht bekommen hatte, auf schwer zu bestimmende Art natürlich. *Gewachsen.*

Skar zog die Hand so hastig zurück, als hätte er unvermittelt glühendes Eisen berührt. Mit einem schnellen Schritt trat er neben

El-tra und deutete auf die Treppe.

»Wir sollten gehen«, sagte er noch einmal.

Diesmal widersprach der Schattenmann nicht, und als Skar in das wogende Nebelgesicht unter der Kapuze blickte, erkannte er Furcht, Furcht, die ebenso tief und vielleicht tiefer als seine eigene war. Es war nicht das, was sie wirklich *gesehen* hatten – die Statue war bei aller Schrecklichkeit doch nicht mehr als eine leblose Skulptur aus Stein oder Horn oder irgendeinem anderen Material, in dem die Bewohner dieses Landes ihren Gott, vielleicht auch einen Dämon, den sie fürchteten und auf diese Weise zu bannen hofften, nachgebildet hatten. Es hätte Skar nicht einmal sehr viel mehr erschreckt, einem solchen Ungeheuer lebend und leibhaftig gegenüberzustehen. Schlimmer war das, was sie beide spürten, nicht mit ihren Sinnen, dafür aber um so deutlicher mit ihren Seelen wahrnahmen: das ungeheure Gewicht der Jahrtausende, die auf diesem halb eingestürzten Gewölbe lasteten, den fremden, eisigen Hauch, der sie wie eine Vision aus einer vollkommen anderen Welt gestreift hatte. Sie hatten einen kurzen, einen ganz kurzen Blick in das Tuan geworfen, das hier gewesen war, lange bevor der Mensch seinen Fuß auf die Oberfläche dieser Welt gesetzt hatte, und schon diese flüchtige Vision hatte genügt, etwas in ihnen erstarren zu lassen.

Der eisige Wind schlug ihnen mit Macht entgegen, als sie den Treppenschacht verließen und wieder zwischen die glasierten Mauern der Ruine traten. El-tra entfernte sich rasch ein paar Schritte vom Ende der Treppe und blieb stehen. Seine Hand spannte sich so fest um das Schwert, daß Skar das leise Knacken seiner Gelenke hören konnte; ein Laut, der das Heulen des Sturmes zu unterlaufen und ungemildert an sein Gehör zu dringen schien, so, wie alle seine Wahrnehmungen plötzlich zweigeteilt waren: Der Sturm und die jagenden grauen Schatten ließen seine Umgebung noch immer zu einer bizarren Alptraumlandschaft werden, zu einem Ort, an dem Furcht etwas ebenso Selbstverständliches war wie Licht und Dunkelheit oder Wärme und Kälte; aber gleichzeitig sah er manches mit beinahe erschreckender Klarheit.

Zögernd ging er an El-tra vorbei, trat durch den halbierten Torbogen und wollte sich nach rechts wenden, zurück in die Richtung, in der ihr Lager war. Der Sumpfmann berührte ihn an der Seite, schüttelte den Kopf und deutete in die entgegengesetzte Richtung. Und jetzt, als hätte es El-tras Hinweis bedurft, um einen weiteren, verborgenen Sinn in ihm zu aktivieren, spürte er es wieder.

Sie waren nicht allein. Vor ihnen war etwas Lebendes; und sie spürten es, spürten die reine Anwesenheit von Leben in diesem Reich des Schweigens und Toten, wie sie das Glühen einer Flamme in einem Land ewiger Finsternis gesehen hätten.

El-tra deutete stumm nach Norden und ging los; schnell, aber nicht hastig. Skar folgte ihm, Staub und feines, pulverisiertes Glas knirschte unter ihren Stiefelsohlen. Skar spürte ein leises, drängendes Pochen in sich, ein Gefühl jenseits seiner normalen Empfindungen, nicht so deutlich, wie es unten im Keller gewesen war, und lange nicht so machtvoll wie während seines Kampfes gegen die *Errish,* aber doch nicht leise genug, um überhört oder gar geleugnet werden zu können. Sein dunkler Bruder war noch immer da, schlafend, doch nicht tot; ein Gefühl, als wäre in ihm etwas dabei, sich zu verpuppen, einzuspinnen in einen Kokon aus Schweigen und lastender Dunkelheit, um irgendwann, vielleicht schon bald, neu und mit schrecklicherer Macht als zuvor herauszubrechen.

Er blieb stehen, preßte die Lippen zusammen und schloß für Sekunden die Augen. Seine Hände begannen zu zittern, und trotz der Kälte bedeckte feiner, kalter Schweiß seine Stirn.

»Was hast du?« fragte El-tra.

Skar schüttelte hastig den Kopf. »Nichts«, sagte er. »Es ist schon vorbei.« Er versuchte zu lächeln. »Eine vorübergehende Schwäche, mehr nicht.«

Er konnte El-tras Blick nicht sehen, aber er glaubte den Zweifel darin zu spüren.

»Die Droge«, fügte er schnell hinzu. »Ich spüre sie noch immer. Mehr nicht.«

El-tra schüttelte den Kopf. »Das ist es nicht, Bruder«, sagte er sanft und doch in einem Tonfall, der jeglichen Widerspruch von vornherein ausschloß. »Es ist etwas anderes. Da ist etwas in dir, das mich ängstigt.«

Skar lachte. »Vielleicht meine schwarze Seele«, sagte er leichthin. »Ich verspeise normalerweise zum Frühstück kleine Kinder, weißt du? Und abends Sumpfmänner.«

El-tra machte eine rasche, ärgerliche Handbewegung. »Du weißt, worüber ich rede«, sagte er scharf. »Und du versuchst es herunterzuspielen, weil es dich selbst ängstigt. Was ist es, das einen Mann dazu bringt, Furcht vor sich selbst zu haben?«

Skar hielt dem Blick der unsichtbaren Augen einen Herzschlag lang stand, dann drehte er sich mit einem Ruck um und wies mit der Spitze seiner Waffe nach Norden. »Wir sollten erst einmal nachsehen, was *dort* ist«, sagte er betont. »Über mich können wir später noch reden.«

Er hatte mit Widerspruch gerechnet, aber El-tra ließ das Thema ohne ein weiteres Wort fallen und ging weiter. Die Reihe zerfallener Ruinen blieb rasch hinter ihnen zurück, und nach weiteren zwanzig, dreißig Schritten standen sie auf einer vollkommen flachen, glatten Ebene, die sich unversehrt wie ein gewaltiger grüner Spiegel mehr als eine Meile vor ihnen ausbreitete. Der Sturm ließ kleine, wirbelnde Staubschleier und Wolken von Schnee vor ihnen tanzen, und am Himmel flackerten noch immer rote und orangefarbene Lichter, aber vor ihnen war nichts, nichts außer wogendem Chaos und den Schrecken, den sie selbst hineinlegten.

Zehn, vielleicht zwanzig Minuten standen sie reglos da und blickten in die Unendlichkeit hinaus, gepeitscht von Wind und beißender Kälte. Skar kam sich plötzlich unglaublich klein und einsam vor, lächerlich, eine Ameise, die sich vorgenommen hatte, einen Ozean zu überqueren. Es bedurfte gar keiner Feinde, sie zu töten. Dieses Land selbst würde sie umbringen, ehe sie es auch nur zu einem Zehntel durchquert hatten, würde sie mit seiner ungeheuren Leere erschlagen, das Leben aus ihnen heraussaugen. Vielleicht, dachte er, war es nur erschaffen worden, um leer zu sein, so wie Combat nur erschaffen worden war, um groß zu sein. Vielleicht sollten sie aufhören, einen Sinn darin zu suchen, irgendeine andere Begründung als einfach die, da zu sein. Sie waren Menschen, und es war wohl einer der Grundzüge des menschlichen Charakters, immer und überall nach dem Warum zu fragen. Aber was, dachte Skar, wenn es in diesem Land kein Warum gab? Wenn dies alles hier nicht irgendeinem Plan, einem Muster oder einem bestimmten Zweck folgte, sondern einfach *war?*

Der Gedanke entglitt ihm, zu abstrakt, um wirklich zu Ende verfolgt zu werden, aber er ließ ein seltsames Gefühl von Enttäuschung zurück, eine Leere, die irgendwie mit der sie umgebenden verwandt schien.

Der Wind wurde stärker. Eine gewaltige Bö riß die wirbelnde Decke aus Schnee und Wolken über ihren Köpfen auf, und für einen Moment loderte Combats Glut so grell, als hätte der gesamte Himmel Feuer gefangen. Ein hoher, klagender Ton mischte sich in das Winseln des Sturmes, und als Skar sich umwandte, glaubte er über der gezackten Schattenlinie des Horizonts einen mächtigen schwarzen Schatten zu erkennen, ein Ungeheuer aus Stein und lodernder Wut, brennend und verzehrt von einem Haß, der Skar wie eine eisige Hand zu berühren schien. Dann verschwand die Vision so rasch, wie sie gekommen war. Nur das helle, klagende Heulen des Sturmes blieb zurück.

Am nächsten Morgen fanden sie den Toten. Sie waren weitergeritten - nicht, wie Skar ursprünglich vorgehabt hatte, unmittelbar nach Sonnenaufgang, sondern eine gute Stunde nach Anbruch des Tages; er hatte keinen Schlaf mehr gefunden, sondern den Rest der Nacht zuerst wortlos neben El-tra, dann mit geschlossenen Augen, aber nichtsdestominder hellwach, auf seinem Lager liegend, und die Müdigkeit war erst bei Anbruch der Dämmerung mit Macht zurückgekehrt. Zudem hatte Gowenna eine sehr unruhige Nacht hinter sich, wohl die schlimmste überhaupt seit ihrem Fortgang von Combat. Sie litt, ganz wie Skar es erwartet hatte, stumm, und nur manchmal im Schlaf entrang sich ihrer Brust ein halblautes, unterdrücktes Echo der Qual, die sie ausstehen mochte. Aber als sie am Morgen die Augen aufschlug, war ihr Blick klar, und Skar erkannte, daß sie das Schlimmste überstanden hatte.

Trotzdem waren ihre Bewegungen noch fahrig und schwach. Das Fieber hatte das bißchen Kraft, das noch in ihr gewesen sein mochte, vollends aufgezehrt, und sie besaß nicht einmal mehr die Energie, aus eigener Kraft in den Sattel zu steigen. Skar und einer der Sumpfmänner mußten ihr helfen. Aber sie würde nicht sterben; jetzt nicht mehr.

Sie ritten weiter, in der gleichen Marschordnung wie am Tage zuvor: El-tra und Skar an der Spitze, hinter ihnen die Reservepferde, dann Gowenna, gefolgt von dem zweiten Sumpfmann, der sich – wie Skar erst jetzt auffiel – immer so hielt, daß er mit seinem Körper den eisigen Wind auffing und Gowenna so wenigstens einigermaßen schützte. Wie durch ein Wunder hatten sich die Pferde in der kurzen Pause sichtlich erholt und trabten mit neuer Kraft dahin; trotzdem kamen sie nicht mehr so rasch voran wie am Tag zuvor. Irgend etwas war in dem steinernen Karree, in dessen Schutz sie die Nacht verbracht hatten, zurückgeblieben. Sie waren, wie ein Stein, der einmal geworfen und in Bewegung war, aus der unmittelbaren Umgebung Combats geflohen, aber ihr Vorwärtskommen hatte seinen Schwung verloren und war nun auch äußerlich zu dem geworden, was es vom ersten Augenblick an gewesen war: ein mühsames, nur noch von Trotz und nicht mehr von wirklicher Energie aufrechterhaltenes Voranschleppen. Die Pferde würden nicht vor ihnen sterben, das begriff Skar, als sie die Ruinen hinter sich ließen und auf den gläsernen Spiegel hinausritten. Sie waren in gewissem Sinne besser dran als ihre Reiter – an ihren Kräften zehrten nur die Kälte und der Sturm, vielleicht später auch noch der Hunger. Aber sie waren mit ihren stumpfen Sinnen und ihrem Denken, das nur von Instinkten und angeborenen Reflexen bestimmt wurde, geschützt vor der wahren Gefahr, die Tuan barg. Nur die Menschen spürten den Atem des Bösen und Toten, der über diesem Land lag.

Sie waren weniger als zwei Stunden geritten – die Glasebene hatte sich nicht, wie es am Abend zuvor erschienen war, meilenweit dahinerstreckt, sondern war bereits nach wenigen hundert Schritten wieder in den zerborstenen Boden Tuans übergegangen – als El-tra plötzlich die Hand hob und sein Pferd mit einem harten Ruck zum Stehen brachten.

Skar sah diesmal gleich, was die Aufmerksamkeit des Sumpfmannes erregt hatte. Vor ihnen, in einer Entfernung, die durch die wehenden Staub- und Schneeschleier nicht zu schätzen war, bewegte sich ein verwaschener grauer Fleck über den Horizont. Manchmal brach ein verirrter Sonnenstrahl durch die wirbelnde grauweiße Decke über ihren Köpfen und spiegelte sich in Metall, und als sie weiterritten und näher kamen, erkannte Skar, daß es ein Pferd war. Nicht irgendein Pferd – was schon ungewöhnlich genug gewesen wäre –, sondern eines der gleichen schwarzen gepanzerten Tiere, auf denen sie selbst ritten.

El-tra gab ihnen zum zweiten Mal das Zeichen, zurückzubleiben, und galoppierte in scharfem Tempo los. Skar folgte ihm, während Gowenna und der Bruder des Sumpfmannes ohne ein weiteres Wort der Verständigung zurückblieben. Skar hatte sich allmählich an den Gedanken gewöhnt, daß die beiden Männer aus Cosh nicht unbedingt miteinander reden mußten, um sich zu verständigen. Trotzdem irritierte ihn diese wortlose Art der Kommunikation immer wieder, sooft er sie erlebte.

Eine Weile schien es, als würden sie sich ihrem Ziel überhaupt nicht nähern, obwohl sie schneller ritten, als bei dem erschöpften Zustand ihrer Pferde im Grunde zu verantworten war. Dann wieder kam das fremde Pferd mit einem Ruck näher oder verschwand ganz hinter wallenden Nebel- und Schneewolken. Auch Entfernung schien in diesem Land nicht unbedingt dasselbe zu sein wie dort, wo sie herkamen. Sie trennten sich, kurz bevor sie das Pferd erreichten – Skar galoppierte weiter geradeaus, wenn auch langsamer, darauf zu, während El-tra einen weit geschwungenen Bogen in westlicher Richtung schlug, um einem eventuellen Hinterhalt auszuweichen. Trotzdem kamen sie nahezu gleichzeitig bei dem Tier an.

Skar tauschte einen raschen Blick mit El-tra; der Sumpfmann schüttelte den Kopf. Er hatte niemanden gesehen, nichts, was auf eine Falle hindeutete. Mit einer raschen Bewegung beugte er sich im Sattel vor, griff nach den Zügeln des fremden Pferdes und bog seinen Kopf zu sich herum. Es stampfte einen Moment unruhig mit den Hinterläufen, beruhigte sich dann aber erstaunlich schnell und ließ es zu, daß El-tra seinen Nacken- und Kopfpanzer löste und die schweren Lederplatten abnahm.

Skar erschrak, als er das Tier sah. Es war am Ende. Die steinharten Kanten der Panzerung hatten tiefe, eiterige Linien in sein Fell gescheuert; seine Augen waren trüb und glanzlos, und vor seinem Maul stand grauweißer, flockiger Schaum. Seine Nüstern zitterten, dünne, halb eingetrocknete Blutfäden rannen aus seinen Augenwinkeln und den Ohren. Skar begriff plötzlich, warum das Tier nicht vor ihnen geflohen war – es hatte einfach nicht die Kraft dazu gehabt. Eigentlich war es ein Wunder, daß es noch lebte.

Er sah auf. El-tras Hand lag in einer beruhigenden Geste zwischen den Ohren des Tieres, aber sein Blick irrte über die Ebene im Süden. »Dieses Pferd hatte einen Reiter«, sagte er.

Skar nickte. »Sicher. Aber sieh es dir doch an – es kann seit Tagen herrenlos hier herumirren.«

El-tra schüttelte überzeugt den Kopf. »Er ist hier«, murmelte er. »Ich weiß es. Dort.« Er löste die Hand mit einer bedächtigen Bewegung vom Kopf des Tieres und deutete nach Süden, dorthin, woher die Spuren des Pferdes kamen, Spuren, die nur hier und da als einzelner Hufabdruck in einem Häufchen pulverisierten Glases oder als halbrunder Riß im porösen Grün des Grundes sichtbar waren und trotzdem in dieser Einöde auffielen, als wären sie mit Leuchtfarbe gemalt. Skar widersprach nicht – er hatte ihr gemeinsames Erlebnis vom vergangenen Abend nicht vergessen, und das Gefühl, beobachtet zu werden, war noch immer da.

Er nickte, drängte sein Tier herum und zögerte noch einmal. »Was ist mit ihm?« fragte er mit einer Kopfbewegung auf das herrenlose Pferd.

El-tra schwieg einen Moment und zog dann sein Schwert unter dem Mantel hervor. Skar wandte sich ab. Der Sumpfmann hatte natürlich recht – sie hatten weder die Zeit noch die nötigen Mittel, um sich um das Tier zu kümmern; wenn sie es versorgten, würden sie seine Qual nur verlängern. Trotzdem schien sich in ihm etwas zu verkrampfen, als er den schneidenden Laut und den dumpfen

Aufprall des schweren Körpers hörte. Er liebte Tiere, Pferde vor allem. Er war zu oft in Situationen gewesen, in denen sein Überleben einzig und allein von der Schnelligkeit und Treue seines Pferdes abgehangen hatte. Dazu kam, daß er Pferde fast mehr achtete als die meisten Menschen, die er kannte. Ein Tier – und ganz besonders ein Pferd – war ehrlich. Er hatte noch nie ein Pferd kennengelernt, das ihn betrogen hätte.

Sie galoppierten weiter, schneller als zuvor, obwohl es eigentlich keinen Grund zu solcher Eile gab. El-tra deutete auf eine Ansammlung flacher schwarzer Ruinen, ähnlich denen, in deren Schutz sie übernachtet hatten, und wich erneut in westlicher Richtung aus, um sie zu umgehen und sich ihnen von hinten zu nähern – ein im Grunde lächerliches Unterfangen, denn es gab auf der vollkommen flachen Ebene keinerlei Deckung. Aber Skar hätte auch dann nicht protestiert, wenn er noch die Energie dazu gehabt hätte.

Er ritt langsamer und ließ sein Tier die letzten hundert Fuß im Schrittempo gehen. Sein Blick tastete aufmerksam über die geschwärzten, runden Buckel, die wie steinerner Ausschlag aus dem grünlichen Glas Tuans wuchsen. Der Schneesturm hatte kleine, weiße Dreiecke in Winkeln und unter Kanten zurückgelassen und die Spuren des Pferdes – wenn es jemals hier gewesen war – längst verweht. Er stieg aus dem Sattel, schlug seinen Mantel zurück und zog das *Tschekal* aus der Scheide. Vorsichtig, immer wieder nach rechts und links sehend, stieg er über die kaum wadenhohe erste Mauer und drang tiefer in das steinerne Labyrinth ein. Das Feuer schien hier nicht mehr mit der gleichen Urgewalt zugeschlagen zu haben wie weiter im Norden – da und dort waren ganze Wände stehengeblieben oder wenigstens nur geringfügig beschädigt worden, an anderen Stellen brachen die dunklen Linien der Grundmauern plötzlich ab und verschwanden in runden, schimmernden Teichen, in denen der Sand wie Wasser gekocht haben mußte, ehe er zu Glas erstarrte.

Skar drang etwa zwanzig Schritte in das steinerne Labyrinth ein, ehe er stehenblieb und sich vorsichtig aufrichtete. Von El-tra war keine Spur mehr zu sehen; er mußte mittlerweile die Rückseite der Ruine erreicht haben und näherte sich nun von dort.

Dann hörte er das Geräusch. Es wehte mit der Stimme des Windes zu ihm herüber, leise und kaum wahrnehmbar, aber Skars angespannten Sinne nahmen es trotzdem auf: ein leises Schaben, das Geräusch von Leder und Eisen, die über glasierten Stein schrammten, dazwischen etwas wie Schritte. Skar drehte sich einmal im Kreis. Die Ruine war leer bis auf den nie endenden Tanz von Licht und Staub, und von Zeit zu Zeit schien ein lautloses Grollen durch den Boden zu laufen. Skars Hand krampfte sich fester um das Schwert, während er sich einem der weniger zerstörten Teile des Gebäudes näherte. Er hörte das Geräusch nicht noch einmal, aber er wußte auch so, daß er sich diesmal nicht getäuscht hatte.

Gebückt duckte er sich unter einem niedrigen, halb zerschmolzenen Torbogen hindurch. Ein Schatten lag auf dem glasierten Boden dahinter, der verzerrte, graue Schatten eines Menschen ...

Seine eigenen Reaktionen spielten ihm einen Streich. Er dachte nicht mehr, sondern handelte, kaum mehr Mensch, sondern ein einziger, blitzartiger Reflex. Sein Schwert zuckte hoch, beschrieb einen rasenden Halbkreis und prallte mit vernichtender Wucht gegen El-tras Klinge. Der Schlag war so gewaltig, daß der Sumpfmann drei, vier Schritte weit zurücktaumelte und mit einem unterdrückten Schmerzenslaut seine Waffe fallen ließ.

Skar blieb mitten in der Bewegung stehen, ließ das *Tschekal* sinken und starrte El-tra mit einer Mischung aus Verblüffung und Schrecken an. Der Sumpfmann hatte sich wieder gefangen und sein Schwert aufgehoben, schien aber nicht minder überrascht zu sein als Skar. Sein Schattengesicht kochte.

»Ich ...«, murmelte Skar verwirrt, »Verzeih. Ich sah nur einen Schatten und –«

Er brach ab, schob sein Schwert mit einer linkischen Bewegung in die Scheide zurück und trat unruhig von einem Fuß auf den anderen. Er hätte sich selbst ohrfeigen können – ein Fehler wie dieser war ihm noch nie unterlaufen. Hätte hinter der Mauer statt des Sumpfmannes ein normaler Mensch gestanden, wäre er jetzt tot. Nicht einmal die Reaktionen eines Satai wären schnell genug gewesen, den blitzartigen Hieb aufzufangen oder ihm auszuweichen.

»Es tut mir leid«, sagte er noch einmal.

El-tra winkte ab. »Schon gut«, murmelte er. »Aber du solltest besser auf dich selbst achtgeben.«

Skar nickte. Jeder andere hätte ihn jetzt mit Vorwürfen überhäuft, aber die ruhige, selbstverständliche Art, mit der der Sumpfmann den Zwischenfall abtat, traf ihn fast härter. Er war froh, als El-tra sich umwandte und ohne ein weiteres Wort zurück in die Richtung ging, aus der er gekommen war.

Sie überquerten einen flachen Innenhof, gingen durch eine beinahe unbeschädigt gebliebene Galerie und betraten schließlich einen trapezförmigen, an einer Seite offenen Raum, der wohl einmal Teil eines weitaus größeren Gebäudes gewesen sein mochte, jetzt jedoch als einziges Zeugnis einstiger Größe übriggeblieben war. Auch hier hatte der Sturm weiße Dünen aus Pulverschnee abgeladen und die zerborstenen Mauern mit einem schimmernden Panzer überzogen, aber im Gegensatz zu dem Teil der Ruine, den Skar bisher zu Gesicht bekommen hatte, war die Schneedecke zertrampelt und mit dunklen Flecken von Unrat und Schmutz besudelt.

In einem geschützten Winkel dicht neben dem Eingang lag ein Mann. Er war tot, das sah Skar sofort. Er lag auf dem Bauch, das Gesicht tief im weichen Schnee vergraben, die Hände blau und an den Fingerspitzen schwarz angelaufen, erfroren, zu Krallen verkrümmt, die sich tief in den Schnee gewühlt hatten, flache, blutige Krater hinterlassend. Seine Kleider waren schwarz, oder waren es einmal gewesen, bevor er sie in einem vielleicht Tage währenden Todeskampf mit Blut und seinem eigenen Schmutz besudelt hatte.

Skar tauschte einen fragenden Blick mit El-tra, aber der Sumpfmann zuckte nur die Achseln. Er mußte den Toten gefunden und sofort weitergegangen sein, um Skar zu rufen.

Skar kniete zögernd neben dem Leichnam nieder. Er mußte schon lange tot sein; Tage, wenn nicht Wochen, aber die eisige Luft und der Schnee hatten den Moment seines Todes festgehalten, und Skar glaubte in seinen gebrochenen, weit aufgerissenen Augen noch die Mischung aus Unglauben und Schrecken zu lesen, die ihn überkommen hatte, als er begriff, daß er starb. Er zögerte, beugte sich dann vor und drehte den Toten auf die Seite.

Die steifen, gleichermaßen von Totenstarre wie von Kälte gelähmten Glieder ließen den Leichnam zu einer grauenhaften Skulptur werden, und Skar lockerte unwillkürlich seinen Griff, als hätte er Angst, die steifen Glieder könnten bei einer zu heftigen Berührung wie sprödes Glas brechen.

El-tra kniete nieder und fuhr prüfend mit der Handfläche über den Brustpanzer des Toten; es knirschte; Metall auf Glas, nicht Fleisch auf Leder oder Eis.

Es war das erste Mal, daß Skar Gelegenheit hatte, sich einen der Krieger wirklich in Ruhe anzusehen. Es war einer von Velas Reitern, darin bestand kein Zweifel – der gleiche hochgewachsene, kräftige Typ, den die *Errish* für ihre Privatarmee zu bevorzugen schien, der gleiche schwarze Panzer aus Leder und hineingearbeitetem Metall, die gleiche durchbrochene Gesichtsplatte, jetzt zur Seite gerutscht und von verkrustetem Eis und Blut zu einer bizarren Larve geworden, die ihren Träger noch im Tod zu verspotten schien. Trotzdem hatte Skar das Gefühl, zum ersten Mal bewußt einen der Krieger zu sehen; während des Kampfes hatte er keine Gelegenheit gehabt, sie genau zu studieren, und als er am nächsten Morgen erwacht war, hatten die beiden Sumpfmänner die Toten längst begraben. So fiel ihm auch der bizarre Schnitt ihrer Kleidung und die außergewöhnliche Form der Waffen erst jetzt wirklich auf. Der Mann trug einen Panzer, einen Lederharnisch ähnlich dem, den auch die Satai trugen, wenn sie in den Kampf zogen, nur daß er seinen ganzen Körper einhüllte und sich die einzelnen Platten an den Kanten überlappten, so daß kaum ein Quadratzentimeter seiner Haut – einschließlich des Gesichts – ungeschützt blieb.

Aber der Panzer hatte ihm nichts genutzt, dachte Skar mit einem seltsamen Gefühl der Trauer. Er war auf einen Feind gestoßen, dem Rüstungen und Waffen keinen Widerstand entgegenbrachten. Im Gegenteil – der zentnerschwere Lederharnisch hatte seine Kräfte noch schneller versiegen und ihn eher sterben lassen.

El-tra zog seine Hand zurück und betrachtete erst die Knöchel, dann das Gesicht des Toten. »Zehn Stunden«, sagte er ruhig. »Eher weniger.«

Skar begriff nicht gleich. »Was meinst du?«

»Er ist seit zehn Stunden tot«, wiederholte El-tra. »Allerhöchstens. Aber es hat lange gedauert, bis er starb.«

Skar sah verirrt auf das eisverkrustete Gesicht des Soldaten hinab. Die Augen waren weit geöffnet und schienen ihn klagend anzusehen; dünne, glitzernde Eiskappen hatten sich wie Nickhäute über seine Augäpfel gelegt. Das Feuer Combats spiegelte sich darin.

»Aber das ist unmöglich«, widersprach er. »Wir sind mehr als zwei Tage unterwegs, und . . .« Er brach ab, als ihm klar wurde, was El-tras Worte bedeuteten. Noch einmal sah er zu dem toten Krieger hinab, und diesmal schien die Gestalt nicht mehr Schmerz und Leid, sondern eine stumme Drohung auszustrahlen.

»Du meinst . . .«

»Ich meine nichts«, unterbrach ihn El-tra. »Ich sage nur, daß dieser Mann seit längstens zehn Stunden tot ist. Aber sein Tod kann Tage gedauert haben.«

»Zehn Stunden«, murmelte Skar. »Das würde bedeuten, daß sie den gleichen Weg genommen haben wie wir. Direkt über die Ebenen. Und damit . . .«

»Wissen wir, wo ihr Versteck ist«, beendete El-tra den Satz, als Skar nicht weitersprach. »Irgendwo hier.«

»Irgendwo . . .« Skar hatte Mühe, ein Lachen zu unterdrücken. Das Irgendwo, von dem El-tra so selbstverständlich sprach, bedeutete ein Gebiet von dreihundert Meilen Länge und gut zweihundert Meilen Breite. Selbst wenn sie davon ausgingen, daß Vela und ihre Reiter den gleichen Weg wie sie genommen hatten, nämlich direkt nach Süden, lag vor ihnen noch immer ein Areal, das groß genug war, daß man jahrzehntelang hindurchstreifen konnte, ohne auch nur die geringste Spur der *Errish* zu finden. »Wir hätten gleich darauf kommen können«, murmelte er, eher wütend als überrascht. »Sie kann mit ihrem Drachen kaum über die Berge gekommen sein.«

»Sieh dir die Rüstung an«, sagte El-tra. Er wies mit einer knappen Geste auf den Brustschild des Toten, und Skar erkannte, was er meinte. Der Krieger war ein Mensch, irgendein armer Teufel vermutlich, der gleich Skar und Del in das Netz der *Errish* gegangen war und noch viel weniger wie sie eine Chance gehabt hatte, sich ihrem Einfluß zu entziehen. Aber seine Rüstung war nicht für einen Menschen gedacht. Sie war zu groß, zu schwer und in Form und Funktion einem Körper angepaßt, der nur ungefähr menschliche Proportionen haben konnte. Seine Kanten waren nachträglich beschnitten und mit dünnen Metalleisten begrenzt worden, und die metallenen Ösen, an denen die Halteriemen befestigt waren, hatte man mehr mit grober Gewalt als mit Geschick eingefügt. Und was für den Brustschild galt, traf auch auf die übrigen Teile der Rüstung zu: Rücken- und Beinkleider, selbst die Armschienen und Gelenkschützer waren mit großer Mühe bearbeitet und geschliffen worden, aber das Ergebnis sah ganz so aus, als hätte ein Kind versucht, die Rüstung eines Riesen auf seine Körpermaße zu stutzen. Und Skar erkannte auch, *was* der Sumpfmann ihm wirklich hatte zeigen wollen: Der Schnitt der Rüstung war der gleiche, den sie in dem verschütteten Kellerraum im Norden gesehen hatten. Der Mann trug eine verkleinerte Ausgabe des Panzers, den der schwarze Gigant getragen hatte.

Und jetzt, endlich, begriff er.

Gowenna und der zweite Sumpfmann erreichten die Ruine, als Skar zu seinem Pferd zurückkam. El-tra starrte ihn unverwandt an; ein Blick, der obwohl Skar seine Augen nicht sehen konnte, durchbohrend und beinahe schmerzhaft war; Warnung, Herausforderung, aber auch Ausdruck von Verständnis und beinahe Mitleid zugleich. Skar hatte kein Wort mehr gesprochen, sondern war nur stumm neben dem toten Krieger sitzen geblieben, bis El-tra sich erhoben und ihm das Zeichen gegeben hatte, mitzukommen. Aber er war sicher, daß der Mann aus Cosh genau wußte, was in ihm vorging. Auch ohne die kaum zu verstehende Seelenverwandschaft zwischen ihnen wäre es im Moment wohl nicht schwer gewesen, seine Gedanken zu erraten. Vielleicht, dachte er grimmig, hatten sie sich schon seit Tagen gefragt, wie lange es noch dauern würde, bis dieser arme kleine Narr endlich begriff, was hier vorging.

Er wartete, bis Gowenna ihr Pferd neben dem seinen zügelte, trat mit einem raschen Schritt neben sie und streckte die Hand aus, um ihr beim Absteigen zu helfen.

»Ich habe mit dir zu reden«, sagte er hart.

Gowenna hob müde den Kopf. Skar erschrank, als er ihr Gesicht sah. Es war nicht so sehr die Narbe; daran hatte er sich schon beinahe gewöhnt, so schrecklich der Anblick auch war. Aber auf dem unversehrten Teil ihres Gesichts lag ein Ausdruck so tiefer Müdigkeit, wie ihn Skar noch nie zuvor an einem lebenden Menschen gesehen hatte. Für einen Moment zweifelte er ernsthaft daran, daß in diesem ausgebrannten Körper überhaupt noch Leben war. Sie erschien ihm mehr denn je wie eine verzehrte Hülle, Fleisch, in dem keine Seele, sondern nur noch Haß war.

»Jetzt?« fragte sie. Ihre Stimme klang nicht mehr ganz so schrill und unmenschlich wie am Abend zuvor, aber noch immer schlimm genug, um seinen Zorn für einen winzigen Moment in Mitleid umschlagen zu lassen.

»Jetzt.« Irgend etwas in seiner Stimme oder seinem Gesicht schien anders zu sein als sonst, obwohl er sich Mühe gab, ruhig zu erscheinen. Gowenna hielt seinem Blick eine halbe Sekunde lang stand, nickte dann und stieg, seine Hand als Stütze gebrauchend, aus dem Sattel.

»Bitte.«

»Nicht hier«, sagte Skar. »Gehen wir irgendwo hin, wo wir ungestört sind.« Er deutete mit einer Kopfbewegung auf die zerborstene Ruine hinter sich und machte mit der Linken eine auffordernde Geste. Ein grauer, gebückter Schatten erschien neben Gowenna, die Hand in einer vielleicht zufälligen, wahrscheinlich aber beabsichtigten Geste unter dem Umhang verborgen.

»Nur wir beide«, sagte Skar.

El-tra zeigte keine sichtbare Reaktion auf seine Worte, aber auf Gowennas Zügen erschien beinahe ein Ausdruck von Erheiterung. »Du entwickelst in letzter Zeit ein beachtliches Talent für dramatische Auftritte«, seufzte sie. »Aber wenn du darauf bestehst . . .« Sie seufzte, lächelte ein etwas verunglücktes Lächeln und wandte sich an ihren Wächter. *»Kehlem getrama«,* sagte sie. *»Toman.«* Dann drehte sie sich wieder zu Skar um. »Gehen wir.«

»Was hast du ihm gesagt?«

»Daß er dir die Kehle durchschneiden soll, wenn du allein zurückkommst«, sagte Gowenna. »Was sonst?«

Skars Mißtrauen wuchs. Gowennas Worte paßten nicht zu dem Eindruck, den sie zu erwecken versuchte. Er sah einen Menschen vor sich, der am Rande des körperlichen und geistigen Zusammenbruchs stand – sie sprach schleppend, mit großen, erschöpften Pausen zwischen den einzelnen Worten, aber die *Wahl* ihrer Worte war nicht so, wie er es erwartet hatte. Trotzdem verzichtete er auf eine Antwort. Er fuhr herum, eilte ein paar Schritte in das steinerne Labyrinth hinein und blieb im Windschutz einer zerborstenen Wand stehen. Gowenna folgte ihm, langsamer und mit unsicheren, schleppenden Schritten. Und trotzdem spürte er in ihren Bewegungen eine Kraft, die über das hinausging, was sie ihm vorzuspielen versuchte.

Gowenna blieb einen halben Schritt neben ihm stehen, schlang die Arme um den Oberkörper und klapperte demonstrativ mit den Zähnen.

»Ich hoffe, du hast einen guten Grund dafür, mich hierherzuschleifen«, sagte sie. »Ich friere nicht gerne, weißt du?«

Skar ignorierte ihre Worte. »Du kannst mit dem Theater aufhören«, sagte er. Seine Stimme bebte, und seine Hände zuckten, als müsse er mit aller Macht gegen den Wunsch ankämpfen, sie um ihren Hals zu legen und zuzudrücken.

Auf Gowennas Gesicht erschien ein wachsamer, lauernder Ausdruck. Der Wind schien plötzlich ein ganz kleines bißchen kälter zu werden. »Was – meinst du?«

Skar atmete hörbar ein. »Gut«, sagte er, mühsam beherrscht. »Wenn du Wert darauf legst, daß ich dich wie eine Närrin behandele, dann tue ich es. Du bist nicht so krank, wie du mich glauben machen wolltest. Die Verbrennungen sind nur oberflächlich, und Tantors Medizin hat das Fieber wahrscheinlich schon in der ersten Nacht besiegt. Ich war ein Narr, Gowenna, daß ich es nicht gleich gemerkt habe. Du bist stark wie ein Mann, und du wärst wahrscheinlich eher in der Lage gewesen, den Rückweg über die Berge zu bewältigen, als ich.«

Gowenna schwieg eine Weile, aber es war ein Schweigen ganz besonderer Art, etwas, das mehr ausdrückte, als Worte es gekonnt hätten. »Und warum sollte ich das tun?« fragte sie. Plötzlich schwankte ihre Stimme nicht mehr, sondern war fest, von einer fast gelassenen Ruhe. Sie hatte erkannt, daß Skar ihr Spiel durchschaut hatte.

»Um mich zu bewegen, genau hier entlangzuziehen«, grollte er. »Ich habe dich unterschätzt, Gowenna - meine Gratulation! Es gelingt nicht vielen Menschen, mich so gründlich hinters Licht zu führen. Bisher dachte ich, Vela wäre die einzige. Aber du bist ihr ebenbürtig. Du sagst, du willst kein Mitleid, wie? Dabei ist es genau das, worauf du spekuliert hast. Ich hätte dich vor Combat zurücklassen und allein durch die Berge reiten können, aber du wußtest, daß ich es nicht tun würde.«

»Worauf willst du hinaus?«

»Darauf, daß du die ganze Zeit gewußt hast, wo sich Vela verbirgt!!« brüllte Skar. »Sie ist hier, irgendwo hier, und du hast es gewußt!«

Gowenna wirkte nicht im mindesten überrascht. Auf der unversehrten Hälfte ihres Gesichts erschien ein leicht erstaunter Ausdruck, aber es schien Skar eher ein Erstaunen über die Tatsache zu sein, daß er es erst jetzt entdeckt hatte.

»Wir haben einen ihrer Krieger gefunden«, fuhr er, etwas leiser, aber noch immer erregt, fort. »Er ist tot. Wahrscheinlich an Entkräftung gestorben. Sie ist *hier* entlanggezogen, Gowenna, und die Ausrüstung des Mannes stammt aus *diesem* Land. Wahrscheinlich ist Tuan der einzige Ort auf der Welt, an dem man einen Staubdrachen verbergen und sich eine Privatarmee aufbauen kann, ohne daß es jemand merkt.«

»Das stimmt«, antwortete Gowenna ruhig. »Aber es ist nur die halbe Geschichte. Sie wäre zu lang, um sie jetzt zu erzählen.«

»Ich möchte sie trotzdem hören.«

»Nicht jetzt.« Gowenna schüttelte den Kopf. »Ich weiß, ich hätte es dir längst sagen sollen, aber es ändert ohnehin nichts.

Nicht für dich.«

»Es ändert vieles«, antwortete Skar. »Wenn nicht alles.«

Gowenna gab ein abfälliges Geräusch von sich. »Und was?«

»Ich will ... endlich wissen, was hier gespielt wird«, sagte Skar stockend. Er wunderte sich beinahe selbst, woher er die Beherrschung nahm, noch so ruhig zu sprechen. »Ich will wissen, worum es wirklich geht, Gowenna. Ihr habt mich vom ersten Augenblick an belogen und getäuscht, sowohl du als auch Vela. Ihr –«

»Du bist nicht der einzige, der getäuscht wurde, Skar«, fiel ihm Gowenna ins Wort. »Ich werde dir alles erklären, aber nicht jetzt. Der tote Krieger sollte dir eine Warnung sein. Es ist nicht gut, zu lange in diesem Land zu bleiben.«

»Jetzt!« beharrte Skar. »Ich will es wissen, Gowenna, jetzt, nicht später, nicht irgendwann einmal, sondern jetzt! Ich bin es einfach leid, als einziger nicht zu wissen, was wir hier überhaupt tun!«

»Wir versuchen zu überleben«, konterte Gowenna gelassen. »Falls dir das entgangen sein sollte, Satai. Und wir versuchen deinen Freund zu befreien.«

»Lenk nicht ab«, knurrte Skar. »Ich will jetzt endlich Antworten, keine Ausflüchte, kein Später, und keine weiteren Rätsel mehr. Ich komme mir allmählich vor wie eine Figur auf einem Spielbrett, aber ich möchte wenigstens die Regeln kennen, wenn ich schon die Züge nicht bestimmen darf.«

»Du weißt so gut wie ich, worum es geht«, antwortete Gowenna aufgebracht. »Erinnere dich, was du selbst zu mir gesagt hast. Warst du nicht der Meinung, daß ...«

Skar griff blitzschnell nach Gowennas Hand, verdrehte sie und drückte mit der Linken kräftig auf ihren Ellbogen. Sie schrie auf, mehr überrascht als vor Schmerz, brach in die Knie und versuchte sich seinem Griff zu entziehen. Aber er hielt sie erbarmungslos fest und verstärkte seinen Druck noch. »Ich habe dich gewarnt, Gowenna«, sagte er leise. »Spiel nicht mit mir. Sag mir jetzt endlich die Wahrheit.«

Gowenna keuchte. »Laß ... los ... du ... tust ... mir ... weh ...!«

Skar lockerte seinen Griff für einen Moment, aber nur, um sofort erneut und noch stärker zuzudrücken. »Ich weiß«, sagte er gelassen. »Aber warst du es nicht, die immer wie ein Mann behandelt sein wollte? Ich verspreche dir, es zu tun. Gowenna. Rede, oder ich breche dir den Arm.«

»Du weißt nicht, was du tust«, wimmerte Gowenna. »El-tra –« Sie brach mit einem neuerlichen Keuchen ab, als Skar den Druck auf ihr Ellbogengelenk noch weiter verstärkte.

»Es ist mir vollkommen egal, was deine beiden Halbaffen mit mir anstellen, Gowenna«, sagte er. »Du kannst sie mir gerne auf den Hals hetzen, wenn es dir Spaß macht, aber jetzt wirst du mir antworten!« Er drückte noch einmal, noch fester zu, riß Gowenna plötzlich in die Höhe und schmetterte sie so wuchtig gegen die Wand, daß ihr Kopf zurückflog und mit dumpfem Geräusch gegen den Stein stieß.

»Rede!«

»Sie ist . . . hier«, keuchte Gowenna. Ihr Gesicht glänzte vor Schweiß. Ein dünner Blutfaden sickerte aus ihrem Haar, lief über das blinde Auge und hinterließ eine glitzernde Spur auf dem Narbengewebe darunter. »Auf den Ebenen. Sie . . . lebt in einer der toten Städte, zusammen mit ihrem Drachen und den Männern, die ihr dienen.«

»Und Del?«

»Ich weiß es nicht. Ich . . .« Sie zuckte zusammen, als Skar drohend die Faust ballte, hob schützend die Hände vors Gesicht und duckte sich ein wenig. Ihr Blick irrte hilfesuchend über die Ruinenlandschaft, aber von den beiden Sumpfmännern war keine Spur zu sehen. »Er wird bei ihr sein«, sagte sie hastig. »Ich bin mir nicht sicher, aber er ist noch immer Satai. Sie wird nicht auf einen Mann wie ihn verzichten, nur weil du ihn besiegt hast.«

»Und wo ist diese tote Stadt?«

»Ich weiß es nicht, Skar. Irgendwo vor uns. Ich war niemals dort, und sie hat niemals darüber gesprochen. Doch das wenige, das ich aufschnappen konnte, wird reichen, sie zu finden. Die beiden El-tra sind die besten Fährtensucher, die du auftreiben kannst. Wir folgen ihrer Spur schon von der ersten Minute an, ohne daß du es gemerkt hättest.«

Skar spannte sich, aber diesmal blieb Gowenna unbeeindruckt.

»Du kannst mich totschlagen, wenn du willst«, sagte sie. »Aber das ist alles, was ich weiß. Weiter im Süden gibt es Städte, die nicht so zerstört sind wie diese. Sie ist dort, in einem Ort jenseits der Hellgor.«

»Hellgor?« fragte Skar.

»Eine Schlucht«, erklärte Gowenna. »Ein Riß, der quer durch Tuan geht, so tief wie ein Abgrund und eine Meile breit, wenn die Legenden nicht lügen. Aber es gibt einen Weg hinüber. Sie wird dort auf uns warten, Skar. Sie oder ihre Männer. Das ist alles, was ich weiß.«

»Alles!« schnaubte Skar. »Du verlangst nicht wirklich, daß ich dir glaube?«

»Natürlich nicht«, antwortete Gowenna. »Aber ich habe dir erzählt, was ich weiß.«

»Nicht ganz. Bisher kenne ich nur die halbe Geschichte.«

»Kannst du dir den Rest nicht selbst zusammenreimen?« fragte Gowenna. »Sie braucht den Stein, um wieder in den Orden aufgenommen zu werden. Nicht aus Machtgier oder Haß, wie du glaubst.«

Skar schnaubte wütend. »Du sprichst sehr ehrfürchtig von einem Menschen, dem du den Tod geschworen hast.«

Gowenna schwieg eine Weile. In ihrem Gesicht zuckte es, aber es war nicht allein die Reaktion auf den Schmerz, den er ihr zugefügt hatte. »Ich habe geschworen, sie zu töten«, sagte sie. »Das stimmt. Und ich werde es tun. Aber aus Gründen, die du nie begreifen würdest.«

»Versuche sie mir zu erklären.«

»Nein. Was du miterlebt hast, war nicht alles, Satai. Aber meine Gründe gehen dich nichts an. Rache! Ausgerechnet du, ein Satai, sprichst von Rache! Bei allen Göttern, Skar, hat dir das, was du selbst erlebt hast, nicht die Augen geöffnet? Wäre es ihr um Rache gegangen, wäre all dies nicht nötig gewesen. Sie hat einen Staubdrachen gezähmt, Skar. Dieses Tier allein hätte gereicht, Elay zu schleifen. Sie braucht den Stein der Macht nicht, um sich zu rächen.«

»Und wozu sonst?«

Gowenna machte eine wütende Bewegung. »Aus dem Grund,

den sie dir nannte, Skar. Um aus dieser Welt wieder eine Welt zu machen, in der es sich lohnt zu leben. Sie wollte den Stein einzig, um ihn der Ehrwürdigen Mutter als Geschenk zu Füßen zu legen. Um den *Errish* die Macht zu geben, die sie brauchen, um ihr Werk zu vollenden.«

»Geschwafel!« grollte Skar. »Nichts als leeres Gerede! Von welcher Macht sprichst du? Von der Macht, die Welt in Flammen zu setzen, so wie es die Herren Combats taten?«

»Enwor stirbt«, sagte Gowenna, als hätte sie seine Worte gar nicht gehört. »Diese Welt stirbt einen langsamen, qualvollen Tod, und die *Errish* sind die einzigen, die versuchen, sie zu retten. Aber sie können es nicht. Sie sind zu wenige, und ihr Wissen reicht nicht aus. Sie kämpfen seit Jahrtausenden gegen eine Welt voller Barbarei und Ungeheuer, aber es ist ein Kampf, den sie nicht gewinnen können.«

»Und mit dem Stein der Macht können sie es?« fragte Skar höhnisch.

»Vielleicht«, antwortete Gowenna. »Niemand weiß, was dieser Stein wirklich ist, Skar. Vielleicht ist er nicht mehr als ein Stück buntes Glas, vielleicht der Schlüssel zum Paradies.«

Skar starrte Gowenna durchdringend an. In seinem Gesicht arbeitete es. Aber seine Stimme klang ruhig, als er antwortete: »Und um dieses *Vielleicht* willen mußten Gerrion und Nol und Beral und El-tra sterben«, sagte er. »Und *vielleicht* auch Del und ich und du, alle, die hier sind.«

»Vielleicht noch mehr«, nickte Gowenna. »Welche Rolle spielen ein oder auch hundert Menschenleben, wenn es um die Zukunft einer Welt geht, Skar?«

Skar fühlte, wie seine Wut von einem Gefühl der Hilflosigkeit abgelöst wurde. Es war nicht das erste Mal, daß er Worte wie diese hörte, und es war nicht das erste Mal, daß er keine Antwort darauf fand.

»Ich werde nicht schlau aus dir, Gowenna«, murmelte er. »Du bist besessen von dem Gedanken, Vela zu töten, aber wenn man dich reden hört, könnte man glauben, ihr gegenüberzustehen.« Er brach ab, senkte den Blick und starrte sekundenlang wortlos auf das schimmernde Glas zu seinen Füßen. »Gibt es noch etwas, das du mir verschwiegen hast?« fragte er.

»Nein. Nur etwas, das du schon lange weißt, aber vielleicht erst jetzt begriffen hast.«

Skar sah auf. Die Unsicherheit war aus Gowennas Stimme gewichen und hatte wieder der alten Überheblichkeit Platz gemacht. Er hatte sie mit seinem Angriff überrascht, aber dieser Zustand hätte nicht lange angehalten. Für einen Moment hatte er sie in eine Ecke gedrängt, aber eine zweite Chance würde sie ihm nicht geben.

»Was wäre das?«

»Daß du mich begleiten wirst«, sagte Gowenna kühl. »Daß du bei mir bleiben wirst, bis wir sie gefunden haben. Du hast recht – ich hätte dir sagen können, wo wir Vela finden, und es hätte nichts geändert. Du suchst Del, und wo Del ist, ist auch Vela. Wir kommen entweder gemeinsam zum Ziel oder gar nicht.«

»Vielleicht«, gestand Skar. »Aber das bedeutet nicht, daß ich dir helfen werde. Ein Begleiter muß nicht unbedingt ein Verbündeter sein.«

Gowenna machte eine wegwerfende Handbewegung. »Es reicht, wenn du da bist, Skar.«

Skar setzte zu einer wütenden Entgegnung an, beließ es aber dann bei einem ärgerlichen Achselzucken. Er hätte es besser wissen müssen. Er kannte Gowenna lange genug, um erkennen zu können, daß er nicht der Mann war, es mit ihr aufzunehmen. Sie hatte zu viel von Vela gelernt. Für einen kurzen Moment hatte er ihre Deckung durchbrochen, aber die Mauer war wieder da, und sie erschien ihm rätselhafter als zuvor.

»Warum?« fragte er, aber diesmal tat er es in verändertem, fast resignierendem Tonfall. »Warum das alles? Seit wir zusammen sind, hast du mich belogen, und dort, wo du nicht gelogen hast, hast du mir Dinge verschwiegen und mich mit Halbwahrheiten abgespeist. Es ist nicht das erste Mal, daß wir dieses Gespräch führen, und –«

»Und es wird nicht das letzte Mal sein«, unterbrach ihn Gowenna, »wenn du weiter versuchst, mit dem Kopf durch die Wand zu brechen, statt mir zu vertrauen. Ich bin nicht dein Feind, Skar. Ich bin es nie gewesen und bin es auch jetzt nicht.«

Skar schürzte wütend die Lippen. »Was bist du dann?« fragte er. Aber der beißende Spott, den er in seine Stimme legte, verfehlte seine Wirkung.

»Muß ich dich wirklich daran erinnern, daß du mir dein Leben verdankst, Skar?« fragte Gowenna ruhig. »Und nicht nur einmal. Vela gab mir den Auftrag, dich zu töten, vergiß das nicht.«

»Ich weiß«, knurrte Skar übellaunig. Er *war* in Gowennas Schuld, und es wäre nicht nötig gewesen, daß sie ihn daran erinnerte. Trotz allem war er noch immer ein Mann, ein Mann in einer Welt dazu, in der *ihm* die Beschützerrolle zugeschrieben war. Ihre Worte weckten Schuldgefühle in ihm, und in der Folge Zorn. »Aber wenn du daraus irgendwelche Ansprüche ableitest«, fuhr er gereizt fort, »wenn du glaubst, das Recht auf irgendwelche Forderungen zu haben, dann stell sie endlich. Aber hör auf, mich wie einen dummen Jungen zu behandeln. Keiner von uns weiß, ob er den morgigen Tag erlebt. Ich will aber wenigstens wissen, warum ich sterbe.«

Seine Worte erzeugten eine andere Wirkung, als er erwartet hatte. Ein rascher Schatten von Schmerz, aber auch von etwas anderem, von etwas, das er nicht beschreiben, nicht greifen konnte, huschte über Gowennas Züge. Es dauerte einen Moment, bis Skar begriff, daß es keine Reaktion auf seine Worte war, zumindest keine direkte, auf ihn bezogene Reaktion, sondern daß er irgend etwas in ihr berührt hatte, etwas, das er niemals begreifen würde. Gowenna war noch immer eine Fremde für ihn, und sie würde es auch immer bleiben.

»Wie weit ist es bis zu dieser Schlucht?« fragte er, nicht aus wirklichem Interesse, sondern nur, um das quälend werdende Schweigen zu durchbrechen.

Gowenna atmete hörbar ein; ein irgendwie endgültiger, abschließender Laut, mit dem sie einen unsichtbaren Schlußstrich unter den bisherigen Teil ihres Gespräches zog, eine Grenze, die sie beide beachten würden.

»Nicht weit«, sagte sie nach kurzem Überlegen. »Ich glaube es jedenfalls nicht. Die Reiter hatten nur wenig Wasser und kaum Nahrungsmittel mit. Ich denke, wir werden sie morgen erreichen. Spätestens übermorgen. Wenn sie überhaupt exisiert. Es ist nur eine Legende, vergiß das nicht.«

»Auch Combat war nur eine Legende«, murmelte Skar unsicher. »Ich –« Er brach ab, sah Gowenna verwirrt an und schlug hilflos die Hände ineinander. So, wie seine Gedanken in Aufruhr waren, waren es auch seine Gefühle. Verzweiflung, Schrecken und Furcht mischten sich mit Wut, Wut und einem Gefühl der Hilflosigkeit, wie er es nie zuvor erlebt hatte. Er wußte, daß Gowenna ihm diesmal die Wahrheit gesagt hatte, und er glaubte auch zu wissen, warum sie ihn die ganze Zeit hingehalten und belogen hatte. Sie hatte ihn falsch eingeschätzt, versucht, seine Reaktionen im voraus zu berechnen, und die falschen Schlüsse daraus gezogen, aber das war im Grunde nichts anderes, als wie er umgekehrt bei ihr verfahren war.

Gowenna lächelte, doch es war wieder dieses seltsame, so vollends humorlose Lächeln, das er schon ein paarmal an ihr beobachtet hatte und das ihn beinahe ängstigte. »Sie hat einen Fehler gemacht, Skar«, sagte sie. »Nur einen. Einen einzigen Fehler, aber er wird tödlich sein. Sie hat geglaubt, wir würden in diesem Krater sterben oder, wenn nicht, auf dem Rückweg durch die Berge umkommen. Sie wird versuchen, diesen Fehler wieder gutzumachen, sobald sie es merkt. In gewissem Sinne hast du recht, es ist ein Spiel. Wir jagen sie, sie jagt uns.«

Skar knurrte wütend. Er fand den Gedanken ganz und gar nicht belustigend. »Und warum?« fragte er. »Sie hat, was sie wollte. Wenn es ihr wirklich nur darum geht, den Stein der Macht zu bekommen, warum läßt sie Del und die anderen dann nicht frei? Ich bin keine Gefahr für sie. Von mir aus kann sie halb Enwor erobern. Ich will Del, mehr nicht.«

Wieder zögerte Gowenna mit der Antwort, doch diesmal war es nicht Unsicherheit oder Furcht. Etwas in seiner Stimme, in der lockeren und doch angespannten Art, in der er ihr gegenüberstand, schien ihr zu sagen, daß er sie nicht mehr schlagen würde. Er hatte es getan, zweimal, und es hatte nichts genutzt. Sie wußten beide, daß er es kein drittes Mal tun würde. Mit den wenigen Worten, die sie zu ihm gesagt hatte, hatte sie ihm die Berechtigung dazu ein für allemal genommen. Er hatte die Hand gegen sie erhoben, ohne (zumindest beim ersten Mal) zu wissen, daß er die ganze Zeit unter ihrem Schutz gestanden hatte, daß ihre Lügen und Täuschungen auch dazu dienten, *ihn* zu schützen. Er konnte es wieder tun, aber es hätte keinen Sinn mehr. Er hätte versuchen können, die Wahrheit - die ganze Wahrheit - aus ihr herauszuprügeln, hier und jetzt, ohne Furcht vor den Sumpfleuten haben zu müssen. Aus irgendeinem Grund war er sicher, daß die El-tra ihm nichts tun würden. Seit dem Geschehen im Tempelraum von Combat waren sie mindestens ebenso seine wie ihre Beschützer. Aber er war genauso sicher, daß ihn Gewalt in diesem Fall nicht weiterbrachte. In einem Punkt waren Gowenna und er gleich wie Zwillinge: Sie fürchtete ihn, weil sie wußte, *wie* überlegen er ihr war, aber ihre Furcht reichte nicht so weit, sich deswegen selbst aufzugeben.

»Vielleicht hat sie einfach Angst«, sagte Gowenna nach einer kleinen Ewigkeit.

»Unsinn«, murrte Skar. Er starrte Gowennas verbrannte Gesichtshälfte an, so offen, daß sie spüren mußte, wohin er sah. »Jemand, der so etwas zu tun vermag, soll Angst vor mir haben? Das ist nicht dein Ernst.«

Gowenna hielt seinem Blick einen Herzschlag lang stand, senkte dann den Kopf und drehte das Gesicht aus dem Wind. Der Sturm trug einen Hagel winziger Eiskristalle mit sich, die sich in ihren Haaren und Brauen festsetzen und ihren Zügen einen seltsam weichen Anstrich gaben, und erneut mußte Skar an einen gefallenen Engel denken: Schönheit und Zerfall und Leben und Tod und Liebe und Haß in einem. Aber der Haß überwog. Und hieß es nicht, nichts sei grausamer und härter als ein Engel, der gestürzt ist?

»Doch, Skar. Sie hat dich nach Combat geschickt, weil du der einzige warst, der die Aufgabe überhaupt bewältigen konnte.«

»Quatsch«, widersprach Skar. »Ich habe so gut wie nichts getan. Ihr hättet diesen verdammten Kiesel auch ohne mich gefunden.«

»Das stimmt nicht. Es . . .« Sie stockte, lehnte sich gegen die eisverkrustete Wand und strich mit der Hand darüber, unbewußt mit den Fingerspitzen die Linien verfolgend, die die Flammen in den schwarzen Stein geätzt hatten. »Es ist das gleiche wie jetzt«, setzte

sie nach einer Weile erneut an. »Sie hat dich nicht gebraucht, weil du ein Satai bist und besonders gut kämpfen kannst. Du hast die Wächter Combats erlebt – es sind keine Wesen, die man mit Schwert oder Muskelkraft besiegen könnte. Und selbst wenn – Männer, die ein Schwert zu führen vermögen, gibt es zuhauf. Sie brauchte *dich,* Skar.«

Mich? dachte Skar. *Mich oder das Ding in meiner Seele?* Sie mußte es gewußt haben. Mein dunkler Bruder war ihr nicht verborgen geblieben.

Laut sagte er: »Was soll besonderes an mir sein?«

Gowenna hob beinahe unmerklich die Schultern. »Das weiß ich nicht. Sie hat es mir nie gesagt, so, wie sie mir vieles nie gesagt hat. Aber sie hat lange nach dir gesucht. Mehr als ein Jahr. Ich war vor dir in Combat, Skar, und vor mir waren andere da. Alle sind gescheitert. Nicht einer ist auch nur in die Nähe des Steines gekommen. Erinnerst du dich, wie ich dir sagte, ich wüßte nicht, wo er ist? Das war die Wahrheit. Ich wußte es nicht, und ich hatte auch keine Chance, ihn zu finden. *Du* hast ihn gefunden, du allein, auch wenn du es vielleicht nicht einmal gemerkt hast. Ich bin sicher, der Stein wäre nicht einmal da gewesen, wo wir ihn fanden, wärest du nicht bei uns gewesen. Nur du konntest ihn finden, nur du konntest die Wächter Combats besiegen und ihn aus der Stadt herausbringen. Ich weiß nicht, warum, aber ich weiß, daß es so war. Und sie wußte es ebenfalls. Sie brauchte dich, aber sie fürchtet dich auch.«

»So sehr, daß sie Befehl gab, mich zu töten?« fragte Skar.

»Vielleicht«, murmelte Gowenna. »Vielleicht war es auch etwas anderes. Sie . . .« Sie schluckte, und plötzlich war sie es, die hilflos wirkte. »Die Frau, die du vor Combat erlebt hast, war nicht Vela«, sagte sie. »Nicht die Vela, die ich gekannt und geliebt habe. Etwas ist mir ihr geschehen. Eine . . eine Veränderung, die ich mir nicht erklären kann.«

»Und wenn du es könntest, würdest du es zumindest mir nicht erklären, nicht?« grollte Skar. Die Worte taten ihm fast im gleichen Augenblick schon wieder leid. Es war eine unnötige Spitze gewesen, unnötig und grausam, und doch war da etwas in ihm, das sich über den Schmerz in ihrem Blick freute.

»Ich bin nicht dein Feind, Skar«, sagte Gowenna noch einmal. »Bitte glaub mir das. Ich weiß, ich hätte dir vieles schon eher sagen müssen, aber . . . da war so vieles, das ich selbst nicht begriff, und so vieles, das mir auch jetzt noch ein Rätsel geblieben ist, und . . .« Ihre Stimme schwankte. Sie stockte, setzte nach Sekunden dazu an, weiter zu sprechen und brach dann endgültig ab. Aber Skar wußte auch so, was sie hatte sagen wollen. Er wäre selbst nicht in der Lage gewesen, es mit Worten auszudrücken, aber er verstand sie.

Lange Zeit schwiegen sie beide. Skar suchte vergeblich nach irgend etwas, das er hätte sagen können. Es gab nichts. Diese Auseinandersetzung war die letzte gewesen. Er hatte verloren, endgültig, und sie wußten es beide. Gowenna hatte seine Niederlage nur vergrößert, in dem sie ihm das gesagt hatte, wonach er so lange gefragt hatte. Aber er spürte auch, daß es nicht in ihrer Absicht gelegen hatte, ihm weh zu tun. Im Gegenteil.

»Und wie geht es weiter?« flüsterte er. Die Worte waren bedeutungslos, einzig dazu gedacht, die Stille zu durchbrechen und das Schweigen nicht noch drückender werden zu lassen, als es ohnehin schon war. Der Wind riß die Silben von seinen Lippen und trug sie davon, aber Gowenna verstand ihn trotzdem.

»Auf dem einzig möglichen Weg«, antwortete sie. Sie löste sich von der Wand, trat neben ihn und deutete nach Süden. Die Ebene war noch immer unter wirbelnden Schneewolken verborgen. »Dort entlang. Wir sind im Vorteil, Skar. Sie weiß nicht, daß wir noch leben, und sie weiß nicht, daß wir auf dem Weg zu ihr sind. Wenn wir sie überraschen können, haben wir eine Chance.«

»Das habe ich nicht gemeint«, sagte Skar.

»Ich weiß. Aber die Frage, die du wirklich gemeint hast, kann ich dir nicht beantworten. Ich weiß nicht, was sie mit deinem Freund gemacht hat, und ich weiß nicht, wie oder ob man es überhaupt wird rückgängig machen können.«

»Du hast das Wissen einer *Errish.*«

Gowenna lächelte. »Sicher«, murmelte sie. »Wenn ich es überlebe, und wenn du es dann noch willst, werde ich ihm helfen, irgendwie.«

»Irgendwie . . .« Skar ließ das Wort langsam auf der Zunge zergehen. Es hatte einen bitteren Beigeschmack, einen von Niederlage und Tod. *Irgendwie* würde es weitergehen. Er hatte sich schon einmal auf dieses Wort eingelassen, hatte geglaubt, Velas Pläne *irgendwie* durchkreuzen zu können, vor einer Ewigkeit in Ikne. Das einzige, was er bisher geschafft hatte, war *irgendwie* zu überleben. Und auch das war nicht endgültig.

Er atmete hörbar ein. »Eine Frage noch, Gowenna«, sagte er, ohne den Blick von der Ebene zu wenden.

»Ja?«

»Del«, sagte er. »Welche Rolle spielt er? Nur die eines Kriegers? Oder braucht sie ihn so wie mich oder dich?«

»Er spielt keine Rolle«, antwortete Gowenna. »Er war zufällig bei dir, das ist alles. Sie benutzte ihn als Druckmittel, aber hätte es ihn nicht gegeben, hätte sie etwas anderes gefunden. Er lebt wohl nur noch, weil er ein Satai ist und zwanzig ihrer Krieger ersetzt. Er spielt keine Rolle. Sie hätte etwas anderes gefunden, um dich zu erpressen - eine Frau, ein Mädchen . . . Hast du ein Mädchen, irgendwo?«

Skar antwortete nicht. Er hatte Frauen gehabt, zu Dutzenden. Einem Satai fiel es nicht schwer, für ein paar Stunden Gunst zu erkaufen, mit Gold oder seinem Ruf. Aber in dem Sinn, in dem Gowenna die Frage gestellt hatte?

»Ja«, sagte er nach einer Weile. »Aber es ist lange her. Und . . . ich habe eigentlich erst hinterher begriffen, daß ich sie geliebt habe. Es ist vorbei.«

»Sie hätte etwas gefunden, sei sicher«, sagte Gowenna. »Aber Del - Del als Person - spielt keine Rolle. Er ist dein Freund, mehr nicht.«

Mehr nicht . . . Skar ballte in hilflosem Zorn die Fäuste. »Du wirst es nie begreifen, Gowenna«, sagte er. »Du wirst nie begreifen, daß man Menschenleben und Schicksale nicht in Zahlen und Ziffern ausdrücken kann. Del ist mehr als ein Freund für mich. Aber das wirst du nicht verstehen.«

»Doch, Skar«, flüsterte Gowenna. »Ich weiß, was er dir bedeutet. Du sprichst fast nie über ihn, und ich glaube beinahe, daß du es versucht hast, ihn aus deinen Gedanken zu verbannen. Aber ich weiß genau, wie du fühlst. Er ist ein Teil von dir, nicht nur dein

Freund.« Sie zögerte, senkte für einen Moment den Blick und sah ihn dann offen an. »Du bist nicht der einzige, der etwas verloren hat, Skar«, fuhr sie fort. »Sieh mich an. Sieh dir genau an, was sie mir angetan hat, und dann sag mir noch einmal, daß ich sie nicht hassen darf.« Sie streifte mit einer raschen Bewegung ihre Kapuze zurück, nahm seine Hand und drückte sie auf das verbrannte Gewebe ihres Gesichts.

Skar unterdrückte mit Mühe ein Schaudern. Das verschmorte Fleisch sah hart und trocken aus, aber es fühlte sich warm und feucht an, voller pulsierendem Leben, als hätte der ätzende Staub, der es gestreift hatte, seine Schönheit nicht zerstört, sondern nur eingesperrt, gefangen in einem Mantel aus eiteriger Häßlichkeit, unter der sie weiterlebte, angekettet wie ein gefangenes Tier, schrie, schrie, schrie ... Er widerstand der Versuchung, seine Finger zurückzuziehen, sondern hob statt dessen auch noch die andere Hand und berührte sanft ihre Lippen, fuhr mit den Fingerspitzen über das verbrannte bräunliche Narbengewebe, weiter über die unsichtbare Grenze, die die Lähmung durch ihr Gesicht gezogen hatte, über gesundes, weiches, bebendes, verlockendes Fleisch, berührte ihren Mundwinkel und fuhr den Weg zurück, der Krümmung der Unterlippe folgend, hinein in den Bereich, wo ihr Gesicht taub und entstellt war. Gowenna erbebte unter seiner Berührung. Der Blick ihres gesunden Auges bohrte sich in den seinen, und Skar erkannte einen wahren Sturm von Gefühlen: Furcht, Verzweiflung, Haß, aber auch stumme, unendlich flehende Hilferufe. Und er spürte etwas - zum zweiten Mal -, das ihn selbst in maßlose Verwirrung stürzte. Er spürte, daß etwas in ihm - ein Skar, der ihm bis zu diesem Augenblick fremd und verborgen gewesen war und es auch vielleicht immer bleiben würde - ihre Gefühle erwiderte.

Langsam löste er die Hände von ihrem Gesicht, legte sie sanft um ihre Schultern und zog sie zu sich heran. Sie wehrte sich und versuchte ihn wegzuschieben, aber er spürte, daß es ihr - trotz aller Kraft, die sie aufwandte - nicht ernst damit war, daß etwas in ihr nach dieser Berührung schrie.

»Bitte, Skar«, flehte sie. »Kein Mitleid. Jetzt nicht mehr.«

Er schüttelte sanft den Kopf. »Kein Mitleid«, flüsterte er.

Ihre Blicke trafen sich erneut. Zum ersten Mal – wirklich zum ersten Mal, wie er plötzlich begriff – sah er Gowenna so, wie sie war: eine Frau. Eine Frau, die trotz allem noch stolz auf ihren Körper und seine Schönheit war, aber die diese Tatsache vielleicht erst jetzt, jetzt, als es zu spät war, begriff. Sie hatte sich selbst ihr Leben lang verleugnet, und das, worauf es ihr ankam, das, was sie in Wirklichkeit sein wollte, nämlich nicht mehr als eine Frau, die lieben und geliebt werden konnte, die wie jeder Mensch ein Bedürfnis nach Zärtlichkeit und Geborgenheit hatte, war ihr im gleichen Augenblick genommen worden, in dem sie es gefunden hatte. Skar verstand sie, verstand nur zu gut, wie sie die Frau, die ihr das alles angetan hatte, hassen mußte. Und er verstand auch den Ausdruck in ihrem Blick, diesen stummen Schrei nach Liebe und Zärtlichkeit. Und etwas in ihm antwortete darauf, etwas, das nicht neu, sondern die ganze Zeit über dagewesen war, vom ersten flüchtigen Blick an, den sie in RACHES WACHT in Ikne getauscht hatten.

Nein – es war kein Mitleid, und es war auch keine barmherzige Lüge, als er ihr Gesicht zwischen die Hände nahm und sie, zuerst behutsam, dann wild und so heftig, daß es sie schmerzen mußte, küßte.

Während der nächsten vier Tage ritten sie weiter nach Süden, in einem flachen, sanft geschwungenen Bogen der Krümmung des Gebirges folgend, das von Zeit zu Zeit noch immer als mächtiger grauer Schatten im Westen sichtbar war. Skar schätzte die Strecke, die sie zurücklegten, auf etwas mehr als hundert Meilen – wenig, bedachte man die Zeit, die sie unterwegs waren, aber viel, setzte man ihren eigenen und den erschöpften Zustand der Pferde in Rechnung. Drei der Tiere starben; eines mußte getötet werden, als der trügerische Glasboden unter seinem Gewicht einbrach und es sich an den messerscharfen Kanten die Fesseln aufriß, die beiden anderen brachen einfach vor Entkräftung unter ihren Reitern zusammen, so daß ihnen nur noch ein Ersatzpferd blieb. Die beiden Sumpfmänner stiegen jetzt von Zeit zu Zeit ab und liefen neben den Tieren her, aber selbst ihre Kräfte ließen nun auch sichtlich nach.

Skar sprach kaum noch mit den anderen, weder mit Gowenna noch mit einem der Sumpfmänner. Irgendwann während des zweiten Tages verfiel er in einen Dämmerzustand zwischen Wachsein und Trance, in dem das Verstreichen der Zeit bedeutungslos wurde und selbst seine Gedanken nach und nach zu erlöschen schienen. Seine gebrochenen Rippen schmerzten kaum noch, und schon am zweiten Abend konnte er den Verband abnehmen und das erste Mal seit Tagen wieder frei durchatmen, ohne das Gefühl zu haben, einen Dolch in die Seite gerammt zu bekommen, und auch das Fieber ging von Nacht zu Nacht zurück. Als verlange das Schicksal einen Preis für das allmähliche Zurückkehren seiner körperlichen Kraft, verwirrten sich aber seine Gedanken mehr und mehr. Es fiel ihm schwer, an irgend etwas anderes als den Augenblick zu denken, und als er am fünften Abend, seit sie von Combat fortgeritten waren, aus dem Sattel stieg, waren seine Bewegungen so fahrig und unkoordiniert, daß er das Gleichgewicht verlor und stürzte, wobei er sich auf dem stahlharten Boden Tuans um ein Haar das Handgelenk gebrochen hätte.

El-tra kommentierte sein Mißgeschick mit einem stummen Kopfschütteln, aber danach blieb einer der Sumpfmänner stets in seiner unmittelbaren Nähe, so, wie der zweite nicht von Gowennas Seite wich.

Die Landschaft, durch die sie ritten, veränderte sich langsam, aber stetig. Als bewegten sie sich nicht nur räumlich, sondern auch in der Zeit zurück, war die Zerstörung, die sich ihren Blicken bot, weiter im Süden nicht mehr ganz so total. Sie ritten noch immer über Glas, das bei jedem Schritt die empfindlichen Fesseln der Pferde wie ein Hammerschlag treffen mußte, aber die Ruinen, zuerst nur einzeln und weit verstreut, nahmen nach und nach an Zahl und Größe zu, und hier und da gewahrten sie flache, geborstene Krater, auf deren Grund Sand und zusammengebackenes Erdreich, manchmal auch geschwärzte, verbogene Trümmer aus

Stahl oder Bronze, lagen. Die Gewalt des Höllenfeuers, mit dem die Götter Combat geschlagen hatten, war hier nicht ganz so groß gewesen; der Ring der Vernichtung wurde dünner, je weiter sie nach Süden kamen.

Aber Skar war sich nicht sicher, ob er sich darüber freuen sollte. Sie lagerten weiter im Schutz der Ruinen, aber die niedergebrannten, geschmolzenen Räume waren jetzt nicht mehr leer - nicht immer zumindest -, sondern manchmal voll von schwarzen, geschmolzenen Dingen, deren ursprüngliche Form und Funktion sie nicht erraten konnten.

Combats Feuer schrumpfte jetzt mehr und mehr hinter ihnen zusammen, und manchmal, wenn der Schneesturm besonders heftig tobte, erlosch es ganz. Oder jedenfalls fast ganz.

Da war dieser Lichtpunkt. Ein winziger, flackernder Funke, wie ein Stern, der vom Himmel heruntergekommen war und sich auf ihre Spur gesetzt hatte. Weder El-tra noch sein Bruder oder Gowenna schienen ihn zu bemerken, und Skar erwähnte seine Beobachtung auch kaum. Aber er war trotzdem sicher, sich nicht zu täuschen. Er hatte es am ersten Tag, seit sie aus der brennenden Stadt geflohen waren, bemerkt, und er sah - *spürte* - es jetzt wieder. Irgend etwas folgte ihnen. Combat würde den Diebstahl seines Schatzes nicht ungesühnt lassen. Der Wächter hatte sich auf ihre Fährte gesetzt, und so wie Velas Staubdrachen eine Spur nie wieder losließ, bis er sein Opfer geschlagen hatte, würde auch er nicht von ihrer Fährte weichen, bis der Stein entweder wieder dort war, wo er seit Äonen geruht hatte oder die Diebe ihre Strafe erfahren hatten.

Gegen Abend des sechsten Tages tauchte ein Schatten vor ihnen am Horizont auf, ein dünner, flackernder grauer Strich, gezogen mit mathematischer Präzision und, obwohl noch unendlich weit entfernt und nicht deutlicher als ein Haar, das von Zeit zu Zeit hinter den wogenden Schneewirbeln auftauchte, gewaltig, *groß.* Sie wußten alle, was sie vor sich hatten, aber niemand sprach das Wort laut aus; es war die zweite Legende, auf die sie stießen und die sich als wahr herausstellte, und in jedem - auch in den Sumpfmänner - mochte die Angst sitzen, daß sich auch diesmal die Wirklichkeit als schlimmer und bedrohlicher als der Mythos herausstellte. Die Legende hatte gesagt, daß Combat existierte und von den Göttern verdammt worden war – und Combat hatte existiert und war überdies voller tödlicher Gefahren gewesen, beladen mit einem Fluch, der vier Männern das Leben gekostet hatte und auch noch auf ihnen lastete, sie vielleicht noch treffen würde. Die Legende sagte, daß es die Hellgor gab, eine Schlucht, die bis ins Herz der Erde hinabführte, einen Schacht zur Hölle, unüberwindlich und böse. Was, dachte Skar, wenn auch hier die Realität die Legende übertraf, wenn die Hellgor nicht einfach ein Riß in der Erde, sondern ein Hort der Dämonen, vielleicht der Kräfte, die Tuan dies alles angetan hatten, war?

Er versuchte den Gedanken zu verscheuchen, aber es ging nicht. Der Gedanke war einmal erwacht und hatte sich wie eine schleichende Krankheit in seinem Inneren eingenistet, und selbst wenn es ihm gelang, ihn irgendwo tief in sich zu vergraben, so würde er doch bei der ersten sich bietenden Gelegenheit wieder hervorbrechen. Die Seele Tuans war Angst. Und sie hatten gerade erst einen sanften Hauch davon verspürt. Den ganzen Abend und noch bis weit nach Sonnenuntergang ritten sie weiter nach Süden, plötzlich erfüllt von Furcht, aber auch von einem Fieber, das sie weitertrieb, selbst als der schwache Schimmer von Tageslicht, der durch die Sturmwolken Tuans brach, längst erloschen war und ihnen nur noch das schwache Glimmen Combats den Weg erhellte. So trotzten sie dem Tag noch ein paar Stunden ab, um so rasch wie möglich an jener Kluft zu sein, an der sich ihr Schicksal entscheiden würde.

Erst kurz vor Mitternacht hielten sie an, um – vielleicht zum letzten Mal – im Schutz einer hufeisenförmigen, nach Osten offenen Mauer zu rasten und bis Sonnenaufgang zu schlafen. Aber Skar fand keine Ruhe, trotz der bleiernen Müdigkeit, die von ihm Besitz ergriffen hatte. Er schlief ein, wachte jedoch schon nach kurzem wieder auf und warf sich fast eine Stunde unruhig hin und her, ehe er resignierend aufstand, um El-tra bei seiner Nachtwache Gesellschaft zu leisten.

Er war nicht einmal sonderlich überrascht, als er nicht nur beide Sumpfmänner, sondern auch Gowenna vorfand. Auch die anderen mußten es spüren: diese seltsame, knisternde Unruhe, die nicht nur in ihnen, sondern wie ein übler Hauch über dem gesamten Land zu liegen schien; ein schwer zu definierendes Gefühl der Erwartung, als hielte die Schöpfung selbst den Atem an und ducke sich unter der Vorahnung kommenden Unheils.

Unsinn, dachte er wütend. *Hier ist nichts. Nur wir.*

»Bist du sicher?« fragte Gowenna.

Skar schrank zusammen. Er hatte den letzten Gedanken laut ausgesprochen, ohne es selbst zu merken – ein deutliches Anzeichen dafür, *wie* erschöpft er war.

»Natürlich«, antwortete er verlegen. »Warum?«

Gowenna hob kaum merklich die Schultern, drehte sich weg und sah lange nach Süden. Der Schatten der Hellgor war mit der Nacht verschmolzen, aber sie mußten sie nicht sehen, um zu wissen, daß sie da war.

»Spürst du es nicht?« flüsterte sie nach einer Weile.

»Was?«

Sie sah ihn an; lächelte. Die Nacht breitete einen Schleier aus barmherzigen Schatten über ihr zerfressenes Gesicht.

»Nichts«, murmelte sie nach einer Weile. »Es ist . . . nichts. Ich frage mich nur«, fuhr sie nach einer spürbaren Pause mit veränderter Stimme fort, »warum wir nicht weiter reiten. So wie es aussieht, können wir sowieso nicht schlafen.«

»Die Pferde brauchen Ruhe«, wandte El-tra ein. »Wir sollten uns überlegen, ob wir nicht einen oder zwei Tage hierbleiben. Wir werden nicht mehr viel Zeit zum Schlafen und Ruhen haben, wenn wir erst einmal auf der anderen Seite sind.«

Gowenna machte eine wegwerfende Handbewegung. »Wenn wir auf der anderen Seite das finden, was ich vermute«, sagte sie, »können wir frische Pferde stehlen. Wenn nicht, spielt es keine Rolle mehr, ob wir einen Tag früher oder später zu Fuß gehen müssen. Außerdem haben wir kein Wasser mehr.«

Skar sah instinktiv zu den Packpferden hinüber. Gowenna hatte natürlich recht – sie hatten noch immer genug Fleisch, um eine weitere Woche durchhalten zu können, ohne hungern zu müssen, aber das Wasser würde zu einem Problem werden. Sie hatten keine Quellen gefunden, nur ein paar Brunnen, die aber nichts als gläserne, vielleicht schon vor Jahrtausenden ausgetrocknete Schächte darstellten, auf deren Grund nur Staub und zermahlener Stein lag. El-tra hatte versucht, Schnee zu sammeln und zu schmelzen. Es war nicht gegangen. Sie hatten es vorher nicht gemerkt, durchgefroren und gebeutelt vom Wind, wie sie waren, aber der Boden Tuans war *warm*. Nicht so warm, daß sie es durch ihre Stiefelsohlen oder die Decken, auf denen sie schliefen, gemerkt hätten, aber warm genug, um den pulverfeinen Schnee zu schmelzen, ehe er eine Decke bilden konnte. Nur hier und da hatten sich in Winkeln kleine Schneeverwehungen gebildet, wo der Sturm die weißen Kristalle rascher herantrug, als sie zu Wasser zerfallen konnten, aber das daraus gewonnene Schmelzwasser hatte sich als ungenießbar erwiesen. Es schmeckte bitter und hinterließ ein pelziges Gefühl auf der Zunge. Nicht einmal die Pferde hatten es getrunken.

»Wir können laufen und die Pferde neben uns hergehen lassen«, schlug Skar vor. »Gowenna hat recht – wir können sowieso nicht schlafen. Und wenn die Müdigkeit zu groß wird, suchen wir uns einen anderen Platz.«

Sein Vorschlag schien El-tra nicht zu begeistern, aber der Sumpfmann wandte sich trotzdem gehorsam um, um ihre Decken und Sättel zu holen, während sein Bruder wortlos zu den Pferden hinüberging.

Gowenna wartete, bis die beiden Schattenmänner außer Hörweite waren.

»Danke«, sagte sie.

Skar sah verwundert auf. »Wofür?«

»Daß du mir zugestimmt hast«, sagte Gowenna mit einem leisen, verzeihenden Lächeln.

»Ich verstehe nicht –«

»Es ist nicht so ganz einfach, auch noch das letzte zu verlieren, dessen man sich sicher glaubte«, fuhr Gowenna fort, ohne auf seinen Einwurf einzugehen. »El-tra und seine Brüder gehören mir seit zehn Jahren. Aber ich sollte vielleicht besser sagen, sie *gehörten* mir.«

»Gehörten?« wiederholte Skar ungläubig. »Wie meinst du das?«

»So, wie ich es gesagt habe, Skar. Du hast sie für meine Wächter oder Freunde oder sonst etwas gehalten, aber das ist nicht die Wahrheit, obwohl ich dich in dem Glauben ließ. Sie sind mein Eigentum. Das Volk von Cosh hat sie mir geschenkt.« Sie stockte, lächelte und gab ein kleines, schwer zu deutendes Geräusch von sich. »Aber so, wie es aussieht, bist du jetzt ihr Herr.«

»Unsinn«, widersprach Skar. »Ich habe niemals –«

»Du bist ein Teil von ihnen, ob es dir gefällt oder nicht«, fiel ihm Gowenna ins Wort. »Natürlich würden sie dich immer noch in Stücke reißen, wenn ich es ihnen befehlen würde, aber das besagt nichts. Sie gehören dir. Und du hast damit auch die Verantwortung über ihr Leben. Wenn ich ... diesen Ritt nicht überleben sollte, dann gib auf sie acht, ja?« Damit wandte sie sich um und ging zu den Pferden hinüber, ohne ihm Gelegenheit zu weiteren Fragen zu geben.

Zehn Minuten später brachen sie auf. Die Sumpfleute hatten ihr Gepäck – das im Laufe der letzten Tage ohnehin auf das Allernotwendigste zusammengeschrumpft war – gleichmäßig auf die fünf verbleibenden Pferde verteilt, so daß die einzelnen Tiere kaum etwas von dem zusätzlichen Gewicht spürten. Trotzdem waren ihre Schritte schleppend und mühsam, und ihr Atem ging so laut, daß Skar sich einbildete, das Geräusch müsse meilenweit zu hören sein, obwohl der Sturm noch immer mit unverminderter Wucht tobte.

Erneut verlor er das Gefühl für Raum und Zeit. Der Sturm wob sie in einen Mantel von Lärm und Kälte ein, und irgendwo über ihnen, jenseits der kochenden Decke aus grauweißem Chaos, zogen die Sterne unbeeindruckt ihre Bahn, aber Skar selbst schien auf magische Weise aus diesem Verstreichen der Zeit ausgeklammert zu sein, ein Automat, der nicht mehr dachte, nicht mehr fühlte, sondern nur stur und unfähig, von der einzigen Aufgabe, für die er geschaffen war, abzuweichen, einen Fuß vor den anderen setzte. Nach einiger Zeit begann er selbst die Kälte nicht mehr so deutlich zu fühlen; die Schmerzen in seinen Fingern und Zehen sanken zu einem dumpfen, auf ihre Weise beinahe wohltuenden Druck herab, und die Atemzüge waren nicht mehr wie Glas, das seine Kehle zerschnitt. Die Nacht war voller Geräusche, und nicht alle hatten ihre Ursache im Sturm. Er glaubte ein Lachen zu hören, oder wenigstens etwas wie ein Lachen, ein hohes, spöttisches Keckern wie die Laute der Feuerkinder Combats, dann wieder ein dumpfes Poltern, das den Boden unter seinen Füßen unmerklich vibrieren ließ, und von Zeit zu Zeit huschten winzige blaue Elmsfeuer über den Horizont im Süden, blaustrahlende Brüder der Wächter Combats. Vielleicht war es aber auch nur Illusion, die Rache seiner überanstrengten Nerven. Aber er wehrte sich nicht dagegen, gab sich einfach der Müdigkeit und Trance hin und gönnte seinem Geist die Ruhe, die sein Körper nicht annehmen wollte.

Nach einer Ewigkeit, vielleicht aber auch nur nach Augenblikken, riß die Wolkendecke über ihren Köpfen auf, und das erste Grau der Dämmerung schickte schattige Finger über die Ebene. El-tra blieb stehen, hob in einer Bewegung, die nun nicht nur müde wirkte, sondern es auch war, die Hand und deutete nach vorn. Skar trat neben ihn, löste die verkrampften Finger vom Zügel seines Pferdes und blickte in die Richtung, in die der Sumpfmann deutete.

Vor ihnen lag die Hellgor. Und es war keine Schlucht, es war eine Klippe.

Die Lücke in der Wolkendecke schloß sich wieder, aber die Sonne war aufgegangen, und das Licht reichte auch so dazu aus, daß man die gewaltige Kluft vor ihnen erkennen konnte. Sie waren näher, als Skar vermutet hatte; der dünne, graue Strich, den sie am Abend zuvor erblickt hatten, war nicht die Schlucht selber gewesen, sondern ihr gegenüberliegender Rand - er und ein Teil des Felsens, der senkrecht und so glatt, als wäre er mit einem gewaltigen Messer geschnitten und hinterher sorgsam poliert worden, in die Tiefe stürzte. Der jenseitige Rand der Kluft lag allerhöchstens noch anderthalb Meilen entfernt.

»Bei allen Göttern!« keuchte Gowenna. Ihre Stimme bebte. Skar konnte sehen, daß sie vergeblich versuchte, den Anblick zu verarbeiten und sich gegen die Gewaltigkeit der Erscheinung zu wappnen. Ein grauer, halb durchsichtiger Nebel hing wie eine Decke über der Schlucht, seltsamerweise war es unberührt vom Toben des Sturmes, und die Luft auf der anderen Seite schien zu flimmern, als koche sie vor Hitze. Was dahinter lag, war nicht zu erkennen.

»Das ist . . . gewaltig«, sagte Gowenna stockend. Sie hatte ihre Fassung wiedergefunden, aber der Ausdruck in ihrer Stimme sagte Skar, daß es in ihrem Inneren immer noch kochte.

Müde schüttelte er den Kopf. »Ich kann das Wort *gewaltig* bald nicht mehr hören«, murrte er. »Seit wir dieses Land betreten haben, beginne ich mir allmählich wie ein Zwerg vorzukommen. Hast du eine Idee, wie wir dort hinüberkommen sollen?«

»Es muß einen Weg geben«, sagte Gowenna schnell. Zu schnell, fand Skar. »Vela und ihre Männer sind hier entlanggeritten. Es muß eine Brücke geben, einen Steg, oder . . .« Sie verstummte, als sie Skars Blick begegnete. Der Anblick der Schlucht ließ jeden Gedanken an eine Brücke schlichtweg lächerlich klingen.

»Vielleicht sind sie auch geflogen«, knurrte Skar. »Wenn sie überhaupt jemals hier waren.«

»Sie waren hier«, mischte sich El-tra ein.

Skar fuhr mit einem Ruck herum. »So?« sagte er aufgebracht. »Und woher willst du das wissen?« Er deutete mit einem abfälligen Grinsen auf den Boden und stampfte zur Demonstration mit dem Fuß auf. »Erzähl mir nicht, daß du auf diesem Grund Spuren erkennen kannst. Hier kann eine Armee vorbeiziehen, ohne auch nur einen Kratzer zu hinterlassen.«

»Das stimmt«, sagte El-tra ungerührt. »Aber es gibt andere Spuren als die, die du mit dem Auge siehst, Bruder. Sie waren hier – der Drache und acht Reiter, vielleicht auch zehn. Und es ist noch nicht sehr lange her. Nicht länger als drei Tage.«

»So!« sagte Skar noch einmal. »Und wohin sind sie?«

El-tra deutete auf die Schlucht und folgte der Linie des Felsabbruches mit der Hand. »Dorthin. Sie sind geritten, sehr schnell. Schneller als jemand, der noch eine weite Strecke vor sich hat und sein Pferd schonen muß. Es kann nicht mehr weit sein.«

»Nicht mehr weit . . .« Skars Blick folgte dem Monstrum von Canyon, bis er sich irgendwo im Südosten im Grau der Dämmerung verlor. Selbst auf diese große Entfernung glaubte er den Sog der Tiefe zu spüren, den dumpfen, verlockenden Ruf, der aus der Höllenkluft emporwehte. Vielleicht, dachte er, wäre es das Beste:

einen Schritt zu machen, sich fallen zu lassen und auf den Aufprall zu warten.

Er verscheuchte den Gedanken mit einem wütenden Knurren, ging zu seinem Pferd zurück und schwang sich in den Sattel. Das Tier scheute, und einen Moment lang mußte er all seine Kraft und Geschicklichkeit aufwenden, um nicht wieder zu Boden zu stürzen.

»Wenn es nicht mehr weit ist, dann laßt uns reiten.«

El-tra zögerte sichtlich. »Wir sollten bis zum Abend ausruhen«, sagte er. »Wenn es eine Brücke gibt, wird sie bewacht sein. Wir werden kämpfen müssen.«

Skar starrte ihn finster an. »Und?« fragte er. »Dazu habt ihr mich doch mitgenommen, oder?«

Die Brücke war unmöglich, aber sie existierte. Sie tauchte irgendwann um die Mittagszeit aus dem Dunst der Ebene auf, ein dünnes, mit Schatten gemaltes Filigran, das mit jedem Hufschlag der Pferde an Substanz – aber nicht an Glaubwürdigkeit – gewann. Ihre Stützen zogen sich in einem kühnen, weit geschwungenen Bogen über die Schlucht; ein doppeltes, sichelförmiges Geländer, das sich irgendwo auf der anderen Seite in wehenden Nebel aufzulösen schien, kurz bevor es den Boden berührte. Die ganze Konstruktion schien zu beben und im Rhythmus des Windes über dem Nichts zu tanzen; eine optische Täuschung, bedingt durch die Entfernung und die schlechten Sichtverhältnisse, aber trotzdem eindrucksvoll.

Sie hielten, noch immer in respektvollem Abstand von der Felskante, nebeneinander an und starrten das bizarre Bauwerk stumm und lange an, und selbst Skar, der geglaubt hatte, gegen alles gewappnet zu sein und sich von keinem auch noch so gewaltigen Anblick mehr beeindrucken zu lassen, rang lange und vergeblich nach Worten. Es war nicht die Größe der Brücke allein – das Goldene Tor von Kohon, das die Zufahrt des Kriegshafens überspannte, war nahezu ebenso lang wie diese Brücke, und seine steinernen Stützpfeiler mußten ebenso hoch, wenn nicht höher in die Luft ragen, aber dem Goldenen Tor fehlte – wie eigentlich jedem Bauwerk, an das er sich erinnern konnte – die graziöse Leichtigkeit, die dieser Steg trotz seiner ungeheuren Abmessungen ausstrahlte. Der Bogen, in dem er sich über das Nichts spannte, spottete der Schwerkraft und den Naturgesetzen, jeder einzelne Pfeiler, jede Stütze, war ein Triumph über die Natur, eine Absage an alles, was er jemals über Anziehungskraft und Statik gehört hatte.

Schließlich war es El-tra, der das Schweigen brach. »Wir sollten uns weiter von der Schlucht zurückziehen«, sagte er mit dem ihm eigenen Pragmatismus. »Wenn es Wachen gibt, so sehen sie uns zu früh.«

Skar löste widerwillig den Blick von der Brücke und sah nach Westen. Sie waren, ohne daß er es bisher bewußt wahrgenommen hätte, seit Stunden über vollkommen flaches, deckungsloses Gelände geritten, aber es war nur ein Streifen, der – wenn auch Meilen breit – sich doch eng an die Konturen der Hellgor anschmiegte und ihr folgte wie grüner Uferbewuchs dem Lauf eines Flusses. Zur Rechten, jenseits der polierten dunkelgrünen Glasebene, zogen sich die zerborstenen Ruinen Tuans in gleichbleibender Monotonie dahin. Dort würden sie sich der Brücke nähern können, ohne zu früh gesehen zu werden.

»Könnt ihr ... feststellen, ob sie bewacht ist?« fragte er unsicher.

El-tra wandte den Blick, sah ihn an und schüttelte nach einer merklichen Pause den Kopf. »Wir können sehen, was war und was ist«, erklärte er geheimnisvoll. »Nicht was sein wird.«

Skar grinste säuerlich. »Wenn das, was du jetzt so umständlich erklärt hast, *nein* heißen soll, dann stimme ich dir zu«, sagte er. »Reiten wir ein Stück nach Westen.«

El-tra gab einen Laut von sich, der Ähnlichkeit mit einem Lachen hatte. »Das soll es heißen«, bestätigte er.

Sie wichen im rechten Winkel von ihrem bisherigen Weg ab und ritten zurück in die Alptraumlandschaft, der sie vor wenigen Stunden erst entronnen waren. Der Wind blies ihnen jetzt in die Gesichter, und schon aus diesem Grunde war eine Unterhaltung unmöglich. Sie legten den Weg schweigend zurück, langsam, aber mit verbissener Stetigkeit, und bewegten sich auch dann noch weiter von der Hellgor fort, als sich die Reihe der geschwärzten Ruinen wie eine dunkle Festungsmauer hinter ihnen geschlossen hatte; ein Wall, der nicht dem Ansturm des Feuers, wohl aber dem der Zeit standgehalten hatte. Erst, als El-tra sicher war, daß ihre Bewegungen in dem schwarzgrünen Labyrinth der toten Stadt nicht mehr auszumachen sein würden, schwenkten sie abermals herum und ritten wieder parallel zur Hellgor. Das gewaltige schwarze Gespinst der Brücke wanderte langsam auf sie zu, schwang schließlich, der Krümmung des Weges, den sie nahmen folgend, ein Stück zurück und lag dann neben ihnen.

El-tra zügelte sein Pferd, deutete wahllos auf eine niedrige, halbrunde Mauer und winkte mit der anderen Hand seinen Bruder zu sich heran.

»Wir reiten voraus, um den Weg zu erkunden«, sagte er. »Skar und Gowenna bleiben zurück. Ruht euch aus. Vor Dunkelwerden können wir nicht weiter.«

Diesmal war es kein Vorschlag, begriff Skar, sondern ein Befehl, nicht aus einem Führungsanspruch geboren, sondern aus dem Wissen, daß dieser Weg der einzig mögliche war. Zwischen ihnen und der Schlucht lag noch immer ein zwei Meilen breiter, deckungsloser Streifen; selbst wenn sie das Letzte von ihren Pferden verlangten, war er zu breit, um die Wächter der Brücke – wenn es sie gab – noch überraschen zu können. Skar stieg kommentarlos aus dem Sattel, führte das Pferd in einen windgeschützten Winkel und hockte sich erschöpft auf den Boden. Gowenna unterhielt sich leise mit einem der Sumpfmänner, aber Skar hätte auch nicht hingehört, wenn er ihre Sprache verstanden hätte. Mit einem Mal schlug die Müdigkeit mit aller Kraft zu; eine bleierne, eisige Decke, die sich auf ihn herabsenkte und seine Glieder lähmte. Sie waren einen Tag, eine Nacht und einen weiteren halben Tag unterwegs gewesen, und er spürte plötzlich jede Meile, die sie zurückgelegt hatten.

Die beiden Sumpfmänner verschwanden, und er blieb allein mit Gowenna zurück. Sie sprachen nicht miteinander; nicht aus

Feindschaft oder Furcht, sondern einfach, weil es nichts zu bereden gab. Die unzähligen Stunden angespannten, lauernden Schweigens, die zwischen ihnen und dem Felstrichter, in dem ihre Odyssee begonnen hatte, lagen, hatten alles ausgedrückt, was sie hätten sagen können.

Er schloß die Augen, lehnte sich müde mit dem Rücken gegen den glasierten Fels und lauschte in sich hinein. Aber auch in ihm war nur Schweigen. Sein Dunkler Bruder schien fort zu sein. Er hatte ihn gespürt, einmal, aber auch da war es anders gewesen als die Male zuvor, leiser, müder - erschöpft, als hätte die dunkle Kraft, die irgendwo in ihm schlummerte, ihre gesamte Energie beim Kampf mit Del und den Söldnern verbraucht.

Irgendwann schlief er ein, trotz der unbequemen Stellung, in der er dahockte, und der Kälte, die ihn auch hier noch mit den Zähnen klappern ließ. Er war so erschöpft, daß er nicht einmal träumte, und als er später, geweckt durch Hufschlag und hektische Bewegung neben sich, die Augen aufschlug, fühlte er sich ausgeruht und frisch, als hätte er tagelang geschlafen. Trotzdem war es nur Illusion - er mochte sich im Moment stark fühlen, aber das würde nicht lange anhalten.

Skar stand auf, fuhr sich mit dem Handrücken über die Augen, um den letzten Rest von Schlaf daraus zu vertreiben, und sah flüchtig in den Himmel. Die Sonne war ein gutes Stück weitergewandert und schimmerte als verzerrter, rötlicher Kreis mit zerfaserten Rändern durch die Wolken. Später Nachmittag. Er mußte sechs, sieben Stunden geschlafen haben.

»El-tra kommt zurück«, sagte Gowenna mit einer Kopfbewegung nach Osten. Sie ging mit keinem Wort darauf ein, daß er geschlafen und ihr die Last der Wache aufgebürdet hatte. Aber ihre Stimme klang müde.

Skar schlug seinen Umhang zurück, trat neben Gowenna und lauschte. Der Hufschlag kam rasch näher, und schon nach wenigen Augenblicken erschien einer der Sumpfmänner, tief über den Hals seines Pferdes gebeugt, zwischen den gezackten Felsklauen der Ruinenlandschaft. »Versteckt euch!« rief er. »Die Pferde weg und dann in Deckung! Wir werden verfolgt!«

Zum ersten Mal, seit Skar mit den beiden Brüdern aus Cosh zusammen war, hörte er echte Erregung in der Stimme El-tras. Er fuhr herum, hastete zu den Pferden hinüber und führte zwei der Tiere tiefer in der Schutz der zerborstenen Mauern hinein. Gowenna ergriff den Zügel des dritten Pferdes, aber das Tier scheute, aufgeschreckt durch die plötzliche Bewegung und die Aufregung, die es mit seinen feinen Instinkten deutlicher spürte als die Menschen, stieg auf die Hinterläufe und schlug mit den Hufen aus. Gowenna brachte sich mit einem hastigen Sprung in Sicherheit, fluchte lauthals und versuchte erneut, sich dem Tier zu nähern. El-tra sprengte wortlos an ihr vorüber, bückte sich im Sattel nach dem Zügel und riß den Kopf des Pferdes mit einem brutalen Ruck herum.

»Schnell!« befahl er. »Geht in Deckung! Sie müssen in wenigen Augenblicken hier sein!«

»*Wer* muß hier sein?« fragte Skar, ohne sich von der Stelle zu rühren.

El-tra fuhr ungeduldig herum. »Krieger«, keuchte er. »Eure Befürchtung war berechtigt – die Brücke wird bewacht. Und sie reiten Patrouille. Zwei von ihnen verfolgen meinen Bruder. Er wird versuchen, sie hierherzulocken. Rasch jetzt!«

»Nur zwei?« wunderte sich Gowenna. »Und darum –«

»Bitte!« unterbrach El-tra sie. »Es ist keine Zeit zu reden. Sie müssen jeden Augenblick hier sein! Verbergt euch! Wenn sie die Falle erkennen und fliehen, war alles umsonst. Wir kommen niemals über die Schlucht, wenn die Wächter gewarnt sind.«

Gowenna wollte noch mehr sagen, aber Skar ergriff sie einfach am Arm und zog sie hinter sich her in Deckung. El-tra schlug seinem Pferd die Absätze in die Flanken und verschwand hinter einem Mauerrest.

Gowennas Hand glitt zum Schwert. Skar legte ihr rasch die Rechte auf den Unterarm, schüttelte den Kopf und gab ihr mit Gesten zu verstehen, in Deckung zu bleiben. Dann richtete er sich vorsichtig wieder auf, schob sich, den Rücken eng an die Wand geschmiegt, bis zum Ende ihrer Deckung und spähte nach Osten. Wieder war Hufschlag zu hören, das hektische, arhythmische Stampfen mehrerer Pferde diesmal, dazwischen ein helles Sirren, der Klang einer Bogen- oder Armbrustsehne. Ein Schatten erschien zwischen den Mauerresten, verschwand und tauchte wieder auf, verdreifacht diesmal. El-tra sprengte heran, setzte, seinem Pferd gnadenlos die Sporen gebend, über eine brusthohe Wand hinweg und wurde durch den Aufprall beinahe aus dem Sattel geschleudert. Sein Pferd scheute, stieg auf die Hinterläufe und schrie vor Schmerz und Angst.

Skars Herz schien einen erschrockenen Sprung zu machen, als er sah, wie einer der Verfolger seine Armbrust hob und auf den Sumpfmann zielte. El-tra registrierte die Gefahr im letzten Moment, warf sich zur Seite und versuchte sein Pferd herumzuzwingen. Aber so gewaltig seine Kraft auch war, das Tier war halb wahnsinnig vor Furcht und widersetzte sich ihm. Die Armbrust des Söldners entspannte sich mit einem peitschenden Knall, der Bolzen verwandelte sich in einen flirrenden Schatten, riß eine blutige Spur in den Hals des Pferdes und bohrte sich tief in El-tras Schulter. Das Tier bäumte sich auf, verlor auf dem spiegelglatten Boden die Balance und fiel mit einem schmerzerfüllten Klageruf auf die Seite. El-tra wurde in hohem Bogen aus dem Sattel geschleudert, prallte mit furchtbarer Wucht auf dem Boden auf und blieb, nachdem er sich sieben-, acht-, neunmal überschlagen hatte, reglos liegen.

Gowenna stieß einen halblauten Schreckensschrei aus. Skar machte eine hastige Geste, warf ihr einen warnenden Blick zu und lief, im Zickzack von einer Deckung zur anderen hastend, los.

Er erreichte den Kampfplatz im gleichen Moment, in dem die beiden Krieger aus den Sätteln stiegen, um nach ihrem Opfer zu sehen. Seine Schritte waren zu laut, und das Gelände bot, so unübersichtlich es schien, nicht genug Deckung; die Männer waren gewarnt, lange bevor er nahe genug heran war. Einer von ihnen wirbelte herum und riß sein Schwert aus dem Gürtel, in einer Bewegung, die schnell genug war, einem Satai Ehre zu machen. Der andere griff hastig an seine Seite, nahm einen neuen Bolzen aus dem ledernen Köcher und legte ihn mit raschen, sicheren Bewegungen auf die Sehne.

Skar erstarrte. Zwischen ihm und den beiden Kriegern lagen noch fünf, vielleicht sechs Schritte. Unter normalen Umständen hätte er nicht gezögert, einen Angriff zu riskieren. Aber er war erschöpft und am Ende seiner Kräfte. Seine Reaktionen waren die eines Greises, und das Stärkegefühl in ihm täuschte. Jeder weitere Schritt wäre Selbstmord gewesen.

Die beiden Krieger schienen zu erraten, was hinter seiner Stirn vorging. Der Armbrustbolzen deutete drohend auf seine Brust; der Finger des Mannes krümmte sich um den Abzug. Es war eine schwere Waffe, die fingerlange, nadelspitz geschliffene Eisenbolzen verschoß. Selbst ein Harnisch würde Skar keinen ausreichenden Schutz bieten.

»Laß die Waffe fallen, Satai«, sagte einer der Krieger. Seine Stimme klang schrill, mühsam beherrscht, aber voller Furcht. »Leg dein Schwert auf den Boden! Schnell!«

Skar gehorchte. Langsam, um die Krieger nicht durch eine zu hastige Bewegung zum Angriff zu reizen, legte er sein Schwert vor sich ab, löste die Haltespange seines Umhanges und ließ ihn von den Schultern gleiten.

»Jetzt komm her!« befahl der Mann mit der Armbrust. »Aber langsam! Und mit ausgestreckten Armen!« Sein Kamerad schob das Schwert zurück in die Scheide, nahm seine Armbrust vom Rücken und spannte sie ebenfalls.

»Die Falle war nicht schlecht«, sagte er anerkennend. »Diese Sumpfkreatur sollte uns hierherlocken, wie?« Er lächelte, aber es war nur ein Ausdruck seiner Nervosität. »Wo ist der andere?«

»Welcher andere?« fragte Skar ruhig. »Wir waren allein.«

Der Finger spannte sich ein wenig mehr um den Abzug. Der Druckpunkt war erreicht. Ein winziges, nervöses Zucken noch, und die Waffe würde ihr tödliches Geschoß abfeuern. Skar spannte sich.

»Ihr seid zu dritt«, behauptete der Krieger. In seinem Gesicht arbeitete es. Die Waffe blieb starr auf Skars Brust gerichtet, aber der Blick seiner dunklen Augen irrte unstet über die Felsen hinter Skar.

»Sumpfmann!« rief er mit erhobener Stimme. »Ich weiß, daß du da bist! Hör mir zu!«

»Du solltest deine Stimme schonen«, sagte Skar gelassen. »Hier ist niemand. Nur El-tra und ich.«

»Hör zu!« fuhr der Krieger unbeeindruckt fort. »Wir haben einen von euch erledigt. Und der Satai stirbt, wenn du nicht ohne Waffen und mit erhobenen Händen herkommst. Ich spaße nicht.«

Skar machte einen halben Schritt auf die beiden Krieger zu und blieb abrupt stehen, als sich nun auch die zweite Armbrust auf ihn richtete.

»Ich meine es ernst!« schrie der Mann. Unter dem Stirnschutz seines bizarr geformten Helmes perlte feiner, glitzernder Schweiß hervor. »Ich zähle jetzt bis fünf! Wenn du danach nicht hier bist, erschieße ich den Satai. Eins!«

»Hört auf! Ich komme!« El-tras Stimme kam von irgendwo hinter und neben Skar. Ein Pferd schnaubte, dann hörte Skar rasche, klirrende Schritte.

Der Ausdruck von Furcht auf den Gesichtern der beiden Männer vertiefte sich. Skar sah, wie ihre Hände zu zittern begannen, unmerklich, aber doch zu stark, als daß sie es ganz unterdrücken konnten.

»Ich gebe auf!« rief El-tra noch einmal. »Tut ihm nichts!«

Die Schritte wurden lauter. Eine der beiden Armbrüste schwenkte herum und deutete jetzt auf eine Stelle hinter Skar.

Ein grauer Schatten zuckte hinter den beiden Kriegern vom Boden hoch und warf sich auf sie. Skar ließ sich zur Seite fallen, rollte über die Schulter ab und war, das Schwert in den Händen, wieder auf den Beinen, noch bevor der Armbrustbolzen dort durch die Luft schnitt, wo er gestanden hatte.

Der Kampf war vorbei, bevor er bei den beiden Kriegern ankam. El-tras Fäuste hatten mit gnadenloser Kraft unter ihnen gewütet; einer der Männer lag reglos auf dem Gesicht, der andere krümmte sich stöhnend zusammen und preßte die Hände gegen den Leib. Aus seinem Mund lief Blut. Skar kniete neben ihm nieder, legte das Schwert griffbereit neben sich und drehte ihn auf die Seite. Der Mann war schwer. Skar konnte selbst durch den eisenharten Panzer hindurch fühlen, wie er zitterte. Behutsam löste er den Kinnriemen seines Helmes, zog ihn ab und berührte den Mann im Gesicht.

»Kannst du mich verstehen?« fragte er.

Die Augen hinter den geschlossenen Lidern bewegten sich hektisch hin und her. Das Blut, das aus dem Mundwinkel des Mannes lief, wurde heller; schaumig.

»Er stirbt«, sagte Skar vorwurfsvoll. Er hob den Kopf, sah El-tra einen halben Herzschlag lang ausdruckslos an und beugte sich dann wieder über den Krieger. »Du hättest ihn nicht gleich töten müssen«, sagte er ruhig.

El-tra schwieg einen Moment. Seine Hand kam unter dem Umhang hervor, tastete nach seiner Schulter und spannte sich um den federbewehrten Schaft des Bolzens. Als Skar den Laut hörte, mit dem das Geschoß aus der Schulter des Sumpfmannes glitt, wurde ihm übel. An der Spitze klebte kein Blut.

Hinter ihm wurden Schritte laut, als der andere El-tra herankam. Eine Hand legte sich auf seine Schulter, leicht und doch von unendlicher Stärke erfüllt, drückte in einer kurzen, beinahe tröstenden Geste zu und schob ihn dann mit sanfter Gewalt zur Seite. Skar nahm sein Schwert, stand gehorsam auf und entfernte sich drei, vier Schritte. Die beiden Sumpfmänner knieten wortlos neben den beiden Soldaten nieder; ihre Hände legten sich auf Gesicht und Stirn der Männer.

Augenblicke lang geschah nichts. Das Stöhnen des Sterbenden wurde leise, verklang. Seine Glieder zuckten noch einmal wie unter einem letzten, knochenbrechenden Krampf, dann erschlaffte er, mit einem schnellen, endgültigen Rucken, das Skar sagte, daß er tot war.

Skar wandte sich ab. Er wußte nicht, *was* die beiden Männer aus Cosh da taten, und er wollte es auch nicht wissen. Es war irgend eine barbarische Zeremonie, vielleicht die Art, in der sie ihre Opfer töteten. *Schlugen,* dachte Skar. Plötzlich, zum ersten Mal seit Tagen wieder, wurde ihm bewußt, daß El-tra keine Menschen waren. Sie handelten anders, dachten – *lebten* – nach eigenen, für ihn unverständlichen Gesetzen und Regeln.

Er rammte sein Schwert in die Scheide zurück, drehte sich vollends um und ging in die Richtung, aus der er gekommen war. Hinter ihm erscholl ein spitzer, unmenschlicher Schrei.

Gowenna kam ihm entgegen, als er die halbe Strecke zurückgelegt hatte.

»Ich habe alles gesehen«, sagte sie.

Skar blieb stehen. Sein Blick mußte Zorn ausdrücken, denn sie wich unwillkürlich einen halben Schritt zurück und hob in einer unbewußten, instinktiven Abwehrbewegung die Hände. »Urteile nicht, bevor du nicht alles weißt«, sagte sie hastig. »Sie hatten keine andere Wahl. Sie hätten dich erschossen, wenn El-tra sie nicht niedergeschlagen hätte.«

»O ja, und das durftest du nicht zulassen, wie?« fragte er gepreßt. »Mein Leben wiegt mehr als das zweier Unschuldiger. Verzeih, daß ich das vergaß.« Seine Stimme bebte vor Zorn. »Es war nicht nötig, sie umzubringen«, zischte er. »Wenn sie dir *gehören*, wie du sagst, dann hättest du sie zurückhalten können.«

»Wir mußten sie töten, Skar«, sagte Gowenna.

»Wir?« Skar hob die Hände und betrachtete demonstrativ seine Finger. *»Ich* habe sie nicht getötet, Gowenna. Und es war nicht notwendig. Sowenig wie das, was sie jetzt mit ihnen tun. Auch wenn ich nicht weiß, was es ist.«

»Sie sind unsere Feinde, Skar«, fuhr Gowenna eindringlich fort. »Wir konnten sie nicht am Leben lassen. Du bist ein Krieger und solltest wissen, daß man einen Feind im Rücken nicht dulden kann.«

Skar starrte an ihr vorbei zum Horizont. Die schwarzen Pfeiler der Brücke streckten sich in kühnem Bogen zur Sonne empor, aber mit einem Mal erschienen sie ihm nicht mehr graziös und elegant, sondern irgendwie feindselig. Ein klebriges Spinnennetz, in dem sie sich verfangen und elend zugrunde gehen würden. »In diesem Land ist ein Mann ohne Pferd und Waffen kein Feind«, sagte er halblaut.

Er redete Unsinn, und er wußte es. Aber in ihm war Zorn, nicht einmal Zorn über die Tatsache, daß die Sumpfmänner die beiden Krieger so gnadenlos abgeschlachtet hatten, sondern Zorn – eigentlich mehr Schmerz – darüber, daß ihre erste Begegnung mit Menschen (das erste Mal, daß sie nach dieser bizarren Reise durch ein Land des Schweigens und des Todes auf Leben stießen) wieder mit dem Tod geendet hatte.

»Es ist der Fluch Tuans«, sagte Gowenna plötzlich. Skar drehte überrascht den Kopf. Gowenna sah an ihm vorbei, aber ihr Blick schien ins Leere zu gehen. Wie leicht es in diesem Land ist, dachte er, die Gedanken eines Menschen zu erraten. »Man nennt es wohl nicht umsonst das Tote Land. Vielleicht hat der Tod hier Leben gewonnen und läßt nichts Lebendes neben sich zu.«

»Unsinn«, murmelte Skar. Aber er spürte auch, daß Gowenna – wenn auch vielleicht in einer ganz anderen Art, als ihr selbst bewußt war – recht hatte. Trotzdem fuhr er aufgebracht fort: »Vielleicht machst du es dir auch einfach nur zu leicht, Gowenna.« Er wollte sich abwenden und wieder zu den beiden Sumpfmännern zurückgehen, aber Gowenna hielt ihn rasch am Arm zurück und schüttelte den Kopf.

»Jetzt nicht, Skar«, sagte sie. »Sie brauchen Zeit.«

»Wozu?« fragte er in absichtlich verletzendem Tonfall. »Werden sie sie auffressen, oder begnügen sie sich damit, sie –«

»Bitte, Skar!« Ihr Griff verstärkte sich, so heftig, daß es schmerzte und Skar seinen Arm mit einem Ruck befreite. »Sie brauchen eine Stunde. Gib sie ihnen, und du wirst alles verstehen.«

»Ich glaube, ich verstehe jetzt schon zuviel«, antwortete er. »Ich beginne jedenfalls zu verstehen, warum du Vela nicht wirklich hassen kannst, Gowenna. Ihr seid euch zu ähnlich. Du wirfst ihr vor, unmenschlich zu sein, aber bisher bist du es, die über Menschenleben spricht, als wären sie nichts.«

Gowenna schwieg eine Weile. Als sie weitersprach, klang ihre Stimme nicht mehr bittend oder traurig, sondern nur noch verwundert. »Ich begreife deinen Zorn nicht, Skar. Du hast mehr Menschen getötet als sie. *Du* bist der Krieger, nicht sie oder ich.«

Skar lachte bitter. »Das Stirnband eines Satai ist kein Freibrief für Mord, Gowenna«, sagte er.

Sie setzte dazu an, etwas zu sagen, schüttelte aber statt dessen bloß stumm den Kopf und senkte den Blick.

»Wie du meinst. Ich werde mich nicht mit dir streiten, nicht jetzt.« Sie drehte sich um, machte einen Schritt und blieb noch einmal stehen. »Ich hole ihre Pferde«, sagte sie. »Vielleicht haben sie Wasser bei sich. Das heißt«, fügte sie hinzu, »wenn du ein solches Vorgehen gestattest. Vielleicht legst du es ja als Leichenfledderei aus.«

Skar zog es vor, darauf nicht zu antworten. Er ließ sie stehen, ging ziellos ein paar Schritte und stützte sich schwer mit den Händen auf einen brusthohen Mauerrest. Der Stein war kalt, von einem eisigen Hauch erfüllt, der nicht allein aus den niedrigen Temperaturen und dem Wind resultierte. Skar wußte nicht, ob die glitzernde Schicht unter seinen Fingern Glas oder Eis war; beides versinnbildlichte in seiner schimmernden Starre mehr als alle Worte den Geist Tuans.

Er schloß die Augen, atmete ein paarmal tief durch und genoß das Gefühl von Leere, das die eisige Luft in seinem Schädel schuf.

Ich benehme mich wie ein Narr, dachte er. Gowenna mußte ihn für einen kompletten Idioten halten, nach dem, was er geredet hatte. Aber seine Worte waren nur Ausdruck seiner Hilflosigkeit gewesen, des ohnmächtigen Zornes, der in ihm war. Er hatte es vielleicht bis jetzt nicht begriffen, aber der Kampf, für den Gowenna ihn hatte kaufen wollen, hatte längst begonnen, im gleichen Moment, in dem sie nicht in Richtung des Gebirges, sondern hierher, hinein ins Herz Tuans, losgeritten waren. Und es war ein Kampf gegen einen Gegner, den er nicht besiegen konnte, ein Kampf gegen dieses Land, gegen den Geist Tuans, wie Gowenna es ausgedrückt hatte. Nicht der Kampf gegen Vela oder ihren Drachen – das war nur die Spitze des Eisberges, vielleicht die letzte Runde –, sondern eine fundamentale Auseinandersetzung zwischen Leben und Tod. Und sie hatten schon verloren, ehe sie ihren Gegner überhaupt erkannt hatten.

Gowenna kam zurück, zwei prall gefüllte Wasserschläuche in den Händen. Sie legte einen davon vorsichtig auf den Boden, löste den Verschluß des anderen und reichte ihn Skar, nachdem sie selbst einen tiefen Zug genommen hatte.

Skar trank, goß wenige Tropfen der kostbaren Flüssigkeit in seine Handfläche und fuhr sich damit über das Gesicht. Das Wasser war eisig und prickelte auf der Haut, aber es tat gut. Er gab Gowenna den Schlauch zurück und sah zu, wie sie noch einmal trank und sich anschließend, seinem Beispiel folgend, ebenfalls das Gesicht benetzte. Ihre Bewegungen hatten, trotz der Eckigkeit, die die Kälte ihren Gliedern aufzwang, etwas seltsam Graziöses an sich. Sie stand so, daß er nur den unversehrten Teil ihres Gesichts sehen konnte, so wie sie sich seit Tagen zunehmend so bewegte, daß ihre Narben unsichtbar blieben, und wieder – wieder nach einem Streit, dachte Skar mit einer Mischung aus Staunen und Erheiterung – spürte er Erregung. Plötzlich und ehe er sich selbst wirklich über die Bedeutung seines Handels im klaren war, ergriff er sie bei den Schultern, zog sie zu sich heran und küßte sie. Sie wehrte sich, aber nur einen Moment lang. Dann wurden ihre Lippen weich, und ihre Arme schlangen sich so heftig um seine Schultern, daß sie ihm fast den Atem abschnürten. Er spürte die Wärme ihres Körpers durch den dicken Stoff ihrer und seiner Kleidung hindurch, und ein aberwitziges, bohrendes Gefühl der Lust stieg in ihm auf. Er wollte sie schlagen, küssen, quälen und streicheln zugleich, sich an sie klammern wie ein Ertrinkender an einen Ast, die Nähe des einzigen lebenden Wesens, das es vielleicht in diesem Teil der Welt gab, spüren.

Und als er ihrem Blick begegnete, spürte er, daß sie es *wußte.*

Für die Dauer von drei, vier bangen Herzschlägen sah er sie an, und wie schon einmal sah er plötzlich alles mit phantastischer Klarheit – jedes winzige Detail ihres Gesichts, jede Falte, jede Linie, die die Jahre oder irgendein längst vergessener Schmerz hineingegraben hatten, und er sah auch das Gesicht unter dieser Maske, die *wirkliche* Gowenna, die sich unter stolzer Unantastbarkeit auf der einen und fleischgewordenen Flammen auf der anderen Seite ihres Antlitzes verbarg, das lebende, atmende, *fühlende* Wesen, und mit fast schmerzhafter Wucht wurde ihm klar, daß sie das, was er in diesem Moment fühlte, die ganze Zeit über gefühlt haben mußte, daß sie ihn hatte haben wollen, vielleicht schon vom ersten Augenblick an. Und er sah noch mehr. Als wäre plötzlich ein unsichtbarer Schleier, den sie die ganze Zeit über getragen hatte, beiseitegezogen worden, sprang ihn die Erkenntnis an, daß sie in Wirklichkeit viel mehr Frau war, als er jemals begriffen hatte. Eine sehr schöne Frau, eine Frau, die stolz auf ihren Körper und seine Vollendung gewesen war. Aber dieser Körper hatte erst zerstört werden müssen, ehe sie selbst soweit war, es zuzugehen.

Warum jetzt? dachte er müde. Warum hatten sie sich erst bis ans Ende der Welt jagen lassen müssen, ehe sie – beide – erkannt hatten, was sie wirklich füreinander empfanden?

Gowenna drehte mit einer kraftlosen Bewegung den Kopf zur Seite, damit sein Mund nur den lebenden, unversehrten Teil ihrer Lippen berührte, aber er hielt sie mit sanfter Gewalt fest.

»Eigentlich müßtest du mich hassen«, sagte sie.

»Ich habe es versucht«, antwortete Skar.

»Und?« Sie lächelte, müde, traurig, aber auch resignierend. »Ist es dir gelungen?«

Skar hob die Schultern. »Ich weiß es nicht«, antwortete er offen. »Ich weiß, daß ich irgend etwas für dich empfinde, Gowenna. Aber ich weiß nicht, ob es Haß oder Liebe ist. Vielleicht beides. Vielleicht ... Nein, ich glaube nicht, daß ich dich wirklich hassen kann.«

»Und warum nicht? Weil ich eine Frau bin und es vielleicht das letzte Mal ist?« Plötzlich, von einer Sekunde zur anderen, versteifte sie sich in seinen Armen, und ihre Stimme, die zuvor weich und voller zitternder Begierde geklungen hatte, wurde plötzlich so spröde wie das Glas, das sie umgab. Ihre rechte Hand löste sich mit einem Ruck aus seiner Umklammerung und fuhr zu ihrem verätzten Gesicht, krallte sich in die kaum verheilten Narben, die der Atem des Drachen in ihr Fleisch gegraben hatte. »Nimmst du deshalb sogar *das* in Kauf? Lieber eine verstümmelte Frau als gar keine?«

Ihre Worte hatten bewußt verletzend klingen sollen, aber der einzige Schmerz, den Skar spürte, war ihr eigener. Die Waffe war stumpf geworden, und ihr Angriff auf ihn nichts als ein letzter verzweifelter Versuch, sich selbst zu belügen. Mit einer plötzlichen wütenden Bewegung machte sie sich ganz los, riß Umhang und Kettenhemd herunter und streifte die Bluse ab. Nicht nur ihr Gesicht war verunstaltet. Ein breiter, wie blasig erstarrter roter Schaum aussehender Streifen verätzter Haut zog sich über ihren Hals bis weit hinab zur Schulter, dünne, rote Finger bis zu ihrem Ellbogengelenk und ihrer linken Brust herabschickend. Darüber lag ein Netz grauer Fäden, der Baumwollstoff ihrer Bluse, vom Höllenatem der Bestie für alle Zeit in ihre Haut gebrannt.

»Gefällt dir, was du siehst?« keuchte sie. »Du kannst es haben, Satai! Sei stolz darauf – du bist der erste Mann, dem ich mich freiwillig hingebe. Und wenn dich der Anblick zu sehr stört, dann

SCHABERICH 7/83

wirf einfach ein Tuch über mein Gesicht, damit du es nicht zu sehen brauchst . . .« Ihre Stimme zitterte, verlor den Halt und ging plötzlich in ein würgendes Schluchzen über. Sie krümmte sich wie unter Schmerzen, schlug die Hände vor das Gesicht und begann haltlos zu weinen.

»Warum quälst du dich?« fragte Skar.

Ihr Kopf flog mit einem Ruck in den Nacken. Ihre Lippen zitterten, aber sie brachte keinen Laut hervor. Skar trat auf sie zu, nahm sie in die Arme und hielt sie, wortlos und fest, bis ihre Schultern aufhörten zu zucken und die Tränen an seiner Brust versiegten. Dann nahm er sie auf – sie war seltsam leicht, als wäre ihr Körper nicht mehr als eine leere Hülle – trug sie wie ein Kind in den Schutz der Ruine zurück und legte sie behutsam hin. Sie liebten sich auf einem Bett aus Glas und unter einem Himmel aus wirbelndem Weiß, und die ganze Zeit über spürte Skar, daß es nichts Echtes war, daß seine und ihre Gefühle noch immer so starr und kalt waren wie die schimmernden Wände, die sie umgaben, daß das, was sie taten, im Grunde nichts als Trotz und Verzweiflung ausdrückte; die vielleicht letzte Möglichkeit, sich gegen die Kälte und den Tod, die dieses Land beherrschten, zur Wehr zu setzen. Die Gefühle, die er noch vorhin zu spüren geglaubt hatte, waren da, aber sie waren eingesperrt, für ewig gefangen hinter der Kluft, die sie voneinander trennte.

Gowenna schlief hinterher ein, eingehüllt in ihren Mantel und an seine Seite gepreßt, aber Skar lag weiter wach auf dem harten Glas. Er war müde, doch je tiefer seine körperliche Müdigkeit wurde, desto unruhiger und wacher wurde sein Geist. Es war seltsam still in dem nach oben offenen Raum, und selbst das Atemholen des Windes schien gedämpft. Vorsichtig drehte er den Kopf und sah auf die schlafende Frau neben sich herab. Ihr Gesicht war bleich, und wäre das regelmäßige Heben und Senken ihrer Brust nicht gewesen, so hätte er sie für tot gehalten. Aber vielleicht waren sie es ja auch bereits, so wie diese beiden Krieger dort drüben und all die anderen, die auf dem Weg hierher gestorben waren.

Vielleicht.

Aber vielleicht, dachte er, kann man ein Totes Land auch nur mit einer Armee von Toten erobern.

Er stand auf, so behutsam, wie er konnte, um Gowenna nicht zu wecken, zog sich rasch an und breitete eine zweite Decke über sie, ehe er sie verließ. Die Sonne senkte sich dem Horizont entgegen, und die Schatten wurden länger. Er blieb einen Moment stehen, sah sich unschlüssig um und ging schließlich wieder zu den beiden Sumpfmännern zurück.

Die Stunde, von der Gowenna gesprochen hatte, war vorüber, zweimal, aber sie hockten noch immer in der gleichen Stellung, in der er sie verlassen hatte, neben den beiden gefallenen Kriegern, die Hände flach auf Gesichtern und Stirnen der Männer.

Er blieb stehen, räusperte sich - mehrmals und so laut, daß sie es hören mußten - und ging erst weiter, als die beiden Schattenmänner aus ihrer Starre erwachten und ihm die Gesichter zuwandten.

Der Anblick traf ihn wie ein Fausthieb.

Unter den tief in die Stirn gezogenen Kapuzen waren keine Schatten mehr, keine Nebelgesichter, in denen nur wogendes Grau und Geheimnisse waren.

Die Gesichter der beiden El-tra waren menschlich; das des einen schmal und mit dünnen, wie mit einem Griffel gezogenen Linien, dunkeläugig - das des anderen breitflächiger, gerötet und jünger, versehen mit einem dünnen Oberlippenbart, der vergeblich versuchte, ihm einen etwas markanteren Anstrich zu geben.

Die Gesichter der beiden Krieger, die sie getötet haben!!! durchzuckte es Skar. Ein eisiges Gefühl der Lähmung machte sich in ihm breit, eine Furcht, die ihn warnungslos ansprang und sein Denken übermannte.

Auch ihre Gestalten waren verändert. Bisher waren sie identisch gewesen, kleine, graue gefährliche Zwillinge, einer der Schatten des anderen. Jetzt war einer von ihnen, der Jüngere, deutlich größer und breitschultriger, und seine Bewegungen waren eckig und starr, nicht mehr die eines Sumpfgeistes, sondern eines Menschen.

Für einen winzigen Moment dachte Skar an den Tag zurück, an dem er die Sumpfmänner zum ersten Mal gesehen hatte. Sie waren, damals noch zu dritt, in der Maske von Menschen aufgetreten. Es war keine Maske gewesen.

»Bist du bereit?« Es war nicht mehr El-tras Stimme, die zu ihm sprach.

»Ich . . .« Skar stockte verwirrt, sah hilflos von einem der Sumpfmänner zum anderen und schüttelte den Kopf. »Was ist geschehen?« fragte er. »Wie . . .«

»Die Zeit drängt«, fiel ihm El-tra ins Wort. »Verion und Bend sind bereits überfällig. Die Wachen an der Kluft werden mißtrauisch werden, wenn sie nicht zurückkehren. Wir haben nur diese eine Chance. Geh und wecke Gowenna.«

Noch während Skar, noch immer starr vor Überraschung und ungläubigem, nur allmählichem Begreifen, dastand und die beiden auf so unglaubliche Weise verwandelten Brüder anstarrte, begannen diese sich ihrer Umhänge zu entledigen. Darunter waren sie nackt; wie ihre Gesichter waren auch die Körper der beiden Krieger perfekt nachgeahmt bis ins letzte Detail. Skar sah, daß die Männer krank sein mußten – ihre Haut wies große, haarlose Flekken auf, in deren Zentren kleine entzündete Eiterpusteln saßen. Sie bückten sich, zogen die Toten aus und schlüpften hastig in deren Kleider; die Helme hoben sie zwar auf, streiften sie jedoch nicht über. Skar löste sich mühsam von dem bizarren Anblick und ging mit eiligen Schritten zu Gowenna zurück. Sie schlief noch immer, öffnete jedoch sofort die Augen, als er sie an der Schulter berührte. Ihr Blick war klar.

»Sind sie bereit?« fragte sie.

Skar nickte wortlos. Gowenna würde über die Verwandlung der El-tra nicht erstaunt sein. Sie mußte gewußt haben, was geschehen würde.

Sie stand auf, zog sich eilig an und begab sich dann an seiner Seite zu den El-tra. Die Sumpfmänner waren mittlerweile damit fertig, sich umzuziehen. Es gab jetzt nichts mehr, was sie noch von den beiden echten Kriegern unterschieden hätte. Sie waren perfekte Kopien; mehr noch, sie ahmten die beiden Soldaten nicht nach – sie *waren* es.

»Wir nehmen die Tiere von Verion und Bend«, sagte der Jüngere. »Ihr sucht euch unter den anderen die ausgeruhtesten Pferde aus.«

Skar setzte sich gehorsam in Bewegung, blieb aber nach zwei

Schritten wieder stehen und sah den Sumpfmann verwirrt an. »Du meinst, wir – sollen euch begleiten?« fragte er stockend.

»Natürlich. Ihr seid unsere Gefangenen. Die Männer an der Schlucht haben gesehen, wie die Patrouille hinter uns hergejagt ist. Wenn wir euch als Gefangene mitbringen, haben wir noch am ehesten eine Chance, sie zu überraschen. Aber wir müssen uns beeilen. Wir sind schon zu lange fort, und sie werden mißtrauisch werden.«

Wir, dachte Skar. El-tra sprach, als wäre er einer der Krieger.

»Wie viele sind es?« fragte Gowenna, während sie zu den Pferden hinübergingen.

»Sechs«, antwortete El-tra. »Mit uns. Also noch vier. Aber sie sind gut ausgebildet und haben Befehl, beim geringsten Verdacht zu schießen. Auch auf ihre Kameraden.«

Gowenna nickte, als hätte sie nichts anderes erwartet. »Sie ist mißtrauisch«, sagte sie halblaut. »Sie ahnt, daß wir noch leben. Werden die Männer den Befehl ausführen?«

El-tra nickte. »Ja.«

Skars Verwirrung wuchs mit jedem Wort, das er hörte. »Ich verstehe nichts mehr«, murmelte er. »Soll das heißen, ihr habt ihre Gedanken gelesen?«

»Nicht ihre Gedanken«, antwortete Gowenna an El-tras Stelle. »Ihre Erinnerungen. Sie *sind* sie. Was diese Männer wußten, wissen auch sie.«

»Nicht ganz«, sagte El-tra. »Etwas ist anders.«

Gowenna blickte zuerst den Sumpfmann, dann Skar, dann wieder El-tra verwundert an. »Wie meinst du das?«

»Die Matrix war vorhanden«, antwortete El-tra. Skar spürte, wie schwer es ihm fiel, auf die Frage zu antworten. Seine Worte kamen schleppend, als müsse er sich jede Silbe genau überlegen. »Aber da war noch etwas anderes. Etwas, das ich nicht beschreiben kann. Es . . .« Er stockte, sah Skar in die Augen und lächelte flüchtig. »Die Matrix war überlagert. Ein fremder Einfluß hat diese Männer ergriffen.«

»Matrix?« wiederholte Skar verständnislos.

Gowenna machte eine ungeduldige Handbewegung. »Nenn es von mir aus Seele«, sagte sie rasch. »Das eine Wort ist so falsch wie das andere.« Sie wandte sich wieder an El-tra. »Was soll das heißen – ein fremder Einfluß?«

El-tra schwieg einen Moment. »Ihre Seelen sterben«, sagte er schließlich. »Diese Männer waren nicht mehr als leere Hüllen. Ihre Matrix war schwach, aber da war etwas anderes an ihrer Stelle. Etwas wie Tuan.« Damit wandte er sich um und ging ohne ein weiteres Wort der Erklärung zu seinem Kameraden hinüber.

Skar schwang sich mit einem Kopfschütteln in den Sattel. »Irgendwann«, knurrte er übellaunig, »wirst du mir vielleicht einmal erklären, wer diese beiden Brüder wirklich sind.«

Gowenna blieb ernst. »Bist du sicher«, fragte sie, »daß du es überhaupt wissen willst?«

Die zwei Meilen bis zur Schlucht nahmen kein Ende. Der Himmel war, wie ein blutiges Symbol, in flammendes Rot getaucht, und obwohl die Sonne bereits unterging und mit lodernden Flammenfingern den Horizont berührte, wurde es heller; die Wolkendecke riß auf, und gleichzeitig flaute der Sturm ab. Zum ersten Mal seit Tagen sank das Brüllen des Windes so weit ab, daß sie sich auch über eine Entfernung von mehr als zwei, drei Metern unterhalten konnten, ohne zu schreien.

Sie bewegten sich in der gleichen Marschordnung wie seit Tagen – El-tra, der das Aussehen Verions angenommen, seine Rüstung übergestreift und sein Pferd bestiegen hatte, voraus, dahinter Skar und Gowenna. Bend, der zweite Sumpfmann, bildete den Abschluß. Skars Hände waren gebunden, und zwar so, daß man den Strick, der seine Handgelenke fesselte und in einem lockeren Bogen unter dem Leib des Pferdes hindurch auf der anderen Seite eine Schlinge um seinen Hals bildete, schon von weitem deutlich sehen konnte, während Gowenna, schlaff und mit lose pendelnden Armen, um für tot oder bewußtlos gehalten zu werden, über dem Hals ihres Reittieres lag.

Skar fühlte sich mit jedem Schritt, den sie sich der Kluft näherten, unbehaglicher. Ihr Vorgehen erschien ihm nach allem, was hinter ihnen lag, beinahe zu einfach. Sich in der Verkleidung des Gegners dessen Lager zu nähern, war wahrlich kein neuer Einfall. Aber andererseits war es auch nicht gerade normal, nicht nur die Kleider eines gefangenen Gegners, sondern auch sein Gesicht und seinen Körper überzustreifen.

Die Brücke kam nur langsam näher. Sie war größer, als es von weitem den Anschein gehabt hatte, und entsprechend war auch die Strecke, die zwischen ihr und dem Rand des Ruinenfeldes lag, weiter, als Skar angenommen hatte. Die dunkelfarbigen Metallträger, zwischen denen sich die verzweigten Streben des halbmondförmigen Geländers spannten, waren so stark wie ein Pferdeleib, aber auch an ihnen war das Chaos nicht spurlos vorübergegangen. Weiter zur anderen Seite hin war das Eisen zerborsten, da und dort geschmolzen und zu bizarren mannsgroßen Tropfen erstarrt; die vierzig Manneslängen breite Brücke selbst war von zahllosen Löchern und Rissen übersät und auf halber Strecke bis auf einen dünnen, über die große Entfernung nur wie ein Faden erscheinenden Steg zerbrochen.

So grandios der Anblick von weitem gewirkt hatte, so ernüchternd war die Realität. Die Brücke über die Hellgor war, wie alles hier, nur ein weiteres Symbol der Zerstörung. Ihr Metall war unter der Hitze des Götteratems spröde und brüchig geworden. Es erschien Skar fast wie ein Wunder, daß sie die Jahrtausende des Sturmes, der an ihr gezerrt und gerüttelt hatte, überhaupt überstanden hatte.

»Wo sind die Wachen?« fragte er.

»In dem Turm links neben dem Aufstieg«, antwortete Verion El-tra, ohne sich umzudrehen. »Keinen Laut mehr jetzt. Die Luft trägt weit. Und sie dürfen nicht sehen, daß wir reden.«

Skar unterdrückte ein Nicken. Sein Rücken begann, von der unnatürlich-aufrechten Haltung, die er einnehmen mußte, um die Schlinge um seinen Hals nicht zu sehr zu spannen, zu schmerzen, aber er widerstand der Versuchung, das Seil ein wenig zu lockern. Die Stricke lagen nur lose um seine Hände; ein kräftiger Ruck würde reichen, sie abzustreifen.

Aufmerksam sah er zu dem Turm hinüber, den El-tra bezeichnet hatte. Verglichen mit der Gigantomanie der Brücke, die er bewachte, wirkte er winzig: ein vielleicht zwanzig Fuß hoher und halb so breiter Zylinder, dessen flaches Dach von dreieckigen Zinnen gesäumt wurde. Trotzdem eine Festung – der Eingang lag auf der anderen, der Schlucht zugewandten Seite, und die wenigen Fenster waren nur als dünne Linien zwischen den Fugen des Mauerwerks zu erkennen; Schießscharten, mehr nicht. Eine Handvoll Männer würde diesen Turm gegen eine Armee halten können.

Ein zweiter, gleichartiger Turm erhob sich auf der anderen Seite der Brücke; in ihrer Einfachheit eine nahezu unüberwindliche Verteidigungsanlage.

Verteidigung? dachte er. *Gegen wen?*

El-tra zügelte sein Pferd, als sie sich dem Turm bis auf dreißig Schritte genähert hatten. Skar glaubte eine Bewegung hinter einem der schmalen Fenster wahrzunehmen. Ein Schatten erschien auf dem Dach des Turmes und huschte geduckt hinter die Deckung der Zinnen.

»Die Losung!« forderte eine Stimme.

El-tra richtete sich ein wenig im Sattel auf und formte mit den Händen einen Trichter. »Tuan lebt!« antwortete er laut. Skar fuhr beim Klang der beiden Worte unmerklich zusammen, beherrschte sich aber.

Der Mann hinter den Zinnen zögerte. Für einen quälend langen Augenblick herrschte Schweigen, ehe er sich – noch immer langsam und zögernd – aufrichtete und aus seiner Deckung hervortrat. In seinen Händen lag eine gespannte Armbrust.

»Wen bringt ihr da?« fragte er mißtrauisch.

El-tra deutete erst auf Skar, dann auf Gowenna, deren schulterlanges Haar unter der hochgeschlagenen Kapuze verborgen war. »Den Satai und eine dieser Sumpfkreaturen«, antwortete er. »Der andere ist tot.«

Wieder schwieg der Wächter eine Weile. Die Sonne sank tiefer und verwandelte seinen Körper in einen flachen schwarzen Schattenriß, aber Skar glaubte den stechenden Blick seiner Augen selbst durch das heruntergelassene Visier seines Helmes zu fühlen.

»Gut«, sagte er schließlich. »Kommt näher.«

El-tra machte eine befehlende Geste, und Skar und die anderen setzten sich in Bewegung. Ein eisiger Hauch stieg aus den Tiefen der Hellgor empor und hüllte sie ein. Skar fröstelte. Irgendwo in ihm schien sich etwas zu regen. Das Puppenstadium war fast beendet. Irgendwann, bald, vielleicht schon sehr bald, würde der Kokon aufbrechen.

Sie umrundeten den Turm, näherten sich der zerborstenen eisernen Rampe, die hinauf auf die Brücke führte, bis auf wenige Schritte und ritten dann zur Rückseite des Gebäudes. Ihre Pferde scheuten, als sie sie bis auf wenige Schritte an den jäh aufklaffenden Abgrund heranlenkten. Skar warf einen flüchtigen Blick in die Tiefe und sah dann hastig weg. Unter ihm war nichts als brodelnde Finsternis.

Auf der Rückseite des Turmes war eine schmale, mit einem zusätzlichen Eisengitter gesicherte Tür. Als sie näher kamen, wurde sie geöffnet, und der flackernde rote Lichtschein einer Fackel fiel aus dem Gebäude. Das Gitter schwang quietschend nach außen, und zwei untersetzte, in schwarzes Leder gehüllte Gestalten traten aus dem Turm.

Skar sah unauffällig nach oben. Der dritte Mann stand noch immer hinter den Zinnen und blickte zu ihnen herab. Seine Haltung verriet Anspannung. Von dem vierten Wächter war keine Spur zu sehen.

El-tra stieg aus dem Sattel, nahm mit einer raschen Bewegung seine Armbrust vom Rücken und legte sie auf Skar an, während der andere Sumpfmann sein Pferd neben ihn dirigierte und mit einem raschen Schnitt das Seil durchtrennte, das ihn am Sattel festhielt.

»Steig ab, Satai«, sagte Verion-El-tra. Seine Stimme bebte: die Stimme eines Mannes, der sich darüber im klaren ist, daß er einen gefährlichen Gegner vor sich hat.

Skar nickte, stieg umständlich aus dem Sattel und trat mit hängenden Schultern auf die beiden Turmwächter zu.

»Seid vorsichtig«, mahnte El-tra. »Er ist gefährlich. Immer noch.«

Skar warf dem Sumpfmann einen wütenden Blick zu. Für seinen Geschmack spielte er seine Rolle fast zu gut. Aber vielleicht *spielte* er sie ja auch gar nicht.

Die beiden Männer zogen ihre Schwerter aus den Gürteln und glitten hastig ein paar Schritte auseinander, so daß er, sogar wenn er selbstmöderisch genug gewesen wäre, einen Angriff zu versuchen, nur einen von ihnen hätte überraschen können, ehe ihm der andere sein Schwert in den Leib gerannt hätte.

»Was ist mit dieser Sumpfbestie?« fragte einer der Wächter.

El-tra zuckte betont gelassen die Achseln. »Er stirbt«, sagte er.

»Du hättest ihn töten sollen.«

»Mag sein. Aber vielleicht lebt er lange genug, daß wir ihn zu Tantor bringen können. Er wollte die Gefangenen lebend haben.«

»Nicht *die* Gefangenen«, verbesserte ihn der Wächter. »Nur *ihn*.« Er deutete mit der freien Hand auf Skar, überlegte einen Moment und wies dann mit einer Kopfbewegung auf den Turm. »Nun gut. Vielleicht war es richtig, so zu handeln. Das sollen andere entscheiden. Bringt sie erst einmal herein. Larn wird sich um euere Pferde kümmern. Kommt.«

Er wandte sich mit einer abgehackten Bewegung um und verschwand im Inneren des Gebäudes. Skar stolperte – ermuntert durch einen rüden Stoß El-tras – hinterher, während der zweite Sumpfmann Gowenna wie eine gewichtslose Stoffpuppe aus dem Sattel hob und sich über die Schulter legte. Der zweite Wächter steckte seine Waffe zurück und nahm El-tras Pferd beim Zügel. Skar spannte sich. Seine Rechte schloß sich fester um den fünfzakkigen Metallstern, der darin verborgen war.

»Noch nicht«, raunte Eltras Stimme an seinem Ohr. Skar nickte unmerklich.

Hintereinander betraten sie den Turm. Sein Inneres war größer, als es von außen den Anschein gehabt hatte; der schwarze Stein, aus dem er erbaut worden war, und die gedrungene, wehrhafte Form suggerierten eine Beengtheit, von der hier drinnen nichts mehr zu spüren war. Ein halbes Dutzend blakender Fakkeln erfüllten die Luft mit beißendem Rauch, der nur träge abzog. Vor der gegenüberliegenden Wand gab es vier schmale, strohgedeckte Pritschen, davor einen niedrigen Tisch mit vier Schemeln, außerdem einen offenen Schrank, in dem sich Geschirr und Vorräte stapelten. Über das Glas des Bodens war Erdreich gestreut und festgestampft worden, nur hier und da lugte ein winziger Splitter der brüchigen grünen Leichendecke Tuans hervor.

El-tra versetzte Skar einen Stoß, der ihn durch den Raum und vor den Tisch taumeln ließ, trat vom Eingang zurück und gab seinem Bruder ein Zeichen, nachzukommen. Wie durch Zufall stand er dadurch so, daß er den beiden Soldaten den Blick auf die reglose Gestalt über El-tras Schulter verwehrte.

»Leg den Schlammfresser auf eines der Betten«, befahl der Krieger, der schon draußen das Wort geführt hatte; offenbar der Kommandant der Wachgruppe.

Bren El-tra nickte stumm, schob sich rasch an ihm vorüber und lud Gowenna unfanft auf einer Liege ab. Ihr Gesicht war zur Wand gedreht.

»Ich helfe Larn bei den Pferden«, sagte er. Ohne eine Antwort des Offiziers abzuwarten, wandte er sich um, verließ den Turm und warf die Tür hinter sich zu.

Skar tauschte einen fragenden Blick mit Verion-Eltra. Der Sumpfmann deutete ein Kopfschütteln an. Skar begriff. Sie hatten zwei der Wächter vor sich. El-tra würde sich um den dritten kümmern. Aber einer von Velas Soldaten war noch immer oben auf dem Dach des Turmes – und der einzige Weg dort hinauf führte über eine schmale, nahezu senkrechte Treppe, die unter einer massiven Eisenklappe endete. Sie mußten warten, bis er herunterkam.

Der Offizier sah ihn aus mißtrauisch zusammengekniffenen Augen an. Er hatte ein schmales, pockennarbiges Gesicht, das von grauen Strähnen ungepflegten Haares eingerahmt war. Um seinen Mund lag ein grausamer Zug. Als er näherkam und Skar im Licht der Fackeln betrachtete, sah Skar eine glänzende, münzgroße Stelle über seinem linken Auge. In ihrem Zentrum saß ein winziger roter Punkt.

»Du bist also dieser Satai«, sagte er abfällig. »Skar. Das war doch dein Name, oder?«

»Warum fragst du, wenn du es weißt?« gab Skar patzig zurück.

Der Offizier stieß ein wütendes Zischen aus, hob die Hand und trat einen Schritt auf ihn zu, aber Verion hielt ihn mit einer raschen Bewegung zurück. »Nicht, Crom«, sagte er eilig. »Er ist gefährlich. Wenn du ihm eine Chance gibst, tötet er dich.«

»Unsinn.« Crom riß seine Hand mit einem Ruck los, bedachte El-tra mit einem ärgerlichen Blick und baute sich breitbeinig vor Skar aus. Aber ein Teil seiner Überheblichkeit war aus seiner Stimme gewichen.

»Wo ist dieses Weib?« fragte er.

Skar verzog geringschätzig die Lippen und sah demonstrativ weg.

»Sie muß tot sein«, sagte El-tra.

»Tot?« Crom legte den Kopf auf die Stelle und musterte Skar aus kleinen, tückischen Augen. »Stimmt das?«

»Von ihm erfährst du kein Wort«, sagte El-tra.

»Und woher weißt du es dann?«

»Wir haben sie überrascht, Crom. Er und der Sumpfmann« – damit deutete er auf Gowenna, die noch immer reglos und wie tot auf der Pritsche lag – »schliefen. Sie hatten drei Pferde und drei Lagerstellen.«

»Geschlafen habt ihr, so?« Crom lachte. Ein leiser, unangenehmer Laut. »Ein Satai, der sich im Schlaf überraschen läßt«, fuhr er kopfschüttelnd fort. »Eigentlich sollte ich enttäuscht sein. Man hört Wunderdinge von euch, und dann laßt ihr euch im Schlaf gefangennehmen.« Er schüttelte noch einmal den Kopf, drehte sich um und schlenderte auf Gowenna zu. Skar hielt instinktiv den Atem an.

»Sei lieber froh, *daß* er geschlafen hat«, sagte Verion-El-tra hastig. »Sonst wären wir nämlich jetzt tot. Wir hatten Mühe, mit den Sumpfleuten fertig zu werden.«

Crom sah einen Moment nachdenklich auf die zusammengekrümmte graue Gestalt auf der Liege hinunter, streckte die Hand aus, als wolle er sie berühren, und drehte sich dann um, ohne die Bewegung zu Ende zu führen.

»Ich hätte nicht gedacht, daß ihr so weit kommt«, fuhr er, nun wieder an Skar gewandt, fort. »Es scheint, als wären wir gut beraten gewesen, hier auf euch zu warten.«

Skars Blick irrte verzweifelt an ihm vorbei die Leiter empor. Er konnte die gedämpften, regelmäßigen Schritte des Mannes oben auf der Plattform hören. Wenn es ihnen nicht gelang, ihn zu überwältigen, dann war alles umsonst gewesen.

»Ist Tibor noch oben?« fragte El-tra.

Crom sah ihn verwundert an. »Sicher«, antwortete er. »Wo soll er sonst sein? Und warum fragst du?«

»Es ist Zeit für die nächste Patrouille«, erwiderte El-tra ruhig. »Und er ist an der Reihe.«

Crom machte eine wegwerfende Handbewegung. »Die Patrouillen werden nicht mehr nötig sein«, sagte er. »Unsere Gäste sind bereits angekommen. Wir brauchen nicht länger zu warten. Aber du hast recht – es ist kalt dort oben, und ein Becher heißen Weines wird ihm guttun. Außerdem ist es vielleicht besser, wenn wir diesen Satai zu viert bewachen, nachdem du doch so großen Respekt vor ihm hast.« Der spöttische Unterton in seiner Stimme klang nicht ganz überzeugend.

Er trat an die Leiter, nahm eine lange Holzstange, die griffbereit daneben an der Wand lehnte, und stieß mehrmals hintereinander wuchtig gegen die eiserne Klappe. »Du kannst herunterkommen!« rief er mit erhobener Stimme. »Deine Wache ist vorbei!«

Die Schritte stockten für einen Moment, kamen dann eilig auf die Klappe zu und brachen erneut ab. Ein schmaler Streifen blutroten Lichts wurde sichtbar, als die Luke geöffnet wurde.

Crom wandte sich von der Leiter ab und blieb neben Gowennas Lager stehen. »Und nun zu dir«, sagte er, während er sich herabbeugte und sie auf den Rücken drehte. »Du –«

Seine Stimme versagte, als er in das Gesicht unter der grauen Kapuze blickte. Für den Bruchteil einer Sekunde schien er starr vor Überraschung, aber diese winzige Zeitspanne genügte, ihn das Leben zu kosten. Gowenna schlug seine Hand mit dem Unterarm beiseite, fuhr hoch und stieß mit der anderen Hand zu. Der winzige, nadelspitze Dolch, den sie die ganze Zeit unbemerkt darin verborgen gehalten hatte, fuhr zielsicher durch den schmalen Spalt zwischen Harnisch und Helm Croms, bohrte sich in seinen Hals und tötete ihn auf der Stelle.

Sein Kamerad überlebte ihn nicht einmal eine Sekunde. Skar riß mit einer blitzschnellen Drehung die Handfesseln herunter, holte aus und schleuderte seinen *Shuriken.* Die Waffe verwandelte sich in ein flirrendes silbernes Rad, traf den Mann auf der Leiter im Nacken und ließ ihn mit einem krächzenden Schrei nach hinten kippen. Er war tot, noch bevor sein Körper auf dem Boden aufschlug.

Skar fuhr blitzartig herum, aber auch der dritte Wächter schien nicht einmal Zeit gefunden zu haben, wirklichen Schrecken zu empfinden. Er lag, in seltsam verkrümmter Haltung und mit weit geöffneten, starren Augen, zu El-tras Füßen, die Hände in einer erloschenen Bewegung, die er nicht mehr hatte zu Ende führen können, zu seinem gebrochenen Genick erhoben.

Skar atmete hörbar aus. Die Anspannung fiel plötzlich von ihm ab, seine Hände und Knie begannen zu zittern. Haltsuchend griff er hinter sich, bekam die Tischkante zu fassen und klammerte sich daran fest.

Die Tür ging auf, und der zweite Sumpfmann betrat den Turm.

»Was ist mit dem Wächter?« fragte Gowenna. Skar fand die Frage überflüssig, aber El-tra antwortete trotzdem darauf, ganz gegen seine sonstige Gewohnheit.

»Er ist tot«, sagte er. »Oder jedenfalls bald.«

Skar runzelte die Stirn. »Was heißt das?«

El-tra-Ben grinste, deutete mit dem Zeigefinger auf den Boden zu seinen Füßen und wippte auf den Absätzen, als hole er Schwung für einen Sprung. »Er ist auf dem Weg nach *unten«,* sagte er.

Der Krug war leer, aber Skar winkte ab, als Gowenna aufstehen und einen neuen Schlauch mit Wein aus dem Regal nehmen wollte. Er hatte zwei Becher des süßen, schweren Rotweines getrunken, und hinter seiner Stirn begann es bereits jetzt zu summen; der Wein war nicht gut, und das, was Skar im Moment am wenigsten gebrauchen konnte, war ein schwerer Kopf.

Sie waren nun eine Stunde in dem steinernen Turm, hatten die

Toten weggeschafft, gegessen, getrunken und sich an dem flakkernden Feuer im Kamin aufgewärmt. Das Mahl war einfach gewesen: trockenes, hartes Brot, ein Rest Schmalz, den sie in einer Holzschale auf dem Regal gefunden hatten, und für jeden eine Handvoll trockener Datteln. Trotzdem war es Skar – nach einer Woche, in der er von abgestandenem Wasser und scharfem Pferdefleisch gelebt hatte – wie ein Festmahl vorgekommen. Er war noch immer müde, und die Wärme im Inneren des Turmes tat ein übriges, seine Lider schwer werden zu lassen.

Gowenna stand nun doch auf, ging zum Regal und schenkte sich einen weiteren Becher Wein ein. Die Schwäche ließ ihre Hände zittern.

»Du solltest nicht so viel trinken«, sagte Skar halblaut. »Wir brauchen morgen einen klaren Kopf. Auch du.«

Gowenna lächelte, leerte den Becher mit einem Zug und schenkte ihn erneut voll. »Morgen ist morgen«, sagte sie leichthin. Sie kam zurück zum Tisch, setzte sich und sah mit einem sehnsüchtigen Blick zu den Betten hinüber. »Wer übernimmt die erste Wache?« sagte sie, ohne auf seine Worte einzugehen.

Skar wollte antworten, aber einer der El-tra – Verion – mischte sich ein. »Es wird nicht notwendig sein, Wachen aufzustellen«, sagte er, während er zu ihnen an den Tisch trat. »Die Männer bleiben jeweils eine Woche hier. Die Ablösung ist erst in drei Tagen fällig. Aber ihr werdet nicht schlafen können.«

Gowenna sah überrascht auf. »Wie meinst du das?«

»Wir können nicht hierbleiben«, fuhr El-tra fort. »Nicht für die nächsten Tage und nicht für diese Nacht.«

Skar schob sich eine weitere Dattel in den Mund. Er war längst satt, aber nach einer Woche voller Entbehrungen schrie sein Körper noch nach Nahrung. »Warum nicht?« fragte er kauend.

»Dieser Ort ist nicht gut«, antwortete El-tra ernsthaft.

»Ihr wollt über die Brücke?« fragte Gowenna. »Jetzt?«

Eltra nickte.

»Aber ich sehe keinen vernünftigen Grund dazu«, sagte Skar. »Uns allen würde eine Nacht Schlaf und ein wenig Wärme guttun – euch auch.« Und der Gedanke, bei Dunkelheit über die halbzerfallene Brücke zu reiten, bereitete ihm Unbehagen. Selbst bei Tageslicht wäre es ein Wagnis gewesen, über die Schlucht zu reiten. Aber das sprach er nicht laut aus.

»Es gibt Gründe genug«, fuhr El-tra nach einer Weile fort. »Dieses Land ist nicht gut für uns. Wir sollten nicht länger hierbleiben als nötig. Und wir können nicht lange in diesen Körpern bleiben. Sie sind krank.«

Skar schwieg. Er wußte, wie wenig Sinn es hatte, mit den Sumpfmännern zu diskutieren, wenn sie einmal einen Entschluß gefaßt hatten. Er nickte resigniert, goß sich nun doch einen weiteren Becher Wein ein und trank einen Schluck, ehe er aufstand und zum Feuer hinüberging. Zum ersten Mal seit Wochen fror er nicht.

»Wie weit ist es bis zu Velas Lager?« fragte er.

»Dreißig Meilen. Weniger als einen Tagesritt.«

»Weniger als einen Tagesritt, so.« Er schüttelte den Kopf, seufzte und rieb die Hände über den Flammen aneinander. »Und wie kommen wir hinein? Ich kann mir nicht vorstellen, daß sie uns mit offenen Armen empfängt.«

»Sicher nicht. Aber solange wir diese Körper tragen, wird es kein Problem werden. Zumindest nicht für uns.«

»Und wir?«

El-tra machte eine wegwerfende Handbewegung. Er hatte nicht nur den Körper Verions übernommen, sondern auch seine Gestik und sein Art zu reden. »Sie lebt in einer der alten Städte Tuans«, sagte er. »Ein Labyrinth, in dem selbst ihre hundert Krieger verschwinden können. Wir werden einen Weg finden, euch hineinzubringen. Aber wir können nicht warten, bis diese Körper zu schwach sind. Sie sterben.«

Skar maß den Sumpfmann mit einem langen Blick. »So schwach siehst du gar nicht aus.«

»Der Wechsel hat viel Energie gebraucht. Wir zerfallen. Und auch ihr werdet sterben, wenn ihr zu lange hier verweilt. Der Atems Tuans ist tödlich.«

Skar seufzte. »Ich warte auf den Tag, an dem ich einmal eine ganz einfache klare Antwort von dir bekomme, El-tra«, sagte er grinsend. »Ist es bei euch üblich, in Rätseln zu sprechen?«

»So, wie es bei euch üblich ist, die Unwahrheit zu sagen«, nickte

El-tra. »Doch nun kommt. Mein Bruder hat die Pferde gesattelt und Fackeln zusammengesucht. Je schneller wir aufbrechen, desto rascher sind wir auf der anderen Seite.«

Skar grinste. »Eine fundamentale Weisheit.« Er ging zum Tisch zurück, leerte seinen Becher und stopfte den Rest an Datteln, der noch in der Schale lag, in seinen Beutel. Gowenna hatte die Zeit genutzt, ihre Rüstung wieder anzulegen und den Umhang überzustreifen, so daß sie bereits nach wenigen Augenblicken den Turm verlassen und zu den wartenden Pferden hinübergehen konnten.

Die Sonne war vollends untergegangen, und über der schimmernden grünen See Tuans lag die Schwärze der Nacht. Der Wind kam Skar jetzt, nachdem er zum ersten Mal seit Tagen wieder wirklich aufgewärmt war, doppelt eisig vor, und sein Gesicht begann augenblicklich zu prickeln, als er in die heulenden Böen hinaustrat. Pedantisch zog er die Tür hinter sich zu, blieb einen Moment stehen und sah nach Norden. Combat war nicht mehr als ein düsteres, blasses Flackern am Horizont, aber es erschien ihm jetzt fast drohender als zuvor.

Skar verscheuchte den Gedanken mit einem ärgerlichen Achselzucken, ging zu den Pferden hinüber und schwang sich in den Sattel. Das Leder war so kalt, daß es an seiner Haut zu kleben schien, und selbst die Fackeln, die die beiden El-tra trugen, schienen Kälte statt Wärme zu verstrahlen. Ihr Licht flackerte und bog sich unter den Hieben des Windes; dünne, durchbrochene Feuerstrahlen, die nach Süden fingerten, als wollten sie ihnen den Weg weisen.

Gowenna drängte ihr Tier dicht neben das seine, schlug demonstrativ die Kapuze ihres Umhangs hoch und beugte sich nach vorne. Sie ritten los.

Skars Unbehagen wuchs, während sie sich der Schlucht näherten. Die Nacht war so dunkel, daß der Abgrund unsichtbar blieb und selbst die Brücke nicht mehr als ein gewaltiger schwarzer Schatten war, aber was Skar nicht sah, spürte er dafür um so deutlicher: den eisigen, kalten Hauch, der aus den Tiefen der Erde emporstieg und sie streifte, ohne sich um das Heulen des Sturmes zu scheren; den Sog der Tiefe, als würden unsichtbare Geisterhände zu ihnen emporgreifen, um sie herabzuziehen.

Der Klang der Pferdehufe änderte sich, als sie auf die Brücke hinaufritten. Es war nicht mehr das helle Schlagen von Metall auf Glas, das sie während der letzten Woche begleitet hatte, sondern ein dumpfes, hallendes Dröhnen, das meilenweit zu hören sein mußte, das Schmiedeeisen der Hufe auf dem gehämmerten Stahl der Brücke. Skar beugte sich neugierig im Sattel herab, konnte aber nicht mehr als eine dunkle, geriffelte Fläche erkennen. Die Brücke bebte unter ihrem Gewicht, während sie die sanft ansteigende Rampe hinaufritten und sich den gewaltigen gebogenen Stützpfeilern näherten. Die Pferde wurden unruhig, und Skar mußte die Zügel fester ergreifen, um sein Tier zum Weitergehen zu bewegen. Ihr Instinkt verbot ihnen, auf unsicheren Grund zu treten, und wenn die Brücke auch massiv aussah - und es sein mußte, um dem beharrlichen Zerren und Rütteln des Windes zu widerstehen -, so schwang sie doch wie ein gewaltiges lebendes Wesen unter ihnen; eine Bewegung, die zu langsam und majestätisch war, um sie sehen, aber auch zu deutlich, um sie nicht spüren zu können.

Sie konnten mehr Einzelheiten erkennen, als sie sich den Pfeilern näherten. Der Lichtschein der Fackeln eilte ihnen voraus und riß rote, verschwommene Details aus der Dunkelheit, flackernde Schemen, die wie huschende Schattentiere über den Pfeiler und den schwarzen Boden eilten und ein stummes Spalier bildeten.

Vor dem Brückenpfeiler stand eine Skulptur. Skar schätzte ihre Größe auf mehr als zehn Fuß - ein gewaltiges, grob menschenähnliches Ding in einer braunschwarzen Rüstung, ähnlich der Statue, die El-tra und er vor Tagen gefunden hatten, nur größer, massiger, *wilder.* Sie ritten langsamer, während sie den stummen Wächter passierten, und Skar spürte, wie Gowenna ihr Pferd unwillkürlich enger an seines heranlenkte, als suche sie in seiner Nähe Schutz. Auch sie schien die stumme Drohung zu spüren, die der steinerne Koloß ausstrahlte. Er war wohl aufgestellt worden, um den Weg gegen Dämonen und böse Geister zu schützen, aber er verfehlte seine Wirkung auch auf die Lebenden nicht. Aus seinen Knie- und Ellbogengelenken, aus Schultern und Unterarmen, selbst aus der Stirn- und Hinterkopfpartie des gewaltigen geschlossenen Helmes wuchsen fingerlange, messerscharf gekrümmte Stacheln wie natürliche Äxte und Messer, und selbst die sechsfingrigen Hände endeten in tödlichen stählernen Dolchen. Hinter dem fingerbreiten, bis weit in die Schläfen reichenden Sehschlitz des Visiers schien ein dunkelrotes Feuer zu glimmen; Widerschein ihrer eigenen Fackeln, aber trotzdem bedrohlich.

Gowenna stieß plötzlich einen halblauten Schrei aus und fuhr im Sattel zusammen.

»Was ist los?« fragte Skar erschrocken.

Sie schwieg einen Moment, deutete nach rechts, dorthin, wo verborgen in der Nacht der jenseitige Stützpfeiler und wahrscheinlich ein zweiter, gleichartiger Wächter stehen mußten, und fuhr sich mit einer kleinen nervösen Geste über die Stirn. »Nichts«, sagte sie hastig. »Es ist ...« Sie bracht ab, sah verwirrt zu Boden und fuhr dann in betont heiterem Tonfall fort: »Für einen Moment dachte ich, die Statue hätte sich bewegt. Es muß das Licht gewesen sein.«

»Sicher«, murmelte Skar. »Es war das Licht. Es sind Statuen, mehr nicht.«

El-tra warf ihm einen seltsamen Blick zu. »Dieses Land ist auch so schon voller dunkler Geheimnisse«, sagte er. »Findet ihr es richtig, euch jetzt noch gegenseitig zu beunruhigen?«

Skar setzte zu einer scharfen Antwort an, beließ es aber dann bei einem stummen Achselzucken und ritt schneller weiter. Der Stützpfeiler glitt über ihnen in die Höhe und verschwand im Dunkel der Nacht.

Skars Fackel erlosch, getroffen von einer besonders heftigen Windbö. Er fluchte, beugte sich zu Gowenna hinüber und entzündete seine Fackel an der ihren. Die Flammen streiften für einen Moment sein Gesicht, aber die Kälte hatte sich wie ein unsichtbarer schützender Panzer über seine Haut gelegt, so daß er ihre Hitze kaum fühlte.

»Weiter«, sagte El-tra ungeduldig. »Wir müssen hinüber Sturm kommt auf.«

Skar sah erschrocken zurück. Der Himmel war schwarz und voller brodelnder dunkler Wolken, aber weit im Norden erkannte er drohende dunkle Massen, gepeitscht von unsichtbaren Fäusten. Combat schickte ihnen seinen Fluch hinterher; brüllender Sturm, wo sie der Reichweite seines flammenden Atems entronnen waren. Trotz seiner Geschwindigkeit würde es noch lange dauern, bis der Orkan hier war. Aber ihre Lage würde mehr als nur unangenehm werden, wenn der Sturm sie hier auf der Brücke überraschte.

Wortlos ritt er weiter. Sie bewegten sich hintereinander, dicht neben dem brusthohen, massigen Geländer, hinter dem die Schlucht lauerte. Skar sah immer wieder nervös nach links. Seine Augen gewöhnten sich allmählich an die Dunkelheit, und er konnte mehr Einzelheiten erkennen - soweit es Einzelheiten gab. Die Wände der Hellgor stürzten senkrecht in die Tiefe; eine meilenhohe Klippe, deren Fuß in einem Meer aus Schwärze verschwand. Der Nebel, den sie bei ihrer Annäherung gesehen hatten, war auch jetzt noch da, ungeachtet des Sturmes - ein schwarzes Weben auf noch schwärzerem Untergrund, das, wenn man nur lange genug hinsah, bizarre Formen und Gestalten bildete, Gesichter und Fratzen.

Sie hatten etwa die Hälfte des Weges zurückgelegt und wurden langsamer. Der Boden war nicht mehr eben, sondern buckelig und aufgeworfen, und da und dort durchzogen Risse wie gezackte schwarze Blitze das Eisen. Der Wind fing sich heulend in dem unsichtbaren Pfeilern über ihren Köpfen. Rechts von ihnen gähnte ein Loch im Boden, ein runder, zehn Manneslängen durchmessender Krater, unter dem das Nichts lauerte, und die Zeichen der Zerstörung wurden deutlicher, je mehr sie sich dem gegenüberliegenden Rand der Schlucht näherten.

Schließlich hielt El-tra an und deutete wortlos nach vorn. Die Brücke war hier eingestürzt, zerschmolzen wie Wachs und bis auf einen schmalen Sims vernichtet. Skar hatte plötzlich das Gefühl, als ob eine eisige, unsichtbare Hand über seinen Rücken strich - es war Angst. Der schmale, an den Rändern zerbissene Steg führte auf eine Länge von neunzig, hundert Fuß über das Nichts, ehe er sich drüben mit dem stehengebliebenen Rest der Brücke vereinigte, nicht viel mehr als fünf, allerhöchstens sechs Fuß breit. Nebel kroch aus der Tiefe empor, quoll zähflüssig wie sumpfiges Wasser über den Steg und bildete eine brodelnde Decke. Skar zwang sein Pferd mit sanftem Druck hinter El-tra auf den Steg hinaus und schloß die Augen. Die Zügel lagen lose in seinen Händen; er verließ sich ganz auf den Instinkt des Tieres, das – unruhig schnaubend und vorsichtig einen Fuß vor den anderen setzend – seinen Weg besser finden würde als er. Es kam ihm vor, als bliebe die Zeit stehen. Sein Herz hämmerte, und als er nach einer Weile, die ihm wie Stunden vorkam, die andere Seite erreichte, war er in Schweiß gebadet. Es war nicht der erste Abgrund, den er überschritt, und manche Wege, die er schon geritten war, waren schmaler und gefährlicher gewesen. Und ein Weg von fünf Fuß Breite war normalerweise mehr, als ein Pferd brauchte, um sicher gehen zu können. Aber dies hier war nicht irgendein Abgrund, sondern die Hellgor, und dieses Land war nicht irgendein Land, sondern Tuan. Nichts war hier normal. Nicht einmal die Furcht.

Gowenna war die letzte, die wieder festen Boden erreichte. Sie zitterte, und von den Flanken ihres Pferdes troff flockiger Schweiß. Ihr Gesicht war so bleich, daß Skar es trotz der schlechten Beleuchtung erkennen konnte.

»Weiter«, sagte El-tra ungeduldig. »Wir haben das Schlimmste hinter uns.«

Skar sah nach Norden. Der schwarze Wolkenkeil war näher gekommen, und in das Kreischen des Windes hatte sich ein neuer, drohender Ton gemischt.

Sie ritten – jetzt nebeneinander – weiter und näherten sich rasch dem gegenüberliegenden Rand der Schlucht und der Brücke. Blaue Flammen krochen über den Horizont, und dazwischen glaubte Skar Bewegung und wirbelnde Schatten wahrzunehmen. Dann glomm ein winziger rötlicher Funke am Fuße der Brücke auf, verwandelte sich in einen funkensprühenden Strich und zischte zu ihnen herüber.

Skar duckte sich instinktiv, als der Brandpfeil heranjagte. Das Geschoß flog weit über ihre Köpfe hinweg und verschwand in der Schlucht, aber noch in der gleichen Sekunde glommen ein zweiter, dritter und vierter Pfeil auf. Auch sie gingen weit fehl, aber sie waren wahrscheinlich auch gar nicht dazu gedacht, zu treffen.

»Verdammt!« schrie Gowenna. »Was ist das?!«

Sie brachte ihr Pferd mit einem so harten Ruck zum Stehen, daß das Tier gequält aufschrie und sie beinahe abwarf. Wieder jagte ein Pfeil heran, fiel klappernd vor ihnen auf das Eisen der Brücke und erlosch.

»Eine Falle«, sagte El-tra ruhig. »Sie haben uns erwartet.«

Ohne Grund brachte die Gelassenheit, mit der der Sumpfmann die Worte aussprach, Skar in Wut. »Was heißt hier Falle?« brüllte er. »Ich denke, die Wachablösung ist erst in Tagen fällig?«

»Das ist sie auch«, gab El-tra gelassen zurück. »Das dort vorn ist keine Patrouille.« Er wies mit einer Kopfbewegung auf die Schatten, die näher gekommen waren und allmählich menschliche Umrisse anzunehmen begannen. Zwanzig Krieger, schätzte Skar. Vielleicht mehr.

»Aber wie –«

»Ich weiß nicht, wieso sie es gewußt haben«, fiel ihm El-tra ins Wort. »Verion und Bren wußten nichts davon. Und auch die anderen nicht.«

»Aber das ist unmöglich«, sagte Gowenna verzweifelt. »Wie hätten wir die Männer so leicht überwältigen können, wenn ...« Sie schwieg plötzlich, als ihr klar wurde, was El-tras Worte bedeuteten.

»Sie haben sie geopfert«, sprach Skar den Gedanken laut aus. »Wie so viele zuvor. Glaubst du wirklich, Vela würde Rücksicht auf vier Menschenleben nehmen?« Seine Worte klangen holprig, und er redete eigentlich nur, um seine Unsicherheit zu überspielen. Es war viel zu schnell gegangen, als daß er die Situation wirklich schon hätte verarbeiten können.

»Sie kommen«, sagte El-tra.

Skar sah wieder nach Süden. Aus den Schatten waren mittlerweile Männer geworden – zwei Dutzend Krieger in den schwarzen Panzern, die sie schon kannten, angeführt von einer winzigen, gnomenhaften Gestalt in einem rote Cape. Sie kamen näher, blieben aber in respektvollem Abstand stehen, als die beiden Sumpfmänner ihre Armbrüste von den Rücken nahmen.

»Skar!« dröhnte Tantors Stimme durch den Sturm zu ihnen herüber. »Gowenna! El-tra – seid vernünftig! Widerstand ist sinnlos!«

Skar lachte rauh. »Vielleicht hat es Sinn, wenn wir dich noch mitnehmen können, Tantor!« rief er zurück. »Komm her und hol uns!«

Gowenna berührte ihn am Arm. »Das ist sinnlos, Skar«, sagte sie. »Wir müssen zurück.«

Skar sah nach oben. Der Sturm war näher gekommen, und er glaubte bereits, ein Auffrischen des Windes zu spüren.

»Wir können es schaffen«, sagte Gowenna, die seinen Blick richtig deutete. »Wenn wir schnell reiten, sind wir auf der anderen Seite, ehe der Sturm hier ist.«

Skar war nicht davon überzeugt. Aber er wußte auch, daß sie gar keine andere Wahl hatten. Die Übermacht war zu groß. Selbst wenn sie gegen die zwei Dutzend Krieger eine Chance gehabt hätten – was sie nicht hatten –, würden sie Tantor nicht überwinden. Skar hatte schon mehr als eine Kostprobe von der Magie des Zwerges bekommen.

»Jetzt fehlt nur noch Vela mit ihrem Drachen, und wir sind wieder komplett«, knurrte er. »Zurück! Aber langsam!«

»Nun?« schrie Tantor. »Habt ihr euch entschieden? Was wollt ihr? Kämpfen und sterben, oder aufgeben und weiterleben?«

Skar preßte seinem Pferd die Schenkel in die Flanken und zog behutsam am Zügel. Das Tier setzte sich gehorsam in Bewegung und begann mit kleinen, trippelnden Schritten rückwärts zu gehen. Gowenna und die beiden Sumpfleute verfuhren ebenso. Skar hoffte, daß Tantor das Manöver nicht bemerkte. Die Entfernung zwischen ihnen war noch immer groß, und Dunkelheit und Nebel ließen die Sicht schlecht werden.

Die Phalanx der Krieger rückte näher, blieb aber sofort wieder stehen, als El-tra seine Armbrust hob und einen Bolzen abfeuerte. Das Geschoß fiel irgendwo auf halber Strecke zu Boden, aber die Männer verstanden die Warnung.

»Sei vernünftig, Skar!« brüllte Tantor. »In wenigen Augenblikken bricht ein Unwetter los. Ihr werdet von der Brücke gefegt! Schau um!« Skar wollte antworten, besann sich dann aber anders und drehte sein Pferd herum, als hielte er wirklich nach dem Sturm Ausschau.

Dann, ohne ein weiteres Wort, preschte er los. Gowenna und die beiden Sumpfbrüder rissen ihre Pferde im gleichen Moment herum und sprengten hinter ihm her.

Aus den Reihen der Krieger erhob sich ein halb wütender, halb überraschter Aufschrei. Bogensehnen sirrten. Ein Schatten jagte an Skar vorbei und prallte mit hellem Splittern weit vor ihm gegen das Geländer.

»Hört auf zu schießen!« dröhnte Tantor. »Wir brauchen sie lebend!« Ein zweiter Pfeil, abgeschossen, bevor der Befehl zu Ende gesprochen worden war, zischte an Skar vorüber und verschwand in der Nacht, dann zerriß das dumpfe Hämmern von hundert Pferdehufen das Heulen des Sturmes. Skar beugte sich tief über den Hals seines Tieres, preschte an Gowenna vorbei und jagte, ohne zu zögern, auf den schmalen Steg über das Nichts hinaus. Vor ihnen wirbelte der Sturm, eine kochende schwarze Wand, hinter der die Welt zu Lärm und reiner Bewegung reduziert wurde. Der Wind schlug mit eisigen Krallen nach seinem Gesicht. Skar duckte sich noch tiefer, verbarg das Gesicht in der fliegenden Mähne des Pferdes und hielt instinktiv den Atem an, bis sie auf der anderen Seite des Abgrunds angelangt waren. Die Brücke schien zu vibrieren, als Gowenna und die beiden El-tra hinter ihm über den Steg galoppierten.

»Schneller!« schrie El-tra. Seine Worte klangen hoch und schrill, der Sturm verlieh ihnen einen zusätzlichen, unheilschwangeren Klang. Skar warf einen Blick über die Schulter zurück. Die Verfolger hatten am jenseitigen Rand der zerborstenen Stelle haltgemacht. Ihre Gestalten schienen hinter den wogenden Nebelschleiern zu tanzen, nur Tantors leuchtendroter Umhang schimmerte wie ein blutiges Juwel zu ihnen herüber. Keiner von ihnen machte Anstalten, sie zu verfolgen.

»Skar!« Tantors Stimme war kaum noch zu hören, obwohl er mit aller Kraft schrie. »Komm zurück! Ihr habt keine Chance!«

Skar verzichtete auf eine Antwort. Er ritt für einen Moment langsamer und gab seinem Tier erneut die Sporen, als Gowenna und El-tra aufgeholt hatten. Sie hatten eine halbe Stunde gebraucht, um die Kluft das erste Mal zu überqueren; jetzt, auf dem Weg in die entgegengesetzte Richtung und in einem verzweifelten Wettlauf mit dem herantobenden Sturm, brauchten sie nicht einmal fünf Minuten.

Die Brücke bebte. Ein erster, machtvoller Hieb des Orkans ließ die gewaltige Eisenkonstruktion wie ein geschlagenes Tier vor Schmerz aufstöhnen, rüttelte mit Urgewalt an Pfeilern und Streben und schlug mit unsichtbaren Fäusten auf Skar und die anderen ein. Skar schrie erschrocken auf, aber der Sturm riß den Laut von seinen Lippen, so daß nicht einmal er selbst das Geräusch hörte.

Gowenna schrie etwas, das er nicht verstand, und deutete mit hektischen Bewegungen nach vorn. Skar hob den Kopf, blinzelte in die wirbelnden Schwaden aus Schnee und Eiskristallen und versuchte etwas zu erkennen. Seine Augen tränten, und die plötzliche Anstrengung ließ ihn seine gebrochenen Rippen wieder schmerzhaft spüren. Aber er sah, worauf ihn Gowenna aufmerksam machen wollte:

Vor der dunklen Mauer des Sturmes erhoben sich zwei mächtige gedrungene schwarze Schatten. Das Wetterleuchten der Blitze spiegelte sich auf glänzendem Horn und reißenden Stacheln, die sechsfingrigen Hände, vorhin noch zu Fäusten geballt, waren jetzt ausgestreckt und zu tödlichen Klauen verkrümmt.

Die schwarzen Giganten waren zum Leben erwacht!

Alles schien gleichzeitig zu geschehen – ein hoher, knisternder Laut, ein Geräusch, als zerbreche irgendwo eine gewaltige Eisscholle unter dem Griff einer Titanenhand, ließ das Heulen des Orkans für eine Sekunde verstummen. Skars Pferd bäumte sich auf, stieg, mitten im Galopp, auf die Hinterläufe und schleuderte ihn aus dem Sattel, gleichzeitig kreischten Gowennas und Eltras Tiere wie unter unerträglichem Schmerz, brachen nach rechts und links aus und warfen auch ihre Reiter ab. Die schwarzen Giganten kamen näher, mit einer Leichtfüßigkeit, die ihrem plumpen Äußeren Hohn sprach, drangen mit weit ausgebreiteten, tödlichen Krallenhänden auf Skar und die anderen ein, in ihrem Gefolge Sturm und Chaos bringend. Skar prallte schmerzhaft auf dem eisernen Boden auf, rollte sich instinktiv zu einem Ball zusammen und kam, den Schwung seines Sturzes ausnutzend, wieder auf die Füße. Vor seinen Augen wirbelten Schnee und Schwärze, durchzogen von blitzenden roten Fäden aus Schmerz; er ahnte den schwarzen Giganten mehr, als er ihn sah. Und in ihm erwachte etwas. Die Entwicklung war abgeschlossen. Die Puppe brach auf und gebar etwas Dunkles, Grauenhaftes.

Er wich zurück, prallte gegen das brusthohe Geländer der Brücke und sah sich verzweifelt nach Gowenna und den anderen um. Einer der Sumpfmänner kam dicht neben ihm auf die Füße; nicht mehr länger Verion oder Bren, sondern wieder ein Mann aus Cosh mit flinken Bewegungen und einem Schattengesicht; Gowenna und der zweite Sumpfmann waren irgendwo im Sturm verschwunden. Skar konnte nur hoffen, daß sie den Sturz unverletzt überstanden hatten.

»Skar! Vorsicht!«

El-tras Schrei ließ ihn herumfahren. Etwas Schwarzes, Gigantisches wuchs vor ihm empor, griff mit schrecklichen Händen nach ihm und verfehlte ihn, als er sich blitzschnell zur Seite kippen ließ. El-tra stieß einen gellenden Kampfschrei aus, setzte über ihn hinweg und warf sich dem Panzerriesen entgegen. Sein Schwert blitzte auf, zerschnitt den wirbelnden Schnee und prallte mit ungeheurer Wucht gegen den Helm des Giganten.

Skar wartete den Erfolg von El-tras Angriff nicht ab. Noch während er fiel, riß er sein *Tschekal* aus dem Gürtel, packte die Klinge mit beiden Händen und hieb nach den Füßen des Riesen.

Es gab einen Laut, als hätte er gegen Stahl geschlagen. Das *Tschekal* sprang zurück, wurde ihm aus der Hand geprellt und verschwand klappernd in der Dunkelheit. Ein lähmender Schmerz schoß durch seine Hände. Er stemmte sich hoch, fiel mit einem Schmerzenslaut erneut auf die Knie und stürzte vollends, als seine Handgelenke unter dem Gewicht seines Körpers nachgaben. Einen Moment war er gelähmt vor Schmerzen und Überraschung, aber die Schwäche verging so schnell, wie sie gekommen war. Er sprang auf, brachte sich mit einem verzweifelten Satz vor den zuschnappenden Klauen des Riesen in Sicherheit und suchte nach seinem Schwert. Aber als ob sich nun auch noch die Elemente gegen sie verschworen hätten, brüllte der Sturm plötzlich mit doppelter Macht los, riß ihn erneut von den Beinen und trieb ihn von dem Panzerriesen, aber auch von der Stelle, an der seine Waffe liegen mußte, fort. Wieder stürzte er, und diesmal war der Aufprall so hart, daß er sekundenlang benommen liegenblieb. In seinem Inneren war ein Schrei, ein stummes, wortloses Lachen, die Stimme seines Dunklen Bruders, der endlich wieder aus seinem Schlaf erwacht war.

Aber es war nur dieser Schrei, mehr nicht. Der Strom von Kraft, von Wildheit und Energie, auf den er jetzt zum ersten Mal, seit er Bekanntschaft mit der furchtbaren Macht, die in ihm schlummerte, gewartet hatte, blieb aus. Er spürte ihn, fühlte die Anwesenheit seines Dunklen Bruders wie einen lautlosen Zwilling, der in ihm, hinter und neben seinen Gedanken war, lauerte, aber es war keine Verbindung zwischen ihnen, sie schienen nichts als zwei verschiedene, grundverschiedene Wesen zu sein, die sich nur durch Zufall den gleichen Körper teilten. Er fühlte sich im Gegenteil mit einem Mal kraftlos – nein, nicht kraft*los* – *gebunden,* als lägen plötzlich zentnerschwere unsichtbare Ketten auf seinen Gliedern. Das Monstrum in ihm war wieder da, aber diesmal lähmte es ihn. Trotzdem stand er auf, warf sich noch einmal in den kreischenden Wind und eilte auf den Alptraumkrieger zu.

Er kam gerade noch zurecht, um zu sehen, wie El-tra unter einem fast spielerischen Hieb des Titanen zusammenbrach.

»Skar! Gib auf! Gib auf, oder der Sumpfmann stirbt.«

Wieder verstummte der Sturm für Sekunden. Die wirbelnden weißen Schwaden rissen auf, und hinter dem schwarzen Panzerriesen, hinter und neben ihm, wie ein Kind, das ängstlich die Nähe eines Erwachsenen sucht, dies aber nicht zugeben will, erschien eine kaum metergroße rotgekleidete Gestalt.

Skar erstarrte mitten in der Bewegung. El-tra lag reglos vor den Füßen des schwarzen Titanen, und etwas sagte Skar, daß Tantor diesmal keine leere Drohung ausstieß, daß seine Worte bitter ernst gemeint waren und er nicht zögern würde, die Bestie auf El-tra loszulassen. Seine Hände sanken kraftlos herab.

»Du hast gewonnen«, sagte er. »Ich gebe auf.«

Tantor nickte. »Das ist vernünftig von dir. Ich will deinen Tod nicht, Skar, das solltest du wissen. Aber ich werde nicht zögern –«

»Red dir keine Blasen an die Zunge«, unterbrach ihn Skar grob. »Was willst du?«

In Tantors Augen erschien ein amüsiertes Glitzern. »Noch immer der alte Satai, wie? Gleich zur Sache, ohne Umschweife.« Er schüttelte den Kopf, trat – noch immer zögernd – hinter der fast dreimal so großen schwarzen Höllenkreatur hervor und deutete über die Schlucht.

»Ihr wolltet zur toten Stadt, nicht?« fragte er. »Ich denke, es liegt in meiner Macht, euch diesen Wunsch zu erfüllen. Ihr werdet sogar schneller da sein, als ihr geglaubt habt. Geh.«

Skar sah zurück. Die Brücke war in kochenden weißen Schwaden verschwunden. Der Blick reichte nicht weiter als zwei, drei Schritte. »Und der Sturm?«

Tantor grinste. »Mach dir darum keine Sorgen. Du wirst sicher hinüberkommen.«

Skar sah auf. Der Himmel war noch immer von schwarzen Wolken bedeckt, aber noch während Skar hinsah, drehte sich der Wind und blies nun – zum ersten Mal seit mehr als einer Woche – nach Norden. Die Wolken begannen zu brodeln, liefen einen Moment wie ein Schiff, das von seinem eigenen Schwung vorwärts getrieben wird, gegen den Wind und setzten sich dann widerwillig in entgegengesetzte Richtung in Bewegung.

»Wie du siehst«, lächelte Tantor, »ist für eure Sicherheit gesorgt.«

»So wie du für unseren Empfang gesorgt hast, wie?« grollte Skar, ohne sich von der Stelle zu rühren. »Wie lange wußtest du es schon?«

»Was?« fragte Tantor. »Daß ihr auf dem Weg hierher seid? Vom ersten Moment an, Skar. Ihr habt nicht einen Schritt getan, über den ich nicht informiert gewesen wäre. Tuan mag tot sein, aber es hat trotzdem Augen. Du hättest auf meinen Rat hören und zurück nach Ikne reiten sollen.«

»Die Wächter«, sagte Skar müde. »Die sechs Männer im Turm – warum das?«

»Warum *was?*« machte Tantor mit gespielter Überraschung. *»Ihr* habt sie getötet, Skar, nicht *ich.«*

Skar machte eine unwillige Kopfbewegung. »Red keinen Unsinn, Tantor. Es wäre nicht nötig gewesen.«

»Vielleicht«, gestand Tantor. »Aber es ist nun einmal geschehen. Und wenn es dich beruhigt – sie wären so oder so gestorben. Was machen da ein paar Monate Unterschied? Und nun geh. Wir haben schon viel zuviel Zeit verloren. Vela erwartet euch.«

Skar starrte den Zwerg noch einen Moment finster an, drehte sich dann mit einem Ruck um und trat – zum dritten Mal – auf die Brücke über das Nichts hinaus. Der Wind trug ein triumphierendes Wolfsgeheul mit sich.

Den Rest der Nacht ritten sie nach Süden. Der Sturm blieb hinter ihnen zurück, und auch der Wind drehte sich, kaum daß sie die Brücke überquert hatten, wieder in die gewohnte Richtung. Sie wurden getrennt – je vier der schweigenden Krieger umringten Gowenna und die beiden Sumpfbrüder, ihm selbst teilte Tantor eine Eskorte von sechs Männern zu. Skar hätte darüber gelacht, wenn ihre Siutation nicht so ernst gewesen wäre. Er hätte nicht einmal mehr die Kraft gehabt, es mit *einem* der Soldaten aufzunehmen und – was das Schlimmste war und ihn trotz der Lethargie, in die er verfallen war, noch immer erschreckte – er wollte auch nicht mehr. Er hatte dort auf der Brücke mehr verloren als einen Kampf. Er war müde – eine Müdigkeit, die sich nicht allein auf seinen Körper beschränkte.

Als der Morgen dämmerte, rasteten sie im Schutz einer Ruine, in der sich ein Lager mit Lebensmitteln, Feuerholz und Wasser befand. Skar wurde von seinen sechs Wächtern sorgfältig abgeschirmt und bekam nicht einmal Gelegenheit, auch nur einen Blick mit Gowenna oder einem der Sumpfleute zu wechseln. Wasser und Schalen mit kaltem Fleisch wurden herumgereicht, aber Skar lehnte beides ab, obwohl ihn der Ritt erneut hatte hungrig werden lassen. Er hockte sich in eine Ecke, schloß die Augen und versuchte die Anwesenheit seiner Bewacher so gut es ging zu vergessen. Trotz allem forderten die zwei Tage und Nächte, die er jetzt fast pausenlos auf den Beinen war, nun ihren Preis – er schlief ein, schrak aber fast sofort wieder hoch, als das Geräusch von Schritten in seinen Schlummer drang. Im ersten Moment sah er nichts als graue Schemen. Er blinzelte, fuhr sich mit dem Handrücken über die Augen und erkannte einen verschwommenen roten Fleck.

»Ich höre, daß du nicht ißt und trinkst«, sagte Tantor.

Skar fuhr sich noch einmal mit den Knöcheln über die Augen, gähnte ungeniert und setzte sich auf. Sein Gesicht befand sich jetzt mit dem des Zwerges auf gleicher Höhe.

»Offenbar redest du auch nicht mehr«, fuhr Tantor fort, als Skar nach einer Weile noch nicht geantwortet hatte.

Skar lächelte, setzte sich noch weiter auf und bettete den Kopf gegen den kühlen Stein. Die Soldaten hatten ein Feuer entzündet, aber seine Wärme reichte nicht, um das klamme Gefühl aus Skars Gliedern zu verjagen.

Tantor maß ihn mit einen undefinierbaren Blick, wandte sich dann in einer abrupten Bewegung an die sitzenden Krieger und stieß einen scharfen Befehl aus. Die Männer erhoben sich stumm und gingen.

Skar runzelte die Stirn. »Du schickst deine Wachhunde weg?« fragte er mit gespielter Überraschung. »Hast du keine Angst, daß ich endlich das tue, was ich in Ikne versäumt habe, und dir den Hals umdrehe?«

Tantor grinste. »Es ist nicht notwendig, daß du den starken Mann spielst, Skar«, antwortete er. »Du bist es nicht. Außerdem sind wir allein, und du hast kein Publikum.«

Skar starrte den Zwerg finster an. »Was willst du?« fragte er grob.

»Mit dir reden, was sonst?« Tantor zuckte mit den Achseln, ließ sich dicht neben dem Feuer nieder und kreuzte die Beine. Sein Umhang klaffte ein wenig auseinander, und Skar sah, daß er trotz der Kälte darunter nur ein dünnes, ärmelloses Hemd trug. Er hatte nie zuvor bemerkt, *wie* dürr der Zwerg wirklich war. Tantor schien nicht mehr als ein mit Haut überzogenes Skelett zu sein; selbst sein Kopf, nur so groß wie der eines Kindes, wirkte auf diesem Körper wie der Schädel eines Riesen. Für einen Moment überkam Skar fast so etwas wie Mitleid. Jemand, den das Schicksal mit einem so mißgestalteten Körper geschlagen hatte, konnte vielleicht gar nicht anders sein, als böse und verschlagen.

Tantor beugte sich ächzend zur Seite, nahm eine Bratenscheibe aus der Schale, die die Krieger stehengelassen hatten, und begann lustlos daran herumzuknabbern.

»Willst du nicht doch?« fragte er mit einer einladenden Geste. »Es nutzt dir nicht viel, wenn du in einen Hungerstreik trittst, weißt du?«

Skar schüttelte ärgerlich den Kopf. »Du wolltest mit mir reden«, sagte er grob. »Also rede, oder laß mich in Ruhe!«

Tantor starrte ihn einen Herzschlag lang verblüfft an und begann plötzlich aus vollem Hals zu lachen. »Ich glaube, du änderst dich nie, Skar. Wüßte ich es nicht besser, dann kämen mir ernsthafte Zweifel, wer von uns beiden der Besiegte ist.«

»Besiegt hast *du* mich nicht, Tantor«, sagte Skar mit Nachdruck.

Tantor machte eine wegwerfende Handbewegung. »Das spielt wohl im Moment keine Rolle«, sagte er. »Außerdem – du bist in meiner Gewalt, und das allein zählt.«

»Wenn du gekommen bist, um mir nur das zu sagen, dann verschwendest du deine Zeit«, knurrte Skar. »Ich habe es bemerkt.«

»Leider zu spät«, erwiderte Tantor gelassen. »Du hättest wirklich auf meinen Rat hören und nach Hause gehen sollen, Satai. *Damals* meinte ich es ehrlich.«

»Und jetzt nicht mehr?«

Tantor setzte sich auf, warf den Rest seines Fleisches ins Feuer und wischte sich die Hände an einem Zipfel seines Umhangs ab. »Meine Absichten spielen jetzt keine Rolle mehr«, sagte er ernsthaft. »Ich habe einmal gegen Velas Willen gehandelt, und du kannst gewiß sein, daß ich es kein zweites Mal mehr tun werde. Mach mich nicht für das verantwortlich, was jetzt geschehen ist. Ich bin nur Velas Arm, mehr nicht. Täte ich nicht, was sie befiehlt, so täte es ein anderer.«

»Wie bequem«, sagte Skar. »Irgendwie kommen mir diese Worte bekannt vor. Aber verrate mir eines, Tantor – damals vor Combat wollte sie uns töten.«

»Das stimmt nicht, Skar. Wenn es in –«

»Jedenfalls hat sie es in Kauf genommen, daß wir sterben«, fuhr Skar ungerührt fort. »Ich gebe zu, daß wir in deiner Schuld stehen. Ohne deine Heilkräuter und das Wasser wären wir umgekommen. Gowenna zumindest. Und jetzt seid ihr plötzlich daran interessiert, uns lebend in die Hände zu bekommen? Woher kommt dieser plötzliche Sinneswandel?«

Tantor zuckte die Schultern. »Wer sagt dir, daß es so ist?« fragte er lauernd.

»Die Anwesenheit von zwei Dutzend Kriegern und einem häßlichen Gnom«, gab Skar ruhig zurück. »Um uns zu töten, hätten ein paar Bogenschützen gereicht. Oder diese Kreaturen. Was waren das für Bestien?«

Tantor überging den letzten Teil der Frage. »Nimm an, uns ist wirklich daran gelegen, euch lebend in die Hände zu bekommen«, sagte er. »Und nimm weiter an, daß ich noch immer dein Freund bin.«

»Wenn du mein Freund bist«, sagte Skar ernsthaft, »dann danke ich den Göttern, daß ich meine Feinde noch nicht kennengelernt habe.«

Tantor schnitt eine Grimasse, beugte sich vor und deutete mit einem seiner spitzen Spinnenfinger auf Skars Brust, als wolle er ihn aufspießen. »Du bist entschieden nicht in der Lage, Scherze zu treiben, Satai«, sagte er ruhig. »Und mir kommen allmählich Zweifel, ob es Sinn hat, meine Zeit mit dir zu verschwenden.«

»Verzeiht, großer Meister«, sagte Skar mit übertrieben gespielter Zerknirschung. »Ich gelobe, es nie wieder zu tun.«

Tantor maß ihn mit einem wütenden Blick, ging aber nicht weiter auf seine Worte ein. »Hör mir zu, Satai«, sagte er. »Hör mir einfach nur zu und entscheide dich später. Auch, wenn du es anscheinend nicht begreifen willst, aber ich bin dein Freund. Oder – wenn dir das Wort lieber ist – dein Verbündeter. Wir beide stehen nämlich auf der gleichen Seite.«

»O ja«, sagte Skar spöttisch. »Auf der richtigen, nicht?«

Zwischen Tantors Brauen entstand eine steile Falte. »Ich habe einmal versucht, euch zu helfen, Skar«, fuhr er unbeeindruckt fort, »und das, was geschehen ist, sollte mich lehren, es nicht wieder zu tun. Aber ich werde es trotzdem versuchen.« Er brach ab, sah sich mit einem raschen Blick nach beiden Seiten um, als hätte er plötzlich Angst, belauscht zu werden, und fuhr, rascher und mit

gesenkter Stimme, fort: »Ich will dir sagen, *warum* wir strengen Befehl hatten, dich lebend zu fangen, Skar. Weil wir dich brauchen. Weil *Vela* dich braucht.«

Skars Blick verdüsterte sich. »Wozu?« erwiderte er. »Sie hat doch schon einen Satai. Oder ist ihr Del nicht mehr gut genug?«

Tantor machte ein ungeduldige Handbewegung. »Hör endlich auf, Skar. Die Zeit wird knapp, und vielleicht ist dies das letzte Mal, daß ich allein mit dir reden kann. Sie hat einen Fehler begangen.«

»Ja«, stimmte Skar zu. »Sie hätte mich *wirklich* vergiften sollen.«

»Der Stein der Macht«, fuhr Tantor, der nun offenbar beschlossen hatte, Skars verletzenden Spott zu ignorieren, fort, »ist wertlos für sie.«

Skar war für einen Moment starr vor Überraschung.

»Jedenfalls so, wie es im Moment aussieht«, fügte Tantor nach einer angemessenen Pause hinzu.

»Wertlos?« fragte Skar verwirrt. »Was soll das heißen? Und warum erzählst du mir das?«

»Weil es offenbar die einzige Möglichkeit ist, dich zum Zuhören zu bewegen«, knurrte Tantor ungeduldig. »Ich weiß nicht warum, und ich glaube, nicht einmal Vela selbst weiß es genau, aber es sieht so aus, als wäre der Stein ohne dich nur ein wertloses Juwel. Wir brauchen dich, Skar.«

»Mich?«

»Dich oder einen Mann wie dich«, sagte Tantor ungeduldig. »Das bleibt sich gleich. Du bist sicher nicht der einzige Mensch auf Enwor, der die Macht hätte, den Stein zum Leben zu erwekken, aber wir haben nicht die Zeit, nach einem anderen zu suchen.«

»Ich weiß nicht, von welcher Macht du sprichst«, sagte Skar hilflos.

Tantor sah ihn sekundenlang durchdringend an. »Seltsam«, murmelte er. »aber ich glaube dir sogar. Trotzdem ist es so, wie ich sagte. Hat dir Gowenna nie erzählt, wie lange wir nach dir gesucht haben?«

Skar war versucht, nein zu sagen, nickte aber dann doch. »Das hat sie. Doch ich habe nicht begriffen, warum.«

»Wenn man dich reden hört, dann begreift man es wirklich nicht«, seufzte Tantor. »Und doch ist es so. Gowenna war vor dir in Combat, und vor und nach ihr waren andere da. Keiner ist dem Stein auch nur nahe gekommen. Keiner außer dir. Frag mich jetzt nicht, warum das so ist – ich weiß es nicht. Vela hat selbst vor mir Geheimnisse, wenn auch lange nicht so viele, wie sie selbst annimmt.«

»Aber ich habe diesen verdammten Kiesel geholt!« begehrte Skar auf. »Sie hat, was sie will! Warum läßt sie Del und mich nicht ziehen?«

»Sie hat es eben nicht«, sagte Tantor niedergeschlagen. »Du hast diesen Stein geholt, Skar. Combat hat dir seinen Schatz anvertraut, und so, wie die Dinge liegen, bist du der einzige, der seine Macht wecken kann. Sie braucht dich. Dich oder die Kraft, die in dir schlummert.«

Die Kraft, die in dir schlummert ... Skar lauschte in sich hinein, aber da war nichts. Sein Dunkler Bruder war noch da, ständig wach jetzt, aber nicht aktiv. Konnte es das sein, wovon Tantor sprach – dieses unselige, böse Ding in ihm, das ganz nach Belieben Gewalt über seine Seele erlangte und ihn zum Killer werden ließ, zu einem Ding, vor dem er sich selbst fürchtete? Unsinn.

»Und du glaubst, ich wäre in der Lage, all das zu tun, was ihr von mir verlangt?« fragte er schwerfällig.

»Es ist unsere letzte Hoffnung«, sagte Tantor ernsthaft. »Wenn nicht alles umsonst gewesen sein soll.«

»Selbst wenn es so wäre, was glaubst du, was ich täte, wenn ich den Stein der Macht in Händen hielte, Tantor? Hältst du Vela für so dumm, mir zu vertrauen, nach allem, was sie mir angetan hat?«

»Mit Sicherheit nicht«, antwortete Tantor. Er schien den Einwand erwartet zu haben. »Aber sie hat Mittel, dich gefügig zu machen. Del ist noch immer in ihrer Gewalt.«

Skar schwieg einen Moment. »Du kennst uns Satai nicht, wenn du dir einbildest, wir würden Rücksicht aufeinander nehmen«, sagte er dann. »Nicht, wenn so viel auf dem Spiel steht.«

Tantor seufzte erneut und rang in einer fast komisch anmutenden Geste die Hände. »Vielleicht kenne ich euch Satai wirklich nicht, aber ich kenne dich, Skar. Du bist kein Satai. Nicht wirklich.«

Skar wollte widersprechen, aber Tantor fuhr mit erhobener Stimme fort: »Sicher – du beherrscht die Kampfkünste eines Satai, du lebst wie ein Satai und denkst wie ein Satai. Aber das macht dich noch lange nicht zu einem Satai, ebensowenig, wie es Gowenna zu einer *Errish* macht, die Künste der Ehrwürdigen Frauen zu beherrschen. Wäre es, wie du sagst, so wärest du nicht hier. Ich weiß – du wirst jetzt sagen, du hättest dich nur zum Schein gefügt, um Velas Vorhaben zu durchkreuzen, nicht, weil du glaubtest, vergiftet zu sein oder Del in ihrer Gewalt zu wissen. Und du wirst sagen, daß du Gowenna nur begleitet hast, um zu verhindern, daß Vela mit dem Stein der Macht Unheil anrichtet. Humbug! Die hunderte Tage Frist, die du hattest, hätten mehr als nur ausgereicht, zum Berg der Götter zu reiten und den Rat der Satai zu alarmieren. Der Bund der Dreizehn hätte Mittel und Wege gefunden, Velas Pläne zu durchkreuzen. Du bist mitgekommen, weil Del dein Freund ist, weil du um sein Leben fürchtetest, und aus dem gleichen Grund hast du Gowenna in den Bergen nicht verlassen, sondern sie begleitet, hierher, obwohl du wußtest, was dich erwartet.« Er schwieg einen Moment, um seine Worte gebührend wirken zu lassen, lehnte sich dann zurück und redete leiser und in ruhigem Tonfall weiter: »Sie wird dich gefügig machen, auf die eine oder andere Weise, Skar, verlaß dich darauf. Sie braucht dich – mehr noch, sie *will* dich, und wenn ich jemals einen Menschen kennengelernt habe, der alles bekommt, was er will, so ist es Vela.«

»Und warum erzählst du mir das alles?«

Tantor lächelte; es war ein seltsames, unsicheres Lächeln, das zum ersten Mal, seit Skar den Zwerg kannte, echt wirkte. »Vielleicht, weil ich selbst Angst vor ihr habe«, murmelte er. »Vielleicht, weil ich einen Verbündeten brauche.«

»Einen Verbündeten?« echote Skar. »Mich?«

»Glaubst du, es bereitet mir Freude, für sie zu arbeiten?« gab Tantor scharf zurück. »Sie zwingt mich dazu, so, wie sie dich zwingt oder Del oder jeden einzelnen dieser Krieger. Sie ist kein Mensch, Skar. Diese Frau ist eine Bestie. Sie ist zerfressen von

Haß und dem Gedanken an Rache.«

Skar starrte lange und wortlos zu Boden. Es war nicht das erste Mal, daß er über Vela sprach, und irgendwie kam ihm die Situation mit jedem Augenblick absurder vor. Er hatte mit Gowenna, einem Menschen, der an nichts anderes dachte als daran, Vela zu töten, geredet, und sie hatte sie verteidigt, und jetzt sprach er mit Tantor, ihrem rechten Arm, und er bezeichnete sie als Bestie. Und irgendwie hatte er das Gefühl, daß keiner von ihnen recht hatte.

»Du glaubst mir nicht, nicht wahr?« krächzte Tantor. »Du hast mit Gowenna gesprochen, und sie hat dir erzählt, wie gut und edel Vela ist, wie sanft und voller Liebe. So voller Liebe, daß sie ihr Ungeheuer auf den einzigen Menschen gehetzt hat, der ihr grenzenlos vertraute.« Er machte ein halb wütendes, halb abfälliges Geräusch, schlug die Faust in die geöffnete Linke und stieß mit dem Fuß in die Flammen. Brennende Äste und Funken stoben auseinander.

»Vielleicht hat sie recht«, murmelte er. »Vielleicht *war* Vela so, damals, als sie sie kennenlernte. Aber wenn, dann ist sie heute nicht mehr der Mensch, den Gowenna kannte. Sie war zu lange hier, Skar, in Tuan, und dieses Land ist böse. Spürst du deinen Atem nicht. Fühlst du nicht, wie es sich in deine Seele schleicht und sie tötet, langsam, aber unbarmherzig?« Er sah auf und machte eine weit ausholende Handbewegung, die von einem Horizont zum anderen reichte. »Die Götter haben dieses Land verbrannt, Skar, mit dem Feuer der Hölle, und sie wußten, warum sie es taten. Du hast gesehen, wozu seine Bewohner fähig waren. Du warst in Combat, und du hast die Toten Ebenen durchstreift. Sie waren Menschen mit der Macht von Göttern, aber sie zahlten dafür mit dem Verlust ihrer Seele. Und der Atem Tuans weht noch immer. Sieh dir die Krieger an. Sieh sie dir an, jeden einzelnen. Sie sind krank. Ihre Köprer sind vergiftet. Sie verfaulen bei lebendigem Leib, und sie merken es nicht einmal. Und die, die fähig sind, sich davor zu schützen, verbrennen auf andere Weise. Vela hat länger hier gelebt als irgendein anderer Mensch vorher. Die Jahre, die Gowenna bei den Sumpfleuten verbrachte, verbrachte sie hier. Sie hat den Preis dafür gezahlt.«

»Hier?« sagte Skar zweifelnd.

»In der Stadt, zu der wir reiten«, knurrte Tantor. »Was glaubst du, woher sie ihr Wissen über die Alten Götter und Combat hat? Woher sie weiß, daß der Stein der Macht mehr als eine Legende ist? Vielleicht war es wirklich so, wie Gowenna dir erzählt hat, und sie kam hierher, um zu sterben, an den einzigen Ort auf der Welt, der einer Ausgestoßenen würdig ist. Aber sie fand nicht den Tod, sondern das Geheimnis der Götter.«

Tantor brach ab, erschöpft von seiner Rede und der Eindringlichkeit, die er in seine Worte gelegt hatte, und auch Skar schwieg für endlose, quälende Minuten.

»Selbst wenn du die Wahrheit sprichst«, sagte er dann, »selbst wenn alles so ist, wie du sagtest – was erwartest du von mir? Du hast selbst gesagt, sie wird Mittel finden, mich gefügig zu machen.«

»Du sollst mir vertrauen, Skar, mehr nicht«, antwortete Tantor. »Ich weiß, es ist viel verlangt, nach allem. Aber wenn du mir nicht vertrauen kannst, so vergiß wenigstens nie, welche Macht du in Händen hältst. Auch wenn es eine Macht ist, die du nicht anwenden kannst.«

»Was meinst du?«

Tantor starrte einen Moment in die Flammen, fuhr sich mit der Zungenspitze über die Lippen und nahm einen Glassplitter auf, um nervös damit zu spielen.

»Du erinnerst dich an die beiden Panzerriesen?« fragte er. »Die Wesen, die El-tra und dich besiegten?«

Skar nickte. Die Giganten waren ihnen nicht weiter gefolgt, aber er würde den Anblick nie wieder vergessen können.

»Was du gesehen hast, war nur ein winziger Teil der Macht, die noch immer unter dem verbrannten Gesicht dieses Landes schlummert«, sagte Tantor. »Was glaubst du, was eine Armee dieser Ungeheuer anrichten kann. Einer von ihnen, Skar, ein einziger nur, reichte, um einen Satai und einen Sumpfmann zu besiegen, die beiden gefürchtetsten Krieger, die Enwor in hunderttausend Jahren hervorgebracht hat. Nur einer!«

Skar begriff nur allmählich, worauf Tantor hinauswollte. »Du meinst, sie . . . Vela könnte mehr von diesen Bestien wecken?«

»Vela?« Tantor lachte meckernd. *»Du,* Skar! Du hast sie geweckt, nicht Vela, nicht ich oder irgendein anderer. Du allein! Tuan ist nicht tot! Er schläft, aber der Stein der Macht ermöglicht es seinem Besitzer, seine Kräfte zu beherrschen. Und du, Skar, du hast die Macht, es zu wecken.«

Skar schloß mit einem nur halbwegs unterdrückten Stöhnen die Augen. Er begriff plötzlich – endlich –, was Tantor ihm die ganze Zeit hatte sagen wollen, und die Erkenntnis traf ihn mit der Gewalt eines Keulenhiebes. In einer blitzartigen, bizarren Vision sah er sich selbst weiter durch Tuan ziehen, in seinem Kielwasser eine Armee von Monstern und Schrecken auferstehend, die durch seine bloße Anwesenheit aus ihrem äonenlangen Schlaf geweckt worden waren. Er hatte mehr getan, als einen Schatz aus einem Tempel zu stehlen. Er hatte eine Entwicklung in Gang gesetzt, deren Ende er nicht einmal erraten konnte. Plötzlich wußte er, was Gowenna gemeint hatte, als sie sagte, es reiche vollkommen aus, wenn er bei ihr war. Er mußte nichts *tun.* Er mußte nur da sein, mehr nicht. Er – etwas in ihm – war der Schrei, der Tuan wachrief. Und der Stein der Macht war der Schlüssel, es zu beherrschen.

»Ich habe nicht gewußt, was das Wort *Macht* wirklich bedeutet, bevor ich dieses Land sah«, fuhr Tantor fort. Er starrte an Skar vorbei ins Leere, und es schien ihm auch vollkommen egal zu sein, ob Skar ihm überhaupt noch zuhörte. Er sprach nicht *mit* ihm, sondern eher in der Art eines Menschen, der sich etwas lange, zu lange Angestautes von der Seele redete. »Weißt du, was ein Mensch anrichten kann, der die Macht hat, einem Land *so etwas* anzutun?!« Die letzten drei Worte schrie er. Er fuhr plötzlich herum, hieb mit der Faust auf den zu Glas geschmolzenen Boden und starrte Skar aus weit aufgerissenen Augen an. »Du willst wissen, warum ich dir das alles erzähle«, keuchte er. »Ich habe Angst, Skar. Angst vor Vela, aber noch mehr Angst vor dir.«

»Dann töte mich«, murmelte Skar. Er erschrak selbst über seine Worte, aber sie sprudelten einfach aus ihm heraus, ohne daß er etwas dagegen tun konnte, einfach deshalb, weil sie die einzig logische Konsequenz aus Tantors Worten waren.

»Töten!« Tantor lachte bitter. »Ich habe daran gedacht«, gestand er. »Lange, Skar. Es hätte auch mich das Leben gekostet, aber das spielt keine Rolle.«

»Und warum hast du es dann nicht getan?«

Wieder lachte Tantor, und diesmal klang es eher wie ein Schmerzenslaut. »Weil es nichts ändern würde, Skar«, murmelte er. Er stand auf, zog – plötzlich wieder fröstelnd – seinen Umhang enger um die Schultern und wandte sich zum Gehen. »Weil es nichts ändern würde«, sagte er noch einmal. »Gar nichts.«

Kurz darauf zogen sie weiter. Skar wurde, wie zuvor, sorgfältig von den anderen abgeschirmt, und auch Tantor zeigte sich nicht mehr in seiner Nähe. Doch auch das Verhalten der Krieger, die Skar bewachten, schien sich zu ändern – vielleicht fiel ihm aber auch jetzt, nachdem Tantor mit ihm geredet hatte, das sonderbare Benehmen der Männer erst auf. Sie bewachten ihn sorgfältig, und zumindest einer, meistens jedoch mehrere, hielten immer eine gespannte und schußbereite Armbrust in Händen. Trotzdem fühlte er, daß er mehr war als ein x-beliebiger Gefangener. Keiner der Männer sprach mit ihm – so wie sie auch nicht miteinander sprachen –, aber er fühlte, obwohl er die Gesichter hinter den schwarzen Masken nicht sehen konnte, ihre halb ängstlichen, halb respektvollen Blicke, mit denen sie ihn maßen, wenn sie glaubten, er merke es nicht.

Als es heller wurde, konnte Skar mehr von ihrer Umgebung erkennen. Die Hellgor schien mehr zu sein als ein willkürlich entstandener Riß – hier, auf dieser Seite der Höllenschlucht, bot sich Tuan dem Betrachter anders dar als hinter ihrer nördlichen Begrenzung. Der Boden war noch immer mit grünweißem, geschmolzenem Sand bedeckt, und die Ruinen zogen weiter wie stumme schwarze Wächter an ihnen vorüber, aber der glitzernde Panzer aus Glas war hier nicht annähernd so massiv wie weiter im Norden. Immer wieder passierten sie weite, flache Krater, an denen der gläserne Mantel Tuans durchbrochen war und auf deren Grund Erde und Sand – verbrannt und zu schwarzer Asche verkohlt, aber nicht mehr geschmolzen – sichtbar wurden, und manche der Ruinen schienen kaum beschädigt. Und es gab Pflanzen; jedenfalls glaubte Skar anfangs, daß es sich um solche handelte: dünne, glitzernde Büschel, die wie erstarrte Spinnweben aus dem aufgebrochenen Boden wuchsen. Erst nach einer Weile sah er, daß die Gewächse - *wenn* es sich um Pflanzen handelte - eine ebenso bizarre Verwandlung durchgemacht hatten wie Tuan selbst. Sie schimmerten, je nachdem, wie sich das Licht der Sonne auf ihren Oberflächen brach, grün, manchmal auch weiß oder silbern, aber sie schienen aus Glas oder einer unbekannten wasserklaren Art von Kristall zu bestehen, und als Skars Pferd einmal versehentlich auf einen der kniehohen Büsche trat, zersprangen die Blätter wie poröses Glas und zerfielen zu pulverigem, glitzerndem Staub. Skar wandte sich an einen seiner Bewacher und erkundigte sich nach den Kristallgewächsen, bekam jedoch nur ein Kopfschütteln zur Antwort. Aber die Zahl und Größe der Kristallgewächse nahm zu, je weiter sie nach Süden kamen, und schließlich waren es keine kleinen vereinzelten Büsche mehr, sondern gewaltige, baumgroße Ansammlungen schimmernder Glasdolche und -speere.

Ist es Zufall, dachte Skar, daß hier alles zu Glas und glitzernder Starre gefroren ist? Oder haben die Götter diesen Effekt beabsichtigt, um ihnen irgend etwas, irgend etwas, das sie vielleicht niemals begreifen würden, zu sagen?

Er fand keine Antwort auf diese Frage, wie auf so viele andere nicht, und nach einer Weile vergaß er sie wieder. Sie ritten nicht sehr schnell, aber stetig, nach Süden und wichen nur einmal kurz von ihrem eingeschlagenen Kurs ab, um einem mächtigen, undurchdringlich erscheinenden Wald der blitzenden Kristallbäume auszuweichen. Erst lange, nachdem die Sonne den Zenit überschritten hatte, tauchte ein Schatten vor ihnen am Horizont auf, wuchs langsam zu einem dunklen See aus Grau und Schwarz und gelegentlich aufblitzenden Lichtreflexen heran.

Skar fuhr aus dem erschöpften, schon halb schlafenden Dämmerzustand hoch, in den er im Lauf des Nachmittages verfallen war, als Tantor neben ihm auftauchte. Der Zwerg hatte sein rotes Cape gegen eine entsprechend kleinere Ausgabe der schwarzen Lederharnische ausgetauscht und unterschied sich nun nur noch in Größe und Statur von seinen Kriegern. »Wir sind da«, sagte er. »Denke daran, was ich dir gesagt habe.«

Skar sah neugierig nach vorn. Er hatte mit einer Festung gerechnet, einer zerfallenen Stadt oder einer Ansammlung gewaltiger, geborstener Türme, aber vor ihm lag ein gähnender Krater, ein rundes, wie ausgestanzt wirkendes Loch in der glitzernden Panzerhaut Tuans, wo der Boden über einen Hohlraum zusammengebrochen und so einen fast hundert Manneslängen messenden Schacht gebildet hatte. Seine Ränder waren scharf, wie abgeschnitten, und eine schräge, gut zehn Fuß messende Rampe führte in einer weit gezogenen Spirale bis zu seinem Grund hinab. Skar sah weder Wächter noch irgendein anderes Anzeichen von Leben, aber die Wände des Kraters, der sich nach unten verjüngte und in einem gewaltigen Schuttberg endete, waren mit zahllosen Öffnungen und Eingängen übersät; ein unterirdisches Labyrinth, ein gewaltiger Ameisenbau, in dem sich eine ganze Armee verbergen konnte, ohne daß man eine Spur von ihr entdeckt hätte.

»Irgendwie paßt das zu dem Bild, das ich von euch habe«, murmelte er, während er neben Tantor in die Tiefe ritt. Der Wind blieb über ihnen zurück, und es wurde merklich wärmer. Ein schwacher Geruch von Alter und Verfall wehte zu ihnen empor. »Ein Rattenloch.«

Tantor lachte leise. »Hüte deine Zunge, Satai«, sagte er amüsiert. »Sonst könnte es sein, daß dich die Ratten auffressen.«

Skar schnitt eine Grimasse, schwieg aber. Er wußte nicht, ob er Tantor vertrauen konnte. All das, was der Zwerg ihm erzählt hatte, konnte wahr sein – es konnte aber auch ein weiterer Trick sein, um sein Vertrauen zu erschleichen.

»Was machst du eigentlich, wenn ich Vela von unserem kleinen Gespräch erzähle?« fragte er so leise, daß nur Tantor und nicht die vor und hinter ihnen reitenden Krieger die Worte verstehen konnten.

Tantor schwieg einen Moment. »Ich werde es leugnen, denke ich«, sagte er dann. »Obwohl es mir wohl nicht viel nutzen würde. Aber dir auch nicht. Und nun schweig. Auch diese Wände haben Ohren.«

»Wo?« fragte Skar mit einem demonstrativen Rundblick.

Tantor warf ihm einen wütenden Blick zu. »Dein Sinn für Humor ist manchmal recht eigentartig, Satai«, murmelte er. »Sieh hinunter auf den Grund des Kraters. Vielleicht dämpft das deinen Übermut ein wenig.«

Skar gehorchte. Im ersten Moment erkannte er nichts außer Bergen von Schutt und zerborstenem Fels, durchsetzt mit einem Diadem glitzernder Glasnester. Dann erkannte er, was Tantor ihm hatte zeigen wollen: Am Fuße der Rampe, flankiert von vier von Velas Kriegern, stand eine Gestalt, ein sieben Fuß großer, breitschultriger Hüne, gekleidet in einen bodenlangen schwarzen Umhang, knielange Hosen und einen knapp sitzenden Lederharnisch. Das *Tschekal* an seiner Seite blitzte unter den schräg einfallenden Strahlen der Sonne wie ein gefangener Lichtstrahl. Auf dem Haupt des Riesen saß ein wulstiger, stachelbewehrter Helm, aber das Gesichtsvisier war hochgeschoben, und Skar bildete sich trotz der Entfernung ein, seine Züge zu erkennen. Sein rechter Arm war bandagiert und hing in einer Schlinge.

»Nun?« fragte Tantor, nachdem Skar eine Zeitlang stumm zu der Gestalt hinabgestarrt hatte. »Du lachst ja gar nicht mehr? Wo bleibt dein Humor, Satai?«

Skars Bewegung war zu schnell, als daß selbst Tantor noch hätte reagieren können. Er fuhr im Sattel herum, riß den Zwerg mit einer spielerischen Geste hoch und hielt ihn mit ausgestreckten Armen in der Luft. »Ich habe noch mehr davon, als du glaubst«, knurrte er. »Zum Beispiel fände ich es ungeheuer komisch, dich jetzt einfach loszulassen.«

Tantor begann zu kreischen. Unter seinen strampelnden Beinen lag ein fast hundert Fuß tiefer Abgrund. Wenn Skar ihn losließ, würde er mit Sicherheit von der Rampe fallen und in die Tiefe stürzen.

»Hör auf!« keuchte er. »Du bist irre!«

Skar lachte, setzte den Zwerg mit einem schmerzhaften Ruck in den Sattel zurück und gab ihm einen freundschaftlichen Klaps auf die Schulter, der ihn um ein Haar wieder vom Rücken seines Tieres geschleudert hätte. Mit einem neuerlichen, verzweifelten Kreischen krallte sich der Zwerg in der Mähne des Pferdes fest, angelte mit den Füßen nach den Steigbügeln und richtete sich mühsam auf.

»Dir werden die Scherze schon noch vergehen, Skar«, giftete er. »Rascher, als du glaubst. Warte, bis du dem Drachen gegenüberstehst.«

Skar ignorierte ihn und sah weiter zu Del hinab. Der junge Satai stand reglos wie eine Statue am Fuß der Rampe und erwartete ihr Näherkommen. In Skar krampfte sich irgend etwas zusammen, ein Gefühl, als würde eine Stahlfeder gespannt, mit jedem Schritt, den sie näher kamen, mehr. Er hatte gewußt, was ihn erwartete, und er hatte geglaubt, darauf vorbereitet zu sein. Aber wie so oft war es eine Sache, über einen Schrecken nachzudenken, und eine andere, eine ganz andere, mit ihm konfrontiert zu werden.

Seine Attacke auf Tantor war nichts als eine Reaktion darauf gewesen, ein stummer optischer Schrei der Hilflosigkeit und Wut.

Es kostete ihn unendliche Mühe, seinen Blick von der Gestalt am Fuß der Rampe zu lösen und sich im Sattel herumzudrehen. Er hatte während des gesamten Rittes wenig mehr als einen flüchtigen Blick auf Gowenna oder die beiden Sumpfleute erhaschen können, und selbst jetzt noch ritt zwischen ihm und Gowenna fast ein Dutzend Krieger. Er konnte Gowennas Gesicht nicht erkennen, aber er sah, daß sie müde und weit nach vorn gebeugt im Sattel hockte und offenbar alle Mühe hatte, sich überhaupt noch aufrechtzuhalten.

»Mach dir keine Sorgen«, sagte Tantor, als er seinen Blick bemerkte. »Ihr geschieht nichts. Und auch diesen beiden Schlammfressern nichts – solange du vernünftig bist und tust, was man von dir verlangt, versteht sich.«

Skar drehte sich wieder herum, sah zuerst Tantor, dann Del, und dann wieder den Zwerg an. Er sprach kein Wort, aber etwas in seinem Blick brachte Tantor dazu, sein Pferd ein wenig weiter zur Seite zu lenken, obgleich er dadurch dem Abgrund bedrohlich nahe kam.

Sie erreichten den Fuß der Rampe, und die Krieger, die bisher vor und hinter Skar geritten waren, bildeten einen weit auseinandergezogenen Kreis um ihn herum. Gowenna und El-tra blieben weiter im Hintergrund.

In Skars Mund machte sich ein übler Geschmack breit. Er war plötzlich ruhig, ganz ruhig, aber es war keine entspannende Ruhe, sondern jene angespannte Gelassenheit, die ihn normalerweise vor einem Kampf überkam - seine Nerven schienen wie Stahlsaiten zum Zerreißen angespannt, und er sah plötzlich jedes noch so winzige Detail seiner Umgebung mit übernatürlicher Klarheit. Die Reihe der Reiter vor ihm teilte sich, und Del trat, flankiert von seinen vier Begleitern, in den Kreis.

Mit raschen Schritten näherte er sich Skar, blieb dicht vor ihm stehen und machte eine Bewegung mit der Linken. »Steig ab.«

Skar fuhr beim Klang seiner Stimme zusammen, als hätte er einen Schlag erhalten. Sein Blick saugte sich an Dels Gesicht fest, und was er sah, war schlimmer als alles, was er erwartet hatte.

»Del«, keuchte er stockend, »du -«

»Steig ab, Skar«, unterbrach ihn Del hart. »Reden können wir später. Vela erwartet dich.«

Skar blieb noch sekundenlang reglos sitzen, ehe er - langsam und umständlich wie ein alter Mann - aus dem Sattel stieg und neben dem Pferd stehenblieb. Für lange Sekunden kreuzten sich ihre Blicke, und was Skar in den dunklen Augen des anderen sah, war *Leben.* Er hätte es ertragen - hatte es sogar erwartet -, Del als seelenlose Puppe vorzufinden, als eine Marionette gleich den Kriegern, die sie getötet hatten oder ihren Wächtern. Aber es war nicht so. Was immer mit Del geschehen war - es war kein Bann, kein Zauber oder wie immer man es nennen wollte. Plötzlich, ohne daß es einer Erklärung oder eines sichtlichen Grundes bedurft hätte, wußte Skar, daß Del alles, was er tat, *freiwillig* tat. Er stand unter Velas Bann, sicher, aber es war ein Bann anderer Art, als Skar erwartet hatte. Sie hatte ihn nicht *gezwungen,* mit ihm zu kämpfen, begriff er plötzlich. Er hatte es aus freien Stücken getan, allein der Gedanke erschien Skar so wahnwitzig, daß er am liebsten laut aufgelacht hätte.

»Hallo Del«, murmelte er. »Es ist lange her, daß wir uns gesehen haben.« Seine Stimme klang belegt, fremd in seinen eigenen Ohren.

In Dels Gesicht zuckte ein Muskel. Seine unverletzte Linke glitt mit einer kleinen nervösen Bewegung an seinem Umhang herab und umklammerte den Griff des Schwertes durch den Stoff hindurch. Sein Blick flackerte. Er drehte mit einem Ruck den Kopf, sah für die Dauer von drei, vier Atemzügen weg und wandte sich dann übertrieben hastig um. »Komm mit«, sagte er. »Du wirst alles erfahren.«

Skar rührte sich nicht. »Ich glaube, ich weiß schon zuviel, Del«, sagte er leise.

Del blieb stehen, sah ihn unsicher, aber auch trotzig und mit einem Ausdruck, der Skar fast wie Mitleid vorkam, an und schüttelte den Kopf. »Du weißt nichts, Skar«, sagte er rauh. »Es ist zuviel geschehen, seit wir uns getrennt haben. Du bist nicht mehr der Mann, den ich kannte.«

Skar lachte leise. »Du auch nicht, Del.«

»Nun, dann haben wir wenigstens noch eines gemeinsam. Komm jetzt.« Diesmal klang Dels Stimme hörbar ungeduldig, aber Skar rührte sich noch immer nicht.

»Was geschieht mit Gowenna und den beiden Sumpfmännern?« fragte er.

Del machte eine wegwerfende Handbewegung. »Mach dir keine Sorgen. Sie werden Nahrung und einen Platz zum Ausruhen bekommen. Was weiter geschieht, hängt von dir ab.«

»Du machst noch immer keine Umwege, wie?« fragte Skar. »Wenn ich nicht so handele, wie ihr wollt, dann tötet ihr sie.«

»Vielleicht«, sagte Del kalt. »Aber wenn es dir lieber ist, daß ich dich belüge, dann sag es. Und nun komm – *bitte.*«

Skar nickte, warf Tantor einen letzten, bitteren Blick zu und ging hinter Del her. Die Reihe der Krieger teilte sich vor ihnen. Ihre Eskorte blieb – einschließlich des Zwerges – zurück, und nur die vier Krieger, die zusammen mit Del hier unten auf sie gewartet hatten, begleiteten sie. Sie überquerten den Kratergrund und stiegen über eine schräge, aus Schutt aufgeschüttete und sorgfältig mit Sand geglättete Rampe zu einem der Eingänge hinauf.

Der Gang war von unzähligen Fackeln taghell erleuchtet. Ein frischer, kühler Luftzug schlug Skar entgegen, als er hinter Del gebückt durch den niedrigen Eingang trat. Der Weg führte in sanfter Neigung in die Tiefe, und ein paarmal durchquerten sie hohe, verschieden geformte Hallen und Räume, winzige

Ausschnitte des unendlichen Labyrinths, das hier unten liegen mußte.

Skars Verwirrung wuchs, während er Del tiefer in den Irrgarten aus steinernen Gängen und Arkaden folgte. Die Architektur der Räume war nicht menschlich, sie glich nichts, was er je gesehen hatte. Die Gänge waren verschieden hoch und breit, jeder anders geformt, und an den Wänden prangten Bilder oder jedenfalls etwas, das er für Bilder hielt. Es gab bizarre Dinge, deren Bestimmung er nicht einmal erraten konnte, dann wieder Treppen, die scheinbar vollkommen sinnlos nach oben oder unten führten, manchmal gar vor massiven Wänden oder nach wenigen Stufen einfach in der Luft endeten. Und doch kam ihm all dies bekannt vor. Er hatte das Gefühl, schon einmal hier gewesen zu sein, Dinge, die er nie zuvor gesehen hatte, genau zu kennen; das Gefühl von etwas Vertrautem, ja, beinahe Heimeligem.

Nach einer Weile blieb Del stehen. Sie waren vor einer hohen, aus zwei ungleichmäßigen Flügeln zusammengesetzten Tür angekommen, zu der eine Anzahl schräger Stufen hinaufführte. Auf dem kleineren der Türflügel prangte ein Symbol, das Skar vage an eine geballte Faust erinnerte, die einen Blitz umklammerte. Aber es konnte auch etwas vollkommen anderes sein.

»Ihr könnt gehen«, sagte Del, zu den Kriegern gewandt, die sie bis hierher begleitet hatten. Die Männer drehten sich gehorsam um und gingen, aber Del wartete auch als sie den Raum verlassen hatten noch, bis ihre Schritte nicht mehr zu hören waren.

Skar lächelte dünn. »Ich nehme an, deine Herrin erwartet uns hinter dieser Tür«, sagte er.

Dels Gesicht blieb ausdruckslos, wie aus Stein gemeißelt. Er trat an die Tür, öffnete sie mit einem Mechanismus, den Skar nicht erkannte, und machte eine einladende Handbewegung.

Skar trat zögernd an ihm vorbei.

Der Anblick traf ihn wie eine Ohrfeige.

Der Raum hinter der Tür war kein Raum, sondern streng genommen nur ein vergleichsweise schmaler, sichelförmiger Sims, hinter dem sich eine gewaltige, bodenlose Höhle erstreckte. Ihre gegenüberliegende Wand verlor sich in wogender Weite; Nebel stieg in dünnen, geisterfingrigen Schwaden aus ihrer Tiefe empor und kroch über den Rand des Simses. Aber davon sah Skar kaum etwas. Auch nicht von der schlanken, weißgekleideten Frauengestalt, die am Rand des Abgrundes stand und ihm und Del, der die Tür hinter ihm schloß und sich neben ihm aufbaute, entgegensah. Sein Blick saugte sich an dem schwarzen Gewebe fest, das die Höhle wie klebrige Spinnfäden durchzog; ein Netz aus straff gespannten, miteinander verwobenen Fäden, stark wie ein Männerarm und schwarz, ein Schwarz, das Skar in dieser Tiefe erst einmal gesehen hatte, langgestreckt, organische, verquollene Formen, die sich wie Teer, der zu Fäden gezogen und dann erstarrt war, durch die Weite der Höhle zogen, hier und da zu Knoten und mächtigen pulsierenden Klumpen zusammengewachsen, lebend, lebend, *lebend* ...

Daher dieses Gefühl, dachte er. Selbst das Denken schien ihm Mühe zu bereiten. Es war zu viel. Der Schock war zu groß, und der Hieb kam aus einer Richtung, aus der er ihn nicht erwartet hatte. Daher dieses aberwitzige Gefühl, schon einmal hiergewesen zu sein. Es war keine Einbildung gewesen. Er *war* schon einmal hiergewesen, oder zumindest an einem Ort wie diesem, irgendwo, am anderen Ende der Welt. *Urcóun.*

Irgendwann, nach Stunden, wie es ihm vorkam, nach Stunden, die er gelähmt und betäubt am Rand des Abgrundes gestanden und hinabgestarrt hatte, hinab in eine Tiefe, die tiefer als die Hellgor war, bodenloser als die Hölle, brach Del das Schweigen.

»Das war es, was wir dir zeigen wollten«, sagte er. »Vielleicht begreifst du jetzt.«

Skar drehte sich um, sah zuerst Del, dann Vela an und schüttelte stumm den Kopf. Nein. Er begriff nicht. Aber er begann damit. Er begann Dinge zu ahnen, ein Wissen zu spüren, das er nicht haben wollte und gegen das er sich wehrte.

Es war nutzlos. Er hatte es die ganze Zeit über geahnt, aber irgend etwas in ihm hatte sich gegen die Erkenntnis gewehrt, hatte sie unterdrückt und verzweifelt vergraben.

Er sah auf, als er Schritte neben sich hörte. Vela war schön, wie er sie in Erinnerung hatte, vielleicht noch schöner, jetzt, wo sich ihr Antlitz nicht hinter einem unansehnlichen grauen Schleier verbarg, sondern nur von lose fallendem Haar und einem dünnen, silbernen Diadem eingerahmt wurde. *Es wäre so einfach,* dachte er. Sie standen kaum einen Fußbreit vom Abgrund entfernt, und auch Del, so nahe er war, würde nicht rasch genug reagieren können. Eine kurze Bewegung, ein Stoß ...

»Aber du bist kein Mörder, Skar«, sagte sie. Ihre Stimme klang sanft, gar nicht so, wie er sie erwartet hatte, und die Leere unter ihm sang eine unhörbare Begleitmelodie zu ihren Worten. »Und du bist nicht sicher, ob es überhaupt etwas ändern würde.«

»Liest du meine Gedanken?« fragte er, nicht einmal sonderlich überrascht.

Vela schüttelte den Kopf. »Es ist das zweite Mal, daß du mir diese Frage stellst«, sagte sie mit einem flüchtigen, entschuldigenden Lächeln. »Und ich sage zum zweiten Mal nein. Aber es ist leicht zu erraten, was du denkst.«

Skar wandte sich ab, starrte wieder in die Tiefe. Nichts bewegte sich unter ihm, nur die Schatten wogten hierhin und dorthin, und trotzdem spürte er, daß unter ihm etwas war, *lebte,* ein pulsierendes, großes, unendlich großes und altes Etwas, kein Wesen, Körper oder Geist, vielleicht Leben in seiner reinsten Form. Bisher hatte er Leben mit Bewußtsein gleichgesetzt, aber vielleicht war das falsch. Vielleicht mußte, was lebte, nicht denken, und vielleicht lebte nicht alles, was dachte.

»Del hat mir alles erzählt«, sagte Vela nach einer Weile.

Skar sah Del an, lächelte und starrte weiter wortlos in die Tiefe. Er spürte den unsichtbaren Hauch, der ihn – nein, eigentlich nicht ihn, sondern vielmehr seine Seele, oder etwas *in* seiner Seele – streifte, und er wußte plötzlich, daß die anderen es nicht spürten. Daß es trotz allem noch ein Geheimnis gab, das er nicht mit ihnen teilte.

»Hätte ich es vorher gewußt –«

»Dann hättest du nicht Befehl gegeben, mich zu töten?« unterbrach Skar sie kalt.

Vela schwieg einen Moment. Irgend etwas ging in ihrem Gesicht vor, aber Skar konnte nicht erkennen, was. »Wie du willst«, sagte sie plötzlich verändert, kalt und so hart wie das Glas, über das sie geritten waren. »Ich wollte fair zu dir sein, dir eine Chance geben –«

»Danke«, unterbrach Skar sie erneut. »Ich habe genügend Kostproben deiner *Fairness* bekommen. Ich brauche keine weiteren.« Er dachte an das, was ihm Tantor gesagt hatte, und jetzt wußte er, daß der Zwerg die Wahrheit gesprochen hatte. Sie war kein Mensch mehr, nicht mehr wirklich. Er hatte den Atem des Bösen gespürt, als er zum ersten Mal in eine Höhle wie diese gekommen war, jenseits der Grenzen Tuans, tief unter den Sandmeeren der Nonokesh, und er spürte ihn jetzt wieder. Vielleicht war es nicht einmal böse, sondern nur fremd. Doch wenn, dann war es so fremd, war diese Form von Leben so anders, daß sich das Ergebnis gleichblieb.

»Was du hier siehst«, sagte Vela, wieder in anderem Tonfall, dozierend, ruhig, als erkläre sie einem Kind das kleine Einmaleins, während sie an den Abgrund trat und mir einer weit ausholenden Geste in die Tiefe deutete, »ist nur ein kleiner Teil eines gewaltigen Systems von Höhlen und Katakomben, die sich unter den Ebenen von Tuan erstrecken. Del erzählte mir, ihr wäret auf eine ähnliche Höhle gestoßen, tief im Herzen der Nonakesh.«

Skar nickte.

»Vielleicht ist es die gleiche«, sagte Vela versonnen. »Die Grenzen Tuans stoßen an die der großen Wüste - es wäre möglich.«

»Und wenn?« fragte Skar achselzuckend. »Ich weiß nicht, worauf du hinauswillst, Vela - aber ich werde dir nie dienen.«

»Wie kommst du darauf, daß ich das im Sinn habe?« fragte Vela lauernd.

Skar deutete auf das Geflecht aus schwarzen Strängen. In einer der mächtigen Verdickungen, nicht weit vom Rand des Simses entfernt, pulsierte etwas. »Es ist wohl kein Zufall, oder? Und es ist kein Zufall, daß die Festung am Rand der Nonakesh von den gleichen Wesen errichtet wurde, die Tuan erbauten. Nur die Rolle, die ich darin spiele, ist mir noch nicht ganz klar.«

Vela schürzte abfällig die Lippen. »Du solltest deine Wichtigkeit nicht überschätzen, Satai«, sagte sie, so betont gleichmütig, daß dadurch schon fast wieder das Gegenteil zum Ausdruck kam. »Del erzählte mir von Urcóun und diesen närrischen Wilden, die eine verrottete Ruine als Sitz der Götter anbeten. Setz mich nicht mit dieser Närrin Coar gleich, Skar. Die Herren Urcóuns waren auch die Erbauer Tuans, das stimmt, aber sie waren keine Götter. Sie waren Wesen wie wir.«

»Wesen wie wir?« Skar dachte an die Hoger und ihre tödliche Brut, an den eisigen Hauch, der wie ein giftiger Nebel über den Ruinen Urcóuns gelegen hatte, und an seinen Dunklen Bruder, dieses Etwas, das er aus der Höhle unter der Tuan mitgebracht hatte.

»Wesen wie wir«, bestätigte Vela, »doch auf einer ungleich höheren Stufe der Entwicklung.«

»Ja«, nickte Skar mit einem bitteren, humorlosen Lachen, »das habe ich gesehen. In Combat und auf dem Weg hierher.«

Vela machte eine ärgerliche Geste. »Urteile nicht vorschnell, Skar. Was du gesehen hast, ist nichts als ein kümmerlicher Rest ihrer einstigen Größe. Doch selbst dieses wenige, das übriggeblieben ist, würde ausreichen, diese Welt zu retten.«

Skar seufzte. »Schon wieder die alte Leier, Vela?« fragte er. »Ich bin in deiner Hand. Du hast den Stein, du hast Del und mich und Gowenna, und du hast die Macht, dir alles zu nehmen, was du willst. Es ist nicht mehr notwendig, die Heilige zu spielen.«

Vela schwieg einen Moment. »Ich mache dir nichts vor, Skar«, sagte sie dann. »Was ich dir damals, in Ikne, gesagt habe, war die Wahrheit. Ich habe all dies getan, um diese Welt zu retten. Mit der Macht der Alten kann Enwor wieder werden, was es war – eine blühende Welt.«

»Unter deiner Herrschaft?«

»Und wenn? Was ist dir lieber – ein Enwor, wie es jetzt ist, eine sterbende Welt, die in unzählige kleine Reiche zerfallen ist, Länder, in denen die Menschen entweder verhungern oder sich gegenseitig umbringen, oder ein Enwor, in dem Frieden herrscht. Ich will Macht, ja. Aber was ist dagegen zu sagen? Ich würde dieser Welt den Frieden bringen. Frieden und Wohlstand. Glaubst du nicht, daß der Preis, den ich dafür verlange, angemessen erscheint?«

Ihr Götter, dachte Skar entsetzt, *sie glaubt, was sie sagt!*

»Und selbst«, fuhr Vela fort, »wenn es so wäre, wie du glaubst, selbst wenn ich die machthungrige Bestie wäre, die du in mir siehst – Enwor ist groß. Zu groß, als daß die Spanne, die ich noch zu leben habe, ausreichen würde, diese ganze Welt zu erobern und zu unterdrücken. Du kannst es drehen wie du willst: Ich werde mehr Nutzen als Schaden bringen. Denke daran, was du auf dem Weg hierher gesehen hast. Mit der Macht, die ich – die wir beide haben, Skar! –, können wir Enwor den Frieden bringen. Wir können die Quorrl in ihre Berge zurückjagen und all die kleinlichen Kriege und Grenzstreitigkeiten beenden.«

»Wie?« unterbrach Skar sie hart. »Indem wir die Welt verbrennen, so wie es die Herren Tuans taten?«

Vela schüttelte ungeduldig den Kopf. »Was geschah, wird sich nie mehr wiederholen können«, sagte sie überzeugt. »Du kennst die Geschichte der Alten nicht, Skar, nicht so gut wie ich. Tuan und Combat verbrannten nicht unter dem Zorn der Götter. Die Alten selbst waren es, die die Gewalten der Schöpfung heraufbeschworen, aber sie wurden ihrer nicht mehr Herr. Es war ein Krieg, geführt mit unvorstellbaren Waffen, aber er wird sich nie wiederholen können.«

»Natürlich nicht«, sagte Skar. »Wie auch, wenn es außer dir niemanden gäbe, der die Macht der Alten hätte. Und sollte es irgend jemand doch versuchen, dann verbrennen wir sein Land und seine Städte, bevor er zur Gefahr werden kann, nicht? So einfach ist das. Und warum auch nicht?« fuhr er mit beißendem Spott fort. »Immerhin schneidet man einen Krankheitsherd auch heraus, bevor er den ganzen Körper vergiften kann. Was macht es da für einen Unterschied, daß der Krankheitsherd eine Stadt ist und die Keime Menschen sind?«

»Es macht keinen Unterschied«, sagte Vela kalt. »Ich rede hier über den Fortbestand der menschlichen Rasse, Skar. Nicht über eine Stadt oder ein Volk.«

»Und nur das zählt.« Skars Stimme vibrierte vor ohnmächtigem Zorn. »Du bist im falschen Körper zur Welt gekommen, Vela. Du hättest eine Ameise werden sollen.«

»Beleidige mich ruhig, wenn es dich erleichtert«, sagte Vela. »Du weißt sehr gut, worüber ich spreche.«

O ja, dachte Skar. *Und gerade das erschreckt mich.*

»Und was willst du nun wirklich von mir?« fragte er. »Meine Hilfe?«

Vela strich sich mit einer unbewußten Geste eine Haarsträhne aus der Stirn. Im düsteren Licht der Höhle sah sie plötzlich um Jahre jünger aus. »Ja«, sagte sie. »Es würde schon reichen, wenn ich dich in meiner Nähe hielte, und ich könnte es, glaube mir. Ich könnte dich zu einer Puppe machen, wenn ich das wollte. Du hast die Männer gesehen, die mir dienen? Was mit ihnen geschah, kann auch dir geschehen, Satai. Aber ich werde es nur tun, wenn du mich dazu zwingst. Überlege dir deine Entscheidung gut. Tantor hat die Wahrheit gesprochen, als er sagte, daß ich deine Hilfe nicht brauche.«

Skar fuhr unmerklich zusammen. Ein dünnes, grausames Lächeln erschien auf Velas Lippen. »Ich weiß, was du jetzt denkst«, sagte sie. »Aber urteile nicht vorschnell über Tantor. Er hat nicht in meinem Auftrag gehandelt. Er war nur dumm. So dumm, zu glauben, daß ich seine lächerliche Verschwörung nicht durchschauen würde. Er hat mir sogar einen Gefallen getan. Überlege dir, ob du an meiner Seite die Welt regieren oder lieber zu einer hirnlosen Marionette werden willst.«

»Die Welt regieren . . .« Sakr lachte, aber es klang nicht halb so überheblich, wie er beabsichtigt hatte. »Du bist nicht der erste Mensch, der davon träumt, Vela. Aber ich habe noch von keinem gehört, dem es gelungen ist.«

»Ich werde jetzt nicht mit dir streiten, Skar«, antwortet Vela kühl. »Ich gebe dir drei Tage Zeit, deine Entscheidung zu bedenken. Vorher werde ich ein Nein nicht akzeptieren.«

»Was geschieht mit Gowenna?« fragte Skar.

Vela hob die Schultern. »Sei unbesorgt. Meine Leute geben ihr alles, was sie braucht. Wenn du die richtige Wahl triffst, Skar, wird sie weiterleben. Und wer weiß – wenn ich mit dir zufrieden bin, dann gebe ich ihr vielleicht sogar eines Tages ihr hübsches Puppengesicht wieder.«

Skars Hände zuckten. *Hilf mir!* dachte er. *Gib mir Kraft, diese Bestie in Menschengestalt zu vernichten!*

Aber die Stimme seines Dunklen Bruder schwieg.

Die nächsten zwei Tage verbrachte er in einem winzigen, fensterlosen Raum, in den ihn Del nach dem Gespräch mit Vela brachte. Jedenfalls glaubte er, daß es zwei Tage waren; er bekam viermal Essen und schlief, zuerst lange und tief, dann noch mehrmals, aber jeweils nur für kurze Zeit. Die Alpträume kamen nicht wieder, und der Heiltrank, den Tantor ihm am ersten Abend brachte, vertrieb auch das Fieber vollkommen. Weder Del noch Vela ließen sich während der Zeit seiner Gefangenschaft blicken, und die Männer, die ihm Essen und Trinken brachten, waren wie die Wächter, die sie hierhergeleitet hatten – respektvoll, freundlich, aber stumm; nicht mehr als Maschinen, die ihre Aufgaben erfüllten und kaum in der Lage waren, einen eigenen Gedanken zu denken. Der Anblick der stummen Krieger erfüllte ihn jedesmal aufs neue mit Unbehagen, schließlich mit Furcht. Er hatte Velas Worte nicht vergessen, und auch, wenn er sich im ersten Augenblick eingeredet hatte, daß ihre Drohungen ihn nicht schrecken konnten, so tat der Anblick der stummen Puppen-Menschen doch seine Wirkung. Er zweifelte keinen Moment daran, daß sie auch ihn in eine leere Hülle verwandeln würde, wenn er sie dazu zwang. Und er wußte auch, daß er sie nicht würde hintergehen können. Er hatte es versucht, Gowenna hatte es versucht, Tantor glaubte vielleicht jetzt noch, daß es ihm gelang ... Nein – wenn er sich ihr hingab, dann würde er es wirklich tun müssen. Vela gehörte zu jenen Menschen, die – ganz egal, was man tat – alles zu ihrem Vorteil ummünzen würden. Und sie wußte, daß er es wußte. Er würde ihr entweder freiwillig folgen, wie Del es tat, oder gar nicht. Die Alternative war ein Weiterleben als Zombie – oder der Tod.

Aber vielleicht war nicht einmal das ein Ausweg. Tantor hatte gesagt, daß es nichts ändern würde, wenn er tot wäre, und je länger er in seiner Zelle saß und grübelte, desto mehr erschienen ihm die Worte des Zwerges wie eine düstere Prophezeiung. Er brauchte nicht einmal mehr einen Beweis dafür – Velas Verhalten, die trotz allem sorglose Art, in der er behandelt wurde, die Tatsache, daß sie ihm bewußt die Möglichkeit gelassen hatte, diesen letzten Ausweg zu wählen, zeigte es ihm deutlich genug. Er hatte Angst vor dem Sterben, so wie jeder andere Mensch auch, aber er war auch ein Mann, zu dessen Leben der Tod viel intensiver und direkter gehörte, als dies im allgemeinen der Fall war, und der es gewohnt war, den Tod - als letzte Konsequenz - einzuplanen und auch hinzunehmen. Nein - auch dieser Ausweg war ihm verwehrt.

Skar schrak aus seinen Überlegungen hoch, als er das Geräusch des Riegels hörte. Ein schmaler, flackernder Lichtstreifen fiel in seine Zelle, dann trat Del gebückt, eine brennende Fackel in der Rechten, durch den niedrigen Eingang. Er blieb stehen, sah sich demonstrativ in dem winzigen, kaum fünf mal fünf Schritte messenden Gelaß um und deutete mit einer Kopfbewegung auf die Tür hinter seinem Rücken. »Komm mit.«

Skar stemmte sich langsam hoch. Seine Glieder waren steif vom langen reglosen Sitzen, und die Stunden der Ruhe schienen ihn eher geschwächt als gestärkt zu haben.

»Ist das nicht seltsam?« sagte er. »In einem Verließ wie diesem haben wir uns kennengelernt - erinnerst du dich? Und auch damals warst du es, der mich herausgeholt hat.«

Dels Lippen zuckten. Er versuchte vergeblich, Skars Blick standzuhalten, trat schließlich mit einer übertrieben hastigen Bewegung zur Seite und deutete erneut auf die Tür. Draußen war das Geräusch anderer Krieger zu hören. Del war nicht allein gekommen.

»Damals war es anders«, murmelte er. »Damals war ich dir etwas schuldig.«

»Und heute nicht?«

»Niemand hat dich gebeten, hierherzukommen«, gab Del heftig zurück. Skar hatte lange überlegt, was er zu ihm sagen sollte, und es schien, als hätte er die richtigen Worte gewählt. »Du bist gewarnt worden. Mehr als nur einmal.«

»Ich habe es nicht gewußt«, sagte Skar. »Und ich hätte es nicht geglaubt, wenn ich es gewußt hätte. Ich hätte nicht geglaubt, daß ein Mann von einem Augenblick zum anderen zehn Jahre seines Lebens so einfach streichen kann.«

Del fuhr sichtlich zusammen. Seine Hand, die die Fackel hielt, zitterte. Erneut - und wieder vergeblich - versuchte er, Skars Blick standzuhalten, sah schließlich zu Boden und sog hörbar die Luft zwischen den Zähnen ein.

»So ist es nicht, Skar«, sagte er halblaut.

»Nein? Dann sag mir, wie es ist? Hat sie dich verhext? Erzähl mit nicht, daß du den Verlockungen einer schönen Frau erlegen bist.« Del wollte antworten, aber Skar trat mit einem raschen Schritt an ihm vorbei, zog die Zellentür ins Schloß und baute sich mit verschränkten Armen davor auf.

»Was soll das?« fragte Del.

»Ich will mit dir reden«, antwortete Skar ruhig. »Allein.«

»Gib die Tür frei!« Del versuchte an ihm vorbeizukommen, aber Skar versetzte ihm einen so heftigen Stoß vor die Schulter, daß er durch den winzigen Raum taumelte und gegen die Wand stieß.

»Ich will dir nur ein paar Fragen stellen, mehr nicht«, fuhr er ruhig fort. »Und ich schwöre dir, daß ich dich windelweich dresche, wenn du versuchst, durch diese Tür zu gehen.«

Del wollte auffahren, beließ es aber bei einem finsteren Blick. Er schien zu spüren, daß Skar seine Worte ernst meinte. Und er wußte, daß er keine Chance haben würde; nicht in diesem engen Raum und mit einer gebrochenen Hand.

»Dann sprich«, knurrte er. »Aber mach es kurz. Vela erwartet uns.«

»Vela erwartet uns«, äffte Skar seine Worte nach. »Vela will dies, Vela will das – ich glaube, sie braucht nur mit den Fingern zu schnippen, und du kommst angekrochen wie ein Hund.«

»Was geht dich das an?« gab Del patzig zurück. Aber er brachte es immer noch nicht über sich, Skars Blick standzuhalten.

»Vielleicht nichts«, murmelte Skar. »Du bist alt genug, um zu wissen, was du tust. Ich möchte nur wissen, warum – das ist alles. Was hat sie dir versprochen, daß du von einem Tag auf den anderen alles vergißt, was du jemals gesagt und gedacht hast.«

Del schwieg einen Moment. »Vergessen«, murmelte er. »Was weißt du denn! Was weißt du, was ich denke oder gedacht habe! Was weißt du überhaupt von mir!«

»Genug, Junge«, sagte Skar sanft. »Genug, um –«

»Nenn mich nicht Junge!« brüllte Del in plötzlichem, jähem Zorn. »Ich bin verdammt alt genug, um zu wissen, was ich zu tun und zu lassen habe. Und hör auf«, fuhr er ruhiger, aber noch immer deutlich erregt fort, »an unserer *Freundschaft* zu appellieren!« Er spie das Wort aus, als wäre es etwas Obszönes. »Wir sind seit zehn Jahren zusammen, Skar, und in diesen zehn Jahren ist kein Tag vergangen, an dem du mir nicht ununterbrochen gesagt hast, was ich zu tun und zu lassen habe. Ich habe genug davon!«

Skar lächelte. »Ist es das?« fragte er spöttisch. »Hat sie dir erzählt, daß du endlich erwachsen geworden bist?«

»Unsinn«, widersprach Del. »Es ist nicht *das.* Aber es ist *auch das.* Du hast mich niemals verstanden, Skar. Du wolltest es nicht. Für dich ...« Er stockte, suchte sichtlich nach Worten. »Für dich war ich nur ein ... nur Material. Ein Rohling, aus dem du einen Satai formen konntest, ein ... ein Ding, das du bearbeitet, geknetet und geschnitzt hast, so lange, bis es deinen Vorstellungen entsprach.«

»Ich habe dich niemals zu etwas gezwungen.«

Del lachte bitter. »O ja, Skar, das stimmt. Das hast du nicht nötig gehabt. Du hast auch so erreicht, was du erreichen wolltest.«

»Aber du hast es freiwillig getan«, sagte Skar erschrocken. »Du hättest jederzeit aufhören können. Ein Wort hätte ge–«

»Das ist nicht wahr, und du weißt es«, unterbrach ihn Del. »Du hast niemals wirklich einen Menschen in mir gesehen, Skar. Für dich war ich immer nur ein Satai, und ich glaube fast, du siehst die ganze Welt so – zwei Gruppen, von denen die eine Satai und die andere keine Satai sind, nicht? Du hast es mir eingeredet, immer und immer wieder, so lange, bis ich selbst es geglaubt habe, bis ich selbst nicht mehr wußte, daß es da noch etwas anderes gibt. Du hast mir alles beigebracht, was du wußtest, Skar – hundert Möglichkeiten, einen Menschen zu töten, mit hundert verschiedenen Waffen, mit tausend Tricks, einen Gegner zu überlisten, ein Heer in die Irre zu führen oder ein Schiff zu versenken. Aber es gibt Dinge, die hast du mit keinem Wort erwähnt. Weil du sie selbst nicht kennst. Du bist seit vierzig Jahren Satai, aber hast du in all der Zeit auch nur einen Tag *gelebt?«*

Skar antwortete nicht. Langsam, ganz langsam nur, begann er zu ahnen, was mit Del geschehen war.

»Du –«

»Ich bin dir dankbar, Skar«, fuhr Del fort. »Für alles, was du für mich getan hast. Und ich bin nicht dein Feind, das mußt du mir glauben. Ich ... du darfst nicht denken, daß ich gerne gegen dich gekämpft habe.«

»Und doch würdest du es wieder tun«, murmelte Skar, »wenn sie es von dir verlangte.«

Del nickte.

»Nun gut«, fuhr Skar nach einer Ewigkeit bedrückenden Schweigens, das sich wie ein erstickender Hauch in der winzigen Kammer ausbreitete, fort, »ich glaube, ich habe begriffen. Aber wenn dir unsere Freundschaft und die zehn Jahre, die wir Seite an Seite geritten sind, nichts mehr bedeuten, dann beantworte wenigstens deinem Lehrmeister eine Frage. Das bist du ihm schuldig.«

»Ich schulde dir mehr als das, Skar«, murmelte Del. Seine Stimme zitterte. »Aber ich werde meine Schuld nicht zurückzahlen können.«

»Ist eine Antwort zuviel verlangt für zehn Jahre meiner Zeit?« fragte Skar hart.

»Welche Antwort? Die Antwort auf die Frage, für welche Seite ich mich entscheiden würde, wenn ich wählen muß?«

Skar schüttelte den Kopf. »Nein, Del. Diese Antwort kenne ich schon, und ich nehme sie hin, auch wenn es schmerzt. Aber bist du dir darüber im klaren, daß Vela dich benutzt, so wie sie mich und Gowenna und all die anderen benutzt hat? Daß du für sie nur ein Werkzeug bist.«

Del starrte ihn sekundenlang ausdruckslos an, senkte dann den Blick und schluckte schwer. »Ja«, sagte er. »Ich weiß es. Und ich weiß auch, daß sie mich nur so lange an ihrer Seite dulden wird, wie ich ihr nützlich oder zumindest nicht hinderlich bin. Ich weiß, daß sie mich benutzen und dann wegwerfen wird, vielleicht in zehn Jahren, vielleicht schon morgen. Das war es doch, was du sagen wolltest, oder?«

Diesmal war es Skar, der vergeblich nach Worten suchte.

»Ich weiß das alles«, sagte Del noch einmal. »Ich weiß es, und es ist mir gleich, Skar. Ich kenne sie, vielleicht besser als dich, und ich weiß, daß das einzige wirkliche Gefühl, zu dem sie fähig ist, der Durst nach Macht ist. Ich weiß, daß es nicht ewig dauern wird,

und daß sie mich verjagen oder töten wird, wenn die Zeit um ist. Aber es ist mir gleich. Selbst wenn ich wüßte, daß es nur noch bis zum nächsten Sonnenaufgang dauert, wäre es mir gleich. Zwischen uns ist etwas, das du niemals begreifen kannst, Skar. Ich kenne den Preis, und ich weiß, wie hoch er ist, aber es macht mir trotzdem nichts aus, ihn zu zahlen.

Ich liebe sie, Skar.«

Vela erwartete ihn im Innenhof der unterirdischen Festung; dem Boden des Kraters, durch den sie das Labyrinth betreten hatten. Skar blinzelte ein paarmal, als er nach zwei Tagen wieder ins Freie trat und zum ersten Mal wieder das Licht der Sonne sah. Er hörte Geräusche und spürte, daß er von zahlreichen Menschen umgeben sein mußte, sah aber im ersten Moment nichts außer verschwommenen Schleiern und Schatten. Es dauerte Minuten, bis sich seine Augen wieder an das grellrote, gnadenlose Licht der Sonne gewöhnt hatten und er wieder klar sehen konnte.

Der Krater war nicht mehr leer wie beim ersten Mal, als er ihn betreten hatte. Sie waren auf einem Segment der Rampe herausgekommen, das vielleicht zwanzig Fuß über dem eigentlichen Kraterboden lag, und neben, über und unter ihm befand sich eine große Anzahl von Kriegern; an die hundert, schätze er nach einem kurzen Rundblick. Wenig, wenn man die Zahl hört und in Dimensionen von Heeren und Armeen zu denken gewohnt ist; und doch beeindruckend viel, wenn man sie vor sich sieht; einhundert stumme, schwarz gekleidete Krieger, keiner weniger als sechs Fuß groß und jeder eine zum Töten abgerichtete Kampfmaschine. Genug, ein Königreich zu erobern, dachte Skar. Oder die Welt.

Del berührte ihn am Arm und wies in den Krater hinab. Vela war am Fuß des Schuttberges, der einen wesentlichen Teil des Innenraumes ausfüllte, erschienen. Sie trug das gleiche weiße Kleid, in dem er sie zum ersten Mal gesehen hatte, und in ihrem Haar schimmerten Juwelen. An ihrer Seite hing etwas Kleines, Blitzendes.

Und hinter ihr hockte der Drache.

Im ersten Moment hatte Skar das Tier vor dem zerklüfteten Gebirge aus Stein- und Glastrümmern nicht gesehen. Der Körper der Bestie war grau, ein Alptraum aus Panzerplatten und gestaltgewordenem Schrecken, aber seine Konturen schienen beständig zu zerfließen, hierhin und dorthin zu wogen und wie Nebel zu wallen, so daß es Skar schwerfiel, seine genauen Umrisse auszumachen. Mimikri, dachte er, die perfekteste Tarnung, die er jemals – vielleicht mit Ausnahme der Sumpfleute – erlebt hatte. Die Haut des Ungeheuers schien zu leben, und wenn es auch in Wirklichkeit nur die Schattierungen und Grautöne seines Panzers waren, die sich beständig veränderten, auf jeden Schatten, jeden einfallenden Lichtstrahl reagierten, so täuschten sie Skars Auge selbst jetzt noch nachhaltig. Das Tier war gewaltig. Sein Gewicht mußte das eines Walfisches übersteigen, und sein häßlicher, dreieckiger Schädel pendelte zwanzig, fünfundzwanzig Fuß über seiner Herrin. Im ersten Moment dachte Skar, das Tier schliefe, aber als er näher kam, fing er einen Blick der lächerlich kleinen, tückischen roten Augen der Bestie auf.

Das Monstrum ruhte, aber es schlief nicht. Wie das Land, das es geboren hatte, lag es beständig auf der Lauer, bereit, unvermittelt loszubrechen und den Tod oder Schlimmeres zu bringen. Ein scharfer Geruch nach Säure und Tod wehte zu Skar herüber, und für einen winzigen Moment sah er Gowennas verätztes Gesicht vor sich.

Vela beendete ihre Unterhaltung mit Tantor, als Del und er näher kamen. Sie wandte sich ihm zu, scheuchte die Krieger, die in ihrer unmittelbaren Nähe standen, beiseite und trat dann mit einer genau überlegten Bewegung neben Del.

»Ich sehe, du hast dich erholt«, begann sie. »Verzeih, wenn deine Unterbringung nicht allzu bequem war. Aber wir sind hier nicht auf Besuch eingerichtet.«

»Die drei Tage sind noch nicht um«, sagte Skar. Plötzlich wollte er nichts als weg hier. Selbst der Gedanke an das finstere, feuchte Verließ und die Angst, die in ihm lauerte, erschien ihm nicht so schrecklich wie die Gegenwart Velas und ihrer Bestie.

»Selbstverständlich nicht«, sagte Vela. »Aber es ist . . . etwas geschehen, das mich bewogen hat, meine Pläne zu ändern. Wir werden diesen Ort verlassen, noch heute. Ich würde es begrüßen, deine Entscheidung vorher zu wissen.«

»Du kennst sie«, antwortete Skar. »Ich bin nicht Del. Du kannst mich in Stücke schneiden, wenn du willst, aber ich werde nie vor dir kriechen.«

Vela lächelte, aber es war ein Lächeln, das Skar einen eisigen Schauer über den Rücken laufen ließ. »Da wäre ich an deiner Stelle nicht so sicher«, sagte sie freundlich. »Aber bitte - ich habe dir drei Tage Bedenkzeit versprochen, und ich halte mein Wort. Der Weg nach Elay ist weit. Du hast noch Zeit genug, dir deine Entscheidung zu überlegen. Du -«

»Was ist mit Gowenna?« unterbrach Skar sie.

»Was soll mit ihr sein? Sie lebt. Noch.«

»Ich will sie sehen«, verlangte Skar. »Sie und die beiden Sumpfmänner.«

»Jetzt?«

»Jetzt«, bestätigte Skar. »Vorher sage ich kein Wort.«

Vela seufzte. »Wie edel! Der große Satai besinnt sich auf seine Rolle als Rächer der Hilflosen und Schwachen, wie? Aber wie du willst.« Sie gab Tantor einen Wink und fuhr, ohne sich zu dem Zwerg umzuwenden, fort: »Wir werden dicht an der Grenze zu Cosh vorüberkommen, wenn wir Tuan verlassen. Wenn du willst, lasse ich die beiden Sumpfmänner frei. Ich habe keine Verwendung mehr für sie.«

»Warum bringst du sie dann nicht um?« fragte Skar böse.

Vela überging die Beleidigung, ohne mit der Wimper zu zukken. »Es scheint dir Freude zu bereiten, mich für eine Mörderin zu halten«, sagte sie ruhig. »Aber ich bin keine. Ich töte nicht ohne Notwendigkeit.«

Skar starrte sie finster an. »O verzeih, ich vergaß. Du tötest nicht, du *läßt* töten. Aber der Unterschied ist nicht so groß, wie du denkst. Vielleicht klebt an meinen Händen mehr Blut als an deinen, aber ich habe niemals Männer um eines grausamen Effektes willen in den sicheren Tod geschickt.«

»Du meinst die Wächter der Brücke?« Vela machte eine wegwerfende Handbewegung. »Ja, ich erinnere mich – Tantor erzählte mir, daß du es für Mord hieltest.«

»Und wofür hältst du es?«

Der Drache knurrte; ein tiefer, grollender Laut, der den Boden unter seinen Füßen vibrieren ließ. Der gewaltige Schlangenhals senkte sich mit einer fließenden, raschelnden Bewegung, und der Blick seiner tückischen Augen richtete sich auf Skar, der unwillkürlich einen halben Schritt zurückwich.

»Du kennst diese Männer nicht«, antwortete Vela. »Ich habe jeden einzelnen meiner Krieger sorgsam ausgesucht. Es ist nicht einer unter ihnen, der nicht mindestens einen Mord begangen hätte. Sie sehen vielleicht aus wie Menschen, Skar, aber sie sind keine. Sie sind Dreck, Abschaum, für den der Tod noch zu schade ist. Ich habe die meisten aus Gefängnissen oder vom Strick freigekauft. Was spielt es für eine Rolle, wenn sie sterben?«

Skar resignierte. Es hatte keinen Sinn, mit Vela zu reden, nicht über dieses Thema und nicht jetzt. Sie sprachen zwei verschiedene Sprachen, und dort, wo sie sich vielleicht verstehen konnten, wollten sie es nicht. Er senkte müde den Kopf, drehte sich halb um und sah an Vela vorbei an der Kraterwand hinauf. Vela hatte so laut gesprochen, daß zumindest ein großer Teil der Krieger ihre Worte verstanden haben mußte. Aber keiner von ihnen zeigte auch nur die mindeste Reaktion.

»Wohin«, fragte er nach einer Weile, »gehen wir von hier aus?«

»Nach Elay«, antwortete Vela. »Auf dem direkten Weg – an Cosh vorbei, um das Gebirge herum und dann nach Norden.«

»Ein weiter Weg.«

»Wir haben Zeit. Ich habe ein Jahrzehnt gewartet – was machen da ein paar Monate für einen Unterschied?« Sie lachte, trat zu ihrem Drachen und schlug ihm wuchtig mehrmals hintereinander mit der flachen Hand an die Seite. Es klang, als hätte sie gegen Stahl geschlagen. Das Tier knurrte zufrieden, obwohl es die Berührung kaum gespürt haben konnte. Der Schädel auf dem unmöglich langen Schlangenhals beugte sich zu der Errish herab; das Maul klaffte auf. Ein scharfer, beißender Gestank wehte hinter seinen Sichelzähnen hervor. Seine Zunge, gespalten wie die einer Schlange und lang wie ein Männerarm, tastete nach Velas Gesicht, berührte es aber nicht.

»Siehst du, Skar«, sagte Vela im Plauderton. »Das ist Macht.« Sie schlug noch einmal mit der Faust gegen die grauen Schuppen des Ungeheuers, drehte sich um und lehnte sich lässig gegen die Flanke des Drachen. »Wie würde es dir gefallen, ein solches Ungeheuer zu beherrschen?«

Skar antwortete nicht, aber Vela schien auch gar nicht damit gerechnet zu haben. »Und das ist nur der Anfang«, fuhr sie fort. »Es wird nicht mehr lange dauern, dann liegt uns die Welt zu Füßen. *Uns,* Skar. *Dir und mir.* Ein Wort von dir genügt, und du herrschst an meiner Seite.«

Skar sah in Dels Gesicht. Die Züge des jungen Satai waren starr, von jener Ausdruckslosigkeit, hinter der sich mühsam aufrechterhaltene Beherrschung verbarg. Aber tief unter ihnen, unter der Oberfläche des Sichtbaren, schien ein großer, qualvoller Schmerz zu lodern. Und für einen Moment teilte Skar diesen Schmerz mit ihm, empfand er nichts mehr von dem Zorn und der Enttäuschung, die noch vor Augenblicken in ihm gewesen waren, sondern nur noch Mitleid.

Und trotzdem – oder vielleicht gerade deshalb, das blieb sich gleich – stieß er das Messer noch tiefer in die Wunde und drehte es herum. »Du hast es gehört, ja?« fragte er bewußt spöttisch und verletzend. »Sie bietet mir an, was *du* haben willst, Del.«

Del schwieg. Seine unverletzte Hand zuckte.

»Vielleicht hast du dich getäuscht, vorhin«, fuhr er fort. »Vielleicht dauert es nicht einmal mehr bis zum nächsten Sonnenaufgang, Junge. Ein Wort von mir genügt –«

»Ich unterbreche eure kleine Unterhaltung nur ungern«, fiel ihm Vela ins Wort, »aber du verschwendest deine Zeit, Satai. Del dient mir freiwillig, und er weiß, daß er den Platz an meiner Seite zwar einnehmen, aber niemals beanspruchen kann. Du siehst, ich bin ehrlich. So ehrlich, wie ich auch zu dir bin.«

Skar fuhr mit einer wütenden Bewegung herum. Aber er sagte nichts von alldem, was ihm auf der Zunge lag. Velas Worte waren nicht nur einfach hingeworfen – sie hatte sich jeden Satz, jede Betonung, ja, selbst jede kleine Geste überlegt. Alles was sie tat, war Berechnung, ein weiterer Zug in dem Spiel, das sie spielte. Sie *wollte* ihn verletzen, *wollte,* daß er sie haßte, mit aller Inbrunst, die er aufbringen konnte.

Das Geräusch schwerer, klirrender Schritte durchbrach das Schweigen. Eine Abteilung Soldaten trat in den Krater, in ihrer Mitte Gowenna und die beiden Sumpfmänner führend. Die beiden El-tra waren in Ketten; zusätzliche, aus Leder geflochtene Stricke fesselten ihre Füße, so daß sie sich nur mit winzigen trippelnden Schritten vorwärts bewegen konnten. Ihre Umhänge waren zerschlissen und verschmutzt. Gowenna selbst war nicht gebunden, aber von einem dichten Kordon von Kriegern umgeben. Die Abteilung blieb stehen, und der Anführer wandte sich mit einem fragenden Blick an Vela. »Bringt sie her!«

Die Reihe der Krieger teilte sich, und Gowenna stolperte, durch einen rüden Stoß in den Rücken vorwärts getrieben, auf Skar zu. Sie taumelte. Skar trat rasch einen Schritt vor, fing sie auf und hielt sie fest. Er spürte, wie ihre Glieder zitterten. Sie roch schlecht, nach Krankheit und Blut und ihrem eigenen Schmutz, und als sie den Kopf hob, sah Skar frische blutige Striemen auf der unverletzten Seite ihres Gesichtes.

Ein wütender Schmerz erwachte in seinem Inneren. »Ungeheuer«, flüsterte er. »Du verdammtes, seelenloses Ungeheuer. Du ... du hast sie foltern lassen.«

Vela lächelte kalt. Sie kam näher, maß Gowenna mit einem mitleidlosen Blick und gab ein kleines spöttisches Geräusch von sich. »Rührend«, sagte sie. »Ein wirklich herzergreifendes Bild.«

Skar fuhr mit einer so abrupten Bewegung herum, daß Gowenna vor Schmerz aufstöhnte. »Warum hast du das getan?« brüllte er.

»Wir hatten eine kleine ... Meinungsverschiedenheit«, sagte Vela achselzuckend. »Aber ich hoffe, unsere Diskrepanzen sind jetzt beigelegt. Nicht wahr, mein Liebes?« Sie lächelte zuckersüß, legte die Hand unter Gowennas Kinn und bog ihren Kopf in den Nacken, so daß sie sie ansehen mußte. »Wir sind wieder versöhnt, nicht?« Gowennas Lippen zuckten. »Ja ... Herrin«, flüsterte sie.

Skar hatte das Bedürfnis zu schreien, als er ihre Stimme hörte.

Sie hatte nichts mehr mit der Gowenna gemein, die er kannte. Das zitternde Bündel, das er in den Armen hielt, war nicht mehr die stolze Kriegerin, sondern ein gebrochener, verängstigter Mensch, der außer zu Furcht zu keiner anderen Regung mehr fähig schien. Er wußte nicht, was Vela ihr angetan hatte, aber nicht einmal zwei Tage hatten gereicht, sie zu zerbrechen.

»Genug«, sagte Vela in verändertem Tonfall. »Du wolltest sie sehen, und dein Wunsch wurde erfüllt. Aber ich werde großzügig sein – wir brechen in zwei Stunden auf. So lange könnt ihr euch von mir aus gegenseitig bemitleiden.« Sie trat zurück und klatschte in die Hände. »Bringt sie fort!«

Die Zelle war klein und fensterlos wie die, in der er die letzten beiden Tage gewesen war, aber sie hatten ihm wenigstens eine Fackel gegeben und Wasser und sauberes Tuch, um Gowennas Wunden zu versorgen. Es war nicht viel, was er tun konnte – die Striemen auf ihrem Gesicht und die Wunden auf ihrem Rücken waren oberflächlich, nicht mehr als Kratzer. Die wirkliche Wunde blieb unsichtbar, tief in ihr vergraben, eine Verletzung, die – wenn sie überhaupt wieder heilen würde – eine tiefe, schwärende Narbe auf ihrer Seele hinterlassen würde. Skar zog ihr Umhang und Unterzeug aus, versorgte die Striemen, die die Peitsche gerissen hatte, und wusch sie mit dem kleinen Rest schmutzigen Wassers, das ihm verblieben war. Ihre Kleider stanken unerträglich, und es kostete Skar ein großes Maß an Überwindung, wenigstens den gröbsten Schmutz zu entfernen und sie zu waschen. Er fragte Gowenna nicht, aber ihr Zustand zeigte ihm deutlich, daß sie während der letzten beiden Tage wie ein Tier gehalten worden war: gefesselt, geschlagen, unfähig, selbst die dringendsten körperlichen Bedürfnisse zu verrichten. Es war nicht so sehr geschehen, um ihr Schmerzen zuzufügen – wie er war Gowenna ein Mensch, dem Schmerz etwas Vertrautes war und der ihn ertragen konnte. Was sie nicht hatte ertragen können, war die Erniedrigung. Sie sagte es nicht, aber er las es in ihrem

Blick, in der reglosen, starren Art, in der sie dalag und teilnahmslos alles mit sich geschehen ließ.

Es dauerte fast eine Stunde, bis er fertig war und sie ihren Mantel wieder überstreifte. Danach saßen sie lange, wortlos und aneinandergeklammert in einer Ecke der Zelle. Gowenna weinte leise, aber auch ihre Tränen versiegten schon bald wieder.

Nach einer Weile hörten sie Schritte. Die Zelle wurde geöffnet, und ein Krieger brachte eine Schale mit frischem Wasser und trug das verschmutzte fort. Skar wartete reglos, bis sie wieder allein waren, dann lehnte er Gowenna behutsam gegen die Wand, nahm die Schale auf und setzte sie ihr an die Lippen.

»Trink«, sagte er. »Du mußt durstig sein.«

Gowenna versuchte es, aber ihre Lippen weigerten sich, ihrem Willen zu gehorchen, so daß sie das meiste verschüttete. Skar nahm ihr Gesicht in die Hand, öffnete ihren Mund mit sanfter Gewalt und zwang sie zu trinken. Erst als die Schale vollends geleert war, setzte er sie ab und nahm Gowenna erneut in die Arme. Sie zitterte, aber nicht vor Kälte, obwohl die Luft auch hier, tief unter der Erde, noch eisig war und ihr Atem in blassen Dampfschwaden kondensierte. Nicht einmal die Fackel spendete spürbare Wärme.

»Warum hat sie das getan?« fragte er leise. »Was ... was wollte sie von dir?«

Gowenna sah auf. Ihr Blick flackerte, und das Narbengewebe auf ihrem Gesicht schien für Augenblick von pulsierendem, abstoßendem Leben erfüllt zu sein.

»Sie hat ...« Ihre Stimme versagte, ging in ein würgendes Keuchen über. Sekundenlang rang sie qualvoll nach Atem, setzte sich dann mit einem Ruck auf und fing noch einmal an. »Es gab keinen Grund, Skar«, sagte sie. »Sie hat mir nicht eine einzige Frage gestellt. Keine Forderung. Nichts. Sie hat mich nur schlagen lassen. Schlagen, und ...« Wieder schwieg sie, und wieder dauerte es endlose Sekunden, bis sie die Kraft gefunden hatte, weiterzureden.

»Aber warum?« murmelte Skar. »Weil du dich ihr widersetzt hast? Aus Grausamkeit?«

Gowenna schüttelte den Kopf. »Nein. Ich glaube, sie ... sie hat es nur getan, um ... um dich zu treffen, Skar. Die Schläge galten dir, nicht mir.«

Skar senkte betroffen den Blick. Gowenna hatte nur ausgesprochen, was er schon lange gewußt hatte. Alles, was Vela inszenierte, diente nur einem einzigen Zweck: ihn zu quälen, seinen Haß zu wecken. Und er verstand auch, warum. Es war nicht er, dessen Hilfe sie brauchte. Er, Skar, war nur eine leere Hülle, der sie nicht mehr als Gleichgültigkeit entgegenbrachte. Sie wollte das Ding in seinem Inneren. Sein Dunkler Bruder war es, dessen Hilfe, dessen Macht sie brauchte, dieses Ungeheuer in ihm, das aus Haß geschaffen und nur durch Haß geweckt werden konnte. Sie hatte es einmal geweckt - versehentlich - und jetzt versuchte sie es wieder, aber diesmal, um es zu benutzen, sich seiner Macht zu bedienen. Und sie würde es schaffen. Irgendwann. Noch war er stark genug zu widerstehen, aber sie würde ihn weiter quälen, ihn erniedrigen und foltern, ihm seine eigene Hilflosigkeit so lange vor Augen führen, bis er aufgab, bis dieses Monstrum in ihm erneut und diesmal vielleicht endgültig erwachte. In einer blitzartigen Vision sah er sich selbst, hoch aufgerichtet und mit weit ausgebreiteten Armen, das Gesicht vor Qual verzerrt, hörte seinen eigenen, unmenschlichen Todesschrei, das ekelhafte Geräusch, mit dem seine Haut riß, sein Körper auseinanderklaffte wie ein trockener Kokon und ein neues, aus schwarzem Horn und Wildheit geborenes Wesen hervorbrach, den alten Skar vernichtend, zermalmend wie der Sturm ein trockenes Blatt ...

»Was will sie von dir, Skar?« fragte Gowenna leise.

Skar schüttelte den Kopf. »Nichts. Zumindest nichts, woran ich sie hindern könnte.« Er lachte; es war ein bitteres, metallisches Geräusch, das an den feuchten Wänden spöttische kleine Echos hervorrief.

Du hast verloren, Skar, wisperte eine Stimme in ihm, aber er wußte, daß es nicht wirklich sein Dunkler Bruder, sondern nur die Stimme seiner Einbildung war, etwas, das er hörte, weil er es hören wollte. *Der Kreis schließt sich. Du bist mit dem Gift in Berührung gekommen, als du die Höhlen unter der Nonakesh betreten hast, aber es wirkt langsam.*

»Wer bist du, Skar?« fragte Gowenna.

»Wer ich bin?« Skar schwieg einen Moment. »Ich wollte, ich wüßte es. Ich weiß nur, daß ich nicht tun werde, was sie von mir verlangt.«

»Doch, Skar«, widersprach Gowenna. »Das wirst du. Du willst es nicht, aber du wirst es tun. Man kann dieser Frau nicht widerstehen. Niemand kann es.«

Diesmal antwortete Skar nicht.

Erneut senkte sich Schweigen über sie, eine Stille ganz besonderer Art, jene Stille, in der man schreien, toben, irgend etwas *tun* will, es aber nicht kann. Wie in einem Alptraum, in dem man dazu verdammt ist, zuzusehen, alles mit sich geschehen zu lassen, hockte Skar da und war sich seiner Hilflosigkeit bewußt. Und er spürte, wie das dünne Gefühl von Haß in seinem Inneren wuchs, wie der Panzer aus Willenskraft und Selbstbeherrschung, den er über die Abgründe seiner Seele gestülpt hatte, brüchig wurde. Noch hielt er, aber Skar spürte bereits, wie das furchtbare Ding in ihm kräftiger wurde.

An der Tür entstand ein Geräusch. Der Riegel wurde zurückgeschoben. Ein schmaler Lichtstreifen fiel in die Zelle, dann huschte eine gebückte, zwergenhafte Gestalt zu ihnen herein.

Skar musterte den Zwerg kalt. »Was willst du?« fragte er. »Schickt dich Vela?«

Tantor zog hastig die Tür hinter sich zu, eilte zu ihnen herüber und ließ sich vor Skar auf die Knie sinken. »Hör jetzt auf«, zischte er leise, als hätte er selbst hier drinnen Angst, belauscht zu werden. »Wir haben nicht viel Zeit. Hört mir zu.«

Skar verzog spöttisch die Lippen. »Du kannst ruhig laut reden«, sagte er abfällig. »Vela weiß alles. Sie weiß, daß du mich« – er betonte die Worte auf ganz eigene Art – *»ins Vertrauen gezogen* hast.«

Tantor schüttelte ungeduldig den Kopf. »Ich weiß«, sagte er gehetzt. »Und deshalb bin ich hier. Ihr müßt fort!«

»Sicher«, sagte Skar. »In einer Stunde, oder –«

»Unsinn«, unterbrach ihn Tantor. »Ihr müßt fliehen, Skar. Aus dieser Festung gibt es kein Entrinnen, aber auf dem Weg nach Cosh wird sich eine Gelegenheit bieten.«

Skar schwieg, doch Tantor schien seinen Blick richtig zu deuten. »Ich weiß, was du jetzt denkst«, sagte er. »Aber so, wie die Dinge liegen, hast du gar keine andere Wahl, als mir zu vertrauen. Ich helfe euch.«

»Du?« fragte Skar überrascht. »Du willst uns helfen? Warum denn?«

»Du kennst die Gründe.« Tantor sprach schnell, gehetzt. Sein Blick irrte immer wieder zur Tür, und seine Hände vollführten kleine nervöse Bewegungen unter seinem Cape. »Sie ist wahnsinnig. Und sie wird erreichen, was sie will, wenn du länger in ihrer Nähe bist, Skar. Ich weiß nicht, wie du es hältst, aber ich will nicht sterben, und ich will auch nicht zu einem lebenden Toten werden wie ihre Krieger. Sie ... sie weiß, daß ich sie hintergangen habe, und sie wird mich dafür bestrafen. Wenn du länger in ihrer Nähe bist, wird ihre Macht ins Unermeßliche steigen.«

»Und wie soll das vonstatten gehen?«

»Laßt das meine Sorge sein«, antwortete Tantor. »Ich war bereits bei den Sumpfleuten und habe sie über meinen Plan informiert. Er ist riskant, aber wir haben nichts zu verlieren.«

Gowenna setzte sich mühsam auf. »Und welche Bedingung knüpfst du daran?« fragte sie. Ihre Stimme klang plötzlich ganz ruhig, aber Skar entging der angespannte Unterton in ihren Worten nicht.

»Nur eine«, sagte Tantor. »Ihr nehmt mich mit. Allein wird es keinem von uns gelingen, zu entkommen. Zusammen haben wir eine Chance.«

Skar nickte. »Dein Vorschlag hört sich gut an. Aber er hat einen Fehler – ich traue dir nicht.«

Tantor lachte. »Das ist dein Problem, Skar. Aber ich wüßte nicht, was du verlieren könntest – außer deinem Leben. Und glaube mir – wenn du bei Vela bleibst, wirst du bald nach dem Tod schreien.« Er zögerte, griff unter sein Cape und drückte Skar einen flachen Lederbeutel in die Hand. »Nimm das«, sagte er, »und versteck es gut. Sie wird dich in Ketten legen lassen. Wenn ich dir das Zeichen gebe, streust du den Inhalt auf das Metall und zählst bis hundert. Danach wird das Eisen für kurze Zeit brüchig werden, so daß du die Ketten sprengen kannst.«

Skar drehte den Beutel mißtrauisch in den Händen. »Was ist das?« fragte er. »Wieder eines von deinen Zaubermitteln?«

»Ich bin sowenig Zauberer wie du«, knurrte Tantor. »Ich verstehe nur ein wenig mehr vom Aufbau der Dinge. Und jetzt frag nicht weiter. Ich muß weg.«

Er wollte aufstehen und gehen, aber Skar hielt ihn mit einem raschen Griff am Umhang zurück.

»Auf ein Wort noch, Tantor«, sagte er.

Der Gnom knurrte ungeduldig und versuchte sein Cape loszureißen, aber Skar hielt weiter fest. Der Stoff ächzte hörbar. »Was?«

»Was geschieht, wenn unsere Flucht fehlschlägt – *falls* wir uns entschließen, zu flüchten?«

»Was soll geschehen? Sie wird uns alle töten. Mit Ausnahme von dir, vielleicht.«

»Und trotzdem hilfst du uns?«

»Quatsch«, sagte Tantor. »Ich helfe *mir,* Satai. Ich will weg von ihr, aber allein habe ich keine Chance. Der einzige Grund, aus dem ich euch helfe, ist, weil ihr mir helfen müßt. Ihre Krieger würden mich fassen, lange bevor ich irgendeine Stadt oder einen anderen sicheren Ort erreichen könnte. Die einzige Sicherheit im Umkreis von hundert Tagesritten bilden die Sümpfe von Cosh. Und ohne die beiden Sumpfbrüder hätte ich wohl keine große Aussicht, sie lebend zu durchqueren. Und die gehen nun einmal nicht ohne euch. Und jetzt laß los!«

Skar schüttelte abermals den Kopf. »Noch eine Frage, Tantor«, sagte er. »Warum dieser plötzliche Aufbruch?«

»Es ist kein Aufbruch«, murmelte Tantor. »Sie flieht.«

»Flieht?« wiederholte Skar verblüfft. *»Vela flieht?* Vor wem?«

»Das weiß ich sowenig wie du, Skar«, antwortete Tantor. »Doch bei Sonnenaufgang kam eine unserer Patrouillen zurück. Sie waren zu sechst, als sie aufbrachen, und nur zwei kehrten zurück. Ich weiß nicht, welche Kunde sie brachten – Vela ließ sie sofort zu sich bringen, und seither sind sie verschwunden. Aber kurz darauf begann sie mit den Vorbereitungen für den Abmarsch.«

»Vela flieht . . .«, wiederholte Skar nachdenklich. »Aber vor wem?«

»Vielleicht vor diesen Kreaturen, auf die wir unterwegs gestoßen sind«, vermutete Gowenna.

Tantor riß sein Cape nun endgültig los und wich mit zwei schnellen Schritten zur Tür zurück. »Wohl kaum«, sagte er. »Ich weiß sowenig wie ihr, welcher Gegner fähig sein sollte, Vela und ihrem Drachen Angst einzujagen. Und ich hoffe bei allen Göttern, die die Menschen Enwors jemals angebetet haben, daß ich es niemals herausfinde.« Damit wandte er sich endgültig um und verließ die Zelle. Der Riegel rastete ein, und die Schritte des Zwerges verklangen draußen auf dem Gang.

Skar drehte den Lederbeutel, den ihm Tantor gegeben hatte, unentschlossen in der Hand. Nach einer Weile kroch er - ohne sich die Mühe zu machen, für die drei Schritte aufzustehen - auf Händen und Knien zu Gowenna zurück.

»Was hältst du davon?« fragte er.

»Wovon? Von Velas Flucht oder von Tantors Angebot?«

»Von beidem«, murmelte Skar. »Mir erscheint das eine so unglaubhaft wie das andere.«

»Ich glaube nicht, daß es eine Rolle spielt, was ich oder du davon halten«, antwortete sie. »In einem hat Tantor recht - wir haben nichts zu verlieren. Vielleicht ist es ein neuer Trick von ihr, vielleicht nicht.«

»Ein neuer Trick? Du meinst - uns entkommen zu lassen, nur um uns später wieder einzufangen?«

»Warum nicht? Sie liebt grausame Spiele.« Gowenna stockte, sah an Skar vorbei in das blakende Feuer der Fackeln und tastete mit einer unbewußten Bewegung nach Skars Hand. Ihre Haut war kalt und trocken, und obwohl ihre Stimme in den letzten Minuten zunehmend kräftiger geworden war, spürte er, daß sie noch immer vor Schwäche zitterte.

Zu seiner Überraschung fuhr sie fort: »Wir sollten es tun.«

»Fliehen?«

Gowenna nickte. »Mehr als den Tod können wir nicht finden, Skar. Und ich sterbe lieber, statt weiter in ihrer Gewalt zu sein.«

Mehr als den Tod können wir nicht finden . . . Skar wiederholte den Satz ein paarmal in Gedanken, und mit jedem Mal, da er es tat, schienen die Worte spöttischer und unglaubhafter zu klingen. Mehr als den Tod ... Nein, *mehr* sicher nicht.

Aber war es nicht Gowenna selbst gewesen, die ihm gesagt hatte, daß es *Schlimmeres* als den Tod gab?

Wenig später wurden sie abgeholt von zwei Abteilungen der schwarzen Krieger, die Gowenna und ihn in verschiedene Richtungen davontrieben. Zu Skars Erstaunen führte ihn seine Eskorte nicht – wie er erwartet hatte – wieder zum Krater, in dem sich Velas Truppe auf den Aufbruch vorbereitete, sondern in die entgegengesetzte Richtung, tiefer ins Herz der unterirdischen Festung hinein. Wie schon beim ersten Mal verlor er nach wenigen Augenblicken die Orientierung; keiner der Gänge und Treppen, über die sie kamen, ähnelte dem anderen, und doch schienen sie auf schwer zu bestimmende Art alle gleich zu sein, so daß Skar nicht zu sagen wußte, ob er schon einmal in diesem Teil der Festung gewesen war oder nicht.

Sie hielten vor einer hohen, aus schwarzem Eisen geschmiedeten Tür. Einer seiner Begleiter deutete mit einer stummen Geste darauf und nickte aufmunternd, als Skar zögernd die Hand nach dem Riegel ausstreckte. Dahinter lag ein langgestreckter, niedriger Raum mit schwarzen Wänden und einer schweren, in der Mitte ein wenig nach unten gewölbten Decke, die fast den Eindruck erweckte, daß sie sich im Inneren eines gewaltigen steinernen Schiffes befanden. Hunderte von unterschiedlich großen und verschieden geformten Lampen und Leuchtern verbreiteten taghelles und doch mildes Licht, und ein schwerer, süßlicher Duft hing wie der Geruch eines exotischen Parfums in der Luft. Skar trat zögernd durch die Tür und sah sich mit einer Mischung aus Neugierde und Überraschung um. Ein Teil der Wand zur Linken war mit Vorhängen bedeckt; schwerer, wie Blei hängender Stoff, der mit kostbaren Stickereien und goldenen Borten verziert war; dahinter konnte man durch einen schmalen Spalt ein überbreites geschnitztes Bett mit weißem Laken und einer Unzahl bunter Kissen erkennen. Davor gruppierten sich Sessel und Sitzkissen und mehrere kleine, verspielte Tische in perfekt arrangierter Unordnung. Auf einem der Tische war ein Mahl vorbereitet. Es war eine winzige Insel der Behaglichkeit inmitten der bizarren Fremde der Festung, ein winziger Bereich menschlicher Zivilisation, der – trotz allem Prunk – die liebevolle Hand einer Frau erahnen ließ.

»Komm näher, Skar. Aber schließ die Tür hinter dir.«

Velas Stimme klang nur gedämpft hinter dem schweren Vorhang hervor. Trotzdem fuhr er erschrocken zusammen, drehte sich mit übertriebener Hast um und zog die schwere Tür ins Schloß.

Als er sich wieder umwandte, teilte sich der Vorhang, und Vela trat hervor. Sie trug noch immer das weiße Kleid wie am Morgen, hatte aber darüber einen ebenfalls weißen, knöchellangen Mantel aus Wolfsfellen geworfen, um sich vor der Kälte, die auch hier unten noch schmerzhaft zu spüren war, zu schützen. Ihr Haar fiel lose bis weit über die Schultern herab und war jetzt bar jeden Schmuckes.

»Tritt näher«, sagte sie freundlich.

Skar zögerte. Sein Blick tastete über den Vorhang. Vela lächelte. »Wir sind allein, wenn es das ist, was du fürchtest«, sagte sie mit einer einladenden Geste. »Überzeuge dich.«

Skar löste sich von seinem Platz, ging wortlos an ihr vorbei und schlug den Vorhang beiseite. Dahinter lag eine gut zehn Fuß tiefe und dreimal so breite Nische, in der sich außer dem Bett nur ein winziges, mit Flaschen und Schälchen übersätes Tischchen und ein hölzerner Schrank befanden.

»Unter dem Bett ist auch niemand«, sagte Vela spöttisch. »Und es gibt auch keine geheimen Türen in den Wänden. Wir sind wirklich allein.«

Skar ließ den Vorhang los und wandte sich wieder zu Vela um. »Allein«, sagte er. »So viel Mut hätte ich dir gar nicht zugetraut.« Er stand auf Armlänge vor ihr. Ein rascher Schritt würde genügen, sie zu packen.

Aber Vela schien nicht einmal eine leise Spur von Furcht zu empfinden.

»Vielleicht ist es auch Dummheit«, sagte sie spöttisch. »Oder aber ein Beweis meines Vertrauens. Nimm Platz.« Sie deutete auf den Tisch, setzte sich selbst auf einen der niedrigen, bequemen Stühle und deutete auf einen anderen.

»Du mußt hungrig sein. Und ein Schluck heißer Brühe wird dich aufwärmen.« Sie mimte ein Frösteln. »Es wird Zeit, daß wir hier wegkommen«, sagte sie. »Ich weiß schon kaum mehr, wie es ist, *nicht* zu frieren.«

Skar trat langsam, noch immer mißtrauisch, an den Tisch, setzte sich und griff auf eine weitere auffordernde Geste Velas hin nach der Tonschale mit dampfender Suppe. Vielleicht wäre es in seiner Situation angebrachter gewesen, nicht zu trinken, aber er war nicht in der Position – und schon gar nicht in der Stimmung – sich melodramatische Gesten leisten zu können, und der Geruch der Suppe erinnerte ihn daran, daß er seit Tagen nichts Anständiges mehr gegessen hatte. Er leerte die Schale zur Hälfte, setzte sie ab und griff nach dem Brot, das daneben lag.

»Es freut mich, daß es dir mundet«, sagte Vela, nachdem sie ihm eine Zeitlang schweigend beim Essen zugesehen hatte. Sie selbst rührte nichts an, sondern trank nur von Zeit zu Zeit aus einem winzigen, kristallgesäumten Zinnbecher.

»Was willst du?« fragte Skar. »Ist das jetzt die sanfte Tour?«

Vela lachte. »Wenn du es so nennen willst ... Aber ich müßte mich sehr in dir täuschen, wenn ich damit wirklich etwas erreichen würde. Nein.« Sie beugte sich vor, stützte den Ellbogen auf die Tischplatte und nahm eine Frucht auf, aß jedoch noch immer nicht. Skar roch den leisen Duft ihres Parfums, als sie sich vorbeugte. »Ich wollte nur mit dir reden, Skar. Vielleicht werden wir für lange Zeit keine Gelegenheit mehr haben, in Ruhe miteinander zu sprechen.«

»Ich wüßte nicht, was es zwischen uns zu besprechen gäbe«, sagte Skar. »Du hast gesagt, was du von mir willst. Und du kennst meine Antwort.«

Vela seufzte und biß nun doch in die Frucht. Ein winziger Tropfen rötlich schimmernden Saftes glitzerte auf ihren Lippen. Er sah aus wie Blut.

»Du bist ein seltsamer Mann, Skar«, sagte sie. »Ein Mann mit erstaunlichen Fähigkeiten, aber auch einer jener selten anzutreffenden Menschen, die ihre Grenzen kennen. Du weißt, wann du verloren hast. Warum gibst du nicht auf?«

Skar nahm sich eine weitere Scheibe Brot. Sein Hunger schien durch die wenigen Bissen, die er zu sich genommen hatte, erst richtig geweckt worden zu sein. Er sah starr an Vela vorbei zur gegenüberliegenden Seite des Raumes.

Trotz der schon fast zu hellen Beleuchtung fiel es ihm schwer, Einzelheiten zu erkennen. Ein unsichtbarer, wogender Schleier aus Nebel schien zwischen ihm und der Wand zu liegen. Es war, als wehre sich die fremdartige Architektur dieses Raumes dagegen, von Augen betrachtet zu werden, für die sie nicht geschaffen worden war.

»Es täte mir wirklich leid, wenn ich dich zerbrechen müßte, Skar«, fuhr Vela im Plauderton fort. »Aber ich muß es tun, wenn du mich dazu zwingst.«

»So wie du Gowenna zerbrochen hast?«

Velas Lächeln blieb unverändert, aber für einen kurzen Moment versteifte sich ihre Haltung. Dann hatte sie sich wieder in der Gewalt.

»Liebst du sie?« fragte sie.

Skar antwortete nicht.

»Oder glaubst du nur, sie zu lieben?« fuhr Vela fort. »Ich weiß – es geht mich nichts an, und ich werde mich auch nicht einmischen. Ich stehe zu meinem Wort – du kannst sie haben, wenn du willst. Ich schenke sie dir.«

»Hast du mich deshalb kommenlassen, um mich zu fragen, was ich haben will?« erwiderte Skar. »Ich bin nicht zu kaufen. Zumindest nicht für dich. Der Preis wäre zu hoch.«

»Das glaube ich sogar. Aber natürlich habe ich dich nicht deshalb gerufen.« Sie beugte sich noch weiter vor, schenkte Skars Becher, der halb geleert war, wieder voll und stellte den Krug mit einem Ruck auf den Tisch zurück.

»Ich habe dir ein Angebot gemacht, Skar«, begann sie, »öfter als einmal, und du hast es abgelehnt. Ich habe dich rufen lassen, um es zu wiederholen. Doch vorher möchte ich dir ein paar Dinge erzählen, die du nicht wissen kannst und die deine Entscheidung vielleicht noch beeinflussen.«

»Was?« fragte Skar. »Neue Lügen?«

»Lügen? Warum sollte ich lügen, Skar? Ich habe alles erreicht, was ich wollte. Ich habe dich, Del, den Stein - ich könnte dich zwingen, mir dienstbar zu sein, und du wärest sogar glücklich darüber. Warum also sollte ich lügen? Außerdem - ich kenne dich vielleicht besser als du dich selbst. Du bist kein Mann, den man belügen kann. Nicht auf Dauer.«

»Und warum tust du es dann nicht?« fragte Skar. »Warum zwingst du mich nicht, wenn du es angeblich kannst?«

»Hör mir zu, und du kommst vielleicht selbst auf die Antwort. Und denk auch einmal darüber nach, daß der Platz auf einem Thron sehr einsam sein kann.«

»Du hast Del.«

»Del!« Sie lachte wieder, aber diesmal klang es abfällig. »Er ist ein netter Junge, Skar, mehr aber nicht. Ich brauche einen Mann an meiner Seite.«

Skar sah an ihr vorbei auf den Vorhang, hinter der sich ihr Schlafgemach verbarg. Vela bemerkte seinen Blick. »Ja, Skar, auch dafür. Aber nicht nur.«

Es war absurd. Sie saßen hier in den Ruinen eines Volkes, das untergegangen war, bevor es Menschen gab, waren Feinde, die sich gegenseitig mit Freuden umbringen würden, wenn sie die Gelegenheit dazu hätten, und trieben Konversation. »Komm zur Sache«, sagte er. »Was genau willst du?«

Vela wirkte für die Dauer eines Lidzuckens enttäuscht, und sie gab sich nicht einmal Mühe, dieses Gefühl zu verbergen. »Ich will dir die Geschichte des Volkes von Tuan erzählen«, sagte sie nach einer Weile. »Des Volkes, das Urcóun erbaute, Combat und Tuan und viele andere Orte, die heute nur noch in Legenden leben. Manche nicht einmal mehr dort.«

»Und du glaubst, das würde mich interessieren?«

Vela überging seine Frage. »Del erzählte mir von Urcóun«, fuhr sie fort. »Wie lange wart ihr dort?«

Skar sah sie irritiert an. »Nicht ... lange«, antwortete er stokkend. »Eine Nacht und einen halben Tag.«

»Aber lange genug, um zu begreifen, daß es keine Menschen waren, die diese Stadt erbauten, nicht? Sowenig, wie die Erbauer

Tuans Menschen waren. Jedenfalls glaubt ihr das. Alle glauben es. Aber es stimmt nur zum Teil.«

»Legenden«, sagte Skar abfällig.

Vela lächelte. »So wie Combat und Tuan, ja. Was muß noch geschehen, bis du bereit bist, zuzugeben, daß die alten Lieder die Wahrheit sagen?«

Skar schwieg, und Vela fuhr, nach einer weiteren, lang anhaltenden Pause, fort: »Du weißt, daß wir lange nach dir gesucht haben, Skar. Nach einem Mann wie dir, um genauer zu sein. Einem Mann oder einer Frau. Zuerst war es Gowenna, die ich fand. Ich dachte, sie wäre die Richtige, aber ich habe mich geirrt. Trotzdem war sie von allen, die ich nach Combat sandte, die, die am weitesten kam. Du wirst mich verstehen, wenn ich dir die Geschichte der Alten erzähle – soweit ich sie kenne.« Sie lehnte sich, den Trinkbecher mit einer graziösen Geste haltend, zurück und machte mit der freien Hand eine weit ausholende Geste, perfekt wie die lange geübte Bewegung einer Tänzerin und doch leicht und natürlich. *Wie schön sie ist,* dachte Skar. »Diese Welt, Skar, war nicht immer so, wie wir sie kennen. Vor uns lebten andere Völker hier, und vor diesen wieder andere. Das Leben kommt und geht, aber ich glaube, es ist ein Naturgesetz, daß niemals Leere zurückbleibt, sondern das Alte immer wieder von neuem ersetzt wird. Unsere Geschichte reicht lange zurück, aber es gab bereits Menschen hier, lange bevor die Berge entstanden sind und die Meere sich mit Wasser gefüllt haben. Und eines dieser Völker, vielleicht das erste, vielleicht auch nur eines in einer unendlichen Kette, waren die Alten, die, die wir heute Götter nennen. Niemand weiß mehr, wie sie ausgesehen haben, wie und was sie gedacht haben. Ich habe mich lange mit ihnen beschäftigt, doch nicht einmal ich weiß wirklich, wer sie waren. Aber ich glaube, sie waren uns ähnlich. Vielleicht nicht im Aussehen, aber in ihrer Art zu leben. Sie waren ein altes Volk, Skar, alt, weise und mächtig. Ihre Macht war so groß, daß sie nach den Sternen griffen und in gewaltigen stählernen Schiffen zu ihnen hinauffuhren. Und so, wie sie dorthin gingen, kamen andere Wesen von anderen Welten hierher. Viele kamen, die meisten gingen wieder, aber einige blieben auch und bauten Städte wie Urcóun oder Tuan. Sie . . . brachten ihre Welt auf die unsere, ein winziges Stückchen nur, aber genug, um hier zu leben und wenigstens die Illusion zu haben, zu Hause zu sein. Ich weiß nicht, wie lange es gedauert hat - vielleicht nur wenige Jahrzehnte, vielleicht Äonen. Doch irgendwann, eines Tages, geschah etwas; vielleicht war es Machtgier und Haß wie bei uns, vielleicht waren es auch Gründe, die mit ihren Städten versunken sind und uns immer verborgen bleiben werden. Es kam zum Krieg. Zum Krieg zwischen den Alten und den Wesen von jenseits der Sterne.«

Skar runzelte die Stirn. Velas Worte erschienen ihm im ersten Augenblick lachhaft, und doch ... waren nicht die Feuerkinder Combats Wesen aus Licht und Hitze, winzige Söhne und Töchter der Sonne, und war ihm nicht selbst schon der Gedanke gekommen, daß all das - Tuan, Combat, all die Dinge, die er gesehen und gespürt hatte - nichts mit dieser Welt gemein hatten? Aber er schwieg und hörte weiter zu.

»Es war ein Krieg, der mit Waffen geführt wurde, die wir uns heute nicht mehr vorzustellen vermögen. Sie setzten den Himmel in Brand und schmolzen die Sterne, und ganze Länder versanken in den Meeren. Die Alten waren stark, Skar, aber die Fremden von den Sternen waren ebenso stark, und während sie sich beide in ihren uneinnehmbaren Festungen verkrochen, verbrannte dieser Planet zu Asche. Schließlich gab es nur noch Combat, die letzte Bastion der Alten, eingekesselt von einem Belagerungsring der anderen: Tuan. Als die Alten begriffen, daß sie diesen Krieg nicht mehr gewinnen konnten, schufen sie eine letzte, finale Waffe. Sie versuchten sich an der Schöpfung selbst, und vielleicht war es das, was ihnen den Untergang brachte.«

Sie schwieg, und Skar spürte, daß sie jetzt irgendeine Frage von ihm zu erwarten schien, aber er blieb weiter stumm. Ein seltsames Gefühl des Unbehagens hatte ihn ergriffen, während er Velas Erzählung lauschte.

»Sie veränderten einige der Ihren«, berichtete Vela weiter. »Sie versuchten, Frauen ihres Volkes mit Gefangenen der Fremden zu kreuzen, um ein Wesen zu erschaffen, das gleichermaßen zu beiden Völkern gehörte - vielleicht die einzige Möglichkeit, Frieden zwischen zwei Völkern zu finden, die einander einfach zu fremd waren, um nebeneinander existieren zu können. Aber die endgültige Auseinandersetzung kam, bevor ihr Vorhaben Erfolg hatte, und beide Völker gingen unter. Du hast es gesehen. Tuan zerschmolz zu Glas, und Combat begann zu brennen.«

»Und was hat das alles mit mir zu tun?« fragte Skar. Seine Stimme klang belegt.

»Nicht alle starben«, sagte Vela. »Ein paar von ihnen überlebten. Nur wenige – vielleicht fünfzig, verteilt über den ganzen Planeten. Sie vergaßen ihr Erbe und ihre Herkunft, aber sie lebten weiter.«

Skar saß starr da, unfähig zu denken, sich zu rühren. Er wußte, was Vela sagen würde. Und er wußte, daß es die Wahrheit war.

»Ihre Nachkommen lebten weiter unter den Menschen«, fuhr sie fort. »Unerkannt, ohne selbst zu wissen, welches Erbe sie in sich trugen. Aber die Alten hatten vorgesorgt – ich sagte dir, daß sie ein weises Volk waren, trotz allem. Sie sorgten dafür, daß Combats Wächter ihre Kinder erkannten. Nur einem von ihnen sollte es möglich sein, das Herz der Stadt zu stehlen. Deshalb habe ich dich gesucht, Skar, dich und andere, von denen ich glaubte, sie trügen das Erbe der Alten in sich.«

»Das ist . . .«

»Sag jetzt nichts«, unterbrach ihn Vela hastig. »Überlege – Del hat mir alles erzählt, alles, was euch widerfahren ist, als ihr in Urcóun und Went wart. Glaubst du wirklich, es war alles Zufall? Warum, glaubst du, warst du der erste, dem es gelang, in die Hogerhöhlen einzudringen? Der erste, der den Biß eines *Khtaám* überlebte? Zufall?« Sie schüttelte den Kopf. »Ich habe viel erlebt, Skar, und ich bin zu dem Schluß gekommen, daß es so etwas wie Zufall nicht gibt. Wir mögen vieles nicht verstehen, aber es folgt alles einem Plan.«

»Unsinn«, murmelte Skar. »Das sind doch alles nur Geschichten. Ammenmärchen.« Aber seine Worte waren nur Ausdruck der Furcht, die Vela in ihm geweckt hatte. »An mir ist nichts Besonderes, Vela. Ich bin ein Mensch, mehr nicht.«

Vela trank einen Schluck und setzte den Becher ab. Ihr Wolfsfellmantel raschelte leise, und wieder spürte er den betörenden Duft ihres Parfums.

»Ich verstehe, daß du mir nicht glaubst«, sagte sie nachsichtig. »Aber ich wollte dir all dies sagen, bevor wir aufbrechen. Ich glaube, ich war es dir schuldig.« Sie stand auf, blieb fünf, sechs Sekunden reglos neben dem Tisch stehen und ging dann, sehr langsam, auf ihr Schlafgemach zu.

»Komm«, sagte sie.

Skar erhob sich. Die Bewegung kam nicht aus ihm heraus; seine Glieder gehorchten ohne, vielleicht sogar gegen seinen Willen, und er fühlte sogar einen schwachen Anflug von Entsetzen, während er hinter Vela auf das breite Bett zuging. Trotzdem war er unfähig, sich zu wehren. Und schon nach wenigen Augenblicken wollte er es auch gar nicht mehr. Sein Widerstand schmolz dahin, mit jedem Schritt, den er ihr näher kam, und als er vor ihr stand, schien sein Denken ausgelöscht.

Sie drehte sich um, warf den Fellmantel mit einer graziösen Bewegung von den Schultern und streifte ihr Kleid ab. Darunter war sie nackt. Und sie war schön. Schöner als jede Frau, die Skar jemals zuvor erblickt hatte. Er trat auf sie zu, streckte die Hände aus und blieb in einer letzten verzweifelten Anstrengung stehen. Aber es war sinnlos.

»Wehr dich nicht, Skar«, sagte Vela leise. »In dem Wein war ein Aphrodisiakum. Nimm es als Geschenk.«

Skar schloß die Augen. Seine Hände begannen zu zittern. Er machte einen Schritt, blieb noch einmal stehen und berührte sie. Ihre Haut war kühl, glatt und so angenehm wie polierter Marmor, und ein unsichtbarer elektrischer Funke schien auf ihn überzuspringen, als er sie berührte. Sie preßte sich an ihn, löste die Spange, die seinen Umhang zusammenhielt, und tastete mit geschickten Fingern nach den Schnallen seines Harnisches. Er zitterte, gleichermaßen vor Begierde wie in dem verzweifelten und vergeblichen Versuch, sich noch zur Wehr zu setzen.

»Hexe«, murmelte er. »Du –«

Vela legte ihm den Finger auf die Lippen, stellte sich auf die Zehenspitzen und küßte ihn. Ihre Arme schlossen sich um seinen Hals, zogen ihn, sanft und doch kraftvoll, zu ihr herab auf das kühle Leinen des Bettes.

Und irgendwann hörte er auf, sich zu wehren.

Bei den letzten Strahlen der untergehenden Sonne brachen sie auf. Skar war nach Stunden, wie es ihm vorkam, eingeschlafen, erschöpft, ausgelaugt und von jener wohligen Mattigkeit erfüllt, die er zu lange vermißt hatte, neben sich den schlanken, alabasterweißen Körper Velas. Erwacht war er allein. Der zerschlissene Fetzen, den er während der letzten Wochen als Umhang getragen hatte, war verschwunden. Statt dessen hatte er ein neues, dunkelrotes Cape vorgefunden. Es war bestickt mit einem komplizierten Muster, das ihn an manche der Reliefs erinnerte, die er auf den Wänden der Festung gesehen hatte und, je nachdem, wie er den Stoff bewegte, von geheimnisvollem eigenem Leben erfüllt zu sein schienen. Außerdem entdeckte er frische Wäsche und neue, aus einem ihm unbekannten Material gefertigte Stiefel, die so genau paßten, als wären sie eigens für ihn gemacht worden. Von seinen eigenen Kleidern war nur der zerschrammte Lederharnisch und der Waffengurt geblieben.

Aber der war nicht mehr leer. Aus der schmalen, lederbezogenen Metallscheide ragte der Griff seines *Tschekal,* und in den Seitentaschen blitzten die rasiermesserscharfen Zähne seiner *Shuriken.* Skar überlegte lange, was diese Geste zu bedeuten hatte – ein Versehen? Wohl kaum. Und auch kaum ein Zeichen dafür, daß Vela das, was geschehen war, als eine Art Versöhnung betrachtete, denn das war es nicht. Aber er kam zu keiner befriedigenden Lösung. Wie fast alles, was die *Errish* tat, blieben ihm ihre Gründe verborgen; vielleicht gab es auch keine. Vielleicht tat sie vieles nur, um ihn zu verwirren. Daß er seine Waffen hatte, bedeutete nichts, allenfalls eine Geste. Er war allein mit ihr gewesen, so allein, wie zwei Menschen nur sein konnten, und so dicht bei ihr, wie er nur sein konnte, und sie hatte vom ersten Moment an gewußt, daß er die Situation nicht ausnutzen würde. Nicht konnte, verbesserte er sich in Gedanken. So wie die Male zuvor war es ihm unmöglich gewesen, auch nur ernsthaft an einen Angriff auf sie zu denken. Sie war unantastbar, vielleicht sogar unverwundbar; der König in einem Schachspiel, der bedroht, nicht jedoch geschlagen werden konnte.

Er schnallte den Gurt um, legte den Umhang um die Schultern

– trotz seiner barbarischen Pracht und der Dicke des Stoffes war er überraschend leicht und angenehm auf der Haut zu tragen – und nahm noch eine Handvoll Früchte aus der Schale, die noch immer auf dem Tisch stand, ehe er den Raum verließ. Die Soldaten, die ihn hierhergeleitet hatten, warteten noch immer reglos auf dem Gang. Stumm gaben sie ihm mit Gesten zu verstehen, daß er ihnen zu folgen hatte, und führten ihn nach draußen.

Ein seltsames Hochgefühl überkam ihn, als er in den Krater hinaustrat und Velas Armee, gesattelt und bereit zum Aufbruch, vor sich sah. Für einen Moment, einen winzigen Moment nur, spürte er einen schwachen Hauch dessen, was ihm Vela hatte begreiflich machen wollen: Macht. Er fühlte, daß jeder, jeder einzelne dieser schwarzen, von Stahl und Leder gepanzerten Krieger *ihm* gehörte, spürte die Macht, die er mit einem einzigen Wort haben konnte. Aber dann sah er eine gebückte, in ein zerfetztes graues Gewand gekleidete Gestalt, und das Gefühl der Euphorie zerplatzte wie eine Seifenblase. Zurück blieb nur Leere. Leere und ein bitterer Geschmack auf der Zunge.

Für die Dauer eines Herzschlages kreuzten sich ihre Blicke, und als er in Gowennas Gesicht sah, spürte er, daß sie genau wußte, was geschehen war. Es war kein Vorwurf in ihrem Blick, nicht einmal Bedauern. Aber vielleicht war es gerade das, was ihn so schmerzte.

Mit einem Mal kam ihm das prächtige Gewand, das er trug, schäbig vor, und die Waffe an seiner Seite erschien ihm nur noch wie höhnischer Spott.

Er wandte sich mit einem Ruck um und ging zu dem Pferd, das zwei der Krieger für ihn bereithielten. Wie auf dem Weg hierher war er von Gowenna und den Sumpfmännern getrennt, obgleich er kaum mehr das Gefühl hatte, ein Gefangener zu sein. Er stieg in den Sattel, setzte die Füße in die wuchtigen Steigbügel und sah sich neugierig um. Weder von Vela und ihrem Drachen, noch von Del oder dem Zwerg war irgendwo eine Spur zu entdecken, und bis auf ein gelegentliches nervöses Schnauben oder Hufscharren war es beinahe geisterhaft still in dem tiefen, vom Licht der sinkenden Sonne in Blut getauchten Krater. Er versuchte einen weiteren Blick von Gowenna zu erhaschen, aber sie befand sich nahezu am entgegengesetzten Ende der abmarschbereiten Kolonne und war nicht mehr als eine winzige Gestalt zwischen den anderen.

Schließlich, ohne daß er ein Zeichen oder einen Ruf bemerkt hätte, brachen sie auf. Die Kolonne setzte sich träge wie ein gewaltiges, vielgliedriges Tier in Bewegung und kroch, nunmehr in umgekehrter Richtung, die Rampe empor.

Die Sonne berührte den Horizont, als sie den oberen Rand der Kraterstadt erreichten, aber vor der blutroten Scheibe erhob sich ein gewaltiger grauer Schatten, und der Wind brachte den Geruch von Säure und Tod mit sich.

Tantors Worte fielen ihm wieder ein: ›Es ist kein Aufbruch, sondern eine Flucht . . .‹ Er drehte sich im Sattel herum und sah zurück nach Norden, dorthin, wo sie hergekommen waren und wo Combats Feuer - nun unsichtbar - noch immer hinter dem Horizont loderte, und für einen ganz kurzen Augenblick glaubte er, einen winzigen hellodernden Punkt irgendwo zwischen sich und der dunstigen Linie der Berge zu erkennen. Aber als er genauer hinsah, war der Punkt verschwunden. Und Skar war sich nicht einmal sicher, ob er ihn wirklich gesehen hatte.

Es *war* eine Flucht.

Während der nächsten vier Tage ritten sie stur weiter nach Westen, zwölf, manchmal vierzehn, fünfzehn Stunden am Tag, so lange, bis die Pferde einfach vor Erschöpfung stehenblieben und auch mit Gewalt nicht mehr dazu zu bringen waren, noch einen Schritt zu tun. Ihr Tempo wurde von dem des Staubdrachens bestimmt, und sie ritten schnell, sehr schnell. Die Bewegungen des grauen Giganten wirkten auf den ersten Blick schwerfällig, aber ein einziger Schritt seiner gewaltigen schuppigen Beine trug ihn zehn, fünfzehn Fuß weiter, und trotz seiner ungeheuren Masse schien er weder Müdigkeit noch Erschöpfung zu kennen. Dafür forderte der erbarmungslose Marsch einen um so höheren

Tribut von Velas Männern; zuerst nur einer, dann mehr - fünf, zehn, vielleicht ein Dutzend - sanken entweder erschöpft aus den Sätteln oder blieben, wenn sie morgens nach einer viel zu kurzen Rast weiterzogen, einfach liegen, um zu sterben, und auch Skar spürte, wie ihn seine gerade neu gewonnene Kraft wieder verließ. Er sprach während der ganzen Zeit kein Wort mit Gowenna, Eltra, Del oder Vela - sowohl während des Rittes als auch nachts wurde er höflich und respektvoll, aber unnachgiebig, von den anderen abgeschirmt; lediglich Tantor tauchte ein paarmal in seiner Nähe auf, wechselte jedoch nur einige belanglose Worte mit ihm und beschränkte sich im übrigen auf gelegentliche verschwörerische Blicke, ein Verhalten, das Skar mehr und mehr lächerlich vorkam.

Ihre Umgebung veränderte sich zusehends. Die Ruinen wurden weniger, und oft ritten sie über weite, öde Flächen, die nur hier und da von Büschen der sonderbaren Kristallgewächse bewachsen waren. Erst am Mittag des vierten Tages - sie mußten mittlerweile an die zweihundert Meilen zwischen sich und die Hellgor gebracht haben - sah Skar einen Schatten am Horizont, der im Lauf des Tages zu einer gewellten, blitzenden Linie heranwuchs; ein ungeheurer kristallener Wald der gläsernen Büsche, ineinander verfilzt und so unübersteigbar wie eine Mauer scharfgeschliffener Säbel.

Seine Grenzen reichten weiter, als Skar sehen konnte, und die Kolonne schwenkte kurz vor ihm von ihrem Kurs ab und bewegte sich in westlicher Richtung weiter. Nicht einmal Vela mit ihrem Staubdrachen schien es sich zuzutrauen, dieses Labyrinth aus tödlichen Glasdolchen und Speeren zu durchbrechen.

Es waren vielleicht noch drei Stunden bis Sonnenuntergang, als Tantor sein Pferd neben das Skars lenkte.

»Wir nähern uns den Grenzen Tuans«, sagte er. »Bist du bereit?«

»Bereit? Wozu?«

Tantor knurrte ärgerlich. »Hör auf, den Dummen zu mimen, Skar. Wenn wir jetzt nicht fliehen, dann nie.« Er deutete mit einer Kopfbewegung auf die schimmernde Kristallwand, an der sie in einem Abstand von weniger als einer halben Meile entlangritten.

»Hinter jenem Wald liegt die Grenze zu Cosh«, sagte er. »Wenn wir es schaffen, ihn zu durchqueren, sind wir in Sicherheit.«

Skar sah sich mit einem demonstrativen Blick um. Die Truppe war zusammengeschmolzen, aber sie waren noch immer eingekreist von mehr als siebzig Kriegern, Vela und ihren Drachen nicht mitgerechnet. Und sein Pferd hatte, ebenso wie die der anderen, mit Sicherheit nicht mehr die Kraft, eine vielleicht Stunden währende Verfolgungsjagd durchzuhalten.

»Dort hindurch?« fragte er zweifelnd. »Weißt du vielleicht auch einen Zauber, der uns einen Weg durch dieses Labyrinth bahnt, ohne daß wir aufgespießt und zerschnitten werden?« Er war ganz ruhig. Tantors Worte schienen ihm seltsam irreal, und obwohl er während der letzten vier Tage an fast nichts anderes gedacht hatte als daran, wie er fliehen konnte, fehlte ihm jetzt jede Beziehung dazu.

»Der Wald ist nicht so dicht, wie es scheint«, murmelte der Zwerg. »Wir werden eine Schneise erreichen, wenige Meilen weiter im Westen. Sei bereit.«

»Bereit . . .« Skar lachte. »Willst du Velas Staubdrachen dazu überreden, ein Schläfchen zu halten?«

»Die Sumpfmänner werden sich um das Tier kümmern«, gab Tantor zurück. »Deine Aufgabe ist es nur zu reiten, Skar. Wenn wir den Waldrand lebend erreichen, haben wir eine Chance.« Er sah Skar scharf an. »Nun?«

Skar zuckte mit den Achseln. »Es ist dein Hals, den du riskierst«, sagte er gleichmütig. »Du bist ein seltsamer Mann, Tantor – erst setzt du alles daran, mich in deine Gewalt zu bekommen, dann rettest du uns, nimmst mich wieder gefangen und riskierst schließlich dein Leben für uns.«

»Ich riskiere es nicht für euch«, widersprach Tantor. »Nenne es einen Handel, wenn es dir lieber ist. Ich helfe euch, und ihr helft mir. Aber mir scheint, du hast keine rechte Lust mehr dazu, Skar.«

»Es wird nicht klappen«, gab Skar ruhig zurück. »Vela weiß, was wir vorhaben.«

Er hatte damit gerechnet, daß Tantor Schrecken oder wenigstens Überraschung zeigen würde, aber der Zwerg blieb ruhig. »Sie mag es ahnen«, sagte er, »aber . . .«

SCHABERICH 7/83

»Sie *weiß* es«, beharrte Skar. »Erinnerst du dich an den Beutel, den du mir gegeben hast?« Er nahm die Hände von den Zügeln und legte die Gelenke übereinander, als wäre er gefesselt. »Für den Fall, daß sie mich in Ketten legen würde?«

Tantor nickte. »Hast du ihn noch?«

»Nein. Aber ich bin ziemlich sicher, daß Vela ihn hat. Sie ließ mir neue Kleider geben –«

»Das sehe ich«, knurrte Tantor.

»Und meine alten entfernen«, fuhr Skar unbeeindruckt fort. »Sie müßte schon blind sein, ihn übersehen zu haben. Und dumm, nicht die richtigen Schlüsse daraus zu ziehen. Leider ist sie weder das eine noch das andere.«

»Sicher nicht. Und gerade darauf baue ich. Natürlich weiß sie, daß ich euch zur Flucht verhelfen will. Sie soll es wissen.«

Diesmal war Skar ehrlich überrascht.

Auf Tantors Gesicht erschien ein überlegenes Lächeln. »Du glaubst, Vela wäre die einzige, die sich darauf versteht, Intrigen zu spinnen?« fragte er. »O nein, Skar. Sie weiß, was ich vorhabe, aber der einzig mögliche Ort für eine Flucht wäre die Grenze zu Cosh, fünfzig Meilen weiter im Westen. Hier zu fliehen ist beinahe Selbstmord. Deshalb habe ich gerade diesen Ort ausgewählt. Wenn wir eine Chance haben, dann hier, wo es aussichtslos zu sein scheint.«

Skar schwieg einen Moment. »Ihr seid ein seltsames Volk, ihr Zwerge«, murmelte er.

Tantor machte ein ordinäres Geräusch. »Wir sind keine Zwerge«, sagte er. »Ihr seid Riesen. Und bevor du fragst – wir leben auf einer verbotenen Insel im Nebelmeer und verspeisen nichtsahnende Reisende, die sich an unsere Küsten wagen. Willst du sonst noch etwas wissen?«

»Ja«, antwortete Skar ernsthaft. »Wie willst du denn Gowenna und die beiden Sumpfleute mitten aus den Kriegern herausholen?«

»Laß das meine Sorge sein«, antwortete Tantor. »Achte auf den Wald. Und wenn ich dir das Zeichen gebe, dann reite, als wären sämtliche Geister Tuans hinter dir her.«

»Wer weiß«, murmelte Skar, »vielleicht sind sie es sogar.«

Tantor musterte ihn mit einem seltsamen Blick, zwang sein Pferd herum und ritt ohne ein weiteres Wort zu seinem Platz am Ende der Kolonne zurück. Skar widerstand der Versuchung, sich umzudrehen und ihm nachzublicken. Noch immer erschien ihm der Gedanke, fliehen zu wollen, direkt lachhaft, vielleicht gerade *weil* es die einzig logische Konsequenz aus seiner Situation war. Er sah nach links und versuchte Einzelheiten hinter der Wand aus Glas und Kristall zu erkennen, die den Rand des versteinerten Waldes markierte, aber alles, was er sah, waren silberne Schatten und ein gelegentliches Blitzen, wenn sich ein Lichtstrahl tiefer ins Innere des Kristallwaldes verirrte. Tantor mochte durchaus recht haben - wenn es ihnen gelang, den Wald zu erreichen, hatten sie eine Chance. In einer Umgebung wie dieser konnten sie sich selbst gegen eine hundertfache Übermacht behaupten - wenn sie sie nicht vorher selbst umbrachte.

Er lockerte seinen Umhang, rückte ihn zurecht, daß er ihn beim Reiten nicht behindern würde, und schloß die Spangen sorgfältig wieder. Seine Hand tastete nach dem Schwert, führte die Bewegung jedoch nicht zu Ende. Er würde die Waffe nicht brauchen - nicht einmal brauchen *dürfen,* wenn er Erfolg haben wollte. Die Übermacht war zu groß, als daß er sich auf einen wie auch immer gearteten Kampf einlassen konnte.

Ihr Vorankommen erschien ihm plötzlich quälend langsam, und der kristallene Wald war in seiner Gleichförmigkeit so monoton, daß Skar für Momente glaubte, gar nicht vom Fleck zu kommen.

Es schien Stunden zu dauern, bis die Stelle, von der Tantor gesprochen hatte, endlich vor ihnen auftauchte. Sie sah aus wie eine halbierte Lichtung; eine gewaltige, halbrunde Bresche, an den Rändern scharfzackig ausgebrochen, als hätte ein Gigant ein Stück aus dem Wald herausgebissen. Skar sah, daß der Boden da, wo sich vorher Wald befunden hatte, aufgebrochen und geborsten war; eine Landschaft aus Kratern und jäh aufklaffenden Rissen, auf der ein Reiten beinahe unmöglich sein mußte. Tantor hatte recht, dachte er grimmig: An dieser Stelle einen Fluchtversuch zu wagen, grenzte dicht an Wahnsinn.

Er drehte sich nun doch im Sattel um und hielt nach dem Zwerg

Ausschau. Tantors rotes Cape war nicht mehr als ein hüpfender Farbklecks zwischen dem blitzenden Schwarz der Rüstungen; er konnte nicht genau erkennen, was er tat, meinte jedoch eine allmählich stärker werdende Unruhe unter den Kriegern wahrzunehmen, ohne daß er diesen Eindruck im einzelnen begründen konnte.

Vielleicht spürten Menschen und Tiere auch nur, daß das Ende ihrer verzweifelten Odyssee nahte.

Die Lücke im Waldrand kam langsam näher, aber das Zeichen, von dem Tantor gesprochen hatte, blieb aus. Skar spürte nun doch eine – wenn auch nur leise – Nervosität, und er ertappte sich selbst ein paarmal dabei, wie er unsicher in die Runde blickte und Bewegungen und Position der Krieger zu seiner Linken taxierte.

Ein heller, erschrockener Aufschrei ließ ihn herumfahren. Am hinteren Ende der Kolonne entstand Aufregung, Tumult. Ein Pferd bäumte sich auf, dann noch eines, irgend etwas stürzte mit dumpfem Geräusch zu Boden, und ein Mann schrie. Für einen Moment sah Skar eine graue, schattenhafte Gestalt, die in ein verzweifeltes Handgemenge mit einem Krieger verwickelt war. Dann begruben Soldaten den Sumpfmann regelrecht unter sich. Skar spannte sich.

»Noch nicht!« zischte eine Stimme neben ihm. Skar sah auf und erblickte Tantor. Der Zwerg war neben ihm aufgetaucht, ohne daß er es bemerkt hatte.

»Schöner Fluchtversuch«, sagte Skar. »War das dein phantastischer Plan?« Seine Stimme zitterte. »Sollen sich die beiden El-tra opfern, nur um ein wenig Verwirrung zu stiften?«

Tantor antwortet nicht, sondern blickte gebannt in die Richtung, in der das Handgemenge noch immer im Gange war. Aber es konnte nur noch Augenblick dauern. Skar wußte aus eigener schmerzhafter Erfahrung, wie stark die beiden Brüder aus Cosh waren, aber gegen eine dutzendfache Übermacht hatten nicht einmal sie eine Chance.

Verzweifelt sah er sich um. Ihr Vormarsch war ins Stocken gekommen, aber der Kordon aus Kriegern hatte sich eher noch enger um ihn und den Zwerg zusammengezogen.

Der Boden dröhnte, als Velas Staubdrachen kehrtmachte und

mit weit ausgreifenden Schritten zurückpreschte. Das Ungeheuer stieß einen gellenden Schrei aus; die Krieger spritzten auseinander, um dem herantobenden Koloß Platz zu machen; eine schwarze Flut, die sich vor dem grauen Giganten teilte.

»Aufhören!«

Velas Stimme übertönte für einen Augenblick selbst den Tumult, der dem fehlgeschlagenen Fluchtversuch der beiden Sumpfmänner gefolgt war. Skars Hände krampften sich um die Zügel, als wolle er sie zerreißen.

Er versuchte, Gowenna irgendwo in dem chaotischen Durcheinander zu erkennen, aber es war sinnlos.

»Noch nicht«, flüsterte Tantor. Seine Stimme klang gehetzt, beinahe beschwörend. »Jetzt noch nicht, Skar. Warte.«

Der Drachen hatte den Kampfplatz erreicht und blieb mit einem wütenden Trompeten stehen. Die letzten Krieger flohen, zogen sich – bis auf die, die die beiden El-tra aus den Sätteln gerungen hatten und nun am Boden festhielten, aus der unmittelbaren Nähe des geschuppten Giganten zurück. Der Drachen schien die Aufregung, die um ihn herum herrschte, zu spüren. Sein Schwanz peitschte nervös, riß Glassplitter und Staub aus dem Boden und trieb die Soldaten noch weiter zurück. Seine ungeheure Größe verlieh seinen Bewegungen etwas trügerisch Langsames, aber Skar sah, daß Vela Mühe hatte, sich im Sattel zu halten.

»Hört sofort auf!« schrie sie. Wieder schüttelte sich der Staubdrachen, eine Bewegung, die Vela um ein Haar aus dem Sattel geschleudert hätte. Ein röhrender, ungeheuer, *lauter* Schrei drang aus seiner Brust und ließ die Männer ringsum aufstöhnen.

»Skar!« schrie Vela. »Bring sie zur Ruhe!« Sie klammerte sich verzweifelt am Sattelknauf fest, beugte sich vor und versuchte auf dem bockenden Schlangenhals des Ungeheuers das Gleichgewicht zu halten. Ihr Blick suchte verzweifelt nach Skar, und trotz der großen Entfernung glaubte er beinahe Furcht auf ihren Zügen wahrzunehmen. »Bring sie zur Ruhe!« schrie sie noch einmal. »Ich lasse sie töten, wenn sie nicht sofort aufhören!«

Tantor legte Skar in einer hastigen Bewegung die Hand auf den Unterarm. »Nicht!« zischte er. »Tu nichts!«

Skar hätte es nicht einmal gekonnt, wenn er gewollt hätte. Er verstand nicht mehr, was dort drüben vorging. Die beiden Sumpfmänner wehrten sich noch immer, aber es war nur mehr ein nutzloses Aufbegehren gegen das Dutzend Männer, die sie hielten. Die Pferde, die bei dem plötzlichen Lärm zum Teil in Panik geraten waren, beruhigten sich zusehends.

Trotzdem wurde der Drachen nicht ruhiger.

Im Gegenteil.

Plötzlich und ohne eine weitere Vorwarnung bäumte sich das Ungeheuer auf. Der gewaltige, dreieckige Schädel ruckte hoch, biß wie in einem irren Schmerz nach den tiefhängenden Wolken; seine Reiterin wurde durch diesen neuerlichen Ruck endgültig aus dem Sattel geworfen, sie flog in einem unmöglich weit gestreckten Bogen durch die Luft und verschwand hinter dem graugeschuppten Leib. Ein Ton, lauter und schriller als alles, was Skar jemals zuvor gehört hatte, entrang sich der Brust des Staubdrachen. Das Ungeheuer stellte sich wie ein bockendes Pferd auf die Hinterläufe, schlug mit den kleineren, mit messerscharfen Krallen bewehrten Vordertatzen in die Luft. Sein Schwanz drosch wie eine gewaltige Keule aus tonnenschweren Muskeln und Horn auf den Boden, zuckte hierhin und dorthin und ließ die Krieger in wilder Panik auseinanderspritzen. Steine und winzige, scharfkantige Glassplitter fuhren wie tödliche Schrapnellgeschosse unter die Reiter und verletzten Menschen und Tiere. Die Erde bebte.

Und dann begann das Ungeheuer endgültig zu toben.

Mit einem Brüllen, noch wilder und grauenhafter als zuvor, fuhr der Koloß herum, stieß auf die flüchtenden Reiter herab und spuckte eine brodelnde Wolke grauen, ätzenden Staubes aus. Sein Schwanz peitschte, zerschmetterte Pferde und Männer und riß eine sichelförmige Bresche in die Reihen der Söldner. Eine ganze Abteilung der Reiter verschwand in der kochenden Wolke des Drachenatems; ihre Schreie änderten sich, wurden von Lauten der Furcht zu Todes- und Schmerzensgebrüll. Pferde bäumten sich auf, brachen zusammen, als sich Fleisch und Knochen unter dem ätzenden Biß des Drachenatems auflösten. Ein Tier raste schreiend vor Schmerz, aus der kochenden Wolke hervor; seine Haut war eine einzige blutige Wunde, der Reiter auf seinem Rükken war schon tot, nicht mehr als eine leere, verbrennende Rüstung, die sich ein wenig langsamer auflöste als der empfindliche Körper, den sie gegen den mörderischen Staub nicht hatte schützen können.

»Jetzt!« schrie Tantor. *»Reite, Skar!!«* Seine Stimme ging im Schreien von Männern und Pferden fast unter, und Skar erriet die Worte mehr, als er sie hörte. Der Drachen tobte noch stärker, sein Schwanz zuckte erneut, beendete den tödlichen Halbkreis, den er mit seiner ersten Bewegung begonnen hatte. Ein scharfer, unerträglich beißender Geruch lag plötzlich in der Luft, legte sich wie ein dünner brennender Film über Skars Gesicht und Hände und verwandelte seine Atemzüge in flüssiges Feuer. Sein Pferd bäumte sich auf. Seine wirbelnden Vorderhufe streiften einen der Krieger und schleuderten ihn aus dem Sattel. Skar zerrte verzweifelt an den Zügeln, warf sich nach vorne und bekam das Tier mit einer gewaltigen Kraftanstrengung wieder unter Kontrolle. Tantor schrie etwas, aber Skar verstand die Worte nicht. Irgendwo vor ihm bewegte sich der Drachen, halb verschwunden hinter einer gewaltigen Wolke aus brodelndem grauem Nebel.

Skar riß mit aller Gewalt an den Zügeln, zwang das Pferd herum und sprengte los - geradewegs auf den Drachen zu!

»Skar!« Tantors Stimme überschlug sich fast vor Schrecken. »Was tust du? Du bringst dich um! Komm zurück, du verdammter Idiot!«

Aber Skar hörte gar nicht mehr hin. Tief über den Hals seines Pferdes gebeugt, mit angehaltenem Atem und einen Zipfel seines Umhanges schützend vor das Gesicht haltend preschte er zwischen die fliehenden Krieger, galoppierte ein Stückweit direkt auf den tobenden grauen Giganten zu und wich im letzten Moment zur Seite aus. Ein schwacher Hauch des Drachenatems streifte ihn; sein Umhang schwelte, und auf dem Hals seines Pferdes erschien eine Unzahl winziger roter Punkte. Dann hatte er die tödliche Barriere durchbrochen, jagte an dem Ungeheuer vorbei und war plötzlich wieder inmitten einer Gruppe von Kriegern. Etwas ungeheuer Großes, Massiges tauchte vor ihm auf, glitt mit einer täuschend langsamen Bewegung über ihn hinweg und schmetterte dem Reiter neben ihm Helm und Schädel von den Schultern. Das Pferd galoppierte, blind vor Furcht, weiter, und der kopflose

Torso blieb noch einige Meter aufrecht im Sattel sitzen.

Skar riß sein Tier herum, richtete sich auf und sah sich gehetzt um. Der Drachen war neben ihm, weniger als zwanzig Fuß entfernt; sein Schwanz zuckte wieder, schleuderte Männer und Tiere wie Spielzeuge durch die Luft, gleichzeitig senkte sich der gewaltige Schädel mit einer schlangenhaften Bewegung, verfolgte den verzweifelten Zickzack-Kurs eines flüchtenden Reiters. Die fürchterlichen Kiefer schlossen sich, und auf dem Sattel war plötzlich nur noch Blut.

Skar sah einen Schatten vor sich, riß sein Schwert aus dem Gürtel und schlug zu. Sein Hieb prellte dem Krieger die Waffe aus der Hand und schleuderte ihn aus dem Sattel. Skar wartete nicht, bis der Mann wieder auf den Füßen war. Er sprengte weiter, setzte über einen gefallenen Krieger hinweg und sah endlich, was er gesucht hatte.

»Del!!!«

Trotz des unbeschreiblichen Lärmes schien der junge Satai seinen Namen zu hören. Er erkannte Skar und griff mit der Linken nach seinem Schwert.

Seine Bewegung kam zu spät.

Skar ließ ihm nicht die geringste Chance. Er kannte Del zu gut, um nicht zu wissen, daß er trotz allem auf jeden nur denkbaren Angriff vorbereitet war. Deshalb versuchte er erst gar nicht, ihn mit irgendeinem Trick zu überwältigen.

Er ritt ihn schlichtweg über den Haufen.

Del wurde in hohem Bogen aus dem Sattel geschleudert, als Skars Pferd gegen das seine krachte. Die beiden Tiere bäumten sich auf. Skar verlor ebenfalls das Gleichgewicht, stürzte und brachte sich im letzten Moment vor den wirbelnden Hufen der Tiere in Sicherheit.

Er war eine halbe Sekunde vor Del auf den Füßen. Dels Hieb verfehlte ihn um eine Winzigkeit, und zu einem zweiten ließ Skar ihm keine Zeit. Seine Faust schoß vor und traf Dels bandagierte Hand mit gnadenloser Kraft.

Del schrie auf, für eine Sekunde blind vor Schmerz, als der gerade geheilte Knochen zum zweiten Mal brach. Er krümmte sich zusammen, sank in die Knie und preßte die verletzte Hand gegen den Leib. Skar schleuderte ihn mit einem Fußtritt vollends zu Boden und schlug ihm die gefalteten Fäuste in den Nacken. Dels Körper erschlaffte.

Wieder bebte die Erde, und als Skar sich umsah, sah er, daß der Staubdrachen kehrtgemacht hatte und mit einem trompetenden Kampfesschrei auf die flüchtenden Krieger eindrang. Skar bückte sich, warf sich Del wie einen leblosen Sack über die Schulter und griff mit der Linken nach den Zügeln seines Pferdes. Das Tier scheute und schlug aus, aber die Furcht gab Skar zusätzliche Kräfte. Er zwang den Kopf des Pferdes herab, sprang in den Sattel und legte Del vor sich über den Leib des Tieres. Ein Krieger sprengte auf ihn zu, starr, in seltsam verkrampfter Haltung. Aus den Ritzen seines Panzers und durch den Sehschlitz des Visiers quoll dunkelbrauner, fettiger Qualm.

Skar riß das Pferd herum und galoppierte los. Überall lagen Tote – Dutzende, hundert, wie es ihm vorkam, zertrampelte, verbrannte, halb aufgelöste Körper, Männer, die nach dem Tod schrien. Irgendwo zwischen den flüchtenden Gestalten waren zwei schmale graue Schatten, zwischen sich eine dritte, reglose Gestalt schleifend. Dann sah er Tantor, der ein winziger hüpfender Farbklecks auf dem Rücken eines bockenden Pferdes war und mit wild gestikulierenden Armen auf den Waldrand deutete, wobei er ununterbrochen schrie. Skar sprengte auf ihn zu, gab seinem Pferd gnadenlos die Sporen und deutete auch zum Wald hinüber. Tantor riß sein Pferd herum, aber irgend etwas schien mit dem Tier nicht zu stimmen: Es lahmte, warf immer wieder den Kopf hin und her und weigerte sich, zu laufen, obwohl Tantors Sporen tiefe blutige Gräben in seine Haut rissen.

»Skar!« brüllte der Zwerg. »Hilf mir!« In seiner Hand blitzte plötzlich ein winziger nadelspitzer Dolch. Mit einem gellenden Schrei stieß er seinem Pferd die Spitze in den Hals und riß an den Zügeln, als das Tier vor Schmerz einen Satz machte. »Hilf mir!« kreischte er. Sein Pferd ging durch, bockte, brach in den Hinterbeinen ein und kam wie durch ein Wunder noch einmal hoch. Tantor beugte sich verzweifelt im Sattel vor, griff nach Skars Umhang und glitt ab, bekam aber einen Steigbügel zu fassen. Skar spürte einen schmerzhaften Ruck, als Tantor aus dem Sattel gerissen und mitgeschleift wurde. Der Zwerg begann zu kreischen, griff mit der anderen Hand nach Skars Sattel und klammerte sich fest.

»Laß los!« schrie Skar, aber Tantor hörte seine Worte nicht. Sein Gesicht verzerrte sich vor Anstrengung, während er versuchte, sich zu Skar auf den Rücken des Pferdes zu ziehen. Das Tier scheute. Seine Schritte kamen aus dem Takt, wurden zu einem mühsamen, arhythmischen Stampfen. Skar kämpfte mit aller Kraft um seine Gleichgewicht und versuchte gleichzeitig, Del vor sich festzuhalten. »Laß los!« schrie er noch einmal, aber wieder reagierte Tantor nicht. Er klammerte sich am Sattel fest, schrie vor Furcht und Schmerz und zog sich mit erstaunlicher Kraft Zentimeter für Zentimeter nach oben.

Skar ließ den Zügel los, klammerte sich nur mit der Kraft seiner Beine fest und schlug zu. Seine Faust traf Tantor über dem Auge; der Schlag war so wuchtig, daß Skar ihn als dumpfen Schmerz bis in die Schulter hinauf spürte. Tantors Schreie verstummten. Seine Hände lösten sich. Er stürzte zu Boden, überschlug sich wie ein kleiner, bunter Stoffball und blieb reglos liegen. Skar griff hastig wieder nach den Zügeln, verschwendete drei, vier Sekunden damit, das bockende Pferd zu beruhigen, und ritt weiter. Die beiden Sumpfbrüder und Gowenna waren bereits ein gutes Stück vor ihm, kaum hundert Schritte vom Waldrand und der rettenden Schneise entfernt, und hinter ihnen tobte nach immer das Chaos. Die Schreie des Drachen waren leiser geworden, aber dafür brach in einer verspäteten, bisher durch ungläubigen Schrecken gelähmten Reaktion, unter Velas Kriegern endgültig Panik aus. Er glaubte Gowennas Stimme in dem unbeschreiblichen Lärm zu hören, war sich aber nicht sicher.

Sein Pferd begann zu lahmen. Die Haut des geschundenen Tieres war blutig, von zahllosen verätzten Wunden und Rissen übersät, und das Gewicht zweier ausgewachsener Männer war mehr, als es noch zu tragen imstande war. Skar sah sich abermals um. Noch schien keiner der Soldaten daran zu denken, sie zu verfolgen, aber es waren noch immer mehr als zweihundert Schritte bis zum Waldrand, eine lächerliche Entfernung, und doch zu weit, wenn man von Männern mit Armbrüsten und Bögen verfolgt wurde. Er trieb das Pferd noch einmal an, zwang es mit brutaler Kraft, weiterzustolpern, und sprang aus dem Sattel, als es endlich, zitternd und wimmernd vor Schmerz und Erschöpfung, stehenblieb. Vom Waldrand her drang ein hoher, vibrierender Ruf zu ihm. Er warf sich Del über die Schultern, ging unter dem Gewicht für einen Moment in die Knie und rannte los. Ein Schatten löste sich vom Waldrand, aber die Zeit schien plötzlich stehenzubleiben, und Dels Gewicht nahm mit jeder Sekunde zu. Skar taumelte weiter, rang nach Luft und fiel auf die Knie. Hinter ihm erscholl ein wütender Schrei, und irgend etwas Dunkles, Schlankes zischte an ihm vorbei. Er spürte kaum noch, wie El-tra neben ihm anlangte und sich Del so mühelos, als wäre er nicht mehr als eine Stoffpuppe, über die Schulter warf. Eine Hand packte ihn, riß ihn mit unmenschlicher Kraft vom Boden hoch und zerrte ihn mit sich. Ein zweiter Pfeil zischte heran, zersplitterte wenige Fuß neben ihm auf dem spröden Glasboden, dann ein dritter, besser gezielt und nahe, zu nahe. Der Boden dröhnte plötzlich unter dem hämmernden Stampfen von Pferdehufen. Er wollte sich umsehen, aber El-tra riß ihn rücksichtslos mit sich, so daß er Mühe hatte, mit ihm Schritt zu halten und auf den Beinen zu bleiben.

Die Reiter hatten sie fast eingeholt, als sie den Waldrand erreichten. Skar taumelte blind an El-tra vorbei, brach durch eine schmale, von rasiermesserscharfen Glaszähnen eingerahmte Lücke zwischen den Stämmen und sank in die Knie. Übelkeit stieg wie eine schleimige Woge in ihm empor. Er spürte kaum, wie El-tra das *Tschekal* aus seinem Gürtel riß und sich – gemeinsam mit seinem Bruder, der sich Dels Waffe bemächtigt hatte – den Reitern entgegenwarf. Der Wald begann sich vor seinen Augen zu drehen. Die Übelkeit verschwand und kam dann, urplötzlich und zehnmal schlimmer, zurück. Skar übergab sich würgend, immer und immer wieder, bis sein Magen leer war und er nur noch bittere Galle erbrach.

Jemand berührte ihn an der Schulter. Mühsam hob er den Kopf und blickte in ein schmales, zweigeteiltes Gesicht.

»Bist du verletzt?« fragte Gowenna.

Skar schüttelte den Kopf und versuchte zu lächeln, aber er brachte nur eine Grimasse zustande. »Nein«, sagte er. »Ich glaube jedenfalls nicht.« Hinter ihnen erscholl Kampfeslärm, das berstende Geräusch von Stahl und Rüstungen, die Schreie von Männern und Tieren. Skar griff blind nach einem Halt, zog sich unter erheblicher Anstrengung auf die Füße und drehte sich um, aber Gowenna hielt ihn mit einer hastigen Bewegung zurück. »Nicht«, sagte sie. »Es sind nur vier. Die Sumpfbrüder werden sie abwehren. Wir müssen weg.«

Skar zögerte. Sie waren nur wenige Schritte in den Wald eingedrungen, aber selbst von hier aus war es schon fast unmöglich, zu sehen, was sich draußen abspielte. Die blitzenden Kristallstämme standen so dicht, daß alles, was mehr als einen Schritt entfernt vor sich ging, hinter einem Vorhang aus Licht und tanzenden Reflexen verborgen blieb. Seine Hand glitt an den Gürtel, ehe ihm einfiel, daß El-tra seine Waffe hatte. Aber schließlich kämpfte er auch seinen Kampf.

»Wir müssen weiter«, sagte Gowenna noch einmal. »Hier sind wir nicht sicher. Sie haben sich noch nicht von der Überraschung erholt, aber wenn Vela alle ihre Krieger hinter uns herschickt, dann erwischen sie uns.«

Skar nickte, doch es war eigentlich nur ein Reflex auf den Klang ihrer Stimme, nicht auf die Worte. Er bückte sich zu Del herab, drehte ihn auf den Rücken und untersuchte ihn flüchtig. Der Verband an Dels Hand war gerötet von frischem Blut, aber sein Atem ging ruhig und gleichmäßig. »Du mußt mir helfen, ihn zu tragen«, sagte er. »Ich schaffe es nicht mehr allein.«

Gowenna runzelte die Stirn, schwieg aber. Gemeinsam hoben sie Del hoch, wobei Skar ihn unter den Schultern ergriff und sich bemühte, den Großteil des Gewichts zu übernehmen. »Wohin?«

Gowenna deutete mit einer Kopfbewegung nach Süden, tiefer in den Wald hinein. Sie gingen los, aber es erwies sich als fast unmöglich, neben- oder hintereinander zu gehen und Dels reglosen Körper mitzuschleppen. Das Geflecht der Bäume und Büsche war zu eng, die Stämme, die zum Teil nur dünn wie Schilf, mancherorts aber auch so stark wie ein Menschenleib waren, standen zu eng, und dort, wo ein Durchkommen möglich schien, waren die Zwischenräume Fallgruben aus tödlichen Klingen und Dolchen. Skar, der vorausging, war schon nach Augenblicken am ganzen

Leib zerstochen und zerschnitten; er blutete aus unzähligen winzigen Wunden, und einer der harten Stengel war wie ein Dolch durch die zähe Sohle seines Stiefels gefahren und hatte sich in seinen Fuß gebohrt.

Skar blieb stehen, schüttelte erschöpft den Kopf und ließ Del behutsam zu Boden sinken. »Sinnlos«, sagte er. »Wir müssen warten, bis er erwacht.«

»Er wird nicht sehr begeistert sein«, vermutete Gowenna. Etwas in ihrer Stimme, ein Unterton, den sie angestrengt zu verbergen versuchte, der aber trotzdem hörbar blieb, ließ Skar aufsehen.

»Und du auch nicht«, sagte er.

Gowenna antwortete nicht. Die düstere Beleuchtung hier im Inneren des Waldes machte es Skar unmöglich, den Ausdruck auf ihren Zügen zu erkennen, aber er spürte trotzdem, daß er mit seiner Vermutung ins Schwarze getroffen hatte.

»Er wird uns keine Schwierigkeiten bereiten, das verspreche ich«, sagte er.

Gowenna drehte sich um und sah eine Weile in die Richtung zurück, aus der sie gekommen waren. Sie hatten sich kaum weiter als dreißig oder vierzig Schritte vom Waldrand entfernt, aber selbst hier war der Lärm des Kampfes kaum noch zu hören. Die silbrigweißen Stämme und Blätter des erstarrten Waldes schienen nicht nur das Licht, sondern auch jegliches Geräusch zu verschlucken.

»Was war mit Tantor?« fragte sie, ohne ihn anzusehen.

»Was soll mit ihm gewesen sein? Du hast es gesehen.«

Gowenna nickte. »Ja. Aber ich möchte eine Erklärung für das, was ich gesehen habe.«

Skar schürzte wütend die Lippen. »Was gibt es da zu erklären? Er hat sein Pferd zuschanden geritten. Wenn ich ihn nicht weggestoßen hätte, hätte er mich mit aus dem Sattel gerissen. Und mein Tier hätte keine drei Männer getragen.«

Gowenna drehte sich nun doch herum, schnell, mit einer abgehackten, fast wütenden Bewegung, starrte sekundenlang wortlos auf Del hinab und ballte die Fäuste.

»Drei nicht, aber zwei.«

»Del ist mein Freund«, sagte Skar betont. »Und es ist mir vollkommen egal, was er getan oder gesagt hat, Gowenna. Ich werde herausfinden, was diese Hexe mit ihm getan hat, und ich werde ihm helfen.«

»So wie du Tantor geholfen hast?«

Skar machte eine wütende Geste. »Was ist in dich gefahren?« regte er sich auf. »Hast du plötzlich dein Herz für diesen Gnom entdeckt? Er wußte genau, welches Risiko diese Flucht bedeutet. Und ich kann nichts dafür, wenn er mit einem Messer auf sein Pferd einsticht, um es weiterzutreiben! Was hätte ich tun sollen? Del aus dem Sattel werfen, um *ihm* zu helfen? Oder warten, bis Velas Schergen uns alle drei wieder eingefangen hätten?«

»Er hat uns geholfen«, sagte Gowenna leise. »Ohne ihn wäre es El-tra niemals gelungen, den Drachen abzulenken.«

»Wie meinst du das?«

Gowenna lächelte, aber es wirkte eher wie ein Vorwurf. »Was glaubst du, warum die Bestie plötzlich durchdrehte?« fragte sie. »Tantor hat die Sumpfbrüder den Ruf des Drachen gelehrt.«

»Den Ruf des Drachen? Was ist das?«

»Das weiß ich nicht«, sagte Gowenna. »Er nannte es so, aber El-tra schien sofort zu wissen, was er meinte. Ein Laut - vielleicht etwas wie ein Brunftschrei - was weiß ich? Wußtest du nicht, daß die Sumpfleute mit den Tieren reden?«

»Geschwätz.«

»Sicher. Sie *reden* nicht mit ihnen, wenn du das meinst, aber sie vermögen sie zu beruhigen - oder zur Raserei zu bringen, je nachdem.«

»Und selbst wenn«, murmelte Skar. »Er kannte das Risiko.« Plötzlich schrie er: »Verdammt noch mal, Gowenna - wenn dir dieser verlogene Zwerg so sehr am Herzen liegt, dann geh doch hinaus und hole ihn! Vela wird sich sicher freuen, dich wiederzusehen!«

Sein Zorn prallte an ihr ab. Sie blieb ruhig, hielt seinem Blick stand und kam im Gegenteil noch einen Schritt näher. »Was hat sie mit dir gemacht, Skar?« fragte sie. »Dich behext?«

Skar wollte auffahren, aber er spürte, daß er ihr, ganz gleich, was er auch sagen konnte, nur recht geben würde. So schwieg er, auch, als Gowenna neben ihm niederkniete und ihm die Hand auf den Unterarm legte. Das vertraute Gefühl, das ihre Berührung sonst in ihm ausgelöst hatte, blieb aus. Sie schienen plötzlich nur noch Fremde füreinander zu sein.

»Verdammt, Gowenna - was hätte ich denn tun sollen?«

Sie schwieg einen Moment, sah auf Del herab und berührte sein Gesicht mit den Fingerspitzen. »Ich weiß es nicht«, sagte sie leise und ohne ihn anzusehen. »Aber ich kannte einmal einen Skar, der hätte diese Frage nicht gestellt.«

Ein sonderbares irreales Gefühl von Schuld machte sich in Skar breit. Keine Schuld Tantor gegenüber - er fühlte sich dem Zwerg in keiner Hinsicht verpflichtet und hatte schlimmstenfalls mit gleicher Münze zurückgezahlt - aber das plötzliche Gefühl, vor sich selbst versagt zu haben, auch wenn er vielleicht subjektiv richtig gehandelt hatte. Gowenna war der Wahrheit nähergekommen, als sie wahrscheinlich selbst ahnte. Vela hatte etwas mit ihm *gemacht,* aber es war nicht heute morgen geschehen, auch nicht in den Tagen zuvor, die er im Kerker verbracht hatte, sondern viel, viel früher. Sie hatte einen Keim gelegt, den Keim zu einer Veränderung, die ebenso langsam wie unaufhaltsam mit ihm geschah. Wie lange hatte er in sich hineingelauscht, hatte auf die Stimme, das Erwachen seines Dunklen Bruder, gewartet? Der war stumm geblieben, als hätten Velas Bemühungen, ihn zu erwecken, das Gegenteil bewirkt, aber Skar begriff plötzlich, daß das gar nicht stimmte. Er war längst erwacht, und er hatte - vielleicht schon, bevor sie dieses Land und die Brennende Stadt erreicht hatten - damit begonnen, seine Seele zu verändern, ihn langsam, ganz langsam erstarren zu lassen. Und er würde fortfahren, ganz gleich, ob er sich dagegen wehrte oder nicht, er würde seine Seele vergiften und ihn töten, Stück für Stück, bis er so kalt und berechnend wie Vela selbst geworden war.

Del stöhnte leise. Er erwachte nicht, aber sein Gesicht zuckte. Der Verband an seinem Handgelenk war mittlerweile vollkommen durchblutet, und etwas Dünnes, Spitzes stieß von unten gegen den Stoff. Der Knochen mußte gesplittert, nicht nur gebrochen sein.

»Kannst du . . . etwas gegen seine Schmerzen tun?« fragte Skar stockend.

Gowenna schüttelte den Kopf. »Mit leeren Händen? Er wird durchhalten müssen, bis wir in Cosh sind.«

Skar seufzte ergeben. Del war stark, das wußte er. Und die Verletzung würde ihn vielleicht davon abhalten, einen Fluchtversuch zu unternehmen. »Wie weit ist es?«

Gowenna überlegte einen Moment. »Fünf, vielleicht zehn Meilen. Genau weiß ich das nicht – aber die Grenze zu Cosh liegt auf der anderen Seite dieses Kristallwaldes. Es wird nicht leicht sein, ihn zu durchqueren, wir –«

Die Rückkehr der beiden Sumpfbrüder unterbrach sie. Die beiden Männer aus Cosh erschienen Skar gleicher denn je – ihre Umhänge waren zerfetzt und blutig, beide nicht von ihrem Blut und beide auf die gleiche Weise – und selbst die Art, in der sie die Schwerter hielten, der eine rechts, der zweite, wie in einer spiegelverkehrten Abbildung, in der linken Hand, ähnelte sich auf verblüffende Weise.

»Wir müssen weg. Rasch.« Es war nicht festzustellen, welcher der beiden El-tra sprach; die blitzenden Wände des Kristallgewölbes verzerrten seine Stimme und warfen sie in tausendfachen leisen, glockenhellen Echos zurück, so daß sie aus allen Richtungen gleichzeitig zu kommen schien. »Kann er gehen?« Einer der beiden deutete auf Del. Skar schüttelte den Kopf. Der Sumpfmann schob das Schwert – es war Dels *Tschekal,* wie Skar mit einem raschen Blick feststellte – in den Gürtel, bückte sich und lud sich den bewußtlosen Satai auf die Schulter. Skar war sich nicht sicher, aber er hatte für einen Moment den Eindruck, als ob der Sumpfmann unter dem Gewicht des reglosen Körpers wanke. Auch die Kraft der Sumpfleute war nicht unerschöpflich.

»Kommt.«

Sie gingen los, El-tra mit Del über der Schulter an der Spitze, gefolgt von Skar und Gowenna. Der zweite Sumpfmann bildete den Abschluß. Skar fiel auf, daß er sich immer wieder mit kleinen, nervösen Blicken umsah.

Skar verlor schon nach wenigen Schritten die Orientierung. Das glitzernde Dach über ihren Köpfen ließ zwar das Tageslicht hindurch, aber er konnte weder die Sonne noch den Himmel wirklich sehen, und es gab in diesem Labyrinth aus Licht und Glas und tödlichen Spitzen keine Geradeaus, sondern nur ein scheinbar zielloses Hin und Her, eine mühsame Suche nach Lücken und Durchlässen, die nur zu oft damit endete, daß sie weit auf ihrer eigenen Spur zurückgehen und einen anderen Weg suchen mußtenm. Skar hätte schon nach Augenblicken nicht mehr sagen können, in welche Richtung sie sich nun bewegten.

»Wie viele Männer verfolgen uns?« fragte er.

»Keiner«, antwortete El-tra. »Sie sind noch dabei, ihre Wunden zu lecken und die Überlebenden zu versorgen. Die *Errish* muß die Hälfte ihrer Leute eingebüßt haben. Aber sie hat andere Möglichkeiten, uns zu verfolgen.«

Skar hätte den Sumpfmann gern nach diesen Möglichkeiten gefragt, doch der Weg wurde schwieriger, und für die nächsten Minuten, vielleicht auch für Stunden, hatte er alle Mühe, hinter El-tra zu bleiben und sich dabei keine schweren Verletzungen zuzuziehen. Nach einer Weile begann sich der »Wald« aufzulockern; die Stämme traten ein wenig weiter auseinander, und sie kamen etwas schneller voran.

Nach einer Weile blieb El-tra stehen und ließ Del zu Boden sinken, nun sichtlich erschöpft. Er wankte, und im unsicheren Licht des verzauberten Kristallwaldes schien es Skar für einen Augenblick, als flackere seine Gestalt, als wären die Kräfte, die die wogenden Nebel unter der spitzen Kapuze in ihrer Form hielten, erlahmt. Er warf dem Sumpfmann einen langen, besorgten Blick zu, kniete neben Del nieder und versuchte ihn aufzuheben. Es ging nicht. Auch er war erschöpft durch den langen, kräftezehrenden Marsch, aber auch durch den Verlust an Blut, das aus unzähligen winzigen Schnittwunden über seine Arme und Beine lief. Mit einem erschöpften Keuchen richtete er sich, schwankend und die Hände haltsuchend ausgestreckt, auf, lehnte sich gegen einen der kühlen, glatten Stämme und schloß die Augen. Das Blut rauschte hinter seinen Schläfen, und die Atemzüge waren scharf wie geriebenes Glas und schmeckten nach Blut.

»Wir schaffen es nicht«, flüsterte Gowenna. Sie war neben ihm zusammengesunken, den Kopf auf die Knie gestützt und die Hände wie in Schmerzen gegen den Leib gepreßt. »Diesmal sind wir erledigt, Skar.«

Skar öffnete mühsam die Augen. Das Licht flackerte und verlieh den starren Kristallstrukturen um sie herum scheinbares Leben. »Wir werden es schaffen«, widersprach er. »Ich denke gar nicht daran, aufzugeben. Jetzt nicht mehr. Ich werde ... Del tragen. Gib mir nur ein paar Augenblicke, um neue Kraft zu schöpfen.«

Gowenna hob müde den Kopf und sah ihn an. Der Ausdruck auf ihrem Gesicht konnte ein Lächeln sein, vielleicht aber auch etwas ganz, ganz anderes.

»Mach dich nicht zum Narren, Skar«, sagte sie ruhig. »Du bist am Ende, genau wie wir. Du kannst ja kaum mehr aus eigener Kraft stehen.«

»Und was schlägst du vor, das wir tun sollen?« fragte Skar böse. »Hier warten, bis Velas Männer uns eingeholt haben?«

»Natürlich nicht«, mischte sich El-tra ein. »Aber Gowenna hat recht – wir waren zu lange in Tuan. Unsere Kräfte sind erschöpft. Mein Bruder wird allein vorausgehen und Hilfe holen.«

»Hilfe?« Skar lachte leise, als hätte der Sumpfmann einen Scherz gemacht. »Und wo?«

»Cosh ist nicht weit, Bruder«, antwortete El-tra ernst. »Mit etwas Glück können wir bei Sonnenaufgang zurücksein. So lange müßt ihr euch hier verbergen.«

»Und wenn er nicht zurückkommt?«

»Ich komme zurück«, sagte El-tra. Er schien einen Moment zu überlegen, griff dann unter seinen Mantel und zog Dels Schwert hervor. Ohne ein weiteres Wort drückte er Skar die Waffe in die Hand, drehte sich um und verschwand im Unterholz. Seine Schritte waren noch eine Weile auf dem klingenden Boden zu hören.

Skar fühlte sich plötzlich auf seltsame Weise alleingelassen. Für einen Moment mußte er mit aller Macht gegen den irrsinnigen Impuls ankämpfen, blindlings hinter dem Sumpfmann herzustürzen. El-tra war längst kein Fremder mehr für ihn, sondern so vertraut wie ein guter Freund, mit dem er seit Jahrzehnten zusammen war.

»Keine Sorge, Bruder«, murmelte der andere Sumpfmann. »Er wird zurückkommen. Wir kennen diese Wälder. Auch ihre Gefahren.« Obwohl die Worte dazu gedacht waren, Skar zu beruhigen, bewirkten sie eher das Gegenteil. Aber er beherrschte sich und schwieg.

»Wir sollten trotzdem weitergehen«, fuhr der Sumpfmann fort. »Wir sind noch zu dicht am Waldrand. Velas Arm reicht weit.«

»So?« Skar stieß sich von dem Baumstamm, an dem er gelehnt hatte, ab, machte einen Schritt auf den Sumpfmann zu und sah ihn scharf an. »Wahrscheinlich ist es sinnlos«, sagte er spöttisch, »aber vielleicht kannst du dir irgendwann einmal angewöhnen, nicht in Rätseln zu sprechen. Was heißt: Velas Arm reicht weit?«

»Wüßte ich es, wären wir nicht hier«, entgegnete El-tra. »Doch ich spüre, daß wir noch nicht in Sicherheit sind. Vielleicht gewähren uns nicht einmal die Grenzen von Cosh wirklichen Schutz. Du kennst diese Frau besser noch als wir, Skar. Sie wird nicht eher ruhen, als bis sie erreicht hat, was sie will.«

»Vielleicht könntet ihr für einen Moment damit aufhören, euch ununterbrochen Dinge zu erklären, die ihr längst wißt«, sagte Gowenna spitz. »Del erwacht.«

Skar fuhr schuldbewußt zusammen und kniete neben Del nieder. Das Gesicht des jungen Satai glänzte vor Schweiß, trotz der Kälte und der Feuchtigkeit, die sie auch hierherverfolgt hatte und beharrlich durch ihre Kleider kroch. An seinem Hals pochte eine Ader. Skar erschrak, als er sah, *wie* schlecht Dels Zustand wirklich war. Der gebrochene Arm mußte sehr schmerzhaft sein – aber darin allein konnte der Grund für das Beinahe-Koma, in dem Del lag, kaum liegen. Seine Augenlider flatterten, öffneten sich für einen Moment und fielen dann wieder zu, als fehle ihm selbst für diese Bewegung noch die Kraft. Skar sah auf und blickte erst Gowenna, dann den Sumpfmann hilfesuchend an.

»Was ... ist mit ihm?« fragte er.

Gowenna bedeutete ihm mit einer Geste, beiseite zu treten, und Skar gehorchte. Del bewegte sich stärker, öffnete noch einmal die Augen und versuchte sich hochzustemmen. Sein Blick war verschleiert. Er sah Skar an, aber in seinen Augen war kein Erkennen.

Ohne ein weiteres Wort ließ sich El-tra neben ihm nieder, zwang ihn mit sanfter Gewalt wieder zurück und legte Mittel- und Zeigefinger der linken Hand über seine Augen.

»Was habt ihr vor?« fragte Skar besorgt.

Gowenna winkte ungeduldig ab. »Nichts, was dir Anlaß zur Sorge geben könnte«, sagte sie ausweichend.

»Aber –«

»Bitte, Skar – laß ihn. Wenn du willst, daß dein Freund lebend in Cosh ankommt, dann vertraue El-tra. Wenn du es sonst schon nicht kannst.«

Skar schluckte den kaum verhüllten Vorwurf in Gowennas Worten widerspruchslos hinunter und wandte sich ab. Sie waren alle nervös, nervös, verängstigt und dazu am Ende ihre physischen Kraft. Wenn er sich jetzt auf einen Streit mit Gowenna einließ, dann würde er vielleicht Dinge sagen, die ihm hinterher leid täten.

Eine Zeitlang ging er unruhig auf und ab, während El-tra weiter reglos dahockte, die Linke auf Dels Gesicht, und leise, unverständliche Worte murmelte. Aber was immer er tat – es wirkte. Dels Atem beruhigte sich. Sein Blick wurde wieder klar, wenn auch auf eine Art, die Skar bewies, daß er noch immer nicht Herr seiner Sinne war. Nach einer Weile stand El-tra auf, trat einen Schritt zurück und hob die Hand. Dels Blick hing wie gebannt an seinem Schattengesicht. Wieder stemmte er sich hoch, versuchte aufzustehen und sank mit einem schmerzhaften Seufzer zurück.

El-tra schüttelte den Kopf. »Sinnlos«, sagte er. »Velas Einfluß ist zu stark in ihm. Und ich bin allein nicht stark genug, ihn brechen zu können.« Er schwieg einen Moment, drehte sich um und fuhr fort: »Wir werden ihn tragen müssen. Oder hierbleiben.«

Skar antwortete nicht darauf. Und er wollte auch plötzlich gar nicht mehr wissen, was El-tra getan oder gemeint hatte. Er war so lange mit den Sumpfbrüdern zusammengewesen, daß er zu vergessen begann, was sie wirklich waren – nämlich keine Menschen, sondern Männer eines Volkes, das vielleicht ebenso fremd und unverständlich war, wie es die Erbauer Combats gewesen sein mochten.

»Bleiben wir eine Weile hier und ruhen uns aus«, schlug Gowenna vor. »Wir könnten später weitergehen. Das heißt, wenn wir hier sicher sind.«

»Das sind wir nicht.« El-tra machte eine rasche Geste mit beiden Händen, die den gesamten Wald einschloß. »Aber wir sind auch weiter im Süden nicht sicherer. Nicht, ehe wir nicht die

Grenzen zu Cosh überschritten haben. Und ich glaube nicht«, fügte er nach kurzem Überlegen hinzu, »daß sie weiß, wo wir sind.«

Wieder schwiegen sie eine Weile, bedrückt, erschöpft, aber auch aus dem Wissen heraus, daß es nichts gab, was noch zu sagen gewesen wäre. Schließlich hockte sich Skar – so wie schon zuvor – neben Del auf den Boden und lehnte sich gegen einen Baum. Der glatte Kristall erschien ihm kälter als noch vor wenigen Augenblikken, und der Boden war, obgleich sie schon lange wieder über normales Erdreich und Stein, nicht mehr über Glas marschierten, hart und unnachgiebig wie geschmiedeter Stahl. Das Licht, das verzerrt und tausendfach gebrochen durch das kristallene Dach über ihren Köpfen sickerte, verlor allmählich an Intensität; es mußte Abend werden. Trotzdem wurde es nicht dunkel, zumindest nicht vollständig. Die Sonne ging unter, aber das Sternenlicht spiegelte sich in den unzähligen Facetten und Flächen der Diamantbäume, so daß der Kristallwald auch nach Sonnenuntergang noch von gräulicher, von unzähligen flirrenden Lichtpunkten durchsetzter Helligkeit erfüllt war; ein Licht, das gleichermaßen faszinierend wie unheimlich war. Skar versuchte zu schlafen, aber die zunehmende Kälte und die Furcht, die sich wie ein schleichendes Gift in seinen Gedanken festgesetzt hatten, hielten ihn wach. Del schlief – Schlaf oder Bewußtlosigkeit, das blieb sich gleich –, während El-tra und Gowenna sich darin ablösten, Wache zu halten und ihre nähere Umgebung zu erkunden. Skar hatte sich angeboten, seinen Teil der Wache zu übernehmen, aber der Sumpfmann hatte das rundweg abgelehnt, und Skar war nicht allzu unglücklich darüber gewesen. Er fragte sich ohnehin, wie El-tra das Kunststück fertigbrachte, nicht die Orientierung zu verlieren. So beschränkte er sich darauf, wach zu bleiben und – eigentlich nur, um seine Hände beschäftigt zu wissen und nicht, weil er ernsthaft daran glaubte, angegriffen zu werden – sein *Tschekal* griffbereit zu halten.

Der Laut zaghafter Schritte riß ihn aus seinen Gedanken. Er sah auf, nickte Gowenna wortlos zu und fuhr fort, seine Waffe zu polieren, während sie neben ihm Platz nahm. Eine Weile sah sie ihm schweigend zu, wie er das Schwert sorgfältig mit einem Tuchstreifen, den er von seinem Umhang gerissen hatte, reinigte, immer wieder absetzte und ins Licht hielt, um sich davon zu überzeugen, daß auch nirgendwo ein Fleck oder ein Kratzer zurückgeblieben war. Ihre Hand berührte seinen Arm. Skar hielt einen Moment inne, sah auf ihre Finger hinab und fuhr dann fort, das *Tschekal* zu streicheln. Einen Herzschlag lang erstarrte Gowennas Bewegung, und er dachte, daß sie die Hand zurückziehen würde, aber ihre Finger glitten weiter, berührten sein Handgelenk und schmiegten sich gleichzeitig sanft und kräftig um dieses. Skar ließ die Waffe sinken und sah Gowenna an. Ihr Gesicht lag im Schatten, aber das kristallene Dach über ihren Köpfen ließ winzige Lichtmotten darüberflattern, so daß es eine eigene, fremde Art von Leben bekam. Skar lauschte einen Moment in sich hinein, aber alles, was er fühlte, war Müdigkeit und ein vager, noch weit entfernter Schmerz.

»Was ich vorhin gesagt habe«, murmelte Gowenna, »tut mir leid.«

»Was?«

»Tantor. Du hast richtig gehandelt. Ich . . . habe mich hinreißen lassen. Verzeih.«

Skar lächelte, schob die Waffe in den Gürtel zurück und legte den Arm um Gowennas Schulter. Aber es war eigentlich nur ein Reflex, etwas, das er im Grund nur tat, weil sie es von ihm erwartete. »Schon gut. Du hattest recht.«

Gowenna schmiegte sich eng an ihn, aber er wartete weiter vergeblich auf irgendeine Regung in sich.

»Wir könnten uns jetzt natürlich wieder streiten, wer von uns beiden nun im Recht war«, sagte Gowenna. »Aber ich bin zu müde dazu. Wie geht es Del?«

Skar wandte den Kopf und sah auf die schlafende Gestalt hinab. »Er schläft«, antwortete er. »Das Beste, was ihm passieren kann. Was . . . hat El-tra mit ihm gemacht?«

Gowenna schwieg einen Moment. Ihr Atem ging schneller als normal, und Skar spürte durch den dicken Stoff ihres Mantels hindurch, wie sie zitterte, aber das konnte ebenso an seiner Nähe wie an der Kälte liegen. Er hoffte, daß es die Kälte war. »Ich weiß es nicht genau«, sagte sie nach einer Weile. »Die Sumpfleute sind

ein seltsames Volk. Ich habe lange bei ihnen gelebt, aber du mußt nicht denken, daß ich sie kenne. Ich weiß nur das von ihnen, was sie wollten, daß ich wissen darf. Und das ist nicht viel. Vielleicht«, fügte sie plötzlich und überraschend hinzu, »hätten sie Tantor getötet, wenn er ihre Sümpfe betreten hätte. Möglicherweise hast du ihm das Leben gerettet.«

Skar lachte rauh. »Das bezweifle ich. Wenn er den Sturz vom Pferd überlebt hat, wird Vela ihre Wut an ihm auslassen.«

»Wut?« Gowenna betonte das Wort auf seltsame Art. »Ich glaube nicht, daß sie so etwas wie Wut überhaupt kennt, Skar. Sie ist...« Sie brach ab, löste seinen Arm von ihrer Schulter und setzte sich auf. »Spielst du Schach?« fragte sie.

Skar versuchte gleichzeitig zu nicken und den Kopf zu schütteln. »Nicht sehr gut.«

»Sie beherrscht es meisterhaft, Skar. Und sie spielt ohne Gefühle.«

»Aber sie benutzt lebende Figuren«, murmelte Skar.

»Tun wir das nicht alle? Versuchen wir es nicht wenigstens alle irgendwann einmal?«

Skar begann sich unbehaglich zu fühlen. Er hatte nicht über Vela reden wollen, wenigstens jetzt nicht. Aber das schien unmöglich zu sein. Die *Errish* war mit der Unaufhaltsamkeit einer Naturkatastrophe in sein Leben gebrochen und hatte es verändert, grundlegender als irgend jemand oder irgend etwas zuvor. Selbst wenn es ihm gelang, sie zu besiegen, würde er hinterher nicht mehr derselbe sein wie vorher.

Er lehnte sich zurück, sah zu dem lichtdurchwobenen Kristalldach über sich empor und deutete mit einer fragenden Geste auf den Wald. »Was ist das hier eigentlich?« fragte er, nicht aus wirklicher Neugier, sondern nur, um auf ein anderes Thema überzulenken.

»Ich weiß es nicht. Niemand weiß es, glaube ich. Tuan steckt voller Geheimnisse, und manche von ihnen werden wohl nie gelüftet werden. Vielleicht war es einmal ein Wald, der zu Glas wurde wie Tuan, vielleicht auch etwas anderes... aber es ist schön.«

»Schön?«

Gowenna nickte. »Schön und unheimlich, jedenfalls für mich.« Ihre Stimme bekam einen seltsam weichen Klang. »Es ist, als ... als wäre man im Inneren eines gewaltigen Diamanten. Man fühlt sich so geborgen.«

»Geborgen ...« Skar lachte leise. »Kennst du den gelben Stein, der manchmal vom Meer ans Land geworfen wird? Ich habe einmal ein solches Stück gefunden. In seinem Inneren war eine Spinne begraben, ein winziges Tier nur, noch in der Luftblase, die sie mitgenommen hatte, um unter Wasser zu atmen. Glaubst du, daß sie sich geborgen gefühlt hat?«

Gowenna sah ihn lange und schweigend an.

»Sind alle Satai so wie du?« fragte sie plötzlich.

»Wie meinst du denn, daß ich bin?«

»Auf jeden Fall seltsam«, seufzte Gowenna. »Wir sind nun schon lange zusammen, und ich kenne dich immer noch nicht. Vielleicht kennst du dich nicht einmal selbst. Du bist ein Mann des Krieges, und doch kannst du sanft wie ein Kind sein. Und zeigt man dir etwas Schönes, siehst du überall Bedrohung und Gefahr.«

»Ein Mann des Krieges?« Skar schüttelte den Kopf. »Das bin ich mit Sicherheit nicht. Vielleicht bin ich ein Krieger, aber das bedeutet nicht, daß mir das, was ich tun muß, Freude bereitet.«

»Wie viele Männer hast du getötet, Skar? Hundert? Zweihundert?«

»Ich weiß es nicht«, sagte Skar ehrlich. »Ich habe sie nicht gezählt.«

»Und doch haßt du es, zu töten. Das ist es, was ich nicht verstehe. Nur die wenigsten schaffen es, die Ausbildung eines Satai abzuschließen ...«

»Und die, denen das Töten Freude bereitet, mit Sicherheit nicht«, fiel ihr Skar ins Wort.

»Aber das ist verrückt!«

»Und doch logisch. Jemand muß es tun.«

»Was? Töten?«

Skar nickte. »Ich kann mir so gut wie du eine Welt vorstellen, in der es keine Kriege und keinen Streit gibt, aber solange wir in der Welt leben müssen, in die wir hineingeboren sind, muß es auch Krieger geben. Vielleicht liegt es in der Natur des Menschen, kriegerisch zu sein, und vielleicht hören wir auf, diese Welt zu beherrschen, wenn wir aufhören, Kriege zu führen.«

»Lernt man das auch als Satai?« fragte Gowenna. »Zynisch zu sein?«

»Zynisch?« Skar lächelte. »Es klingt vielleicht so, aber ich fürchte, es ist die Wahrheit. Auch, wenn sie mir nicht gefällt. Die Welt braucht uns – natürlich nicht dich oder mich oder Del, nicht einmal die Satai –, aber sie braucht Krieger.«

»Krieger vielleicht. Aber Männer wie euch? Männer wie . . .«

»Mordmaschinen«, sagte Skar, als Gowenna nicht weitersprach. »Sprich es ruhig aus – es verletzt mich nicht. Ich weiß, daß man uns so nennt, daß man uns diesen und andere, schlimmere Namen gegeben hat. Es ist ein Teil des Planes.«

»Welches Planes?« fragte Gowenna verwirrt.

Skar lächelte. »Nun, vielleicht ist Plan nicht der richtige Ausdruck. Doch es gehört dazu, irgendwie. Du selbst hast es gesagt: Männer wie wir . . . Männer, vor denen man Angst hat, die man fürchtet, auch wenn man keinen Grund dazu hat. Sie fürchten uns, weil wir die Gewalt symbolisieren, weil wir leben, um zu töten. All diese Herzöge und Barone, die reichen Kaufleute und Ritter – was tun sie, wenn sie Streit mit ihrem Nachbarn haben, wenn sie sich bedroht oder ins Unrecht gesetzt fühlen? Sie rufen uns, die Satai. Sie geben uns Gold, manchmal nur ein Essen und ein Nachtlager, und *wir* tragen *ihren* Streit aus. *Wir* sind es, die die Waffe in die Hand nehmen, die *töten.* Und schließlich, wenn alles getan ist, können sie *uns* sogar noch die Schuld geben. Deshalb gibt es die Satai, Gowenna. Nicht, weil wir Freude am Morden haben, sondern weil wir gebraucht werden. Gäbe es uns nicht, gäbe es andere.«

»Aber –«

»Vielleicht schlimmere«, fuhr Skar mit leicht erhobener Stimme fort, als Gowenna etwas einwerfen wollte. »Ich weiß, was du sagen willst. Es gibt immer andere, und es ist keine Entschuldigung. Aber vielleicht wären diese anderen schlimmer. Vielleicht verhindern wir Satai die Gewalt, gerade, indem wir sie ausüben. Vielleicht würde Enwor binnen einer Generation in Barbarei versinken, gäbe es nicht die Satai und Veden und die anderen Kriegerkasten. Wer die Gewalt beherrscht, kann sie auch lenken.«

Gowenna schüttelte den Kopf. »Klingt das nicht alles nach einer Entschuldigung?«

»Es ist eine«, bestätigte Skar ruhig. »Ich behaupte nicht, daß es so ist. Wir Satai glauben, es wäre so, aber auch wir sind Menschen und können uns irren. Vielleicht wäre Enwor besser ohne uns. Vielleicht.«

»Eine seltsame Philosophie für einen Mann, der gelernt hat, einen Menschen mit einem Finger zu töten.«

»Und doch notwendig. Nenne es Selbstschutz. Wer gelernt hat« – er zitierte sie absichtlich, sogar auch noch im Tonfall – »einen Menschen mit einem Finger zu töten, der muß sich selbst Regeln auferlegen. Es ist kein Zufall, daß wir Satai eine so komplizierte und anderen manchmal unverständliche Moral haben. Ohne sie hätten wir nicht überlebt. Wir hätten uns selbst vernichtet.«

»Aber ihr habt diese Welt einmal beherrscht.«

Skar schüttelte erneut den Kopf. »Nicht wirklich«, sagte er. »Wir hatten Gewalt über sie, das stimmt. Aber wer ein Ding in seiner Gewalt hat, der muß es nicht beherrschen. Wir ...«

Der Boden erzitterte. Skar stockte mitten im Satz, fuhr auf und sah sich aufmerksam um. Ein leises Klingen, ein Geräusch, als striche sanfter Wind durch einen Wald gigantischer gläserner Harfensaiten, drang an sein Ohr, dann lief ein neuerliches schwaches Zittern durch den Boden.

»Was ist das?« fragte er.

Gowenna zuckte mit den Achseln. Aber auch ihre Haltung wirkte mit einem Mal angespannt. Sie stand mit einer fließenden Bewegung auf, machte einen Schritt und blieb, unsicher nach rechts und links sehend, stehen.

Wieder zitterte der Boden, und das helle Klingen und Schlagen wurde durchdringender, wenn auch nicht lauter. Auch Skar erhob sich und spähte aufmerksam in die Runde. Aber selbst wenn es in ihrer Umgebung irgendeine Veränderung gegeben hätte, wäre kaum etwas davon zu bewirken gewesen; es war nicht wirklich hell. Seine Augen hatten sich an das schwache Licht gewöhnt, und er hatte wenige Schritte weit sehen können, doch auch das nur, weil er wußte, was die Schatten und Umrisse vor ihm bedeuteten.

Sie waren eingewoben in ein Spinnennetz aus Licht und Grau und unsicheren Dingen, deren Konturen nur zu erraten waren und sich zudem beständig zu wandeln schienen, und es war wie in jenen Momenten zwischen Tag und Dämmerung, in denen das Licht noch ausreichte, man aber trotzdem fast weniger sah als bei Dunkelheit.

»Verschwinden wir von hier«, murmelte Gowenna. Sie gab sich sichtlich Mühe, ruhig zu bleiben, aber ihre Stimme zitterte hörbar, und ihre Bewegungen erschienen Skar ein klein wenig zu hastig, als sie sich umdrehte und auf Del deutete. »Kannst du ihn tragen?«

»Und El-tra?«

Gowenna winkte ab. »Er wird uns finden, keine Sorge. Beeil dich.«

Der Harfenklang wurde lauter; härter, kein Streicheln mehr, sondern eine Folge harter, fordernder Schläge, die von einem vibrierenden, unangenehmen Gefühl in der Luft begleitet wurden. Skar eilte rasch zu Del hinüber, ließ sich auf ein Knie sinken und hob ihn behutsam hoch. Del stöhnte leise, wurde aber nicht wach.

Skar wankte einen Moment unter dem Gewicht des reglosen Körpers. Er hatte vergessen, wie schwer Del war, selbst ohne den schwarzen Hornpanzer. Mühsam lud er ihn sich auf die Schulter, blieb einen Herzschlag lang mit gespreizten Beinen stehen, um sicheren Stand zu finden, und sah Gowenna fragend an. »Wohin?«

»Nach Süden«, sagte Gowenna unsicher.

»Und wo«, fragte Skar betont, *»ist* hier Süden?«

Gowenna blickte ratlos in die Runde. Das Klingen und Schlagen hatte weiter zugenommen, so daß Skar bereits die Stimme heben mußte, um sich verständlich zu machen, und der Boden erzitterte nun beinahe ununterbrochen, nicht mehr so sanft wie zu Anfang, sondern in harten, mahlenden Stößen, die mehr und mehr in ein ununterbrochenes Beben übergingen, so daß Skar beinahe Schwierigkeiten hatten, mit Dels zusätzlichem Gewicht auf den Schultern überhaupt auf den Beinen zu bleiben.

»Was ist das?« fragte er noch einmal. »Gowenna – was geht hier vor?!«

Gowennas Antwort ging in einem ungeheuren Bersten und Krachen unter. Flackerndes rotes Licht löschte die Schatten ringsum aus, und Skar taumelte, von einer unsichtbaren Riesenfaust getroffen, gegen einen Baum. Er sah, wie Gowenna stürzte, klammerte sich verzweifelt mit der Linken fest, versuchte gleichzeitig, Del mit der anderen Hand festzuhalten, und ging unter einem zweiten, noch härteren Schlag zu Boden. Alles um ihn herum war rot, rot und düster und flackernd, und als er herumfuhr und sich hochstemmte, sah er eine brüllende, dunkelrote Feuersäule über den Wipfeln des Kristallwaldes emporsteigen. Ein Hagel winziger, messerscharfer Kristallsplitter regnete auf ihn herunter und fügte neue Wunden zu den kaum verheilten Schnitten auf seinem Gesicht und seinen Händen hinzu.

Wieder erbebte der Boden, und hinter der ersten stieg eine zweite, kochende Feuersäule in den Himmel. Es wurde warm, für einen winzigen Moment heiß, dann fegte eine zweite, von einem neuerlichen Hagel scharfkantiger Trümmer begleitete Druckwelle Gowenna und Skar wieder zu Boden. Skar warf sich schützend über Del und vergrub sein Gesicht zwischen den Armen. Irgend etwas schrammte über seinen Rücken, heiß, brennend und unglaublich *scharf,* und ein harter Schlag traf sein linkes Bein und lähmte es für Sekunden.

Skar blieb einen Moment benommen liegen, ehe er sich hochstemmte. Dicht neben ihm kam Gowenna mit unsicheren Bewegungen auf die Füße. Auf ihrem Gesicht war frisches Blut zu sehen, aber sie schien, wie er, im großen und ganzen unverletzt geblieben zu sein. Skar blieb für die Dauer von drei, vier Herzschlägen reglos sitzen und lauschte, aber es gab keine dritte Explosion. Es war still wie zuvor, jetzt, nach dem ungeheuren Krachen und Klirren, das den Kristallwald bis ins Herz erschüttert hatte, fast noch stiller, so daß Skar das Geräusch seiner eigenen Atemzüge unangemessen laut und störend vorkam. Als hielte die Natur in Erwartung eines weiteren Hiebes den Atem an, dachte er. Nur in seinen Ohren war noch ein leises Klingeln und Klirren, ein Nachhall des Brüllens, das seine Trommelfelle gemartert hatte.

Es dauerte eine Weile, bis er begriff, daß der Laut wirklich und nicht eingebildet war. Er stand auf, blickte sich verwirrt um und warf Gowenna einen fragenden Blick zu. Sie wirkte blaß.

Skar trat mit einem raschen Blick auf sie zu, packte sie an den Schultern und zwang sie, ihn anzusehen. »Was war das?«

»Ich weiß es nicht. Ich –«

Skar schüttelte sie so heftig, daß sie mit einem schmerzhaften Keuchen verstummte. »Du weißt es ganz genau«, sagte er wütend. »Und ich will endlich wissen, was hier los ist! Verdammt, Gowenna, ich habe dir gesagt, daß du mich nicht länger belügen sollst!«

El-tras Erscheinen bewahrte Gowen'na für den Moment davor, antworten zu müssen. Der Sumpfmann stürzte heran, eilte ohne ein erklärendes Wort oder Geste an Skar vorüber und bückte sich nach Del. Skar wollte ihm helfen, aber El-tra winkte hastig ab und warf sich Del wie ein Spielzeug über die Schulter. »Geh voraus!« sagte er befehlend. »Dort entlang!«

Skar stürmte wortlos in die Richtung, in die der Sumpfmann gedeutet hatte. Er begriff schon nach wenigen Augenblicken, warum El-tra diesmal darauf bestanden hatte, daß er vorausging. Der Wald wurde wieder dichter, so daß Skar sich schon nach kurzer Zeit gezwungen sah, sein Schwert zu ziehen und eine Gasse durch das glitzernde Unterholz zu hacken. Der Kristall zersplitterte schon bei der geringsten Berührung, aber die Schläge kosteten trotzdem Kraft, und sie kamen nicht halb so rasch voran, wie Skar sich gewünscht hätte. Zudem verursachten sie einen höllischen Lärm. Das Klirren, mit dem die Kristallgewächse zerbarsten, mußte meilenweit zu hören sein.

Skar wußte hinterher nicht, wie weit sie gelaufen waren – zwei, drei, vielleicht fünf Meilen, vielleicht aber auch nicht einmal eine. Irgendwann konnte er einfach nicht mehr. Er blieb stehen, taumelte gegen einen Baum und ließ kraftlos die Arme sinken. Sein Schwert schien plötzlich Zentner zu wiegen. Sein Herz schlug so hart, daß er jeden einzelnen Schlag mit fast schmerzhafter Intensität spürte, und in seiner Kehle stieg schon wieder Übelkeit empor. Das Klirren und Tönen in seinen Ohren blieb. Er atmete zehn, fünfzehnmal hintereinander tief durch, schloß die Augen und versuchte, das Schwindelgefühl zu vertreiben, das sich hinter seiner Stirn breitmachte. Jemand berührte ihn an der Schulter und schüttelte ihn; die Bewegung ließ Wellen von Übelkeit in ihm aufsteigen, und als er die Augen öffnete, sah er im ersten Moment nichts als wogende Schatten.

»Wir müssen weiter, Skar!« Er erkannte El-tra nur an seiner Stimme, und sein Nicken war keine Zustimmung, sondern nur noch ein Reflex; der Instinkt zu überleben, der ihm so lange eingehämmert worden war, bis er selbst dann noch funktionierte, wenn sein Wille längst aufgegeben hatte. Er stieß sich von dem Baumstamm ab, wankte und wäre gestürzt, wenn El-tra ihn nicht aufgefangen hätte. Das Klingen in seinen Ohren wurde stärker. Irgend etwas bewegte sich vor ihm.

Unendlich müde schob er die Waffe in den Gürtel zurück, griff blindlings nach Gowennas hilfreich ausgestreckter Hand und taumelte, halb auf sie gestützt, halb mit der anderen Hand Halt an Bäumen und gläsernem Buschwerk suchend, weiter.

»Es ist nicht mehr weit. Halte durch.« Diesmal durchbrachen El-tras Worte den Mantel aus Erschöpfung, der sich um sein Bewußtsein gelegt hatte.

»Cosh?«

Der Sumpfmann nickte. »Zwei, vielleicht drei Meilen. Wir haben Glück.«

Skar hatte plötzlich das Bedürfnis zu lachen – zwei Meilen oder die andere Seite des Schattengebirges, das blieb sich gleich. Er würde keine zwei Schritte mehr gehen können. Nicht jetzt; vielleicht überhaupt nicht mehr. Er wankte, ließ Gowennas Hand los und fiel schwer auf die Knie. Zum ersten Mal, seit er Ikne verlassen hatte, dachte er ernsthaft daran, aufzugeben.

Gowenna versuchte ihn auf die Füße zu zerren, aber er war zu schwer. »Bitte, Skar«, sagte sie verzweifelt. »Reiß dich zusammen! El-tra kann dich nicht auch noch tragen!«

Skar stützte sich schwer mit den Handknöcheln auf dem eisenharten Boden ab, hob den Blick und sah Gowenna an. Der Boden vibrierte noch immer, und die Bewegung pflanzte sich durch seine Hände und die bis zur Grenze des Erträglichen gespannten Arm- und Schultermuskeln fort und erfüllte ihn mit einem nicht einmal unangenehmen Kribbeln.

»Geht allein weiter«, murmelte er. »Bringt ... Del in Sicherheit. Ihr könnt mich später holen.«

»Es wird kein Später für dich geben, du verdammter Idiot!« schrie Gowenna. »Das hier ist kein Spiel, begreifst du das nicht? Wir sind in Gefahr!«

»Ach«, machte Skar. »Seit wann?«

Gowennas Gesicht verdüsterte sich. Sie schwieg einen Moment, fuhr dann mit einer blitzartigen Bewegung herum und krallte die Linke in Dels Haar. In ihrer anderen Hand blitzte plötzlich ein schmaler, zweischneidiger Dolch.

»Ich schwöre dir, daß ich ihm die Kehle durchschneide, wenn du nicht weitergehst«, sagte sie. Ihre Stimme klang plötzlich ganz ruhig, aber es war gerade diese Ruhe, die Skar zeigte, daß ihre Worte keine leere Drohung waren. »Ich tue es, Skar. Er ist ohnehin nur Ballast für uns und wird mehr Schaden als Nutzen bringen.«

Skar musterte sie eisig. Er war nicht einmal mehr in der Lage, Zorn zu empfinden. »Du hast dich wirklich nicht verändert«, sagte er.

»Warum auch?« Die Spitze des Dolches ritzte Dels Haut. Ein winziger Blutstropfen erschien auf seinem Hals, leuchtend wie eine rote Träne. »Sein Hiersein ist vielleicht der Preis für deine Begleitung, Skar. Aber ohne dich bringt er keinen Nutzen für uns. Nicht für uns und nicht für unsere Mission. Warum sollten wir uns mit ihm belasten, wenn es dich nicht mehr gibt?«

Skar ballte in ohnmächtigem Zorn die Fäuste, stand aber trotzdem gehorsam auf und begann weiterzugehen, nicht mehr vor, sondern hinter El-tra jetzt, und mit mühsamen, schleppenden Schritten. Gowenna ließ ihren Dolch wieder unter dem Gewand verschwinden, aber allein die Art, in der sie es tat, sagte Skar, daß sie ihn jederzeit erneut hervorholen und ihre Drohung wahrmachen würde.

Das klingende Geräusch, das sie die ganze Zeit begleitet hatte, wurde wieder leiser, als sie sich weiter nach Süden bewegten; es blieb jedoch die ganze Zeit in ihrer Nähe wie ein unsichtbares, nur aus Tönen und gespenstischer Musik bestehendes Raubtier, das sie beschlich und auf eine Gelegenheit wartete, über sie herzufallen. Skar wußte nicht, warum es ausgerechnet dieser Vergleich war, der sich ihm aufdrängte, aber er erschien ihm auf schwer zu fassende Art passend. Der Laut hatte etwas Drohendes an sich, obwohl er so klar wie der Kristall des Waldes und hoch war, eher der Gesang von Engeln als der von Dämonen. Und Gowenna schien ebenso zu empfinden. Ihr Blick streifte immer wieder nach rechts und links, tastete unsicher über den Boden und das gewölbte kristallene Dach über ihren Köpfen; sie wirkte ganz wie ein Mensch, der irgend etwas Bestimmtes sucht, voller Ungeduld darauf wartet und gleichzeitig Angst davor hat.

Ein winziger Lichtfleck löste sich aus den Baumwipfeln, fiel vor Skar auf den Boden und erlosch. Er blieb stehen, bückte sich neugierig und erkannte, daß es ein Bruchstück des Kristalls war; klar und rein wie ein geschliffener Edelstein, nur an einer Seite zerborsten und milchig wie ein uraltes Glas. Aber noch während er hinsah, begann sich die Bruchkante zu glätten.

»Was . . .«

Gowenna stieß einen halblauten, erschrockenen Ruf aus und deutete nach links.

Skars Herz schien einen schmerzhaften Sprung zu tun, als er sah, was Gowenna zu ihrem Ausruf veranlaßt hatte. Der Wald war nicht länger tot. Die kristallene Starre war unter einem Wirbel fließender, wogender Bewegung verschwunden; blitzende Kristallspinnen, die auf glatten, beinlosen Körpern geschäftig hin und her huschten und dabei winzige, haardünne Fäden hinter sich herzogen, hier und da Netz und feine, zerbrechliche Gespinste formend, Knoten und große, durchbrochene Platten, die das Licht einfingen und wie eine Million unterschiedlich angeordneter Spiegelscherben zurückwarfen. Das Klingen wurde wieder lauter, und dazwischen hörte Skar ein neues Geräusch: einen Laut, als würde irgendwo ein gewaltiges Stück Pergament von einer noch gewaltigeren Faust ergriffen und langsam, ganz langsam zusammengedrückt.

»Nein!« keuchte Gowenna. »Das . . .« Sie brach ab, stieß einen schrillen, kaum mehr artikulierten Schrei aus und hetzte dann wie von Furien gejagt los. Auch El-tra fuhr mit einem keuchenden Laut herum und stürmte davon. Skar rannte hinter ihnen her, auf der Flucht vor einer Gefahr, die er weder sehen noch begreifen konnte, die er jedoch instinktiv spürte.

Der Wald bebte. Nicht nur der Boden, jeder einzelne Stamm, jeder Halm und jeder gläserne Dorn schienen zu vibrieren, hohe, einzeln nicht hörbare summende Laute auszustoßen, die in ihrer Gesamtheit wie eine Flutwelle aus Lärm über ihnen zusammenschlugen. Licht blitzte überall auf, und die winzigen Kristallspinnen schienen plötzlich allgegenwärtig - zwischen den Stämmen, im Geäst und im Unterholz, auf dem Boden, ja selbst scheinbar freischwebend in der Luft, Millionen und Abermillionen winziger lebloser Lebewesen, die lautlos hin und her huschten und den Wald in einen Kokon haarfeiner gläserner Fäden einspannen. Sie schienen überall zugleich zu sein - je weiter sie liefen, desto dichter wurde das Gewebe, und ein paarmal brach El-tra mit sichtlichem Kraftaufwand durch große, wehende Vorhänge aus gläserner Seide, die quer zwischen den Bäumen gesponnen waren und den Zwischenraum wie blitzender Nebel ausfüllten. Eine der Glasspinnen fiel direkt auf Skars Hand; er versuchte instinktiv, sie abzustreifen, aber es ging nicht. Sie saß auf seiner Haut wie festgeklebt, bewegte sich träge und hinterließ eine Spur eisiger tauber Kälte auf seinem Arm. Skar fluchte, griff noch einmal zu und riß das Ding mit aller Kraft herunter. Auf seinem Arm blieb ein runder, blutiger Fleck von der Größe eines Fingernagels zurück, aber er sah jetzt auch, daß die Spinne keine wirkliche Spinne, sondern ein tropfenförmiger, glatter Kristall ohne sichtbare Vorsprünge oder Unregelmäßigkeiten war. Sein Inneres war von vager, unbestimmbarer Bewegung erfüllt, und aus seinem spitzen Ende drang ein haarfeiner, glatter Faden, der bei der leisesten Berührung zerriß. Skar schleuderte den Stein, von plötzlichem Widerwillen erfüllt, von sich, und rannte geduckt und den wehenden Netzen im Zickzack ausweichend, weiter.

Es wurde schlimmer, je weiter sie kamen. Die Glasspinnen mußten überall gleichzeitig, vielleicht wirklich in dem gesamten Waldgebiet, mit ihrem Werk begonnen haben, und so winzig sie waren, so unendlich schien ihre Zahl. Das Durchkommen wurde bald zur Qual, und selbst El-tras ungeheure Kraft reichte nicht mehr immer, um die schimmernden Netze zu zerreißen, so daß Skar nach einer Weile wieder die Führung übernahm und wie wild mit seinem Schwert um sich schlug und hackte. Und auch auf dem

Boden waren die geschäftigen Spinnen am Werk. Skars Schritte waren von einem nicht endenwollenden Klirren und Bersten begleitet; er watete durch ein erst nur fingerdickes, dann bis an die Knöchel und schließlich bis zu den Knien reichendes Unterholz aus gläsernen Fäden und nadelspitzen Dornen. Seine Beine begannen unerträglich zu schmerzen, und als er an sich herabblickte, sah er, daß seine Stiefel in Fetzen hingen und seine Haut zerschunden und blutig war; er sah aus, als trüge er glitzernde rote Strümpfe. Auch Gowenna und dem Sumpfmann erging es nicht besser. Ihre Schritte hinterließen blutige Fußabdrücke in der weißen Decke.

Dann erreichten sie eine Stelle, an der es kein Weiterkommen mehr zu geben schien. Die Zwischenräume zwischen den Bäumen waren ausgefüllt von Netzen, die so dicht waren, daß sie wie eine kompakte gläserne Wand wirkten. Skar schlug beidhändig mit dem *Tschekal* zu und legte all seine verbliebene Kraft in den Hieb. Die Klinge riß eine lange Scharte in die Wand, eine Platte der gläsernen Subtanz löste sich und fuhr dicht vor Skars Füßen wie eine durchsichtiges Fallbeil in den Boden. Aber die Glasspinnen waren überall; ihr geschäftiges Hin und Her füllte die Lücke fast im gleichen Tempo, in dem sie entstanden war - ein Vorgang, der so bizarr war, daß Skar eine Sekunde reglos stehenblieb und zusah. Es war wie das allmähliche Wachsen einer Schneeflocke, nur unendlich größer und rascher: Einzelne Kristalle, gewoben aus unzähligen einzelnen Fäden, wuchsen zu Gruppen zusammen, bildeten blitzende Schrägen und Facetten, vereinigten sich zu Stegen und Brücken, über die neue Fäden fielen und die Zwischenräume ausfüllten.

»Skar!« Gowannas Schrei riß ihn abrupt in die Wirklichkeit zurück. In seinen Beinen tobten Schmerzen. Es war, als würde seine Haut von tausenden winziger Zähne heruntergerissen.

»Lauf, Skar!« schrie Gowenna. »Es ist der Stein! *Sie setzt die Macht des Steines gegen uns ein!!«* Und als wären ihre Worte ein Signal gewesen, wurde es schlimmer. Eine klirrende Woge der gläsernen Weber rollte heran, breitete sich wie fallender Schnee über Bäume und Boden aus und begann auch die Lücke, durch die sie gekommen waren, zu füllen. Skar schrie auf, als er erkannte, daß sie plötzlich in einer Falle saßen, einer Falle, die sich rascher schloß, als er zu reagieren imstande war. Er wußte, daß er es nicht schaffen würde; trotzdem rannte er los, warf sich mit einem krächzenden Schrei gegen das Netz, das plötzlich da war, wo es vor Sekunden noch einen Durchgang gegeben hatte, und schlug wie ein Tobender zu. Das *Tschekal* sprang mit einem hellen Klingen zurück und wurde ihm aus der Hand geprellt. Die gläserne Wand schien nicht einmal einen Kratzer zu haben.

Wimmernd vor Schmerz bückte er sich nach seiner Waffe, aber der Sumpfmann war schneller. Er warf Del von den Schultern, raffte das Schwert auf und schlug beidhändig und mit der ganzen unmenschlichen Kraft seines Körpers zu. Die Klinge krachte gegen einen Baumstamm, sprang zurück und hackte fast im gleichen Moment erneut in den entstandenen Riß. Der Baum wankte. Kristallspinnen und Bruchstücke regneten wie Dolche aus seinem Geäst und ließen Skar und Gowenna zurückspringen. Ein langer, dreieckiger Splitter bohrte sich in El-tras Schulter und blieb zitternd stecken, und ein Dutzend Spinnen begann über seinen Körper zu kriechen und ihn einzuweben. Er beachtete sie nicht. Immer und immer wieder schwang er die Waffe, schlug er mit einer Gewalt, die Skar beinahe mehr erschreckte als das Treiben um sie herum, zu, und hackte einen Keil aus dem Stamm. Wieder erzitterte das gewaltige Kristallgewächs, bebte, schrie seinen Schmerz in hohen, klagenden Tönen hervor. Aber selbst die Kraft des Sumpfmannes schien dem Treiben der Spinnen – *der Macht des Steines,* der Gedanke schoß mit schmerzhafter Wucht durch Skars Kopf – nicht gewachsen zu sein. Der Baum neigte sich nach einem letzten gewaltigen Hieb, kippte langsam zur Seite und blieb, lange bevor er den Boden erreichte, vom Griff der Netze gehalten, hängen. El-tra stieß einen wütenden Schrei aus, sprang vor und hackte wie ein Rasender auf die singenden Stränge ein. Der Baum zitterte, fing sich noch einmal und stürzte dann vollends zu Boden.

»Lauft!!«

Noch während El-tra zurückeilte, um Del zu holen, rannten Gowenna und Skar los. Die Lücke begann sich bereits wieder zu schließen, aber sie schafften es, wenn auch keiner von ihnen hinterher genau zu sagen wußte, wie. Neue Netze wehten ihnen entgegen, keine starren Wände diesmal, sondern dünne, bewegliche Gespinste, die sich wie Altweibersommer um ihre Glieder und auf ihre Gesichter legten, sie zu fesseln und zu ersticken trachteten, als hätte der Wald eingesehen, daß er seine Taktik ändern mußte, um seiner Opfer habhaft zu werden. Skar schlug schreiend um sich, riß sich Hände und Arme an dem gläsernen Gewebe blutig und taumelte, blind den beiden Schatten folgend, in die sich Gowenna und El-tra verwandelt hatten, weiter. Der beißende Schaumteppich auf dem Boden reichte ihm jetzt bis an die Oberschenkel, und bei jedem Schritt schoß eine feurige Lohe durch seine Beine; er schwang seine Waffe wie eine Sense und spürte, wie das Gespinst rascher nachwuchs, als er es kappen konnte.

»Lauf, Skar!« Gowennas Stimme war voller Blut, und sie drang durch einen Nebel von Glas zu ihm. Er wankte, schlug blindlings um sich, prallte gegen ein Hindernis, riß sich die Seite auf und fühlte, wie etwas beißend und eisig seinen Nacken hinunterlief.

Und dann war es vorbei. Plötzlich war der Wald *wirklich* Wald, die Bäume grün und schwarz, wie sie sein sollten, der Boden weich und federnd, nicht mehr länger aus schneidenden Messern gemacht, und es gab keine Kristallspinnen und keine Netze mehr.

Nur noch Schmerz. Der Schmerz war ihm gefolgt wie ein dunkler Bruder des Waldes. Alles um ihn herum begann sich zu drehen, zu wanken; der Boden zitterte. Aber noch bevor er merkte, daß diesmal er es war, der wankte, verlor er endgültig das Bewußtsein.

Er erinnerte sich hinterher kaum, wie er die nächsten drei Tage verbrachte. Er war nicht die ganze Zeit bewußtlos, aber doch in einem Zustand, der dem der Bewußtlosigkeit sehr nahekam. Es gab Zeiten des Schmerzes und Zeiten, in denen er taub und jenseits aller Gefühle dahindämmerte, vage Laute und Geschehen um sich wahrnahm aber nicht wirklich begriff, was vorging.

Das erste, was er wieder bewußt wahrnahm, war Kälte; nicht die beißende Eisigkeit Tuans, sondern ein klammes, feuchtes Gefühl wie Nebel. Er öffnete die Augen und sah ein durchbrochenes Blätterdach über sich, kunstvoll verwobene Zweige, mit Erdreich und Moos abgedeckt, aber so alt, daß es schon wieder zu verfallen begann. Sein Kopf fühlte sich seltsam leicht an, und er spürte, daß Zeit vergangen war. Viel Zeit. Er lag auf einem niedrigen, aus Moos und geflochtenen Grasbüscheln gefertigten Lager; eine dünne, aus braunen Pflanzenfasern geknüpfte Decke war über seine Beine gebreitet, und in seinen Füßen pochte ein sanfter, beinahe wohltuender Schmerz. Er setzte sich auf, schlug die Decke zurück und begutachtete seine Beine. Bis zu den Knien herauf waren sie verbunden; grauer, grober Stoff, unter dem sich noch etwas anderes befinden mußte, denn der Verband war dicht und hatte das Aussehen von Stiefeln. Er bewegte prüfend die Zehen; es ging, wenn es auch weh tat.

»Du solltest das nicht tun«, sagte eine Stimme. »Unsere Heilkunst ist sehr gut, aber Wunder können wir auch nicht wirken. Du mußt deinem Körper Ruhe gönnen.«

Skar sah erschrocken auf. Im ersten Moment erkannte er nicht, woher die Stimme gekommen war, dann gewahrte er einen grauen, gebeugten Schatten, der in einer Ecke der Hütte hockte.

»El-tra?«

Der Schatten vollführte eine Bewegung, die Skar als Kopfschütteln deutete. »Mein Name ist Kor-tel«, antwortete er. »Doch du kannst mit mir reden wie mit ihm. Was er weiß, weiß auch ich, und was ich weiß, weiß auch er.«

Skar seufzte. »Ich vermute, ich bin in Cosh«, murmelte er. »Jedenfalls hört es sich so an.«

Kor-tel nickte. »Du bist in Sicherheit. Deine Freunde auch.«

»Dann haben wir es geschafft. Habt ihr uns aus dem Wald herausgeholt?«

»Aus dem Kristalldschungel? Nein. Ihr habt euch aus eigener Kraft gerettet. El-tra kam zu uns, doch wir waren nicht rechtzeitig zurück. Und wir hätten euch auch nicht helfen können. Doch nun sollst du ruhen. Zum Reden ist später noch Zeit genug.«

»Ruhen?« Skar ächzte. »Wie lange bin ich hier?«

»Drei Tage und zwei Nächte, bald drei. Die Sonne geht bereits unter.«

Skar lächelte. »Und du glaubst, ich würde Ruhe brauchen, nachdem ich drei Tage geschlafen habe?« Er setzte sich vollends auf, verlagerte das Körpergewicht auf die Seite und versuchte sich hochzustemmen. Seine Füße quittierten die Bewegung mit stechenden Schmerzen, aber sie trugen sein Körpergewicht. Er stand auf, blieb für die Dauer von drei, vier Lidschlägen reglos stehen und bückte sich dann nach seinen Kleidern. Kor-tel schüttelte den Kopf.

»Du bist ein erstaunlicher Mann, Skar. Was Gowenna über dich erzählt hat, scheint zu stimmen.«

Skar versuchte zu lächeln. »Warum auch nicht?« fragte er. »Offen gestanden würde ich lieber liegenbleiben, aber wir haben schon viel zuviel Zeit verloren. Drei Tage . . .« Er schüttelte den Kopf, schloß mit zitternden Fingern die Schnalle seines Umhangs und sah prüfend an sich hinunter. Er wirkte eher wie die boshafte Karikatur eines Satai als wie ein Angehöriger der Kriegerkaste: Sein Körper war über und über mit Verbänden und Pflastern bedeckt, und dort, wo die Haut sichtbar blieb, war sie zerschunden und rot, mit winzigen Linien wie Messerschnitten übersät. Seine Kleider waren nur noch Fetzen, und selbst sein Harnisch war zerschrammt und eingerissen. Aber für den Moment würde es gehen.

»Bring mich zu Gowenna«, sagte er.

Kor-tel stand auf, ging gebückt an ihm vorbei und schlug die Decke zur Seite, die den Ausgang verschloß. Skar blinzelte, als er hinter dem Sumpfmann ins Freie trat. Die Sonne sank, wie Kor-tel gesagt hatte, aber ihr Licht war noch grell und stechend und suggerierte eine Wärme, die nicht da war.

Der Anblick war beinahe enttäuschend. Wie jedermann auf Enwor hatte Skar viel über Cosh gehört; viel und doch wenig, eigentlich, wenn er es recht bedacht, nichts außer Vermutungen. Gowenna war der erste Mensch, den er traf, der Cosh wirklich betreten – und auch wieder verlassen – hatte. Er wußte nicht, *was* er erwartet hatte; aber das nicht.

Die Hütte lag am Rand einer kreisrunden, vielleicht tausend Fuß durchmessenden Lichtung. Der Boden war mit kurzem, hartem Gras und Büscheln einer dornigen Pflanze bewachsen; hier und da lugte der gelbe oder weiße Farbfleck einer Blume hervor, und vom Waldrand aus schlängelte sich ein schmaler Trampelpfad in scheinbar sinnlosen Windungen heran. Es gab drei weitere Bauwerke – wie das, in dem er erwacht war; halbrunde Kuppeln aus geflochtenem Gras und Ranken ohne Fenster oder feste Türen. Sonst nichts. Cosh war keine Stadt, nicht einmal ein Dorf. Selbst diese vier Hütten sahen aus, als wären sie schon seit langem verlassen. Die Anzeichen des Verfalls waren unübersehbar. »Was hast du?« fragte Kor-tel, als Skar überrascht stehenblieb. »Enttäuscht?«

Skar wollte nicken, besann sich aber im letzten Moment anders; schließlich wollte er den Sumpfmann nicht verletzen. So suchte er Zuflucht in einem verlegenen Lächeln. »Nein«, sagte er hastig. »Ich war nur ... überrascht. Ich hätte etwas anderes erwartet.«

Obwohl er Kor-tels Schattengesicht nicht sehen konnte, war er fast sicher, daß der Sumpfmann lächelte. »Du hast eine Stadt erwartet«, vermutete er. »Oder eine Burg. Eine von Ranken und Baumwurzeln überwucherte Festung im Herzen der Sümpfe.« Seine Stimme klang amüsiert. »Du wirst sie nicht finden. Dies hier ist Cosh.«

»Aber wo lebt ihr?« fragte Skar verwirrt.

Kor-tel machte eine weit ausholende Geste. »In den Sümpfen, Skar. Unsere Heimat ist der Wald und der Sumpf. Wir brauchen keine Häuser oder gar« – diesmal klang seine Stimme eindeutig abfällig – »Festungen. Braucht ihr sie?«

Skar antwortete nicht gleich. Im Grunde hatte der Sumpfmann recht – die Zeiten, da er selbst ein festes Dach über dem Kopf hatte, waren selten. Den größten Teil seines Lebens hatte er im Sattel oder unter freiem Himmel verbracht. Trotzdem konnte er sich mit der Vorstellung eines Volkes, das ständig im Freien lebte, dort schlief und aß und seine Kinder gebar, nicht anfreunden. Seine Vorstellung von Zivilisation war zu sehr mit der von Festungen und Häusern und Städten verbunden.

»Wo ist ... Gowenna?« fragte er stockend.

Kor-tel deutete wortlos auf eine der Hütten und setzte sich in Bewegung. Skar folgte ihm, langsam und mit kleinen, behutsamen

Schritten, als wäre er ein alter Mann. Er fühlte sich auch beinahe so; das Gefühl der Stärke, das er nach seinem Erwachen verspürt hatte, war verschwunden, und er bereute schon, nicht auf Kor-tels Rat gehört zu haben.

Der Sumpfmann blieb vor dem Eingang der Hütte stehen und machte eine einladende Bewegung. »Ich werde hier warten«, sagte er. »Ruf mich, wenn du etwas brauchst.«

Skar nickte, schlug die Decke beiseite und trat gebückt in die Hütte. Im ersten Moment erkannte er nicht viel; seine Augen hatten sich in den wenigen Minuten, die er draußen gewesen war, bereits an die Helligkeit gewöhnt. Aber die Hütte schien sich kaum von der zu unterscheiden, in der er erwacht war. Sie bestand aus einem einzigen runden Raum, und die gesamte Einrichtung bestand aus zwei niedrigen Lagern und einer grob zusammengezimmerten Kiste. Gowenna kauerte vor einer der Lagerstätten und wandte ihm den Rücken zu, als er die Hütte betrat. Vor ihr lag eine reglose, halbnackte Gestalt. Del.

Skar trat lautlos neben Gowenna, ließ sich auf die Knie sinken und berührte sie am Arm. Sie wandte kurz das Gesicht, nickte und legte den Finger auf die Lippen. Er verstand. Del schlief, zumindest hatte er die Augen geschlossen.

Gowennas Hand strich sanft über die Stirn des jungen Satai, verweilte einen Moment über seinen Augen und berührte sie. Del regte sich; die langsamen, unsicheren Bewegungen eines Mannes, der aus einem sehr sehr tiefen Schlaf erwacht. Er öffnete die Augen, starrte einen Moment blicklos zur Decke und hob dann den Kopf. Sein Gesicht zeigte nicht die mindeste Regung, als er Skar ansah.

»Erkennst du mich?« fragte Skar.

In Gowennas Gesicht zuckte es, und Skar bereute die Worte schon wieder.

Del nickte. »Was für eine dumme Frage«, sagte er. »Warum sollte ich dich nicht erkennen? Du bist Skar.«

Skar unterdrückte einen Schreckenslaut, als er Dels Stimme hörte. Sie klang flach, tonlos, wie von einem Mann, der im Schlaf oder in Trance sprach.

Trotzdem lächelte Skar.

»Natürlich war es dumm«, sagte er, gezwungen fröhlich. »Verzeih.«

»Du solltest ihn schlafen lassen«, meinte Gowenna. »Er braucht noch sehr viel Ruhe.«

»Ja«, bestätigte Del. »Ich brauche Ruhe. Ich bin müde.« Sein Kopf sank zurück, die Augen schlossen sich, und er schien im gleichen Moment wieder einzuschlafen. Skar wollte etwas sagen, aber Gowenna schüttelte hastig den Kopf und deutete auf den Ausgang. Erst, als sie die Hütte verlassen hatten, fiel die Spannung von ihr ab.

»Verzeih, Skar«, sagte sie. »Ich hatte keine Gelegenheit, dich darauf vorzubereiten.«

»Worauf?« fragte Skar scharf. Die Betäubung fiel von ihm ab und machte einem dumpfen Zorn Platz. »Was hast du mit ihm gemacht, Gowenna?«

»Alles, was ich konnte«, antwortete Gowenna, ohne ihn anzusehen. »Ich habe versucht, ihm zu helfen, Skar.«

»Helfen?« Skar hatte Mühe, wenigstens äußerlich ruhig zu bleiben. »Das was ich gerade gesehen habe, sah nicht sehr nach Hilfe aus.«

Gowenna lächelte. Es wirkte traurig. »Ich weiß«, sagte sie leise. »Es war . . . der letzte Ausweg. Das heißt, nicht einmal das. Ein Versuch.«

»Was für ein Versuch?«

»Du warst lange bewußtlos«, erwiderte Gowenna statt einer direkten Antwort. »Ich habe dich versorgt, so gut ich konnte, und dann habe ich mich um Del gekümmert. Aber ich glaube nicht, daß ich ihm helfen kann. Ich weiß alles, was eine *Errish* weiß, aber was immer Vela mit ihm gemacht hat . . .«

Sie schüttelte den Kopf, starrte zu Boden und breitete in einer hilflosen Geste die Hände aus. »Ich fürchte, ich bin machtlos dagegen.«

»Sie hat nichts mit ihm gemacht«, murmelte Skar.

Gowenna sah auf. »Woher weißt du das?«

»Er hat es mir gesagt, Gowenna. Sie hat ihn nicht verzaubert oder behext. Er liebt sie. Das ist alles.«

»Er . . .« Sie brach verwirrt ab. »Das ist nicht dein Ernst! Wie kann jemand diese Hexe lieben?«

Diesmal war es an Skar zu lachen. »Diese Frage mußt gerade du stellen?« Er schüttelte den Kopf, trat einen Schritt auf sie zu, blieb aber außerhalb ihrer Reichweite stehen.

»Findest du es nicht reichlich albern, daß wir uns schon wieder streiten?« fragte Gowenna, ohne auf seinen verletzenden Tonfall einzugehen.

Skar verzog geringschätzig die Lippen. »Warum nicht? Vielleicht können wir hinterher wieder miteinander schlafen.«

Diesmal trafen sie seine Worte. Sie starrte ihn an, öffnete den Mund, als wolle sie etwas sagen, drehte sich aber dann wortlos herum und ballte die Fäuste.

Skar begann sich schäbig zu fühlen. »Ich ... es tut mir leid«, murmelte er. Er hob die Hand und berührte sie an der Schulter, aber Gowenna machte einen raschen Schritt zur Seite und streifte seinen Arm ab.

»Nein, Skar«, sagte sie. »Es tut dir nicht leid.«

»Gowenna, ich –«

»Nicht.« Sie unterbrach ihn mit einem sanften, aber entschlossenen Kopfschütteln. »Es ist der falsche Moment und der falsche Ort, aber es wird Zeit, daß wir endlich ehrlich zueinander sind. Wir haben ein paarmal miteinander geschlafen, aber ich glaube nicht, daß du jemals mehr als Mitleid mit mir empfunden hast, Skar. Und – wenn ich ehrlich bin – mir erging es nicht viel anders. Ich liebe dich nicht, so wenig, wie du mich liebst.« Skar lauschte vergeblich auf einen Unterton von Bitterkeit oder Schmerz in ihrer Stimme. Sie sprach sehr ruhig, flüssig, als hätte sie die Rede lange vorbereitet und nur auf einen passenden Moment gewartet. Aber ihre Stimme klang kalt, so, als spräche sie über einen vollkommen Fremden, nicht über sich. »Belassen wir es dabei«, fuhr die fort. »Bleiben wir das, was wir immer waren: Verbündete, und vielleicht Freunde. Es ist gut so.«

»Und warum hast du es getan, wenn es so ist?«

Gowenna schwieg einen Moment. »Vielleicht ist es mir schon so in Fleisch und Blut übergegangen, andere Menschen zu benutzen, daß ich in der Wahl meiner Mittel nicht mehr vorsichtig genug bin«, sagte sie mit einem traurigen Lächeln. »Aber wenn ich ehrlich bin – ich weiß es nicht. Spielt es eine Rolle?«

Skar schüttelte den Kopf. »Nein. Eigentlich nicht.«

»Reden wir über etwas anderes«, sagte Gowenna. »Wie fühlst du dich?«

»So, wie ich aussehe«, antwortete Skar ernsthaft. »Aber nicht halb so schlimm, wie ich mich fühlen müßte. Du hast gut für mich gesorgt.«

»Es war nicht viel, was ich für dich tun konnte. Es ist leichter, Wunden zu schlagen, als sie zu heilen. Aber du bist sehr kräftig. Ein paar Tage Ruhe, und du bist wieder im Vollbesitz deiner Kräfte.«

»Ein paar Tage ...« Skar drehte sich nach Norden, dorthin, wo hinter der schwellenden grünen Wand Coshs Tuan und der Kristallwald lagen. »Ich fürchte, wir werden diese paar Tage nicht haben.«

»Vela?« Gowenna machte eine wegwerfende Handbewegung. »Mach dir keine Sorgen darum. Nicht einmal sie würde es wagen, die Grenzen von Cosh zu überschreiten. Und wenn sie es täte, wäre sie tot, bevor sie auch nur hundert Schritte in die Sümpfe vorgedrungen wäre.«

Skar runzelte zweifelnd die Stirn. »Nach dem, was du mir erzählt hast ...«

»Das war früher«, unterbrach ihn Gowenna. »Es war eine andere Vela, die hierherkam. Sie kam als Gejagte, und sie bat um Hilfe. Die Sumpfmenschen sind ein hartes Volk, Skar, aber sie verwehren keinem Hilfe, der in Not ist. Doch sie töten jeden, der den Speer des Krieges über ihre Grenzen trägt. Nein«, sagte sie noch einmal, »wir sind in Sicherheit.«

»Gefangen, meinst du«, sagte Skar. »Wir sind in Sicherheit, solange wir hierbleiben.«

»Richtig.«

»Und wie lange willst du dich verstecken? Einen Monat? Ein Jahr? Fünf?«

Der beißende Spott in seiner Stimme verfehlte seine Wirkung. Gowenna blieb ruhig. »Du solltest mit dieser Rede warten, bis du wieder in der Lage bist, ein Wettrennen mit einem Greis zu gewinnen«, sagte sie ruhig, beinahe heiter. »Sieh dich an, Skar. Vor drei

Tagen warst du mehr tot als lebendig, und du wirst ganz tot sein, wenn du auch nur einen Schritt aus diesen Sümpfen hinaustust. Also spiel dich nicht auf.«

»Ich spiele mich nicht auf«, grollte Skar. »Ich weiß selbst, daß ich nicht in der Lage bin, zu reiten, geschweige denn zu kämpfen. Aber es ist auch nicht meine Art, tatenlos herumzusitzen und zu warten, bis etwas geschieht. Früher oder später müssen wir weiter, und ich würde dann ganz gerne wissen, was auf uns zukommt.«

»Ich auch«, murmelte Gowenna. »Doch so, wie die Dinge liegen, können wir nichts anderes tun, als abzuwarten. Du bist verletzt, und auch ich brauche eine Pause. Außerdem – was immer wir tun, wir können nicht anders als warten. Wir haben unseren Zug gemacht. Jetzt ist sie an der Reihe. Sie wird warten, Skar. Irgendwo dort draußen. Warten und planen und darauf hoffen, daß wir einen Fehler machen.«

»Ich fürchte, da wird sie nicht allzu lange warten müssen«, knurrte Skar. »Hierbleiben und abwarten ist vielleicht schon der erste Fehler. Sie wird mit jedem Tag stärker, vergiß das nicht.«

Gowenna schnaubte. »Sie ist schon so stark, wie sie nur sein kann«, sagte sie. »Zumindest stark genug für uns. Hast du vergessen, wie du zu diesen Wunden gekommen bist?« Sie deutete auf seine Beine und schüttelte den Kopf. »Glaubst du eigentlich immer noch ernsthaft, sie besiegen zu können. Diese Frau hat die Macht, dich wie eine Fliege zu zerquetschen, Skar, dich, mich – alle hier.«

»Sagtest du nicht gerade, wir wären sicher?«

»Das sind wir«, nickte Gowenna. »Aber nicht, weil sie schwach oder das Volk der Sumpfmänner zu stark für sie wäre. Wir sind in Sicherheit, weil Cosh unangreifbar ist. Keine Armee der Welt könnte dieses Land besetzen. Du kannst keinen Krieg gegen Bäume und Sümpfe führen, Skar.«

»Wenn es so ist«, gab Skar leise zurück, »warum wehren wir uns dann noch? Warum gehen wir nicht zu ihr und geben auf?«

Gowenna schwieg, aber mit einem Mal schien sie es nicht mehr zu ertragen, ihn anzusehen. Erneut wandte sie sich um, starrte zu Boden und scharrte unruhig mit den Füßen.

»Warum ... Warum hast du Del mitgenommen, wenn du doch

gewußt hast, daß ich ihm nicht helfen kann? Vielleicht aus Gewohnheit. Vielleicht, weil ich noch nie einen Kampf verloren habe.«

Skar sagte nichts mehr, und mit der hereinbrechenden Dunkelheit legte sich Schweigen wie eine unsichtbare Mauer zwischen sie. Und wieder, wie schon so oft zuvor, hatte er das Gefühl, zum ersten Mal mit Gowenna zu reden, zum ersten Mal die wirkliche Gowenna zu sehen, sie sprechen zu hören. Wie oft noch? dachte er. Wie oft würde diese Frau noch die Maske herunternehmen, nur um darunter eine neue, noch perfektere zu tragen? Wie lange mußten sie noch zusammen sein, bis er sich durch die unzähligen verschiedenen Schichten ihrer Persönlichkeit zu dem Wesen durchgearbeitet hatte, das sie wirklich war?

Aber vielleicht, dachte er, gab es sie ja auch gar nicht. Nicht mehr, vielleicht war ihre wirkliche Persönlichkeit ausgelöscht, schon vor einem Jahrzehnt von Vela ausradiert, vielleicht aber auch einfach versickert, wie ein Tropfen im Meer aufgegangen in den unzähligen Scheinwesen, in die sie sich verwandelt hatte.

»Wie ist dein richtiger Name?« fragte er.

Gowenna sah auf, verwirrt, aber auch erschreckt. »Was ... meinst du damit?« fragte sie stockend.

Skar wußte es selbst nicht, ebensowenig, wie er wußte, warum er die Frage überhaupt gestellt hatte. Sie war ihm einfach in den Sinn gekommen. Aber eigentlich hatte nichts von dem, was er seit seinem Erwachen gesagt oder getan oder gedacht hatte, in Wahrheit Sinn. Sie redeten und stritten und beschimpften sich, aber es war nur Gewohnheit.

»Ich meine den Namen, den du getragen hast, als du hierherkamst. Das erste Mal.«

»Spielt er eine Rolle?«

Skar verneinte. »Sicher nicht. Es ... interessierte mich nur.«

Gowenna schwieg einen Moment. Ihre Zunge fuhr in einer nervösen Bewegung über ihre Lippen. Skar sah plötzlich, daß sie aufgesprungen und rissig waren, auch der gesunde Teil. Sie mußte Fieber haben. Zum ersten Mal, seit er erwacht war und sie getroffen hatte, kam ihm in den Sinn, daß auch sie verletzt sein mußte, mindestens so schlimm wie er. Er war nicht der einzige gewesen, dessen Spuren blutig waren.

»Kiina«, sagte sie plötzlich. »Mein Name war Kiina. Aber es ist lange her, daß ich Kiina war. Namen bedeuten nichts. Ich trage ihn nicht mehr, und ich bin auch nicht mehr das Kind, das ich war, damals.«

»Ich weiß«, nickte Skar. »Kiina ... Ein hübscher Name. Er klingt gut. Viel besser als Gowenna. Werde ich ... sie kennenlernen, diese Kiina?«

Gowenna schwieg. Aber als Skar sich umdrehte und zu seiner Hütte zurückging, lief eine Träne über ihr Gesicht.

Skar schlief an diesem Abend lange nicht ein, obwohl es in seiner Hütte kein Licht gab und er müde war. Kor-tel begleitete ihn und nahm wie ein schweigender grauer Schatten neben ihm Platz. Skar wußte, daß es wenig Zweck hatte, ihn fortzuschicken. Vielleicht würde er gehen, vielleicht nicht, aber das eine wie das andere würde nichts daran ändern, daß er trotzdem in seiner Nähe war. Er war auch während seines Gespräches mit Gowenna anwesend gewesen; ein stummer schmaler Schatten, der so natürlich in seine Umgebung zu passen schien, daß Skar ihn nicht einmal bemerkt hatte. Erst später, als er zurückging, hatte er seine Schritte neben sich vernommen.

»Etwas bedrückt dich, Bruder«, sagte Kor-tel. Es war dunkel geworden, und das durchbrochene Dach der Hütte sperrte auch das spärliche Sternenlicht aus, so daß Skar den Sumpfmann auch nicht hätte sehen können, wenn er einen normalen Körper gehabt hätte. Aber allein das Wissen, daß unter seiner Kapuze nichts als wirbelnde Schatten waren, berührte Skar auf unangenehme Weise. Er setzte sich auf, sah in die Richtung, aus der Kor-tels Worte gekommen waren, und lauschte, versuchte die winzigen Geräusche zu hören, die ein Mensch immer verursacht, ob er will oder nicht: das Rascheln von Kleidung, das leise Geräusch der Atemzüge, selbst der Laut von Haar, das sich bewegte. Aber er hörte nichts. Er war, als gäbe es Kor-tel gar nicht, als wäre er wirklich nicht mehr als eine körperlose Stimme.

»Wie kommst du darauf«, fragte Skar. Es war seltsam – er war lange Wochen mit Männern aus Cosh zusammen gewesen und hatte sich an ihr schattenhaftes Wesen und ihre manchmal unverständliche Art gewöhnt – oder hatte es zumindest geglaubt –, aber jetzt, als er bei ihnen war, als er eigentlich zum ersten Mal das Gefühl hätte haben müssen, unter Freunden zu sein, begann er wieder Furcht vor ihnen zu empfinden.

»Ich spüre es«, antwortete Kor-tel nach einer langen Pause, als hätte er ihm Gelegenheit geben wollen, seinen Gedanken zu Ende zu denken. »Du bist verwirrt, und du hast Furcht in dir. Und da ist noch etwas.«

»Etwas in mir?« fragte Skar. Gegen seinen Willen klang seine Stimme lauernd, beinahe drohend.

»Etwas in dir«, bestätigte Kor-tel. »Etwas, das mich verwirrt und das mir Angst macht wie dir. Was ist es?«

Skar lächelte, und er hatte das bestimmte Gefühl, daß Kortel es sehen konnte, trotz der Dunkelheit.

»Weißt du, daß ich das gleiche Gespräch schon einmal geführt habe?« fragte er. »Auch mit einem Mann deines Volkes.«

»Ich weiß. Ich bin El-tra, und El-tra ist ich. Alle sind einer und einer ist alle.«

Skar seufzte. »Ich beginne es zu glauben«, murmelte er. »Doch wenn es so ist, warum stellst du die gleichen Fragen wie er?«

»Weil du auch ihm nicht geantwortet hast. Nicht wirklich Bruder«, sagte Kor-tel. »Damals wußtest du die Antwort nicht.«

»Ich weiß sie heute ebensowenig«, gab Skar zurück. »Ich weiß vieles, was ich damals nur vermuten konnte, aber es ist nicht das, was ich wissen wollte.«

»Der Stein der Macht, die alten Götter und ihre Erben«, murmelte Kor-tel. »Dein Freund hat uns alles erzählt. Doch du hast recht – die Antworten, die die *Errish* dir gab, sind nicht die Antworten auf deine Fragen. Sie erklären, doch sie bedeuten nichts.«

Skar dachte einen Moment über den Sinn dieser Worte nach, kam jedoch zu keinem Ergebnis. Vielleicht hatten sie keinen. »Wißt ihr sie?«

»Wie können wir wissen, was nicht einmal du weißt, Bruder? Etwas ist in dir, und du tust recht daran, es zu fürchten.«

Skar hörte Geräusche, dann wurde der Vorhang vor der Tür zur Seite geschlagen, und Kor-tel erschien in der Öffnung. »Ich werde dich allein lassen«, sagte er. »Morgen, wenn die Sonne erwacht, werden wir uns um deinen Freund kümmern. Und um dich. Denk darüber nach, was in dir ist, Skar. Ich spüre eine Macht, die *stark* ist, unglaublich stark, stärker als alles, was Vela jemals gegen dich aufbieten könnte. Sie kann uns alle vernichten, Skar.

Doch sie kann uns auch retten. Wende sie richtig an.«

Kor-tel begleitete ihn am nächsten Morgen zu Del, wie er es versprochen hatte. Von Gowenna war keine Spur zu sehen, aber die Hütte war nicht leer: Eine Anzahl Sumpfleute reihte sich schweigend entlang der niedrigen, geflochtenen Wänden, aber Skar vermochte nicht zu sagen, ob El-tra unter ihnen war. Nicht nur die beiden Sumpfbrüder, *alle* Sumpfleute schienen sich zu gleichen wie eineiige Zwillinge; graue, gebückte, schmale Gestalten, die etwas gleichermaßen Beruhigendes wie Gefährliches ausstrahlten. Der Anblick ließ Skar unwillkürlich an eine Form denken, von der zahlreiche identische Abgüsse gemacht worden sind. Plötzlich war er gar nicht mehr so sicher, daß Kor-tels Behauptung, sie alle wären einer und einer wäre alle, nur eine Floskel war. Vielleicht waren sie nur ein Wesen. Wer sagte, daß ein Bewußtsein sich auf einen einzigen Körper beschränken mußte?

Kor-tel deutete mit einer einladenden Geste auf Dels Lager und ließ sich auf der anderen Seite auf die Knie sinken. Die übrigen Sumpfmänner rührten sich nicht. Es gab nicht das mindeste Anzeichen, daß überhaupt Leben in ihnen war.

Die Szene kam ihm vage bekannt vor: Kor-tel beugte sich vor, legte die Hand auf Dels Stirn und erstarrte. Minuten vergingen, reihten sich aneinander zu einer Viertel-, dann zu einer halben

Stunde, bis sein Zeitgefühl erlosch und er selbst beinahe in eine Art Trance verfiel. Das helle Rechteck, das das Sonnenlicht hinter den Eingang malte, wanderte langsam herum, aber sonst veränderte sich scheinbar nichts in der winzigen Hütte; Del schlief weiter, tief, ruhig, fast unnatürlich ruhig. Und doch spürte Skar, daß etwas geschah, fühlte er, wie sich etwas bildete, ein körperloses, unsichtbares, vibrierendes Ding, das überall zugleich und nirgends war – die geballte Faust, bereit, zuzuschlagen, zu zermalmen, zu zerschmettern. Es war kein Zufall, daß ihm gerade dieser Vergleich einfiel. Er fühlte die Gewalttätigkeit, die plötzlich im Raum hing. Macht von negativer, zerstörender Kraft. Was immer dieser geistige Hammer tat – es würde zerstören. Unwiderruflich. Plötzlich hatte er Angst, als er auf Del herabsah.

Kor-tel schien seine Bersorgnis zu spüren. Er sah auf, blickte ihm aus unsichtbaren Augen ins Gesicht und machte mit der freien Hand eine komplizierte, unverständliche Geste.

»Keine Sorge, Bruder«, sagte er. Plötzlich klang seine Stimme sanft, beruhigend. »Wir tun nichts ohne dein Einverständnis. Wir forschen.«

»Ihr forscht?« Skars Stimme klang hohl, als hätte sich die Laubhütte von einem zum anderen Augenblick in eine feuchte steinerne Gruft verwandelt. Tausende von Meilen unter der Erde.

»Sein Geist ist stark«, fuhr Kor-tel fort. »So stark wie der deine, wenn auch auf andere Art.«

»Könnt ihr . . . ihm helfen?« fragte Skar. Sein Mund war trokken. Er hatte Mühe, überhaupt zu sprechen.

»Wir können es, Bruder. Doch die Art, in der wir es täten, würde dir nicht gefallen.«

»Was heißt das?« Skar sah mit einem Ruck auf.

»Was Gowenna mit ihm tat, war gut, für den Augenblick«, antwortete Kor-tel. »Doch er wird zerbrechen, wenn sein Geist weiter gefesselt ist. Unwiderruflich zerbrechen. Aber wenn wir ihn wecken, wird er zum Feind.«

Skar schüttelte den Kopf, eine Bewegung, die nicht einmal ihn selbst überzeugte.

»Unsinn«, widersprach er kraftlos. »Del ist mein Freund. Wir kennen uns länger als zehn Jahre.«

»Liebe und Haß liegen eng beisammen, Bruder«, murmelte Kor-tel. »Und das eine ist als Macht so stark wie das andere.«

Skar hob in einer hilflosen Geste die Hände. »Bitte, Kor-tel«, sagte er. »Ich bin nicht in der Stimmung, mir eure Rätsel anzuhören. Was meinst du?«

Kor-tel nahm einen tiefen, hörbaren Atemzug. »Ich werde versuchen, es mit euren Worten auszudrücken. Doch sie sind unvollkommen und umständlich. Gowenna hat ihm einen Bann auferlegt, der ihn vergessen ließ. Vergessen, was geschah, was er fühlte und dachte. Doch sein Geist kämpft dagegen an. Er ist nicht stark genug, ihn zu sprengen, und nicht schwach genug, den Kampf aufzugeben. Lösen wir ihn nicht, so wird er wahnsinnig werden.«

Skar nickte. »Soweit habe ich verstanden«, sagte er schwach. »Könnt ihr ihm helfen?«

»Wir können ihn nicht alles vergessen lassen. Skar, nicht auf Dauer und nicht, ohne ihn zu zerstören. Er würde stets Haß in seinem Herzen tragen, ohne zu wissen, warum. Aber der Haß würde ihn verzehren. Und doch gibt es einen Weg. Seine Matrix ist unbeschädigt, und sie ist stark. Wir könnten ihn neu erwecken.«

»Und was heißt das?«

»Wir würden mit ihm tun, was du mit El-tra getan hast, als einer von ihnen starb. Wir können ihm nicht mehr geben, als er hat, doch es steht in unserer Macht, ihn vergessen zu lassen. Es wäre so, als wäre er Vela nie begegnet. Sie wäre eine Fremde für ihn. Das Leben eines Menschen ist wie ein Buch, Skar. Ein Buch mit unendlich vielen Seiten. Wir können keine dieser Seiten herausreißen, ohne den Rest zu zerstören. Doch wir können es neu schreiben. Vom ersten Wort an.«

Das, was du mit El-tra getan hast . . . dachte Skar. *Als einer von ihnen starb . . .*

Plötzlich sah er noch einmal die Szene in Combat vor sich, fast deutlicher als damals.

Nicht einer von ihnen war gestorben. Sie *alle* waren gestorben. Alle drei. Und er hatte zwei von ihnen ins Leben zurückgerufen.

»Ja, Skar, das bedeutet es«, sagte Kor-tel ernst. »Mit euren Worten ausgedrückt. Wir würden ihn töten müssen. Doch er könnte leben, neu geschaffen und so, wie er war.«

Skar wollte etwas sagen, aber seine Kehle war zugeschnürt, und die Zunge verweigerte ihm den Dienst. Töten ... Del töten ... Auch wenn es nur ein Tod auf Widerruf war, er würde sterben. Sterben durch ein einziges Wort, vielleicht nur ein Kopfnicken von ihm. Wieder spürte er die unsichtbare Faust, die über Dels Lager schwebte. Eine Faust, die bereit war, herabzustoßen und seinen Geist zu zermalmen.

Und dann? dachte er. Er wußte nicht wie, aber er wußte, daß die Sumpfmänner ihr Versprechen wahrmachen und ihn erwecken würden, und es würde ein Del sein, der den Namen Vela niemals gehört, der niemals gegen ihn gekämpft und niemals auf der anderen Seite gestanden hatte.

Ein Fremder.

Es würde nichts nutzen, ihm die Erinnerung zu nehmen. Nicht, solange er, Skar, seine eigenen Erinnerungen noch hatte. Was geschehen war, würde immer zwischen ihnen stehen, in jedem Blick, in jeder Bewegung, jedem Wort Dels. Es würde nicht mehr derselbe Del sein, sondern ein Wesen wie die Krieger Velas, eine Puppe. Wenn er Kor-tels Vorschlag akzeptierte, würde er ihn töten, unwiderruflich töten, und was immer danach entstand, wäre nicht mehr Del.

»Nein«, sagte er.

Kor-tel nickte. Seine Hand löste sich von Dels Stirn. »Ich wußte, daß du so entscheiden würdest«, sagte er.

»Ich kann es nicht tun. Ich ... er ...«

»Du brauchst nichts zu erklären, Bruder«, unterbrach ihn Kor-tel. »Wir verstehen und achten deine Gründe. Es ist eine schwere Bürde, die du übernimmst. Er wird dich hassen für das, was du getan hast.«

Skar schluckte. Sein Hals begann zu schmerzen. »Weckt ihn auf«, sagte er mühsam.

»Er wird von selbst erwachen«, sagte Kor-tel. »Doch gib ihm Zeit. Wenige Stunden, nach Tagen der Gefangenschaft.« Er schwieg einen Moment und fuhr dann, in verändertem, bedauerndem Tonfall, fort: »Du weißt, daß ihr nicht bleiben könnt?«

Skar nickte. Natürlich nicht. Sie würden einen Feind im Herzen ihres Reiches nicht dulden. Und noch während er den Gedanken dachte, spürte er einen zweiten, weit schlimmeren: Es war umsonst gewesen.

Er hatte Del mitgebracht, weil er gehofft hatte, Hilfe bei den Sumpfleuten zu finden, aber er wußte auch, daß Kor-tel ihn nicht weiter als Gefangenen halten konnte. Er würde ihn gehenlassen, und wenn Del ging, mußte auch er, Skar, gehen. Der Gedanke war grausam, aber schlüssig. Sie würden dieses Land beide verlassen oder gar nicht.

»Laßt mich allein«, bat er.

Die Schatten an den Wänden verschwanden, doch Kor-tel blieb reglos sitzen und sah ihn an. »Es tut mir leid, Bruder«, sagte er. »Wir schulden dir viel, mehr, als wir gutmachen können.«

Skar rang sich zu einem Lächeln durch. »Ich bin nicht gekommen, um Schulden einzutreiben«, sagte er.

»Ich weiß. Doch wer nicht fordert, fordert dadurch um so mehr. Wir werden dir helfen, wo wir können. Aber diesen Kampf mußt du allein durchstehen. Wir können ihn für dich verlieren, doch nicht gewinnen. Denke an das, was ich dir gestern nacht sagte. Die Macht von Cosh ist nichts gegen das, was in dir schlummert, Skar. Du könntest ein Gott sein, wenn du wolltest.«

»Ein Gott?« Skar lachte. Der Laut klang hohl von den gekrümmten Wänden zurück. »Oder ein Dämon?«

»Wo ist der Unterschied?«

»Ich wollte, ich wüßte es«, murmelte Skar. »Was waren die Erbauer Combats? Götter oder Dämonen?«

»Vielleicht beides«, antwortete Kor-tel. Er erhob sich nun ebenfalls, ging aber noch nicht. »Gowenna wird sich um deine Wunden kümmern, und danach . . .«

»Danach gehen wir«, nickte Skar.

Kor-tel machte eine unwillige Bewegung. »Du kannst bleiben, so lange du willst«, sagte er. »Warte den Winter ab, ehe du weiterziehst.«

Skar schüttelte den Kopf. »Ich danke dir für dein Angebot, aber je eher wir von hier verschwinden, desto besser. Besser für uns und besser für euch. Wir brechen morgen bei Sonnenaufgang auf.«

Kor-tel sah ihn an, als wolle er etwas sagen, wandte sich dann jedoch wortlos um und ließ ihn allein.

Skar schloß die Augen. In seiner Brust begann sich eine Spannung aufzubauen, ein Gefühl wie ein Schrei, der hinauswollte und es nicht konnte. Hilflos ballte er die Fäuste, preßte sie gegen die Augen und krümmte sich neben Dels Lager zusammen. Umsonst. Es war alles umsonst gewesen. Er wußte plötzlich, daß er nicht mehr gewinnen konnte. Sie würden Cosh verlassen - ob morgen oder in sechs Monaten spielte keine Rolle - und der Kampf würde weitergehen.

Vela würde auf sie warten, irgendwo dort draußen.

Plötzlich, für einen ganz kurzen, vergänglichen Moment, packte ihn Zorn, ein Zorn, der so heftig war wie der Schmerz zuvor. Er richtete sich auf, warf den Kopf in den Nacken und schlug die Fäuste auf die Oberschenkel, so fest es ging.

Der dumpfe Schmerz riß ihn in die Wirklichkeit zurück. Er stand auf, wandte sich nach einem letzten Blick auf Del um und verließ die Hütte.

Gowenna kam ihm entgegen, als er auf halbem Wege zu seinem eigenen Quartier war. In ihrer Begleitung befanden sich zwei Sumpfmänner. El-tra. Sie hob die Hand, um ihn zum Stehenbleiben zu veranlassen, und vertrat ihm mit einer ärgerlichen Bewegung den Weg, als er ihr ausweichen wollte. Als er in ihr Gesicht sah, wußte er, daß sie alles gehört hatte.

»Was soll das bedeuten?« begann sie übergangslos. »Du hast dich geweigert, Del . . .«

»Ich habe mich geweigert, ihn umzubringen«, fiel ihr Skar ins Wort. »Und ich bin nicht bereit, mit dir darüber zu diskutieren.« Plötzlich war es so wie früher - sie war nicht mehr als eine Zielscheibe, auf die er seinen Zorn entladen konnte, und er tat es, wütend und mit einem fast sadistischen Gefühl der Befriedigung. »Wir werden gehen, Gowenna«, fuhr er in scharfem Tonfall fort, »schon morgen früh, ganz egal, ob es dir paßt oder nicht. Wir werden Cosh verlassen, und ich stelle es dir frei, uns zu begleiten oder nicht.«

Sein plötzlicher Angriff schien Gowenna vollkommen zu überraschen. Sie schwieg einen Moment, rang sichtlich nach Worten und starrte ihn fassungslos an. »Du weißt nicht, was du tust«,

sagte sie schwach.

»O doch, Gowenna, ich weiß es.«

»Das weißt du nicht!« schrie sie. »Du bist irre geworden, Skar! Du kannst Del nicht Hunderte von Meilen in Ketten mit dir herumschleppen! Er ist eine Gefahr für dich und uns! Du ...« Sie brach ab. Ihre Augen weiteten sich ungläubig. »Du ... du hast nicht vor, ihn ...«

»Ich werde ihn gehenlassen, ja«, sagte Skar ruhig.

»Du willst ihn zurückschicken?« keuchte Gowenna. »Zurück zu *Vela?«*

»Ich werde ihn nirgends *hinschicken«,* verbesserte sie Skar. »Del ist nicht mein Eigentum. Ich werde ihn gehenlassen, das ist alles.«

»Du bringst uns damit alle in Gefahr!«

»O nein, Gowenna. Ich bringe euch in Gefahr, wenn ich bleibe. Du hast es selbst gesagt – ich kann ihn nicht in Ketten legen, und wenn ich es könnte, würde ich es nicht tun. Er wird in wenigen Stunden erwachen, und er wird als freier Mann von hier fortgehen.« Gowenna wollte etwas sagen, aber Skar sprach schnell und mit erhobener Stimme weiter: »Es ändert nichts, Gowenna, gar nichts. Wir kamen hierher, um Vela zu entkommen und einen Ort zu haben, an dem wir für ein paar Tage ausruhen können. Wir hatten nicht vor, Del mitzubringen.«

»Aber er ist nun einmal hier. Er kann zu einer Gefahr werden, Skar.«

»So?« erwiderte Skar spöttisch. »Zu welcher? Was hat er gesehen? Ein paar Bäume und Büsche, sonst nichts. Er kann uns nicht schaden, nicht mehr, als wäre er die ganze Zeit bei ihr geblieben.«

»Aber du –«

»Ich glaube eher«, fiel ihr Skar erneut ins Wort, »daß es dein Stolz nicht zuläßt, ihn gehenzulassen. Was ist es, Gowenna? Macht dir dieses eine Schwert mehr, das Vela hat, solche Sorgen? Oder erträgst du einfach den Gedanken nicht, ihr einen Hieb versetzen zu können und es nicht zu tun?«

Gowenna wurde blaß. Ihre Lippen begannen zu zittern. Aber sie sagte nichts mehr, sondern wandte sich mit einer abrupten Bewegung um und verschwand zwischen den Bäumen. Einer der

Sumpfmänner folgte ihr, während der andere zurückblieb und Skar kopfschüttelnd ansah.

»Das war unnötig, Skar«, sagte er. »Unnötig und grausam.«

Skar musterte ihn finster. Gowenna war gegangen, aber sein Zorn war geblieben, und El-tra erschien ihm in diesem Moment als beinahe ebenso guter Prügelknabe. »Vielleicht«, grollte er. »Aber auf jeden Fall hat es gutgetan. Und es war die Wahrheit. Warum bist du geblieben? Um mir Vorhaltungen zu machen? Spar es dir – ich weiß recht gut, was ich tun und lassen muß.«

El-tra überging die Frage, wie es seine Art war. »Es kommt mir so vor, als wüßtest du es nicht«, entgegnete er ruhig. »Du willst fort, und ich habe Verständnis dafür. Aber wenn du fliehst, bevor deine Wunden verheilt sind, wirst du dir selbst schaden. Du bist nicht in der Verfassung, weitere Strapazen zu ertragen. Deine Wunden bedürfen der Pflege, und dein Körper der Ruhe.«

»Wie edel«, sagte Skar ätzend. »Ihr seid besorgt um mich wie um euren Sohn. Aber ich kann schon auf mich aufpassen.«

»Denk an den Wald«, sagte El-tra. »Du hast ihre Macht geschmeckt, Skar, zum ersten Mal. War dir das, was wir erlebt haben, nicht Warnung genug?«

El-tras Worte dämpften Skars Zorn wie ein Guß kalten Wassers. Er hatte ihre verzweifelte Flucht durch den Kristallwald bisher verdrängt, hatte krampfhaft versucht, nicht daran zu denken, aber El-tra hatte die Erinnerung wieder geweckt.

»Das war . . . etwas anderes«, murmelte er hilflos.

»Das war es nicht, Skar. Sie beginnt gerade erst, ihre Möglichkeiten zu entdecken. Sie spielt mit dem Stein, mehr nicht. Sie hätte tausendmal mehr tun können, wüßte sie seine Kräfte richtig einzusetzen. Aber sie wird es lernen.«

»Und was soll ich dagegen tun?« fragte Skar. »Mich ihr mit dem Schwert in der Hand entgegenstellen und sie erschlagen?«

El-tra schüttelte den Kopf. »Auch wenn du es könntest, würde es nichts ändern. Die Macht des Steines ist nun einmal geweckt. Es würde nichts nutzen, Vela zu töten. Ein anderer würde kommen und ihn finden, und er wäre vielleicht schlimmer.«

»Du hast eine herzerfrischende Art, mir Mut zu machen«, grollte Skar.

Die Hütte war still wie die ersten beiden Male, als er sie betreten hatte. Durch das durchbrochene Blätterdach sikkerte Licht in schrägen goldenen Bahnen und verwandelte den Boden in ein Mosaik aus Braun und Grün und Helligkeit, auf dem Einzelheiten kaum noch zu erkennen waren. Es war warm hier drinnen, obwohl die dünnen Wände kaum geeignet schienen, der Kälte ernsthaften Widerstand entgegenzusetzen; trotzdem hatte er das Gefühl, durch eine unsichtbare warme Wand zu schreiten, als er das Gebäude betrat. Ein leiser Geruch nach gebratenem Fleisch und Wein lag in der Luft.

Del war wach. Er hockte mit untergeschlagenen Beinen, den verletzten Arm auf dem linken Knie ruhend und gebeugt, neben seinem Lager auf dem nackten Boden und sah ihm finster entgegen. Skar konnte sein Gesicht in der verwirrenden Beleuchtung nicht erkennen, aber allein das Wissen, daß Del sich an jede Einzelheit erinnerte, versetzte ihm einen schmerzhaften Stich.

Wortlos ging er zu ihm hinüber, nahm auf die gleiche Weise wie Del auf dem zweiten, freien Lager Platz und legte das Bündel, das er mitgebracht hatte, vor sich auf den Boden. Del folgte jeder seiner Bewegungen mit mißtrauischen Blicken, hüllte sich aber weiter beharrlich in Schweigen.

»Wie fühlst du dich?« fragte Skar. Die Worte kamen ihm albern vor; eine abgedroschene Phrase, die irgendwie fehl am Platze schien. Aber vielleicht war es immer noch besser, als weiter zu schweigen und sich gegenseitig anzustarren.

»Gut«, antwortete Del nach Sekunden. »Aber das habe ich wohl nicht dir zu verdanken.«

Skar lachte. Es wirkte gezwungen. Ohne ein weiteres Wort beugte er sich vor, nahm das Bündel auf und reichte es Del. »Nimm.«

Del zögerte. In seinen Augen spiegelte sich Mißtrauen, aber er streckte gehorsam die rechte Hand aus, nahm das Bündel und begann, ungeschickt und nur mit einer Hand, die darumgewickelten Tücher abzustreifen. Ein Laut der Verblüffung entrang sich seiner Brust.

»Das ist . . .«

»Dein Schwert«, nickte Skar. »Du hast mir meines wiedergegeben, jetzt bin ich an der Reihe.«

Del sah ihn verblüfft an. »Aber was ...« Er brach ab. Seine Rechte krampfte sich um den lederbezogenen Griff der Waffe. »Was bedeutet das?« fragte er lauernd.

»Nicht das, was du jetzt denkst«, antwortete Skar. »Ich bin nicht hier, um dich herauszufordern. Wir haben einmal miteinander gekämpft, und es war einmal zuviel.« Er deutete mit einer knappen Geste auf den Ausgang. »Du bist frei, Del. Du kannst gehen.«

Dels Augen weiteten sich erstaunt. »Ich kann *gehen?«* wiederholte er ungläubig. »Was ist das? Eine neue Falle?«

»Keine Falle, Del. Ich brachte dich hierher, weil ich dachte, Hilfe bei den Sumpfbrüdern finden zu können. Ich habe mich geirrt.«

»Du läßt mich gehen?« fragte Del noch einmal. »Einfach so? Ohne Bedingungen, ohne Hintergedanken?«

»Ohne Bedingungen«, bestätigte Skar. »Das heißt – mit einer Bitte: Geh nicht sofort zu Vela zurück. Bleib ein paar Tage allein und denk über alles nach.«

Del lachte. »Ich wußte, daß irgendso ein sentimentaler Quatsch kommen würde«, sagte er. »Was erwartest du? Daß ich mich ein halbes Jahr als Eremit in die Wüste zurückziehe und über den Sinn des Lebens nachdenke? Oder« – er versuchte jetzt bewußt, seinen Worten einen höhnischen Klang zu verleihen – »daß ich zum Berg der Götter reite und den Rat der Dreizehn um Hilfe ersuche?«

Skar schüttelte den Kopf. Er hatte Stunden um Stunden reglos in seiner Hütte gesessen und nachgedacht. Und er wußte, was Del sagen würde. Sie waren zu lange beisammen gewesen, als daß er nicht jedes Wort, jede Antwort und jedes Argument im voraus geahnt hätte.

»Ich appelliere an unsere Freundschaft, Del«, sagte er ruhig. »Ich will nicht gegen dich kämpfen, weder jetzt noch zu irgendeinem anderen Zeitpunkt. Aber ich werde es müssen, wenn du zu Vela zurückkehrst. Geh nicht zu ihr. Warte ... warte von mir aus, bis alles vorbei ist und ich tot bin.«

»Was hast du?« fragte Del höhnisch. »Angst?«

Skar nickte. »Ja, Del. Angst, dir noch einmal mit dem Schwert in der Hand gegenüberzustehen. Das nächste Mal müßte ich dich töten.«

»Du scheinst ziemlich sicher zu sein, daß du es schaffst.«

Skar senkte den Blick. Es war vollkommen sinnlos, weiter mit Del zu reden. Er war hergekommen, um ihm sein Schwert und seine Freiheit zu geben, und vielleicht war es das Klügste, es dabei zu belassen. Trotzdem fuhr er wider besseres Wissen fort: »Und wie denkst du, daß es weitergeht?«

»Wie soll es weitergehen? Du weißt, was ich tun werde. Ich werde zu ihr zurückkehren. Ich habe dich nicht gebeten, mich hierherzubringen. Und ich habe dich nicht gebeten, mich wieder gehenzulassen. Mach mich nicht für deine Fehler verantwortlich, Skar.«

Skar musterte ihn schweigend, aber als er weitersprach, war in seiner Stimme nichts von der Bitterkeit, die er empfand; höchstens so etwas wie Bedauern. »Du glaubst wirklich, diese Frau zu lieben, wie?«

Dels Gesicht schien zu Stein zu erstarren. »Und wenn?« fragte er gepreßt.

Skar zuckte mit den Achseln. »Weißt du, daß ich mit ihr geschlafen habe?« fragte er. »Am letzten Tag vor unserem Aufbruch?«

Del nickte. Die Mitteilung schien ihn nicht im mindesten zu überraschen. »Ich weiß es«, bestätigte er. »Aber du siehst die Sache vom falschen Ende aus – nicht *du* hast mit *ihr* geschlafen; *sie* war es, die mit *dir* geschlafen hat.«

»Und das ist ein Unterschied?« Skar konnte ein mitleidiges Lächeln nicht unterdrücken.

»Es ist einer«, nickte Del. »Und selbst wenn es keiner wäre, wäre es mir gleich. Aber das wirst du nie verstehen.« Er stemmte sich, mit der Rechten auf das Schwert gestützt, hoch, und sah sich suchend im Raum um. »Wo sind meine Kleider?«

Skar deutete mit einer Kopfbewegung auf die Kiste, die in einer Ecke stand. »Dort drinnen. Deine Rüstung ist draußen. El-tra wird dir Pferd, Sattel und Panzer bringen. Aber du kannst noch bleiben, bis du dich kräftiger fühlst.«

Del gab einen undefinierbaren Laut von sich. »Ich fühle mich kräftig genug, die paar Meilen zu reiten. Vielleicht falle ich ja auch in ein Sumpfloch – du wärst dann alle Sorgen los.«

»Die Sumpfleute werden dich bis zu den Grenzen ihres Reiches eskortieren«, sagte Skar.

»Habt ihr Angst, daß ich spioniere?« fragte Del spöttisch. Er ging mit einem raschen Schritt zu der Kiste, öffnete sie und entnahm ihr seine zusammengefalteten Kleider. Umständlich und langsam begann er sich anzukleiden. Sein geschienter und bandagierter Arm war ihm dabei sichtlich im Wege, aber Skar verzichtete darauf, ihm seine Hilfe anzubieten.

Schweigend sah er zu, wie Del Hemd und Unterkleider überstreifte, vorsichtig seinen Arm aus der Schlinge hob und das Kettenhemd anlegte. Es war seltsam – er empfand eher Verwunderung als Trauer oder gar Zorn. Sie waren länger als ein Jahrzehnt zusammen geritten, und jetzt, plötzlich und von einem Tag auf den anderen, waren sie zu Fremden geworden, sogar zu Feinden. Die Vorstellung war einfach zu absurd, um sie wirklich schon begreifen zu können. Es war alles so glatt gegangen – es gab keine dramtische Abschiedszene, keine großen Worte, keine Gesten; sie waren wie Fremde, die sich zufällig getroffen hatten, und deren Wege sich nun ebenso zufällig wieder trennten. Ein schneller, schmerzloser Schnitt.

Und trotzdem kämpfte er für einen Augenblick gegen die Trä nen an.

Schnell, so hastig, daß es ihm selbst beinahe wie eine Flucht vorkam, stand er auf und verließ die Hütte. Der Platz zwischen den Häusern war nicht mehr leer; eine Anzahl der Sumpfmänner hatte sich im Halbkreis darum versammelt – zwölf, vielleicht fünfzehn – es war Skar nicht möglich, ihre genaue Zahl zu erkennen. Selbst jetzt, im hellen Tageslicht, glichen sie sich wie identische Spiegelbilder, und sie waren ständig in Bewegung. Keiner von ihnen sprach, und selbst die leisen Geräusche des Waldes schienen gedämpft, wie über große Entfernung oder einen unsichtbaren Nebel herüberwehend.

»Skar?«

Skar drehte sich herum und erkannte El-tra, der, Dels Pferd am Zügel und seinen schwarzen Harnisch über dem anderen Arm, hinter der Hütte gestanden war. Durch die dünnen Wände mußte er jedes Wort verstanden haben. Es sollte Skar peinlich sein, war es aber nicht. Er hatte eine Niederlage erlitten, aber er hatte vorher gewußt, daß es geschehen würde.

»Du hast alles gehört?« fragte er.

El-tra nickte, ließ den Zügel los und entfernte sich ein paar Schritte von der Hütte, wohl um sicherzugehen, daß Del seine Worte nicht verstand. Skar folgte ihm.

»Es ist deine Entscheidung«, begann El-tra übergangslos, »aber bist du sicher, daß es klug ist, ihn gehenzulassen?«

Skar lächelte. »Ich bin ziemlich sicher, daß es ein Fehler ist«, sagte er.

»Warum tust du es dann?«

»Habe ich eine andere Wahl? Außer der, ihn – wie nennt ihr es? Seine Matrix neu schaffen?«

»Du bist der erste Mensch, der dieses Angebot von meinem Volk erhielt«, sagte El-tra anstelle einer direkten Antwort.

Skar sah an ihm vorbei zum Hütteneingang hinüber. Von Del war noch nichts zu sehen, aber er konnte ihn hören. »Verpflichtet mich diese Tatsache, es anzunehmen?«

»Natürlich nicht. Doch ich sehe, welchen Schmerz es dir bereitet, ihn gehenzulassen. Ich ... ich will dir helfen, Bruder.«

»Ich weiß«, murmelte Skar. »Aber es gibt nur einen winzigen Menschen, der mir helfen könnte. Und der« – er wies auf die verfallene Laubhütte und lachte leise und bitter – »wird in wenigen Augenblicken davonreiten.«

»Aber du –«

»Ich will nichts mehr davon hören«, sagte Skar scharf. »Ich weiß euer Angebot zu schätzen, El-tra, und ich werde niemandem euer Geheimnis verraten, aber ich kann es nicht tun. Du wirst es für dumm halten, aber für mich wäre es Mord. Schlimmer noch.«

»Er wird dich töten, wenn ihr euch das nächste Mal gegenübersteht.«

»Vielleicht. Er wird es versuchen, aber vielleicht werde ich ihn töten. Doch das wäre etwas anderes, El-tra.« Er stockte, sah den

Sumpfmann durchdringend an und fuhr in schärferem Tonfall fort: »Hat Gowenna dich geschickt, um mir ins Gewissen zu reden? Wo ist sie überhaupt?«

»Nicht hier. Sie ist vor Sonnenaufgang fortgeritten und wird nicht vor dem nächsten zurück sein. Und sie hat mich nicht geschickt, Skar. Ich kam nur, weil ich deinen Schmerz spürte. Du bist ein Teil von mir, vergiß das nicht.«

»Naja, dann habe ich wenigstens jemanden, der mit mir leidet«, meinte Skar spöttisch. Seine Worte bedauerte er sofort wieder, aber El-tra schien den verletzenden Ton nicht einmal zu registrieren. Er sah ihn an, machte eine Geste, deren Bedeutung Skar nicht verstand, und ging dann wortlos zu dem wartenden Pferd zurück. Skar atmete unmerklich auf. Er spürte, daß El-tra dicht daran gewesen war, ihn zu überzeugen.

Etwas in ihm hatte danach geschrien, El-tras Drängen nachzugeben, zu tun, was er ihm anbot. Und er wußte, daß er seinen Entschluß bereuen würde, im gleichen Moment, in dem Del das Lager verließ.

Und trotzdem war es das einzige, was er hatte tun können.

Langsam ging er zu Dels Hütte zurück und wartete neben dem Ausgang, bis der junge Satai ins Freie trat. Del blinzelte, geblendet durch das plötzliche Sonnenlicht, vor dem er vier Tage lang geschützt worden war. Er hob die Hand über die Augen, blieb stehen und sah sich mit einer Mischung aus Neugier, Verachtung und nicht ganz perfekt überspielter Furcht auf dem Platz um.

»Keine Sorge«, sagte Skar leise. »Es ist keine Falle. Sie werden dir nichts tun.«

Del erwiderte nichts. Er ging zu El-tra hinüber, nahm dem Sumpfmann die Rüstung ab und begann sie umständlich anzulegen.

»Du wirst sie nicht brauchen«, sagte Skar. »Cosh ist sicher, solange du nicht von dem Weg abweichst, den die Sumpfmänner dir zeigen. Der Panzer wird dich nur behindern.«

Del fuhr fort, sich anzukleiden, als hätte Skar seine Worte gar nicht gehört. Ein kurzes, schmerzhaftes Zucken lief über sein Gesicht, als die steinharte Kante des Lederharnisches gegen das bandagierte Handgelenk stieß. Skar eilte zu ihm, nahm ihm den Harnisch ab und half ihm, die anderen Teile seiner Panzerung anzulegen. Del widersprach nicht.

Ein bedrückendes Gefühl machte sich in Skar breit, während er zusah, wie Del Arm- und Beinschienen aus schwarzem, hornig glänzendem Metall anlegte und umständlich in den Lamellenrock schlüpfte, der seine Oberschenkel schützte. Sie hatten unzählige Male so beieinander gestanden und sich gegenseitig geholfen, ihre Ausrüstungen überprüft, hier und da eine Schnalle festgezogen, eine Falte geglättet, hundert Mal vor hundert Kämpfen, die sie Rücken an Rücken ausgefochten hatten. Skar wartete, bis Del den Lederharnisch vor der Brust hatte, trat gewohnheitsmäßig mit einem raschen Schritt hinter ihn und ließ die Kupferspangen einrasten, die Brust- und Rückenteil des Panzers verbanden. Del schien unter seiner Berührung zusammenzufahren, aber Skar war nicht sicher, ob er sich die Bewegung nicht nur einbildete.

Als er fertig war, schlug er Del kräftig mit der flachen Hand zwischen die Schulterblätter, so, wie er es unzählige Male zuvor getan hatte. »In Ordnung«, sagte er.

Del drehte sich halb um und sah zu ihm herab. Skar mußte den Kopf in den Nacken legen, um ihm in die Augen sehen zu können. Er war so lange mit ihm zusammen gewesen, daß er fast vergessen hatte, wie groß Del war.

»Nichts ist in Ordnung, Skar«, sagte Del tonlos. »Aber wenn du glaubst, daß jetzt der richtige Moment für ein paar dramatische Worte des Abschiedes ist, dann sprich sie. Ich werde nicht länger warten.«

Skar hatte mit einem Mal Mühe, seinem Blick standzuhalten. Er schluckte, setzte dazu an, etwas zu sagen, und trat schließlich kopfschüttelnd zurück. »Dein Pferd ist bereit«, sagte er mit einer Geste auf das Tier. »Geh.«

Del fuhr mit einem Ruck herum, riß El-tra die Zügel aus der Hand und sprang in den Sattel. Das Pferd scheute einen Moment, aber Del brachte es mit einem harten Ruck am Zügel zum Stehen. Sein Gesicht war noch immer unbewegt, eine Maske, auf der nicht die geringste Regung abzulesen war. Nur in seinen Augen loderte es; ein Feuer, das Skar beinahe Furcht einjagte.

Vom anderen Ende des Platzes näherten sich vier Reiter;

Sumpfmänner auf Pferden, die dem Tier Dels ähnelten wie Zwillinge. Sie nahmen dicht hinter Skar Aufstellung.

»Ist das meine *Eskorte?«* fragte Del abfällig.

Skar nickte. »Sie werden dafür sorgen, daß du sicher über die Grenzen Coshs kommst«, sagte er. »Richte dich genau nach ihren Anweisungen. Die Sümpfe sind tückisch.«

Del preßte seinem Pferd die Schenkel in die Seiten und ritt los. Die Reihe der Sumpfleute teilte sich vor ihm, und auch Skar wich ein Stück zur Seite, trat dann aber plötzlich wieder vor und ergriff die Zügel seines Pferdes. Del spannte sich. Seine Hand zuckte zum Schwert, führte die Bewegung aber nicht zu Ende.

»Was ist los?« fragte er. »Hast du es dir anders überlegt? Du solltest die Hand da wegnehmen, wenn du sie behalten willst.«

Skar zog die Hand nicht zurück. »Nur ein Wort noch«, sagte er. »Dann kannst du reiten.«

Del wirkte plötzlich nervös. Seine Hand glitt das Stück, das sie sich in Richtung auf das Schwert bewegt hatte, zurück, aber seine ganze Haltung verriet Anspannung. Seine Selbstbeherrschung war nur gespielt. Und er war, so wie Skar, an den Grenzen seiner Kraft angelangt.

»Wir werden uns wiedersehen«, sagte Skar. »Und ich möchte, daß du dich dann daran erinnerst, daß du mir dein Leben schuldest, *Satai.«*

Etwas schien in ihm zu zerbrechen, als er diese Worte aussprach. Das Flackern in Dels Augen erlosch, und für einen Moment war alles, was Skar in seinem Blick las, Verblüffung und ungläubiges Staunen. Dann machte der Ausdruck einem anderem Platz, etwas, das Skar mehr traf als alles, was vorher geschehn war.

»Ich ... werde es tun, Skar«, sagte er stockend. Er riß Skar den Zügel aus der Hand, stieß dem Tier rücksichtslos die Sporen in den Leib und preschte los, gefolgt von seinen vier Begleitern.

Skar sah ihm nicht nach. Lange, bevor Del die jenseitige Grenze der Lichtung erreichte und zwischen den ersten Bäumen verschwand, drehte Skar sich um und ging zu seiner Hütte zurück. Der Schmerz, auf den er wartete, kam nicht, und dort, wo Trauer sein sollte, schien nur Leere zu sein, als hätte der Hieb, den er erhalten hatte, selbst dieses Gefühl abgetötet. Gebückt trat er durch den Eingang seiner Hütte, wankte zu seinem Lager und ließ sich schwer auf die Knie fallen. Er versuchte zu denken, an irgend etwas Sinnloses zu denken, nur um die Leere hinter seiner Stirn zu vertreiben, aber es ging nicht.

Es dauerte lange, bis er merkte, daß er nicht mehr allein war. Ein Schatten war ihm gefolgt und hatte sich lautlos neben der Tür niedergelassen. Er wußte, daß es El-tra war.

»Warum hast du das getan?« fragte der Sumpfmann.

»Was?«

El-tra machte eine Geste in die Richtung, in der Del verschwunden war. »Deine letzten Worte, Skar. Ich habe sie gehört, doch ich verstehe sie nicht.«

Skar lächelte bitter. »Es hätte wenig Sinn, sie dir erklären zu wollen, El-tra«, sagte er.

»Du weißt, daß er dich dafür verachten wird.«

Skar nickte. »Vielleicht war es das, was ich wollte, Bruder. Es war . . . leichter für ihn, so.«

El-tra schwieg eine Weile. »Leichter . . .« wiederholte er. »Du sprichst in seltsamen Ton von einem Mann, der dich töten wird, wenn du ihm die Gelegenheit dazu gibst.«

»Vielleicht wird er es tun«, bestätigte Skar. »Aber ihn trifft keine Schuld daran. Sowenig wie dich oder mich oder irgendeinen. Vielleicht . . .« Er stockte, ballte hilflos die Fäuste und sprach mit veränderter Stimme weiter: »Verzeih, El-tra. Ich fürchte, ich rede einen ganz schönen Blödsinn daher.«

»Es macht nichts, Bruder. Ich weiß, was du fühlst. Auch ich habe einen Bruder verloren, vergiß das nicht.«

Einen Bruder . . . War Del ein Bruder für ihn gewesen? Wohl kaum. Manchmal, vor allem in den ersten Jahren, die sie zusammen gewesen waren, hatte er sich fast wie ein Vater gefühlt, aber dieses Gefühl war bald erloschen und hatte etwas anderem, viel Komplizierterem Platz gemacht, etwas, über das er eigentlich bis heute nicht wirklich nachgedacht hatte. Selbst als er in Velas Gefangenschaft gewesen und mit Del geredet hatte, hatte er es noch nicht wirklich geglaubt. Ja, er hatte etwas verloren, aber er hätte in diesem Moment nicht sagen können, was. Nur das Gefühl des

Verlustes war da. Es war da, und es war groß, und es war schrecklich.

»Vielleicht ist es besser, wenn ich dich jetzt allein lasse«, murmelte El-tra.

Skar hörte es nicht einmal.

Gowenna kehrte nach Mitternacht ins Lager zurück. Skar hatte den Rest des Tages in seiner Unterkunft verbracht und war nur einmal aufgestanden, als Kor-tel hereinkam und die Verbände an seinen Beinen wechselte. Er hatte die Wunden gesehen, die der gläserne Tod geschlagen hatte – unzählige schmale, wie mit dünnen Dolchen gezogene Schnitte, die teilweise bis auf den Knochen gingen – aber der Anblick hatte ihn kaum berührt; der Schmerz in seinem Inneren war schlimmer. Lange nach Sonnenuntergang war er eingeschlafen, und es war – anders, als er erwartet hatte – ein tiefer und traumloser Schlaf gewesen, als wäre sein Geist selbst zum Träumen zu erschöpft, erschöpft von dem Kampf, der in seinem Inneren stattgefunden hatte.

Donnernder Hufschlag weckte ihn. Er fuhr auf, für einen Moment desorientiert und hilflos. Durch die dünnen Wände der Hütte drangen aufgeregte Stimmen: das Organ Gowennas, aber auch Worte in der kehligen schnellen Sprache der Sumpfleute, dazwischen das unruhige Stampfen von Pferden und das Klirren von Geschirr.

Er stand auf, warf sich die Decke, unter der er geschlafen hatte, wie einen Mantel um die Schultern und verließ die Hütte.

Die Lichtung war vom Schein zahlreicher Fackeln erhellt. Skar schätzte, daß etwa dreißig bis vierzig der Sumpfleute zusammengekommen waren; mehr als er jemals auf einmal gesehen hatte. Die meisten von ihnen drängten sich eng um Gowenna, die noch immer auf dem Rücken ihres Pferdes saß und mit erhobener Stimme auf die Menge einredete. Skar verstand die Worte nicht, aber ihrer Gestik und der erregten, schnellen Art, in der sie sprach nach zu urteilen, schienen es keine guten Nachrichten zu sein, die sie brachte.

Als sie Skar sah, sprang sie mit einer zornigen Bewegung aus dem Sattel, bahnte sich einen Weg durch die Sumpfleute und kam mit weit ausgreifenden, energischen Schritten auf ihn zu.

»Du hast es also wirklich getan!« begann sie übergangslos.

Skar blinzelte. »Was?« fragte er verwirrt. »Ich habe geschlafen, bis du angefangen hast, den halben Sumpf zusammenzuschreien und –«

»Du weißt genau, was ich meine!« unterbrach ihn Gowenna. Ihre Stimme zitterte vor Erregung. Als sie näher kam, sah Skar, daß ihre Kleider in großen, dunklen Flecken an ihrem Körper klebten. Sie mußte wie von Furien gehetzt geritten sein. »Du hast ihn gehenlassen! Kor-tel hat es mir gesagt. Du hast Del fortgeschickt.«

»Ich habe ihn nicht fortgeschickt«, sagte Skar ruhig. »Er ist gegangen.«

»Hör auf!« schrie Gowenna. »Ich habe keine Lust mehr, mir deine Haarspaltereien anzuhören. Du hast ihn weggeschickt, und er ist jetzt wahrscheinlich schon auf halbem Wege zu dieser Hexe! Du verdammter Narr hattest nicht einmal genug Geduld, meine Rückkehr abzuwarten.«

Skar trat mit einem raschen Schritt auf sie zu, packte ihr Handgelenk und drückte es so kräftig, daß sich ihr Gesicht vor Schmerz verzerrte. »Ich habe dir gesagt, du sollst nicht in diesem Ton mit mir reden«, zischte er. »Was zwischen Del und mir ist, geht dich nichts an. Du bist vielleicht meine Verbündete, aber nicht mein Vormund, Gowenna.«

Aber diesmal prallte sein Zorn von ihr ab. Gowenna riß ihre Hand los, wich einen halben Schritt zurück und funkelte ihn wütend an. »Narr«, sagte sie leise. »Ich habe dich für klug gehalten, Skar, aber es scheint, daß ich mich getäuscht habe. Soll ich dir sagen, was dein Del getan hat? Dein Freund, der nur irregeleitet ist? Er hat seine Bewacher getötet, kaum daß er fünf Meilen vom Lager entfernt war. Er hat sie umgebracht, heimtückisch und brutal!«

Ein Schlag vor die Stirn hätte Skar nicht härter treffen können.

»Das ... das ist nicht wahr«, stammelte er hilflos. »Du lügst!«

Gowenna lachte abfällig. »Es ist wahr. Wir haben ihre Leichen gefunden. Wahrscheinlich ist er jetzt bereits bei Vela und erklärt ihr den Weg hierher in allen Einzelheiten.«

»Aber das ist unmöglich!« keuchte Skar. Sein Schreck begann sich in Entsetzen zu verwandeln. Sein Herz pochte, jeder Schlag war ein dünner, blitzender Schmerz, der ihn zusammenzucken ließ.

»Warum sollte es unmöglich sein?« fuhr Gowenna gnadenlos fort. »Nur weil sie Sumpfmänner waren und er nur ein gewöhnlicher Mensch? Du vergißt anscheinend, daß Del dein Schüler ist, dein bester Schüler, Skar. Einem Mann wie ihm dürfte es nicht schwerfallen, vier Ahnungslose zu ermorden. Selbst wenn sie Sumpfmänner sind.«

»Das glaube ich einfach nicht«, sagte Skar hilflos. »Del ist kein Mörder.«

»Du glaubst es nicht? Warum? Weil du dann zugeben müßtest, daß dich die Schuld am Tod der vier Sumpfbrüder trifft? Oder weil es dein Stolz nicht zuläßt, einzugestehen, daß du einen Fehler begangen hast?«

»Aber Del –«

»Der Del, den du kanntest, existiert nicht mehr, Skar«, unterbrach ihn Gowenna. »Er starb in Ikne, im ersten Augenblick, in dem er Vela gegenüberstand. Du hattest die Chance, ihn wieder zum Leben zu erwecken, aber du wolltest es ja nicht.« Sie schwieg einen Moment, erregt und schnell, beinahe hastig atmend. Sie war erschöpft gewesen, als sie vom Pferd stieg, und die kurze Rede hatte sie noch mehr Kraft gekostet. Skar sah, daß ihre Hände zitterten. »Du kannst ihn selbst fragen, Skar«, fuhr sie fort. »Er wird hierherkommen, schon bald. Vielleicht bist du bereit, mir zu glauben, wenn Vela mit ihren Kriegern und ihrem Drachen auf diese Lichtung gestürmt kommt. Sie sind auf dem Weg hierher.«

»Sie –«

»Das war der Grund für mein Fortgehen«, sagte Gowenna ein wenig ruhiger, aber noch immer erregt. »Ich wollte mich selbst davon überzeugen, was sie tat. Sie hat den Kristallwald umgangen und die Grenzen von Cosh überschritten. Sie, der Drachen und vierzig Krieger, die ihr geblieben sind. Wenn wir sie nicht aufhalten, ist sie morgen bei Sonnenuntergang hier.«

Skar suchte vergeblich nach Worten. Es war zuviel, selbst für ihn. Er wußte, daß Gowenna die Wahrheit sprach, und trotzdem glaubte er ihr nicht. Allein die Vorstellung, daß jemand die Sumpfleute in ihrem ureigensten Gebiet angreifen sollte, erschien ihm lächerlich. Er wußte, obwohl vor ihm wohl weniger als ein Dutzend Menschen überhaupt so tief in das Geheimnis von Cosh vorgedrungen war, noch immer so gut wie nichts über das Volk der Sumpfleute, aber die Wälder und Moore, die die Lichtung wie ein schützender Wall umgaben, erschienen ihm wie das Sinnbild der Stärke, Sicherheit und Unangreifbarkeit. Den Krieg nach Cosh tragen zu wollen, das war für ihn das gleiche, wie den Winter oder die Wüste bekämpfen zu wollen: unmöglich, schlicht und einfach unmöglich.

Und doch hatte sie es getan.

Und sie war der einzige Mensch auf der Welt, dem er zutraute, dieses Unternehmen sogar erfolgreich abschließen zu können.

»Was werdet . . . ihr tun?« fragte er stockend.

Es war El-tra, der anstelle von Gowenna antwortete. »Wir werden sie vernichten, Skar. Wir werden sie und jeden, der in ihrer Begleitung ist, töten. Noch heute.«

Skar nickte. Natürlich hatte er die Antwort gewußt. »Ich werde euch begleiten«, murmelte er.

El-tra zögerte einen Moment. »Du mußt es nicht«, sagte er leise. »Du weißt, daß Del bei ihr sein wird, und –«

»Ich weiß!« unterbrach ihn Skar. Seine Stimme war leise, stand aber trotzdem dicht davor, überzukippen. Ohne es zu merken, hatte er die Fäuste geballt. Er hatte plötzlich das dringende Bedürfnis, etwas zu zerstören, zu zerschlagen. Irgend etwas. »Ich weiß, daß ihr es ehrlich meint, und ich danke euch«, fuhr er fort. »Aber ich muß es tun. Es war mein Fehler. Ich hätte Del niemals hierherbringen dürfen. Wann . . . brecht ihr auf?«

»So rasch wie möglich«, sagte El-tra. »Sie ist bereits tief in die Sümpfe vorgedrungen, und sie zieht eine Bahn der Vernichtung. Wir müssen sie aufhalten, ehe der Schaden, den sie anrichtet, zu groß geworden ist. Ich werde Kor-tel zu dir schicken, damit er deine Verbände wechselt. Damit« – er deutete auf Skars dick bandagierte Waden – »kannst du nicht reiten.«

El-tra entfernte sich, und Skar und Gowenna blieben allein zurück. Auf dem Platz begann sich eine hektische Aktivität zu entfalten, obwohl Skar nicht erkennen konnte, was die Sumpfleute im einzelnen taten. Er sah eine Weile zu, drehte sich dann um und ging in die Hütte zurück. Gowenna folgte ihm nach kurzem Zögern, aber er beachtete sie gar nicht. Vorsichtig und mit zusammengebissenen Zähnen begann er die Verbände von seinen Beinen abzuwickeln. Ein paar der Schnitte rissen wieder auf und bluteten, aber diesmal begrüßte er den Schmerz, konzentrierte sich ganz auf das schneidende Brennen, das ihn wenigstens für Sekunden von der Qual in seinem Inneren ablenkte. Er setzte sich, griff nach der Wasserschale und begann ungeschickt das frische Blut von seiner Haut zu tupfen. Gowenna sah ihm eine Weile zu, kniete dann wortlos vor ihm nieder und nahm ihm das Tuch aus der Hand. Er ließ es geschehen, aber es bedeutete jetzt nichts mehr. Wenn sie ihm half, dann nicht mehr aus Mitleid oder gar Liebe, sondern nur, um ihn auf den Kampf vorzubereiten. Sie versorgte einen Krieger, keinen Freund. Vela hätte dasselbe für einen ihrer Puppensoldaten getan, hätte er ihre Hilfe benötigt.

»Wo werden sie ihre Truppen sammeln?« fragte er nach einer Weile.

Gowenna tauchte das Tuch ins Wasser, schwenkte es ein paarmal hin und her und wrang es sorgfältig aus. Ihre Bewegungen waren schnell und sicher; die routinierten Hände einer Heilerin, die dasselbe schon tausend Mal getan hatten. »Welche Truppen?« fragte sie, ohne ihn anzusehen.

»Die der Sumpfleute.«

»Truppen ...« Gowenna betonte das Wort auf eine Art, die ein Alarmsignal in Skar auslöste. »Sie haben keine Truppen, Skar.«

»Keine ...« Skar schluckte verblüfft und sah unwillkürlich zum Ausgang, aber hinter dem niedrigen Rechteck waren nur Dunkelheit und das gelegentliche Flackern einer Fackel zu erkennen.

Gowenna setzte sich auf, legte die Hände flach nebeneinander auf die Oberschenkel und sah ihn fest an.

»Es gibt keine Truppen, Skar«, sagte sie noch einmal. »Das, was du dort draußen gesehen hast, war das Volk der Sumpfleute.«

Skar begriff nur langsam, widerwillig.

»Sie sind wenige«, fuhr Gowenna fort. »Sie waren nie viele, und in den letzten Jahren ist ihre Zahl weiter gesunken. Vielleicht leben noch einmal so viele verstreut in den Sümpfen, aber ich glaube nicht, daß ihre Zahl die Hundert überschreitet. Warum, glaubst du, verlassen sie so selten diese Sümpfe?«

»Nur hundert . . .«, murmelte Skar.

»Nur hundert«, bestätigte Gowenna. »Und die Hälfte von ihnen wird vielleicht sterben, bevor die Sonne aufgeht. Es geht hier nicht um verletzten Stolz, Skar. Es ist ein Kampf ums Überleben. Das Überleben eines ganzen Volkes!«

Skar starrte sie weiter ungläubig an. »Nur hundert . . .«, sagte er zum dritten Mal, noch immer ungläubig, schockiert.

»Sie waren niemals ein großes Volk, Skar«, sagte Gowenna leise. Ihr Tonfall klang jetzt fast versöhnlich, aber Skar wußte, daß das nur an den Worten lag, die sie sprach. Es war nicht das, was sie fühlte. »Die Legende von ihrer Unbesiegbarkeit war ihr Schutz; eine Festung aus Mythen und Legenden, hinter der sie sicher waren. Sie haben sie sorgsam gepflegt. Aber vielleicht endet dieser Mythos morgen.« Sie seufzte, beugte sich wieder herab und begann, einen frischen Verband um Skars Beine zu wickeln; dünn und sehr eng anliegend diesmal, so daß er darüber noch seine Stiefel tragen konnte.

»Ich würde dir raten, im Sattel zu bleiben, wenn es zum Kampf kommt«, sagte sie, plötzlich das Thema wechselnd. »Zu Fuß würdest du keine sehr gute Figur machen, fürchte ich.«

Skar hörte ihre Worte kaum. Er spürte auch kaum, wie Kor-tel die Hütte betrat und damit begann, Gowenna zur Hand zu gehen. Als sie fertig waren, stand er auf, zog sich an und verließ ohne ein weiteres Wort die Hütte.

Er wußte nicht, welche der grauen Gestalten, die sich auf der Lichtung eingefunden hatten, El-tra war, und so hielt er den nächstbesten Sumpfmann an und fragte nach ihm.

»Sprich, Bruder«, sagte der Sumpfmann. »Was immer du El-tra sagen willst, er wird es wissen.«

Skar schüttelte den Kopf. »Ich weiß«, murmelte er. »Aber . . .«

»Ich verstehe«, sagte der Sumpfmann, als Skar nicht weitersprach. »Ihr Menschen seid es gewohnt, mit Namen zu reden, nicht mit Personen. Komm.« Er wandte sich um, machte eine einladende Geste und führte Skar über den Platz. Andere Sumpfmänner kamen ihm entgegen, und obwohl Skar sich einzuhämmern versuchte, daß es nicht so sei, glaubte er einen stummen Vorwurf in ihren Blicken zu spüren.

El-tra erwartete ihn am jenseitigen Rand der Lichtung. Sechs andere Sumpfmänner standen bei ihm, doch sie gingen, als Skar näher kam, und auch sein Führer entfernte sich rasch, um ihn und El-tra allein zu lassen.

»Du wirst uns also begleiten«, begann El-tra.

»Ja«, sagte Skar. »Aber das ist es nicht, worüber ich mit dir reden wollte.«

»Ich weiß, Bruder.«

Skar senkte den Blick und scharrte betreten mit der Fußspitze im Boden. »Können wir ... irgendwo hingehen, wo wir allein sind?« fragte er.

»Wir können es. Aber ...«

»Ich weiß, daß ich zu euch allen rede, wenn ich mit dir spreche«, sagte Skar hastig. »Aber es wäre mir trotzdem lieber.«

El-tra nickte. Sie verließen die Lichtung und drangen ein paar Schritte weit in den Wald ein. Der Boden federte unter Skars Schritten, und ein schwerer, süßlicher Geruch schlug ihm entgegen, der Geruch von Feuchtigkeit und Leben und Verwesung, gemischt mit Dunkelheit und den verwobenen Geräuschen des nächtlichen Waldes. Erst als die roten Lichtpunkte der Fackeln hinter ihnen erloschen waren, drehte sich El-tra um und blieb stehen. »Wir sind allein, Bruder«, sagte er. »Sprich.«

Eltwas Seltsames geschah. Die Dunkelheit hatte den Sumpfmann vollends verschluckt, und Skar erkannte nur noch am Klang seiner Stimme, wo er stand. Aber selbst diese Stimme schien plötzlich nicht mehr die eines einzelnen Mannes zu sein; es war, als spräche der Wald selbst mit ihm, als forme das Wispern und Raunen der Blätter Worte und Gedanken, die von überallher gleichzeitig auf ihn eindrangen.

»Gowenna hat mir erzählt, daß euer Volk klein ist«, begann

er, »und daß –«

»Gowenna weiß nicht alles, Skar«, unterbrach ihn El-tra sanft. Aber war es überhaupt noch El-tra, der da sprach? Oder hörte Skar die Stimme des Sumpfes?

»Unser Volk ist klein, doch was zählt, sind nicht seine Männer, Skar. Auch die Satai sind nicht viele.«

»Es ist nicht euer Krieg, den ihr führen wollt«, widersprach Skar. »Erinnerst du dich an das, was du selbst zu mir gesagt hast? Ihr könnt diesen Kampf für mich verlieren, aber nicht gewinnen.«

El-tra (El-tra?) schwieg einen Moment. »Und was willst du tun, Bruder?« fragte er.

»Das, was ich schon lange hätte tun sollen«, sagte Skar. »Gebt mir ein Pferd und einen Mann, der mir den Weg weist. Ich werde mich Vela stellen.«

»Ein Mann gegen vierzig Krieger und den Drachen?« El-tra lachte leise, aber es klang nicht verletzend, sondern eher gutmütig. »Jetzt überschätzt du dich.«

»Ich weiß, daß ich sie nicht besiegen kann«, sagte Skar ruhig. »Aber vielleicht geht sie, wenn sie hat, was sie will.«

»Und du glaubst, du wärst das?« Wieder lachte El-tra, und jetzt war Skar sicher, daß das Geräusch nicht allein aus seiner Kehle kam. »Du täuschst dich, Bruder. Sie wird versuchen, deiner habhaft zu werden, doch der wahre Grund für ihr Eindringen in unser Land ist ein anderer. Sie kam aus dem gleichen Grund, aus dem sie ihre Festung im Herzen Tuans verließ. Ihr seid euch ähnlicher, als du weißt. Auch sie ist eine Gejagte. Und es ist nicht mehr dein Krieg, Skar. Sie hat den Frieden unseres Landes gestört, und sie weiß, welche Strafe den erwartet, der den Krieg nach Cosh trägt.«

»Euer Volk wird einen hohen Preis für diesen Sieg zahlen müssen«, murmelte Skar.

»Keinen so hohen, wie du glaubst«, antwortete El-tra. »Vielleicht sterben einige von uns, vielleicht alle. Doch wir fürchten den Tod nicht so wie ihr. Cosh wird weiterleben, auch wenn wir sterben.«

»Und dafür wollt ihr euch opfern?«

»Willst du es nicht auch, Bruder? Bist du nicht mit mir hierhergekommen, um mir dein Leben anzubieten? Ich hätte dein Opfer angenommen, hätte es Sinn. Doch es hat keinen. Du kamst hierher, um mit mir zu sprechen, mit dem Körper, den du als El-tra kennst. Doch es gibt mich nicht, nicht so, wie du mich siehst. Ich bin El-tra, doch ich bin auch Kor-tel, auch der Teil El-tras, der in Combat verbrannte, und jeder einzelne Sumpfmann, den du gesehen hast. Du hast es nie verstehen wollen, Skar, doch wir sind eins. Solange Cosh existiert, wird auch das Volk der Sumpfleute leben. Vielleicht fallen viele von uns in der Schlacht, vielleicht alle. Ich will ehrlich zu dir sein – wir wissen nicht, ob wir Vela besiegen können. Der Drachen ist stark, und auch wir sind nicht gegen seinen Atem gefeit. Vielleicht schlägt sie uns, doch wir werden weiterleben in jedem Strauch, in jedem Fußbreit Boden, in jedem Baum von Cosh. So wie auch du weiterleben wirst. Denn du bist ein Teil von uns.«

Etwas Unsichtbares, Körperloses und unglaublich Weises berührte Skars Seele. Es war ein zeitloser Moment, zu kurz, um ihn wirklich wahrzunehmen, aber plötzlich *wußte* Skar. Plötzlich verstand er alles, jede Andeutung, jedes Wort, das er für eine leere Phrase gehalten hatte, jeden Blick, die Bedeutung jeder Geste. Das Volk von Cosh – das waren nicht die Sumpfmänner, nicht die schattenhaften, kleinen Gestalten, die Furcht und Schrecken verbreiteten, wo immer sie auftauchten. Sie waren seine Hände, seine Arme und Beine und Münder, mehr nicht. Und plötzlich begriff er auch, was Gowenna gemeint hatte, als sie ihm erzählte, Cosh hätte ihr die drei El-tra *geschenkt*. Es war ein Geschenk, eine Gabe, die Cosh – nicht die Sumpfleute, sondern das wirkliche Cosh, das Wesen, das in diesem Land lebte, dieses Land *war* – ihr mit auf den Weg gegeben hatte.

»Jetzt weißt du es«, sagte die Stimme des Sumpfes. »Was morgen geschieht, hat keine Bedeutung. Wäre mehr Zeit, könnten wir ihr Tausende von Kriegern entgegenwerfen, doch wir würden es nicht tun. Vielleicht wird sie uns schlagen, aber sie wird einen hohen Preis dafür zahlen, Skar.«

Skar nickte mühsam. »Und . . . Del?«

»Ich werde versuchen, ihn zu schonen«, antwortete Cosh. »Um deinetwillen. Du bist ein Teil von uns, und er ist ein Teil von dir.

Doch ich kann es dir nicht versprechen.«

»Ist er . . . schon bei ihr?«

»Noch nicht. Doch er wird sie erreichen, lange bevor wir auf sie stoßen. Versuche ihn zu schützen, Skar. Ich werde dich dabei nicht behindern. Doch ich kann dir auch nicht helfen. Diesen Kampf mußt du allein führen.«

Skar sagte nichts mehr. Er spürte, daß Cosh nicht mehr antworten würde, daß alles gesagt war, was zwischen ihnen gesagt werden mußte.

»Wir müssen jetzt gehen, Skar.« Es war wieder El-tra, der sprach. Der Zauber des Augenblicks war verflogen, und der Wald um sie herum war wieder zu Dunkelheit und schweigenden Bäumen geworden. Irgendwo platzten Gasblasen im Sumpf; ein monotones, seltsam gleichmäßiges Geräusch, fast wie der Takt einer Melodie. Für einen Moment fragte sich Skar, ob er all das wirklich erlebt oder nur geträumt hatte. Aber schon El-tras nächste Worte bewiesen ihm, daß es nur zu wahr gewesen war.

»Du weißt jetzt alles«, sagte der Sumpfmann. »Mehr als je ein Mann eures Volkes von dir erfahren hat, mehr, als Vela oder Gowenna auch nur ahnen. Es ist eine schwere Last, die du auf dich genommen hast, Skar.«

»Ich . . . werde schweigen«, antwortete Skar stockend, obwohl er wußte, wie überflüssig diese Worte waren. Cosh hätte nicht mit ihm geredet, hätte er seine Antwort nicht schon vorher gewußt.

»Meine Brüder sind bereit, aufzubrechen«, fuhr El-tra fort. »Du hast noch Zeit, dich zu entscheiden. Ich weiß, daß du dir die Schuld an dem gibst, was geschehen ist. Aber ganz egal, wie es wirklich war – es ist nicht mehr dein Kampf. Du kannst gehen. Wohin du willst.«

Skar schüttelte den Kopf. »Ich begleite euch«, sagte er mit fester Stimme.

Plötzlich hatte er das Bedürfnis zu schreien. Aber natürlich tat er es nicht.

Sie trafen am nächsten Tag nicht auf Velas Streitmacht; wohl aber auf ihre Spuren. El-tra und er hatten die kleine Heerschar angeführt, die zwei Stunden nach Mitternacht die Lichtung im Herzen Coshs verlassen hatte: sechsundvierzig Reiter, Gowenna und Skar mitgezählt. Ein erbärmlicher Haufen, bedachte man den Gegner, gegen den sie zogen, und doch eine ungeheure Streitmacht, wußte man, was Skar in dieser Nacht erfahren hatte.

Gowenna hatte kein weiteres Wort mehr mit ihm gewechselt, und er war froh darüber gewesen. Sie und der Bruder El-tras hatten sich ans Ende der Kolonne gesetzt, so wie Skar die kleine Heerschar anführte, aber es waren nicht nur die zweihundert Schritte Entfernung, die sie trennten. Was in Combat und Tuan geschehen war, hatte sie zusammengeführt, doch nur für kurze Zeit. Skar spürte, daß sie sich trennen würden, ganz egal, wie die Begegnung mit Vela ausging, einfach so, weil es richtig und die einzige Möglichkeit war. Und obwohl seine Furcht vor einer erneuten Begegnung mit Vela und Del mit jedem Schritt, den sie weiter nach Norden ritten, wuchs, sehnte er den Augenblick beinahe herbei.

Die Sonne ging auf, als sie auf die Spur der *Errish* stießen: eine gewaltige, mehr als fünfzig Fuß breite Bresche, die der Drachen und die gepanzerten Reiter in den Wald gebrochen hatten. Wie ein gewaltiger Riß schnitt sie, von Norden kommend und in sanftem, kaum wahrnehmbarem Bogen nach Südwesten abbiegend, durch den Dschungel, Bäume, Unterholz und Gras zermalmt habend, als wäre ein Felsbrocken durch den Wald gebrochen und hätte alles Lebende niedergewalzt. Zurückgeblieben waren Schmutz und Morast und die breiten, tiefen Spuren der Drachenfüße, flankiert von einer gewaltigen Allee geborstener, mit brutaler Gewalt zur Seite geschobener und geknickter Bäume.

Keiner der Sumpfleute sprach auch nur ein Wort, während sie am Rand der gewaltigen Spur standen und die sinnlose Zerstörung betrachteten, aber Skar glaubte zu spüren, was in ihnen vorging. Vielleicht war es so, wie El-tra immer wieder behauptet hatte: Er hatte nicht nur gegeben, er hatte auch empfangen. Er fühlte den Zorn, die kalte, entschlossene Wut, die von den Sumpfmännern Besitz ergriff, spürte, wie sich in ihrem Verhalten etwas änderte, wie Entschlossenheit zuerst Verzweiflung und ohnmächtige Wut, schließlich Haß und dem kalten, berechnenden Willen zum Töten Platz machte. Es war nicht der Zorn von vierzig Individuen, den er spürte, sondern der lautlose Aufschrei Coshs, dieses Wesens aus Grün und Blättern und Sumpf – *Leben,* Leben vielleicht in der reinsten Form, die es jemals gegeben hatte. Für einen kurzen Moment fühlte er sich an das Volk von Cearn erinnert, an diese Menschen, die in und mit ihrem Wald, der zugleich ihr ganzes Universum darstellte, lebte, aber dieser Vergleich stimmte nicht. Vela hatte nicht allein ihren Lebensraum zerstört, sie hatte einen Teil von ihnen getötet, sie verletzt. Und sie würde dafür bezahlen. El-tra hatte recht gehabt; dies war nicht mehr sein Kampf.

Skar löste sich mit einem Ruck aus seiner Erstarrung, zwang sein Pferd herum und ritt ans Ende der Kolonne, zu Gowenna. Sie saß wie die Sumpfmänner aufrecht im Sattel und starrte mit steinernem Gesicht auf die Bahn der Zerstörung hinaus. Vielleicht ahnte sie den Zorn der Sumpfleute, aber Skar bezweifelte, daß sie ihn wie er spürte. Als er näher kam, lenkte sie ihr Pferd aus der Kolonne heraus und ritt ihm entgegen, weit genug, um aus der Hörweite der Sumpfmänner zu sein.

»Sie kommen noch schneller voran, als ich befürchtet habe«, begann sie übergangslos. »Als ich gestern auf ihre Spur stieß, war sie noch mehr als dreißig Meilen entfernt.« Sie schüttelte den Kopf. »Sie muß ihre Leute buchstäblich zu Tode hetzen. In diesem Gelände ist das Tempo mörderisch. Das Ganze sieht mir fast nach einer Flucht aus.«

Flucht . . . Skar dachte wieder an El-tras Worte. *Sie ist eine Gejagte wie du.* Aber Flucht? Vor wem?

»Vielleicht«, sagte er unsicher. »hat sie eingesehen, daß es ein Fehler war, hierherzukommen. Und jetzt versucht sie, die Sümpfe so rasch wie möglich zu durchqueren.« Er fühlte selbst, wie wenig überzeugend seine Worte klangen, aber es war das Beste, was ihm im Moment einfiel.

Gowenna zuckte die Achseln. Die Bewegung schien sich wie eine schattige Welle über das erstarrte Fleisch ihres Gesichts fortzusetzen. Im unsicheren Licht des Waldes wirkte ihr Gesicht, als trüge sie auf einer Seite eine Maske aus Horn. »Vielleicht«, murmelte sie, so wenig überzeugt wie Skar. »Aber warum ist sie von ihrem Weg abgewichen. Ist dir aufgefallen, daß die Spur nach Westen führt?«

Skar nickte. »Was liegt dort?«

»Der Besh«, antwortete Gowenna nach kurzem Überlegen. »Einer seiner Quellflüsse. Er führt nicht viel Wasser, jetzt im Winter. Der schnellste Weg, hier wieder herauszukommen. Aber das ergibt keinen Sinn.« Sie starrte eine Weile nachdenklich zu Boden, drehte sich dann im Sattel um und winkte El-tra zu sich heran. Skar sah, wie schwer es dem Sumpfmann fiel, sich vom Anblick des zerstörten Waldes zu lösen. Sein Schattengesicht war in Aufruhr, als er sein Pferd neben dem Gowennas zügelte. Skar konnte seine Erregung fast sehen.

»Wie alt ist die Spur?« fragte Gowenna.

»Nur wenige Stunden. Vier, vielleicht drei. Wir könnten sie in der gleichen Zeit einholen.«

»Ihr *könntet?*« wiederholte Gowenna betont. »Soll das heißen, ihr tut es nicht?«

El-tra verneinte. »Nein. Es wird zum Kampf kommen, aber nicht hier und nicht jetzt. Cosh ist schon zuviel Schaden zugefügt worden.«

Gowenna blickte überrascht. »Aber ihr könnt sie nicht entkommen lassen!« sagte sie. »Sie ist in der Falle. Hier im Wald kann sie ihre Reiterei nicht einsetzen, und die Sümpfe sind eure Heimat. Einer von euch wiegt zehn ihrer Krieger auf.«

»Das mag sein. Doch Cosh ist ein Ort des Friedens, nicht des Krieges. Es ist schon zuviel Gewalt über seine Grenzen getragen worden. Und du vergißt den Drachen.«

»Unsinn!« begehrte Gowenna auf. »El-tra hat ihn schon einmal ausgeschaltet.«

»Der *Ruf* ist eine Waffe, die schon beim ersten Gebrauch stumpf wird«, belehrte sie der Sumpfmann sanft. »Du bist eine *Errish* wie sie, Gowenna. Du solltest wissen, daß sie die Sprache der Tiere beherrscht wie wir. Wir konnten sie überraschen, doch das wird nicht noch einmal funktionieren.« Er schwieg einen Moment, sah an Skar vorbei auf die zertrampelte Schneise hinaus und richtete sich dann im Sattel auf. Die Bewegung schien sich lautlos und unsichtbar durch die Reihen der Sumpfmänner fortzupflanzen. »Es wird zum Kampf kommen, doch nicht hier«, sagte er noch einmal. »Ihr Weg führt nach Westen, zum Besh und zu den Bergen hinauf. Wir haben es vermutet, doch ihre Spur ist der letzte Beweis – es gibt ein altes Kastell in den Bergen, dicht oberhalb der Stelle, an welcher sie an unsere Sümpfe grenzen. Sie wird dorthin wollen, um in seinem Schutz den Winter abzuwarten. Die Pässe nach Elay sind verschneit.«

»Ein Kastell?« wiederholte Gowenna ungläubig.

»Eine Ruine, nicht mehr. Aber ein besserer Ort zum Überwintern und Verstecken als Cosh oder die Ebenen. Wir werden sie dort erwarten.«

Gowenna wollte erneut widersprechen, aber Skar legte ihr rasch die Hand auf den Unterarm und drückte kurz zu. »Wie weit ist es bis zu diesem Kastell?« fragte er hastig.

»Drei Tage, auf dem Weg, den sie nimmt«, antwortete El-tra. »Aber wir werden vor ihr da sein. Kommt.«

Die nächsten beiden Tage waren die Hölle. Sie waren wenige Meilen auf ihrer eigenen Spur zurückgeritten und dann nach Nordwesten abgewichen, in großem Bogen die Spur Velas und ihres Drachen umgehend, dorthin, wo hinter dem undurchdringlichen Blätterdach Coshs die letzten Ausläufer der Schattenberge und der Winter auf sie warteten. Die Sonne war über den Himmel gewandert und untergegangen, doch sie waren weitergeritten, nicht sehr schnell, aber stetig und ohne die kleinste Rast, die Nacht hindurch und bis weit in den nächsten Morgen hinein. Erst als die Sonne schon fast wieder im Zenit gestanden hatte, hatten sie eine kurze Rast eingelegt; nicht einmal eine Stunde, um die Pferde zu tränken und ihren verspannten Muskeln ein wenig Bewegung zu gönnen. Danach waren sie weitergezogen.

Skar erinnerte sich an den zweiten Tag ihres Rittes nur undeutlich. Er war ein paarmal vor Erschöpfung im Sattel eingeschlafen und schließlich in eine Art Dämmerzustand irgendwo zwischen Schlaf und Wachsein verfallen; starr, die Linke um den Zügel und die Rechte um den Sattelknauf gekrallt, unfähig, eines von beiden loszulassen. Irgendwann war wieder die Sonne untergegangen, und spät in der Nacht hatten sie eine weitere Rast eingelegt. Er hatte geschlafen und war nach wenigen Stunden so steif und verkrampft erwacht, daß El-tra ihn halb auf den Rücken seines Pferdes heben mußte, als sie weiterritten.

Als die Sonne das nächste Mal aufging, erreichten sie den Besh. Der gewaltige, mehr als eine Meile breite Fluß, den Skar kannte, war hier oben nur ein kaum knietiefes, träge dahinfließendes Rinnsal voller Schlamm und zerborstener Eisschollen, nicht einmal zweihundert Fuß breit und mit kränklichem Schilf und Wasserpflanzen durchsetzt. Vom Wasser stieg ein eisiger, unsichtbarer Hauch zu ihnen empor, und der Winter begrüßte sie mit beißender Kälte, als sie den Schutz des Waldes verließen und Richtung auf die Berge nahmen. Der Weg wurde steiniger, und mit jeder Meile wichen der Wald und der Sumpf ein Stück weiter vom Flußufer zurück, bis sie nicht mehr als ein dünner, dunkelgrüner Streifen zu ihrer Rechten waren, der schließlich hinter den ersten Felszacken des Vorgebirges verschwand. Es gab keinen festen, markierten Weg, nicht einmal so etwas wie einen Trampelpfad; nur Schnee und Steine und glitzerndes Eis, unter dem sich oftmals tückisch lockeres Geröll oder Spalten verbargen, die jäh und warnungslos vor ihnen aufklafften. Irgendwie kamen sie aber doch voran, schlängelten sich an Felsen und geröllübersäten Überhängen vorbei und drangen tiefer in das Gebirge ein. Die beißende Kälte vertrieb Skars Müdigkeit für eine Weile, aber in ihrem Gefolge kamen Erschöpfung und Schmerzen und schließlich doch auch wieder Müdigkeit, schlimmer als zuvor.

Als sie das Kastell endlich erreichten, hätte Skar beinahe nicht einmal bemerkt, daß sie ein künstliches Bauwerk vor sich hatten. Es war eine Ruine, wie El-tra gesagt hatte: grau und gewaltig wie die Felsen, die es umgaben, mit Mauern, die wie zerborstene Reihen grobknochiger Fäuste aus dem Stein geschlagen waren, ein

Bauwerk, das Gewalt ausstrahlte wie die Berge Kälte und Tod, von einem längst vergangenen Baumeister so perfekt in seine Umgebung eingepaßt, als wäre es gewachsen, nicht gemacht. Wie ein gewaltiges sterbendes Tier lag es zwischen den senkrechten Felswänden des Massivs eingebettet, zerstört und geschleift, aber noch immer gigantisch, ein Monstrum mit hundert Fuß hohen Mauern, die zinnenbewehrt und bizarr wie schwarze Hände nach den tiefhängenden Wolken zu krallen schienen. Es hätte El-tras Erklärung nicht bedurft, um Skar zu sagen, daß es die Sumpfleute gewesen waren, die dieses Bauwerk errichtet hatten.

Der Weg schlängelte sich in zahllosen, scheinbar willkürlichen Kehren und Windungen am Fuß der zerbrochenen Mauer entlang. Es gab ein Tor, einen gewaltigen, bogenförmigen Durchgang, der einmal breit genug gewesen war, eine Armee hindurchzulassen, jetzt jedoch von heruntergestürzten Steinen und Schutt und Schnee bis auf einen schmalen Weg verschüttet war. Dahinter lauerten Dunkelheit und wogendes Grau. Langsam und hintereinander ritten sie hindurch, auch die Männer Coshs jetzt sichtlich erschöpft und am Ende ihrer Kräfte. Es bereitete Skar ein kurzes, kindisches Gefühl der Befriedigung, zu sehen, daß sich auch einige von ihnen nur mehr mit Mühe im Sattel hielten.

Er war der letzte, der durch den halb verschütteten Eingang ritt. Der Innenhof der Festung war klein, kleiner, als er erwartet hatte – ein langgestrecktes Trapez von hundert mal dreißig Fuß, übersät mit zerborstenen Steinen, Schutt und Unrat. Die gewaltigen Mauern hatten den Schnee ferngehalten, nur hier und da gewahrte Skar kleine, weiße Nester glitzernder Kälte, und aus den Ritzen und Spalten der Wände wucherte kärgliches Unkraut; graue Pflanzen, die sich in Farbe und Wuchs der Feindseligkeit ihrer Umgebung angepaßt zu haben schienen. Es gab nur ein einziges, ungeheuer massiges Gebäude, einen Würfel aus Fels, direkt aus der Wand herausgehauen und mit einer Krone von Zinnen und nach außen gekrümmten Steinkrallen versehen.

Skars Erschöpfung machte noch einmal für einen kurzen Moment einem Aufwallen von Trotz Platz, als er aus dem Sattel stieg und mit mühsamen, schwankenden Schritten über den Festungshof ging. Sein Blick tastete an der Mauer entlang. Ihre Krone war

geborsten, und die herunterstürzenden Steine hatten, zusammen mit dem Staub und Unrat von Jahrhunderten, eine schräge, bis zur Hälfte ihrer Höhe reichende Rampe gebildet. Aber der verbliebene Rest war noch immer hoch, hoch genug, um ihn auch gegen einen zahlenmäßig weit überlegenen Gegner halten zu können. Es gab nur einen einzigen schmalen und fast senkrecht in der Höhe führenden Aufstieg, und der Wehrgang, von dem noch Bruchstücke an der Innenseite der Mauer stehengeblieben waren, war so angelegt, daß er auch zum Innenhof hin Schutz bot, als hätten seine Erbauer damit gerechnet, daß ein Feind das Tor stürmen und in den Hof eindringen könne.

Eine perfekte Falle.

Und trotzdem wußte Skar, daß es nicht funktionieren würde.

Das Geräusch von Schritten drang in seine Gedanken. Er wandte sich um und erkannte El-tra, der ihm gefolgt war und jetzt stehenblieb. Der Sumpfmann ging langsam, schleppend und vornübergebeugt wie ein alter Mann. Seine Gestalt schien zu flackern. »Du solltest hineingehen und dich ausruhen, Bruder«, murmelte der Sumpfmann. Selbst seine Stimme klang flach, kraftlos. »Du wirst morgen all deine Kräfte brauchen.«

Skar rang sich mit Mühe ein Lächeln ab. »Ihr nicht?«

»Es ist noch Zeit«, erwiderte El-tra. »Die Soldaten können nicht vor Sonnenaufgang hier sein. Der Weg, den sie nahmen, war weiter als der, den wir gekommen sind. Und anstrengender. Sie werden so erschöpft sein wie wir.«

Skar antwortete nicht gleich. Vor seinem geistigen Augen entstand das Bild eines drei Meter hohen, stachelbewehrten Hornkolosses mit Äxten statt Händen und der Kraft eines Bantas. »Wir werden Wachen aufstellen müssen«, sagte er matt. Er wankte. Jetzt, nachdem er aus dem Sattel war und die Anspannung allmählich von ihm abzufallen begann, schlug die Erschöpfung mit aller Kraft zu. »Und die Spuren beseitigen.«

El-tra machte eine Geste zum Himmel. »Er wird schneien, sobald die Sonne untergegangen ist. Niemand wird merken, daß wir hier sind. Nicht, bevor es zu spät ist.«

Skar hätte El-tras Optimismus gerne geteilt, aber er konnte es nicht. Vela war kein normaler Gegner.

»Und was, wenn sie nicht hierherkommt?« fragte er. »Wenn sie weiterzieht und versucht, einen anderen Weg durch die Berge zu finden?«

»Es gibt keinen«, sagte Eltra. »So wenig, wie es ein Zurück gibt. Sie wird kommen, Skar.«

Ja, dachte Skar dumpf. *Und sei es nur, weil sie weiß, daß wir auf sie warten.* Aber das sprach er nicht laut aus.

Gowenna weckte ihn, als die Sonne aufging.

Das Erwachen war schwierig, ein mühsamer Kampf gegen Müdigkeit und Erschöpfung, die sich in seine Muskeln gekrampft hatten, aber auch wieder nicht so schwer, wie er erwartet hatte.

Er setzte sich auf, stützte die Ellbogen auf die Knie und verbarg für einen Moment das Gesicht in den Handflächen. Um ihn herum waren Geräusche: Schritte, das Klirren von Metall, das unruhige Wiehern von Pferden, denen das Eingesperrtsein in dem steinernen Gewölbe mit seiner Kälte und seinen Geräuschen Furcht bereitete. Von irgendwoher wehten Wärme und ein schwacher Geruch nach Essen zu ihm.

»Wirst du von selbst wach, großer Krieger, oder soll ich einen Eimer Wasser holen?« fragte Gowenna. Ihre Stimme klang ungeduldig, aber auch amüsiert. Skar nahm die Hände herunter, sah sie einen Moment lang aus müden, verschleierten Augen an, gähnte ungeniert. »Eine vorgewärmte Decke und ein kräftiges Frühstück wären mir lieber«, erklärte er. »Aber damit kannst du nicht dienen, fürchte ich.«

Gowenna lächelte flüchtig. Skar fand, daß sie an diesem Morgen schöner war als zuvor; die Erschöpfung hatte das, was von ihren Zügen übrig war, gezeichnet, aber sie wirkte gleichzeitig auch entspannt, beinahe gelöst. Vielleicht weil die Zeit des Wartens und der Ungewißheit vorbei war und die Entscheidung jetzt fallen würde. »Du wirst mit dem vorlieb nehmen müssen, was wir haben«, sagte sie. »Kaltes Wasser und eine Brühe. Cosh ist nicht gerade für seine Küche berühmt«, fügte sie mit einem neuerlichen Lächeln hinzu.

Skar lachte ebenfalls, stand auf und reckte sich ausgiebig. Seine Gelenke knackten, und sein Rücken schmerzte vom Schlafen auf dem nackten, unebenen Felsboden, aber er spürte auch, daß die fast fünfzehn Stunden, die er geruht hatte, ihm wenigstens einen Teil seiner normalen Kraft und Geschmeidigkeit wiedergegeben hatten.

»Ist es schon soweit?«

Gowenna verneinte. »Wir haben Kundschafter ausgeschickt, Skar. Sie hat den Besh überschritten, doch es wird noch Stunden dauern, ehe sie hier ist. Zeit genug.«

»Zeit genug?« Skar bückte sich nach seinem Umhang und schlang ihn fröstelnd um die Schultern. Das Innere der Festung bestand aus einem einzigen großen zugigen Raum, in dem es nur wenig wärmer war als draußen. Sie hatten Feuer angezündet, aber die klammen Felswände hatten die Wärme schneller verschluckt, als die Flammen sie erzeugen konnten. »Wozu?«

Gowenna zuckte mit den Achseln. »Eine letzte Mahlzeit, ein Gebet, Zeit, uns auf den Angriff vorzubereiten . . .«

»Jetzt wirst du pathetisch«, unterbrach Skar sie.

Sie lachte wieder, aber Skar spürte, daß ihre Fröhlichkeit nichts als eine weitere Maske war, Schutz vor der Hysterie, die dicht unter ihrer Oberfläche lauerte. Die Chancen, daß sie beide den nächsten Sonnenaufgang erleben würden, standen eins zu hundert, und Gowenna wußte das ebensogut wie er.

»Sagtest du nicht etwas von Essen?«

»Oh, natürlich.« Gowenna eilte davon und kam nach wenigen Augenblicken mit einer flachen Holzschale zurück. Die Brühe, von der sie gesprochen hatte, erwies sich als dünne, zum Großteil aus Wasser bestehende Suppe, in der dünne Stränge eines graugrünen Gemüses und ein paar einsame Fleischstücke trieben. Und ihr Geschmack war ungefähr das Schlechteste, was Skar jemals gekostet hatte. Aber sie war warm, und sie stillte wenigstens den ärgsten Hunger. Skar ließ sich mit überkreuzten Beinen auf sein Lager sinken und begann tapfer zu essen.

Gowenna sah ihm eine Weile schweigend zu, und ein seltsames

vertrautes Gefühl machte sich in ihm breit. Das Gefühl – so aberwitzig es in ihrer Situation und Umgebung erschien – geborgen zu sein, und sei es nur die Geborgenheit, die die Anwesenheit einer vertrauten Person vermittelte. Aber er wußte auch, daß dieses Gefühl, so wie alles, was er im Moment zu spüren glaubte, nicht echt war. Die Kluft zwischen ihnen war zu groß. Sie würden sie nicht überbrücken können, selbst wenn sie es wollten. Es war die Gefahr, die ihnen beiden für den Augenblick noch einmal etwas vorgaukelte, das Wissen um den bevorstehenden Tod, das sie glauben ließ, für ein paar kurze Momente noch einmal so etwas wie Glück zu empfinden.

»Ich hätte dir gern etwas Besseres angeboten«, sagte Gowenna, als er mit seiner Mahlzeit zu Ende war und die Schüssel abstellte. »Ein Krieger sollte nicht mit knurrendem Magen in die Schlacht ziehen.«

Skar lächelte aufmunternd. »Wir holen die Siegesfeier nach«, sagte er. »Morgen. Vielleicht mit gebratenem Drachen.«

Gowenna wurde übergangslos ernst. »Glaubst du, daß wir eine Chance haben?« fragte sie leise.

Skar sah sekundenlang an ihr vorbei zum Ausgang, ehe er antwortete. Rotes Sonnenlicht füllte das niedrige Rechteck aus und versah es mit einem Glorienschein von Blut. Es erschien ihm wie ein schlechtes Omen. »Was willst du hören?« fragte er. »Eine ehrliche Antwort oder eine Ermunterung?«

»Oh«, erwiderte Gowenna. »Ich glaube, das reicht schon.«

Skar lachte, aber diesmal klang es nicht sehr heiter. »Ich weiß einfach nicht, was geschehen wird«, sagte er nach einer Weile. »*Wenn* sie wirklich hierherkommt und in die Falle tappt, dann werden wir sie schlagen. Wenn ...«

»El-tra sagt, sie hätte keine Wahl. Es gibt nur diesen Weg.«

»Das ist es ja, was mir Sorgen macht«, knurrte Skar. »Sie wäre nicht die Frau, die wir beide kennen, wenn sie die Falle nicht ahnen würde. Und auch wenn sie keine Wahl hat – eine Falle, die man erkennt, kann leicht umgedreht werden, so daß sie den schlägt, der sie aufgestellt hat.«

»Eine alte Satai-Weisheit?«

Skar schüttelte den Kopf. »Nein. Das gehört zu den Grundlagen des Überlebens.« Er reckte sich, beugte sich im Sitzen hinüber und nahm seinen Schwertgurt auf. Der Griff seines *Tschekal* war mit einer glitzernden Raureifschicht überzogen. Er band den Gurt um, zog die Waffe aus der Scheide und begann sie mit einem Zipfel seines Mantels zu polieren. »Aber vielleicht hast du recht«, fuhr er, den Gedanken wieder aufnehmend, fort. »Selbst wenn sie weiß, daß wir hier auf sie warten, wird sie nicht sehr viel dagegen tun können. Und die Karten sind nicht schlecht verteilt – vierzig Sumpfleute gegen die gleiche Anzahl von Kriegern Velas ...« Er lachte, ließ sein Schwert sinken und machte eine wegwerfende Handbewegung. »Das einzige, was mir Sorgen bereitet, ist der Drachen.«

»Nicht einmal er ist stark genug, diese Mauern einzureißen«, sagte Gowenna. »Und wenn sie so wahnsinnig ist, es trotzdem zu versuchen, töten die Sumpfmänner ihn. Auch er ist nur ein Lebewesen, kein Dämon.«

Es hätte viel gegeben, was Skar ihr hätte entgegenhalten können, aber er tat es nicht. Sie war länger mit Vela zusammengewesen und wußte besser als er, über welche Möglichkeiten die *Errish* verfügte, und wenn sie im Moment vorzog, alles zu vergessen, was sie gemeinsam erlebt hatten – angefangen von ihrer Begegnung mit den Hornkriegern bis hin zu ihrer verzweifelten Flucht durch den Kristallwald –, so hatte er nicht das Recht, ihr zu sagen, was sie nicht hören wollte.

Er fuhr fort, seine Waffe zu polieren, steckte sie schließlich in die Hülle zurück und stand auf. Ein trügerisches Gefühl von Sicherheit und Kraft durchströmte ihn. »Wir sollten sehen, ob wir El-tra und den anderen helfen können.«

Hintereinander verließen sie das Gebäude. Das Bild, das sich Skar bot, hatte kaum mehr etwas mit dem vom vergangenen Mittag gemein – die Sumpfmänner hatten den Hof gesäubert, Steine und Felstrümmer beiseitegeschafft und einen Teil der zerborstenen Wehrgänge wieder aufgebaut, notdürftig, wie Skar mit einem raschen Blick erkannte, aber fest genug, um einem ersten Ansturm standzuhalten. Die schmale Steintreppe, die zur Mauerkrone hinaufführte, war niedergerissen und durch eine Strickleiter ersetzt worden. Hinter den Zinnen lehnten Waffen: Speere, Armbrüste und Wurfgeschosse; eine Anzahl der gezackten, fürchterlichen Schwerter der Sumpfleute.

»Dort oben ist El-tra.« Gowenna deutete auf eine der grauen Gestalten hinter den Zinnen und setzte sich in Bewegung.

Skar folgte ihr. Er hatte es längst aufgegeben, sich zu fragen, woran Gowenna den Sumpfmann erkannte. Für ihn waren sich die Männer aus Cosh noch immer ähnlich wie ein eineiiger Zwilling dem anderen.

Sie überquerten den Hof und stiegen hintereinander die Strickleiter hinauf. Der hölzerne Boden des Wehrganges bebte unter Skars Gewicht, als er den Fuß daraufsetzte, und ein paarmal lösten sich trockener Mörtel und kleinere Steinbrocken, um polternd auf den Hof hinabzustürzen. Aber im großen und ganzen war die Konstruktion in einem besseren Zustand, als Skar befürchtet hatte. Die Jahrhunderte hatten ihre Spuren hinterlassen und ihren Tribut gefordert, doch die Festung war nicht gefallen. Obwohl eine Ruine, war sie noch immer stark.

El-tra begrüßte ihn mit einer freundlichen Geste. Von der Schwäche, die Skar am vergangenen Tag an ihm bemerkt hatte, war nichts mehr zu spüren. Im Gegenteil, wie Gowenna und auch er selbst schien El-tra von vibrierender, nur mühsam zurückgehaltener Aktivität erfüllt zu sein. Und nicht nur er. Auch von den anderen Sumpfleuten schienen Müdigkeit und Erschöpfung abgefallen zu sein wie abgelegte Kleidungsstücke.

Skar begann sich zunehmend unbehaglicher zu fühlen. Er kannte Situationen wie diese nur zu gut. Er hatte sie erlebt, unzählige Male vor unzähligen Schlachten, die er ausgetragen hatte: Männer, die lachend und mit Begeisterung in den Kampf zogen, vor Erregung bebten, den Augenblick, in dem sie dem Gegner ins Auge schauten, kaum erwarten konnten.

Die meisten von ihnen hatten die Schlacht nicht überlebt.

»Bist du mit unseren Vorbereitungen zufrieden?« fragte Eltra.

Skar nickte. »Perfekt, bedenkt man die Kürze der Zeit, die ihr hattet. Ich hätte es nicht besser machen können.« *Aber das hieß nicht, daß er zufrieden war. Die Falle war perfekt, ein strategisches Planspiel, eines Meisters der Kriegskunst würdig. Aber Vela war eine hervorragende Spielerin.*

Er trat mit einem raschen Schritt an El-tra vorbei, legte die Hände auf den zermürbten Stein der Zinnen und sah nach Osten. Als sie hergekommen waren, war ihm nicht aufgefallen, wie steil der Weg bis zur Festungsmauer anstieg. Jeder Angriff würde schon auf der Hälfte des geröllübersäten Hanges seinen Schwung verlieren; und es gab bis auf fünfhundert Fuß vor der Mauer nichts, was auch nur einem Hund hätte Deckung gewähren können.

Er beugte sich vor, sah in die Tiefe und nickte ein weiteres Mal anerkennend. Das Kastell hockte wie ein Ungeheuer aus grauem Fels über dem Hang. Zu beiden Seiten zogen sich senkrechte, wie poliert wirkende Felswände hundert Fuß und mehr in die Höhe. Der einzige Weg führte direkt am Kastell vorbei. Es war schlichtweg unmöglich, den Hang zu überwinden, ohne das Kastell vorher zu stürmen.

Trotzdem war er nicht beruhigt, im Gegenteil. Er richtete sich auf, fuhr sich mit einer nervösen Geste über Kinn und Mund und blinzelte aus zusammengekniffenen Augen nach Osten.

»Wie lange wird es noch dauern?« fragte er.

»Bis sie hier sind?« El-tra schwieg einen Moment. »Zwei Stunden. Vielleicht drei.«

»Ihr habt Späher ausgesandt?«

El-tra nickte. »Späher und Bogenschützen. Fünf Mann auf jeder Seite.« Er deutete auf die lotrecht abfallenden Felsen, die das untere Ende des Hanges flankierten; eine zweite, von der Natur errichtete Festung, so uneinnehmbar wie die, in der sie waren. El-tras Bogenschützen konnten den Hang in eine Todesfalle verwandeln.

»Du läßt ihr nicht die geringste Chance, wie?« fragte er leise.

»Sollte ich?«

Skar antwortete nicht. Es war das alte Problem: Man konnte einen Gegner schlagen, ihm jeden nur denkbaren Schaden zufügen – aber es war nicht immer klug, ihn in die Enge zu treiben. Wie im Kampf Mann gegen Mann hatte Skar auch im Feld fast immer selbst dafür gesorgt, daß dem Feind eine letzte Möglichkeit zur Flucht offenblieb. Ein Gegner, der keinen Ausweg mehr sieht, neigt zu Verzweiflungstaten.

Trotzdem schüttelte er nach einer Weile den Kopf und trat von der Brüstung zurück. Der *Errish* eine Chance zu lassen, hieße mit fast hundertprozentiger Sicherheit den Sieg zu verspielen. »Nein«, sagte er noch einmal. »Ihr habt gute Arbeit geleistet. Ich glaube, wir können jetzt nur noch warten.«

»Unsere Späher werden uns warnen, wenn sie näher kommt«, sagte El-tra. »Du kannst zurückgehen und im Inneren der Festung warten. Ich lasse dich rufen.«

Skar lehnte ab. Es war kalt und ungemütlich hier oben auf der Mauer, aber unten in den düsteren, fensterlosen Hallen der Festung wäre er sich wie lebendig begraben vorgekommen. Hier draußen konnte er wenigstens frei atmen. Wieder glitt sein Blick den Hang hinunter und verweilte auf dem schmalen Spalt im Fels, dem einzigen Weg hier herauf. Es hatte geschneit, wie El-tra prophezeit hatte, und ihre Spuren waren verschwunden, als hätte es sie niemals gegeben. Er hob den Kopf und blinzelte aus zusammengekniffenen Augen zur oberen Kante der Felsen hinauf, aber obwohl er wußte, wonach er zu suchen hatte, konnte er nicht die geringste Spur von Leben entdecken. El-tras Bogenschützen schienen mit dem Gestein verschmolzen zu sein.

»Du bist nervös«, sagte Gowenna leise.

Skar nickte, ohne den Blick von den Felsen zu wenden. »Zwei Stunden sind eine lange Zeit, Gowenna.«

»Du fürchtest dich, nicht?« fragte Gowenna. »Nicht vor dem Kampf oder der Begegnung mit Vela. Du hast Angst, Del wieder gegenüberzustehen.« Sie trat neben ihn und lehnte sich schwer gegen die Brüstung. »Was ich in Cosh gesagt habe, tut mir leid«, sagte sie. »Ich war zornig, und ich war erschrocken, als ich sah, daß Del fort war.«

Skar drehte den Kopf und sah sie an. Sie schien eine Antwort zu erwarten, etwas ganz Bestimmtes – vielleicht nur ein Lächeln, ein Wort; es hätte viel gegeben, was er hätte tun oder sagen können, ohne sich dabei etwas zu vergeben. Aber er hatte nicht vergessen, daß ihr Messer an Dels Kehle gewesen war.

»Es ist nicht der Moment, zu lügen, Gowenna«, murmelte er.

Sie hielt seinem Blick einen Herzschlag lang stand und sah dann zu Boden.

»Wahrscheinlich hast du recht«, sagte sie. Dann drehte sie sich mit einem Ruck um und ging.

Skar dachte einen Moment daran, sie zurückzurufen, aber sie war bereits den Wehrgang und die Strickleiter hinuntergestiegen, ehe er den Entschluß endgültig gefaßt hatte.

Rings um ihn fuhren die Sumpfmänner fort, sich auf die Schlacht vorzubereiten, aber Skar fühlte sich seltsam isoliert, ausgeschlossen, als ginge ihn dies alles nichts an. Er war ein Fremder, nicht mehr als ein im Grunde unbeteiligter Zuschauer. El-tra hatte recht. Es war nicht sein Kampf. Was hier geschehen würde, ging ihn nichts an.

Lange, sehr lange stand er reglos hinter den Zinnen der zerborstenen Wehrmauer. Er dachte nicht, nicht bewußt. Aber langsam, allmählich und fast, ohne daß er sich dessen selbst bewußt wurde, reifte ein Entschluß in ihm. Etwas, das irgendwie mit dem Ding in ihm verkettet schien, ein schwaches Echo auf die Präsenz seines Dunklen Bruders. Dieser war erwacht, endgültig, schon vor langer, langer Zeit, ohne daß Skar es selbst bemerkt hätte, aber jetzt spürte er ihn wie einen großen, schweigenden Schatten, der hinter seinen Gedanken lauerte, eine Gewalt, ungleich stärker, als selbst Vela ahnte. Wie hatte Kor-tel gesagt? *Wende es richtig an. Es kann uns den Sieg bringen - oder uns alle vernichten.* Er hatte geglaubt, es nicht zu können, aber das stimmte nicht. Der Bruder war wach, war es die ganze Zeit gewesen, und gerade sein Schweigen hätte ihm dies deutlich machen müssen. Aber anders als die Male zuvor würde er diesmal nicht Gewalt über ihn erlangen, nicht, ehe er es selbst wollte.

Diesmal würde er das Monstrum in sich freiwillig entfesseln müssen, ihm vollständig und ohne Vorbehalte Macht über sich, seine Gedanken und sein Tun geben müssen. Und er wußte, daß der Dunkle Bruder diesmal nicht wieder gehen würde. Er hatte ihn zweimal zurückgedrängt; ein drittes Mal hatte er nicht die Kraft dazu.

Aber er würde es tun. Die *Errish* hatte den Kampf begonnen, ohne zu ahnen, mit welcher Macht sie sich anlegte. Sie hatte ihn haben wollen, ihn – oder *das Ding in ihm* – und sie würde es bekommen.

Er wußte plötzlich, was zu tun war. Der Gedanke erschreckte ihn selbst jetzt noch, aber er war gepaart mit dem Wissen, daß es die letzte verbliebene Möglichkeit war. Er würde seinem Dunklen Bruder ein letztes Mal gestatten, Gewalt über ihn zu erlangen. Und er würde die *Errish* vernichten, sie, den Drachen und diesen verfluchten Stein der Macht. Er wußte, daß er es konnte.

Aber er wußte auch, daß er hinterher sterben würde.

Irgend etwas stimmte nicht. Er hatte das Kastell verlassen, ohne aufgehalten oder auch nur angesprochen zu werden. Sein Pferd hatte gesattelt und fertig gerüstet neben dem Ausgang gestanden, als er die Wehrmauer verließ; wenn es noch eines Beweises dafür bedurft hätte, daß die Sumpfmänner seine Gedanken lasen, so war es dieser. Aber er verschwendete nicht mehr als eine halbe Sekunde an diesen Gedanken. Gowenna war im Inneren des Festungsgebäudes geblieben. Vielleicht wußte sie nicht, was er tat, vielleicht wußte sie es auch und respektierte seinen Wunsch, allein zu bleiben. Seitdem war er geritten, eine winzige Gestalt am Ende einer langsam länger werdenden Spur, die sich vom Kastell den Weg, den sie vor Tagesfrist gekommen waren, zurückschlängelte. Die Felsen wichen vor ihm auseinander, als er den Spalt am unteren Ende des Hanges durchschritten hatte, aber das gewaltige, schneebedeckte Plateau unter ihm war leer. Weder von Vela noch von ihren Kriegern zeigte sich die geringste Spur. Er war weiter geritten, über das Plateau, tiefer hinein in das Labyrinth aus Fels und glitzerndem Eis, in das der Winter das Vorgebirge verwandelt hatte. Er ritt eine Stunde, dann zwei, ohne auf ein Anzeichen des näherrückenden Heeres zu stoßen. Die Berge waren leer, tot, so tot wie Tuan, von dem sie nur der Fluß und ein schmaler Streifen der Sümpfe trennte.

Als die Sonne im Zenit stand, erreichte er den Fuß des Gebirges. Er tränkte sein Pferd, gönnte ihm und sich selbst eine halbe Stunde Rast und ritt weiter, auf das schimmernde weiße Band des

Flusses zu. Irgendwo auf dem Weg zwischen ihm und den Bergen würde er auf Velas Armee stoßen. Die Späher, die El-tra ausgeschickt hatte, hatten berichtet, daß sie den Fluß bereits durchschritten hatte; vor Stunden, lange, bevor die Sonne aufging. Skar hatte damit gerechnet, sie irgendwo auf halbem Wege zwischen hier und dem Kastell zu treffen, aber aus irgendeinem Grund war sie nicht weitergezogen. Vielleicht, dachte er, um ihren Kriegern eine letzte Rast vor der Schlacht zu gönnen, wenige Stunden Schlaf, damit sie ausgeruht in den Kampf ziehen konnten.

Aber vielleicht wußte sie auch, daß er kommen würde, und wartete auf ihn. Die letzten Felsen blieben hinter ihm zurück, und vor ihm lag eine gewaltige, brettflache Ebene, bedeckt mit Schnee und Kälte, einer glitzernden weißen Decke, unversehrt; die Spuren ihres Gewaltmarsches waren mit dem Schnee der vergangenen Nacht getilgt. Hier und da wuchs ein verkrüppelter Baum, die Äste unter einem Panzer aus wasserklarem Eis zu toten Krallen erstarrt, und in weiter Ferne glaubte er ein paar dunkle, flache Umrisse zu erkennen, halb im Schnee vergraben und zu klein, um Menschen oder Pferde zu sein. Jetzt, als er mit dem Fluß auf gleicher Ebene war, konnte er ihn nicht mehr sehen. Es schneite nicht mehr, aber in der Luft lag ein feiner, trockener Nebel aus pulverigem Schnee, dem der Wind immer wieder neue Nahrung zuführte, so daß alles, was weiter als zwei- dreihundert Fuß entfernt lag, nur mehr schemenhaft zu erkennen war. Der Horizont war verschwunden, aufgelöst in wirbelnden weißen Dunst.

Skar öffnete seinen Mantel, streifte ihn nach kurzem Zögern ganz ab und legte ihn zusammengefaltet vor sich auf den Sattel. Er war am Vortag zu müde gewesen, um noch auf seine Umgebung zu achten; die Trostlosigkeit und Kälte des Landes war ihm ebenso entgangen wie die genaue Entfernung zum Fluß. Aber er wußte, daß es nicht mehr weit sein konnte. Eine Meile, vielleicht zwei; mehr nicht.

Nach hundert Schritten fand er den ersten Toten.

Es war wie eine bizarre Wiederholung des ersten Males, als er einen der schwarzen, horngepanzerten Krieger gesehen hatte. Auch er lag, lang ausgestreckt und halb unter wehendem Schnee vergraben, auf dem Gesicht, die Hände in einer erstarrten Bewegung um den Griff eines Schwertes gekrampft, dessen Klinge zersplittert war. Aber er war nicht der Kälte oder dem Hunger zum Opfer gefallen, wie jener erste Krieger, den sie in Tuan gefunden hatten. Skar brachte sein Pferd dicht neben der reglosen Gestalt zum Stehen und beugte sich im Sattel vor. Er stieg nicht ab, aber was er vom Rücken des Tieres aus sah, ließ einen bitteren Geschmack auf seiner Zunge entstehen. Der Schnee war, entlang der breiten, zerwühlten Spur, über die sich der Sterbende geschleppt hatte, schwarz vor geronnenem Blut und verklumpt. Die Rüstung war zerschmettert, aber es war nicht die Spur einer Waffe, die Skar sah; zumindest nicht die irgendeiner, die er gekannt hätte. Der Panzer schien wie von gewaltigen Hammerschlägern zertrümmert, eingedrückt und zerrissen wie dünnes Pergament; Skar war plötzlich froh, den geschundenen Körper darunter nicht sehen zu können. Er überlegte einen Moment, ob er absteigen und den Leichnam genauer untersuchen sollte, richtete sich aber dann im Sattel auf und sah konzentriert in die Richtung, in die die Spur des Kriegers wies. Der Wind frischte auf, und mit den eisigen Böen wurde auch das Schneetreiben stärker; Schnee, der nicht vom Himmel, sondern in tanzenden Schwaden vom Boden emporwirbelte, als wolle er ihm absichtlich den Blick auf das, was hinter ihm verborgen lag, verwehren.

Skar zog mit einer bedächtigen Bewegung sein *Tschekal* aus dem Gürtel, löste den runden, lederbezogenen Schild, den ihm die Sumpfleute mitgegeben hatten, vom Sattelgurt und streifte ihn über den linken Arm, ließ die Halteschlaufen jedoch absichtlich offen. Sein Pferd ging auf einen knappen Schenkeldruck hin weiter, aber seine Schritte schienen langsamer, zaghaft und beinahe widerwillig, als spüre es mit seinen feineren Instinkten eine Gefahr, die Skar selbst hinter dem tobenden Schneenebel nur erahnen konnte.

Skar lauschte, aber das monotone Heulen des Windes war das einzige Geräusch. Selbst die Hufschläge des Pferdes wurden von der knöcheltiefen Schneeschicht auf dem Boden verschluckt.

Dann fand er den zweiten Toten. Er war halb begraben im Schnee, als hätte er versucht, sich in den hartgefrorenen Boden darunter zu verkriechen. Seine Rüstung war unbeschädigt, aber wo seine Beine sein sollten, waren nur zwei blutige Stümpfe. Neben seiner Spur war eine zweite, schmalere; ein dünner senkrechter Graben im Schnee, der im spitzen Winkel auf die Spur des Flüchtenden zustieß und sich mit ihr dort vereinigte, wo er gestorben war.

Skar ritt weiter. Er fand noch mehr Leichen, drei, fünf, dann eine ganze Gruppe, die sich wie eine Herde flüchtender Tiere aneinandergedrängt und gemeinsam versucht haben mußte, sich zu verteidigen. Die Spuren waren jetzt im einzelnen nicht mehr zu erkennen: Der Schnee war zertrampelt, besudelt mit Blut, übersät mit zertrümmerten Waffen und Bruchstücken von Rüstungen, mit Toten, manchmal auch nur mit abgeschlagenen, verstümmelten Gliedmaßen. Und es war still, unheimlich still. Skar kannte die bedrückende Ruhe eines Schlachtfeldes nach dem Kampf, aber dies hier war etwas anderes. Im Heulen des Windes schien Schweigen mitzuklingen, eine stumme, unhörbare und gleichzeitig unüberhörbare Drohung, nicht weiterzugehen, sondern umzudrehen und davonzureiten, so schnell er konnte. Aber er ritt weiter, zwang sich, jeden einzelnen Toten genau anzusehen und die dumpfe, quälende Angst zu ertragen. Schließlich tauchte ein gewaltiger grauer Schatten vor ihm auf, massig und groß wie ein Teil der Berge, durch einen bizarren Zauber hierherversetzt. Skar wußte, was es war, noch bevor er näher kam und aus dem Schatten ein Körper wurde, aus grauer Undeutlichkeit schuppige Platten und ein ungeheurer, borkiger Schlangenhals herauswuchsen, unmöglich verdreht und mehrfach gebrochen. Das Feuer in den tückischen roten Augen der Bestie war erloschen, die meisten ihrer handlangen, einwärts gekrümmten Reißzähne abgebrochen, zersplittert, als hätte sie versucht, auf Stahl zu beißen.

Skar ritt bis auf wenige Schritte an den gefallenen Koloß heran. Es gab hier keinen Schnee mehr. Der Boden war zerwühlt, ein Krater, aufgeworfen und verbrannt vom Säureatem der Bestie, zerfetzt vom Toben der ungeheuren Krallen, mit denen sie im Todeskampf um sich geschlagen hatte, blindwütig alles zermalmend, was in ihre Reichweite kam, selbst jetzt roch die Luft noch so durchdringend nach dem ätzenden Staub, daß Skar nur mühsam atmen konnte und schließlich ein paar Schritte zurückwich.

Er stieg aus dem Sattel, legte Schild und Schwert aus der Hand und begann den gefallenen Koloß langsam zu umrunden. Er wußte nicht, was hier geschehen war, und er versuchte gar nicht erst, es sich vorzustellen, aber es mußte wie ein vorweggenommener Weltuntergang gewesen sein.

Die Panzerplatten des Ungeheuers waren zerborsten, zermalmt wie die Rüstungen der Toten, die er gefunden hatte, gebrochen unter Hieben, deren Gewalt sein Vorstellungsvermögen überstieg.

Er fand noch mehr Tote; Männer, die weniger in einem Kampf gefallen schienen als vielmehr *gerissen* worden waren, verstümmelt und zerfetzt von einer Bestie, der gleichen, gnadenlosen Gewalt, die auch den Drachen getötet hatte.

Dann fand er Del.

Er lag ein Stück abseits der anderen, auf halbem Weg zum Flußufer hin, eine verkrümmte, in schwarzes, zermalmtes Horn gehüllte Gestalt neben einem blutigen Bündel, das einmal ein Pferd gewesen sein mochte. Der Schnee unter seiner Rüstung war dunkel. Sein *Tschekal* lag noch neben ihm. Die Klinge aus graviertem Sternenstahl war gebrochen, zersplittert wie poröses Glas. Er mußte der erste gewesen sein, der sich den Angreifern entgegengeworfen hatte.

Und wahrscheinlich war er auch der erste gewesen, der gestorben war.

Er wußte nicht, wieviel Zeit verging – vielleicht waren es Stunden, vielleicht nur Augenblicke, die er reglos neben der geschundenen Gestalt verharrte und ins Leere starrte. Irgendwann begann sich der Wind zu legen. Die wirbelnden weißen Schwaden sanken langsam zu Boden und überdeckten den Kampfplatz mit einer dünnen, rotweiß gefleckten Decke, und irgendwann, noch später, hörte er gedämpften Hufschlag und wandte sich um. Der Schmerz, auf den er gewartet hatte, war nicht gekommen, aber es fiel ihm seltsam schwer, sich zu bewegen, zu denken, die grauen Gestalten, die einer nach der anderen aus dem Nebel hervorkamen, als das zu erkennen, was sie waren.

Langsam, mit Bewegungen, die so mühsam waren, als schleppe er eine unsichtbare, zentnerschwere Last mit sich, ging er den Sumpfmännern entgegen. Seine Augen brannten. Etwas lief warm und salzig über sein Gesicht und seine Lippen. Er sah Gowenna, die zusammen mit ihren beiden Wächtern an der Spitze der Kolonne ritt, nur noch wie durch einen durchsichtigen, wogenden Schleier. Ihr Gesicht wirkte bleich, blasser noch als der Schnee zu ihren Füßen.

»Ich ... weiß nicht, wie du das gemacht hast«, begann sie, sprach aber nicht weiter, als Skar den Kopf schüttelte.

»Ich habe das nicht getan«, sagte er leise. »Ich fand diesen Platz so vor, wie du ihn siehst.« Plötzlich hatte er Mühe, seine Stimme unter Kontrolle zu halten. Seine Hände zuckten, und irgendwo, tief in seinem Inneren, begann sich ein Gefühl zu formen, das jenseits von Schmerz und Verzweiflung war.

»Was ... ist mit Vela?« fragte Gowenna stockend. »Ist sie –« Sie brach erneut ab, als sie den Ausdruck ins Skars Augen sah. Ihr Blick wanderte an ihm vorbei, glitt über die blutbefleckte Schneedecke und blieb für endlose Sekunden an dem verkrümmelten schwarzen Bündel im Schnee hängen.

»Del?« flüsterte sie.

Skar nickte. Er wollte etwas sagen, irgend etwas, sinnlose Worte, nur, um nicht länger reglos dazustehen und Gefangener der Qual zu sein, die das Vakuum in seinen Gedanken langsam auszufüllen begann, aber es ging nicht. Die Sumpfmänner begannen aus den Sätteln zu steigen und die Toten zu untersuchen. Eltra und sein Bruder eilten an Skar vorbei und knieten neben Dels Leichnam nieder; er konnte nicht erkennen, was sie taten. Es interessierte ihn auch nicht. Er spürte nicht einmal, daß Gowenna ihn ansprach. Erst als sie ihn am Arm faßte und ihn schüttelte, wandte er müde den Kopf und sah zu ihr hinauf.

»Es tut mir leid, Skar«, sagte sie leise. »Wir ... sollten zurückreiten zum Kastell. Du kannst hier nichts mehr tun.«

Skar sah noch einmal zu Del hinüber. Die beiden Sumpfmänner knieten rechts und links von ihm im Schnee, ihre Hände lagen flach auf Gesicht und Brust des toten Satai. Dann wandte er sich mit einem Ruck um und sprang neben Gowenna in den Sattel. Aber er ritt noch nicht los. Sein Blick glitt über den Fluß, bohrte sich in den grauweißen Nebel, der das jenseitige Ufer verschleierte, und als hätte die Natur auf dieses Zeichen von ihm gewartet, fauchte eine Windbö heran und riß die wehenden Schleier auseinander.

Am jenseitigen Ufer des Flusses stand ein Wolf, ein gewaltiges, schwarzes Tier aus gemeißeltem Granit und erstarrten Flammen, so groß wie ein Kalb und schwarz wie die Hölle. Er regte sich nicht, sondern stand einfach da und sah ihn an, und das einzige Leben an ihm war das Lohen in seinen Augen.

Der Vorhang aus Nebel und sprühendem Dunst schloß sich wieder, so rasch, daß Skar sicher war, der einzige gewesen zu sein, der das Tier gesehen hatte. Aber er wußte jetzt, daß es da war, dort drüben, nicht einmal eine Pfeilschußweite entfernt, unsichtbar und lautlos, so, wie es ihn die ganze Zeit über begleitet hatte: Combats Fluch und Wächter, der Hüter des Steines, Wächter, Bewahrer und Vollstrecker in einem. Und Skar wußte ebenso, daß dieses Wesen nicht eher ruhen würde, bis der Frevel, der an der Heiligen Stadt begangen worden war, gesühnt war. »Warum tötest du mich nicht?« flüsterte er. Aber er wußte die Antwort im gleichen Moment, in dem er die Worte aussprach.

Gowenna sah ihn irritiert an. »Was meinst du?«

Skar schüttelte hastig den Kopf. »Nichts«, murmelte er. »Ich habe nur laut gedacht. Vergiß es.« Er zwang sein Pferd herum, preßte ihm die Schenkel in die Flanken und ritt an Gowennas Seite los. Sein Blick glitt nach Norden, dorthin, wo sich hinter den grauen Felsen des Schattengebirges Elay verbarg. Elay, das Land der Ehrwürdigen Frauen und der Drachen – das Land und die Stadt, die Velas Ziel waren. Er wußte, daß sie noch lebte. Er wußte, daß sie auf ihn warten würde, und diesmal, dachte er entschlossen, diesmal würde er sie nicht warten lassen.

Sie sollte erfahren, was es hieß, die Rache eines Satai herauszufordern.

ENDE DES ZWEITEN TEILES